EIN ALLZU ENGLISCHER
MORD

WEITERE TITEL VON VERITY BRIGHT

VERITY BRIGHT

EIN ALLZU ENGLISCHER
MORD

Übersetzt von
Johannes Schmid & Cyra Pfennings

bookouture

Die Originalausgabe erschien 2020 unter dem Titel
„A Very English Murder"
bei Storyfire Ltd. trading as Bookouture.

Deutsche Erstausgabe herausgegeben von Bookouture, 2023
1. Auflage Mai 2023

Ein Imprint von Storyfire Ltd.
Carmelite House
50 Victoria Embankment
London EC4Y 0DZ

deutschland.bookouture.com

ISBN: 978-1-83790-417-4
eBook ISBN: 978-1-83790-416-7

»Der Mord ist immer eine verfehlte Sache. Man sollte nie etwas tun, wovon man nicht nach dem Essen plaudern kann.«

Oscar Wilde, *Das Bildnis des Dorian Gray*

PROLOG

Als sie zu der imposanten Fassade emporblickte, fragte sich Lady Eleanor Swift einmal mehr, ob ihre Entscheidung, zurückzukehren, vernünftig gewesen war. Seit sie der Brief erreicht hatte, der sie über den Tod ihres Onkels und ihre unerwartete Erbschaft von Henley Hall in Kenntnis gesetzt hatte, war sie sicher gewesen, dass die Rückkehr an diesen Ort genau das war, was sie zu diesem Zeitpunkt ihres Lebens brauchte.

Doch nun ...

Sie stand vor der eichenen Doppeltür und musterte die beiden schmalen Türme, die das Eingangsportal des riesigen cremefarbenen Herrenhauses flankierten. Die Türme, getrennt durch drei Reihen aus Rundbogenfenstern, ragten vor dem grauen, wolkenverhangenen Himmel auf. Vom Mittelbogen des Gebäudes schien das gemeißelte Wappen der Familie Henley von hoch oben missbilligend auf sie herabzusehen.

The Hall, wie das Anwesen von seinen Bewohnern genannt wurde, war von zweihundert Morgen formaler Gärten und Parkflächen umhegt, die halbkreisförmige Auffahrt mit dem zentralen Springbrunnen hinter ihr war indessen leer. Ob der geliebte Rolls-Royce ihres Onkels wohl noch lief? Sie erinnerte sich, wie sie einst auf dem gewundenen Weg durch die stattlichen schmiedeeisernen Tore zum Bahnhof von Chipstone darin mitgefahren war. Das war Jahre her, und es war das letzte Mal gewesen, dass sie sowohl den Wagen als auch ihren Onkel gesehen hatte.

Sie seufzte. Ihren letzten Besuch auf The Hall hatte sie als Dreizehnjährige im Sommer 1904 unternommen. Es war eines der wenigen Jahre gewesen, in denen sie ihre Sommerferien außerhalb des Internats verbracht hatte und ihr gestattet worden war, nach Hause zu fahren. Ihr Onkel aber war kaum länger als eine oder zwei Wochen da gewesen. Er war, wie üblich, geschäftlich ins Ausland verreist und hatte sie der Obhut seines undurchschaubaren Butlers Clifford überlassen.

Es war ein außergewöhnlich regnerischer Sommer gewesen, und sie war der Monotonie entkommen, indem sie sich tagsüber in ihre Lieblingsbücher vertieft und abends fantastische Pläne ausgeheckt hatte, um eine Rückkehr in das noch trostlosere Internat zu vermeiden. Und nun, nach sechzehnjähriger Abwesenheit, war sie wieder hier.

Sie holte tief Luft und läutete. Beim letzten Mal, fiel ihr in diesem Moment ein, war sie noch zu klein gewesen, um die Klingel überhaupt zu erreichen.

Während sie wartete, blickte sie noch einmal zum Familienwappen der Henleys empor.

Was hast du dir bloß dabei gedacht, Ellie?

EINS

Nach einer gefühlten Ewigkeit öffnete Clifford, der Butler ihres kürzlich verstorbenen Onkels, ihr die Tür. Er sah genauso stocksteif aus wie beim letzten Mal, als sie ihn gesehen hatte. Wie alt er war, wusste sie nicht, doch er schien auf sonderbare Weise nicht gealtert zu sein. Sie konnte sich an keinen Moment ohne ihn auf The Hall erinnern. Sicherlich kamen alle Butler bereits mit einem bestimmten Alter auf die Welt und alterten nicht, bis sie dezent in einem Nebel aus Rauch verschwanden. Ein guter Diener würde seinem Arbeitgeber schließlich nie wegsterben, das wäre ja schlicht unpassend.

Die warme Begrüßung, nach der sie sich so sehnte, verwehrte er ihr jedoch. Er verneigte sich kühl und sagte: »Willkommen auf Henley Hall, Lady Swift.«

Hatte er diesen Satz einstudiert? Wie sonst hätte er ihn mit einer solchen Kälte, garniert mit einer Prise distanzierter Missbilligung, vortragen können? Doch was hatte sie erwartet? In Wirklichkeit hatte sie nichts erwartet, so weit hatte sie gar nicht vorausgedacht.

»Danke schön, Clifford.«

Natürlich erinnert er sich an dich, Ellie, tröstete sie sich.

Obgleich ich mich, anders als er, erheblich verändert habe. Schließlich erreiche ich inzwischen die Türklingel.

Er hielt ihr die Tür auf und schürzte die Lippen, als sie mit ihrem irgendwie dürftigen und von der Witterung in Mitleidenschaft gezogenen Gepäck über die Türschwelle trat. »Verzeihen Sie, Mylady, habe ich Ihre ursprüngliche Mitteilung missverstanden? Mir wurde zu verstehen gegeben, dass Sie morgen Abend mit dem Sechs-Uhr-Dreißig-Zug einträfen. Ich beabsichtigte, Sie im Rolls-Royce am Bahnhof von Chipstone abzuholen.«

»Völlig korrekt, Clifford. Allerdings bin ich frühzeitig angekommen, darum habe ich mich selbst auf den Weg gemacht. Und hier bin ich.«

»Sehr wohl, Mylady.«

Ein lautes Kratzen erregte ihre Aufmerksamkeit, als unversehens die Eichentür hinter dem Butler aufsprang. Eine betagte Bulldogge stürmte mit schlotternden Lefzen herein und kratzte dabei mit den Krallen über den Holzfußboden zwischen den dicken Läufern, die die Eingangshalle säumten. Der Hund stürzte sich auf sie und beförderte sie so mit einem dumpfen Schlag rücklings in einen nahen Lehnstuhl. Er vergrub seine runzlige Schnauze in ihrem Gesicht und stupste ihre Nase mit der Lederpantoffel an, die er ihr als Willkommensgeschenk offerierte. Immerhin einer, der sich freute, sie zu sehen.

Clifford klatschte in die Hände. »Pfui, Gladstone, Platz!« Der Hund setzte sich gehorsam. »Mylady, gestatten: Master Gladstone. Er wurde von Ihrem seligen Onkel nach Ihrem letzten Besuch hier erworben.« Er hielt inne. »Ihr letzter Besuch auf The Hall liegt schon lange zurück.«

Eleanor erwiderte nichts – sie war sich sehr wohl bewusst darüber, wie lange sie nicht mehr an irgendeinem Ort gewesen war, der auch nur im entferntesten eine Art Zuhause für sie darstellte.

Gladstone ließ sich auf ihre Füße plumpsen und peitschte

mit seinem Stummelschwanz leise, aber rhythmisch gegen den Hochflorteppich. Clifford schlug nun einen anderen Tonfall an. »Darf ich Ihnen eine Tasse Tee anbieten, Mylady? Nach Ihrer langen Reise müssen Sie sicher durstig sein.«

»Eigentlich würde ich mich gern umziehen und meine Gedanken ordnen.«

»Ihr Onkel hat einige Dokumente hinterlassen, die Sie möglicherweise einsehen möchten.«

»Dokumente? Ich habe seit fast sieben Wochen in keinem auch nur halbwegs passablen Bett mehr geschlafen. Dokumente können warten.«

»Sehr wohl, Mylady. Darf ich Sie zu Ihrem Zimmer geleiten?«

Clifford blieb auf dem eleganten Absatz der zweiten Etage vor einer vertrauten Tür stehen. Er öffnete sie und trat zur Seite. »Ihr Zimmer, Mylady.«

Eleanor trat vor und fühlte sich im Handumdrehen um sechzehn Jahre zurückversetzt. »Grundgütiger!« Sie sah sich ungläubig um. Das Zimmer wurde augenscheinlich regelmäßig gesäubert, denn es gab keinerlei Spuren von Staub. Auch musste es regelmäßig gelüftet worden sein, denn ein frischer Veilchenduft lag in der Luft. Abgesehen davon jedoch hatte sich seit ihrem letzten Besuch als Kind nichts verändert. »Aber, Clifford ...«, setzte sie an und brach ab, als sie bemerkte, wie sein Frackschoß wieder geräuschlos die Treppe hinunterglitt.

Eleanor stand verloren in der Mitte des Zimmers. Sie hatte niemals damit gerechnet, dieses Zimmer zu bekommen. Seit sie ins Ausland gegangen war, hatte sie Orte bereist und Dinge erlebt, die wenigen Frauen ihres Alters vorbehalten, geschweige denn gestattet waren. Nun aber, obschon sie erst im Vormonat neunundzwanzig geworden war, fühlte sie sich wieder wie ein kleines Kind. Sie betrachtete sich im Spiegel an der gegenüberliegenden Wand. Eine schlanke Frau mit feuerroten Locken und matten grünen Augen, gekleidet in hoffnungslos unmodische Kleidung, erwiderte ihren Blick. Sie schüttelte den Kopf. *Schluss jetzt damit, Ellie!*

Das rosa-goldene Federbett bauschte sich hinter ihr auf, als sie sich an den Bettrand setzte und ihre Hand über den seidigen Stoff gleiten ließ. Jäh musste sie kichern. Als kleines Mädchen hatte sie diese Decke geliebt, sie einem Prinzessinnengewand gleich um sich geschlungen und die Puppen auf der Chaiselongue mit geistreichen Ansprachen verzückt. Als sie dann einige Jahre später als junges Mädchen zurückgekehrt war, hatte sie sie verabscheut.

Sie sah sich erneut um. Zwischen den beiden Bogenfenstern standen drei Bücherregale, die mit geschnitzten Elefanten verziert waren. Und waren das ...? Ja! Noch genau die Bücher, die sie an diesen endlosen verregneten Tagen verschlungen hatte, die Füße auf die Fensterbank gebettet: *Rebecca von der Sunnybrook Farm*, *Die Abenteuer des Huckleberry Finn* ... Und dann natürlich *Tausendundeine Nacht*, *Die Schatzinsel*, *Reise um die Erde in achtzig Tagen* und *Das Dschungelbuch*. Als Kind waren ihr diese Geschichten immer so real erschienen.

Über dem Bett hing das Bildnis einer Oase. Darauf war eine rastende Karawane zu sehen, die sich für die nächste Reiseetappe erholte. Als Kind hatte sie das Gemälde unzählige Stunden lang studiert. Seitdem wäre sie jederzeit imstande gewesen, eine detailgetreue Kopie anzufertigen. Palmen umstanden die Quelle, Dünen aus goldenem Sand erhoben sich vor dem Hellrosa in der Ferne. Unter den Palmen standen Kamele mit fein detaillierten Satteltaschen voller schwarzgoldener Quasten, die in der Nachmittagssonne glitzerten und funkelten.

Am allermeisten aber hatten es ihr vor all den Jahren die Kameltreiber angetan: ihre wallend weißen Gewänder und rot karierten Kopfbedeckungen, die sich von ihren pechschwarzen Augen abhoben. Im Schneidersitz mit ihrem Tagebuch auf ihrem Bett sitzend hatte sie so viele Geschichten über ihre

imaginären Karawanenabenteuer verfasst, dass sie die Bücherregale damit gleich mehrfach hätte füllen können.

*Und jetzt hast du diese Dinge in Wirklichkeit erlebt, Ellie.
Du hast die Dascht-e Lut durchquert, bist der Seidenstraße
gefolgt und hast noch unzählige weitere Abenteuer erlebt,
manche wilder, als du es dir als Kind jemals hättest träumen
lassen.*

Sie seufzte. Vielleicht war es an der Zeit, die Selbstgeiße-
lung einzustellen. Die Bücher erzählten nur einen Teil der
Wahrheit. Sie hatte aus erster Hand erfahren, dass die Erkun-
dung von Bergen, Wüsten und Wäldern und Übernachtungen
unter sternklarem Himmel in der Wildnis oft mit tagelangem
Hunger, Erschöpfung und Krankheit einhergingen.

Und obwohl sie sich noch nie zuvor so lebendig gefühlt
hatte, hatte sie nie gewusst, wo ihr nächstes Bett oder ihre
nächste Mahlzeit herkommen würden.

Sie erhob nicht den Anspruch, die Erste zu sein, vielmehr
trat sie in die Fußstapfen ihrer Heldinnen: der wenigen Wegbe-
reiterinnen, die es gewagt hatten, sich über die Konventionen
hinwegzusetzen und sich auf Augenhöhe mit ihren berühm-
teren männlichen Kollegen zu begeben. Dennoch war das alles
als Frau gleich doppelt so schwer gewesen.

War sie froh, es getan zu haben? Zweifelsohne. War es wie
in den Büchern gewesen? Keineswegs! Sie seufzte erneut. Wäre
doch nur dieser vermaledeite Brief nie eingetroffen! In Wahrheit aber war der Brief nur der Auslöser gewesen. Wenn sie
ehrlich zu sich selbst war, dann hatte sie schon zuvor keine
echte Freude mehr an dem Leben verspürt, das sie führte.
Eigentlich liebte sie es, zu verreisen, insbesondere an exotische
Reiseziele. Immerhin hatte sie es zu ihrem Lebensinhalt und
Beruf gemacht. Doch nachdem sie diesem Lebensstil nun für
den Großteil ihres bisherigen Erwachsenendaseins nachgegangen war, hatten die permanente Ungewissheit und die
Unannehmlichkeiten des Reisens sämtlichen Reiz verloren.

Selbst ihre Reise von Südafrika nach London hatte sich nicht wie ein Abenteuer, sondern mehr wie ein Überlebenskampf angefühlt. Sie schüttelte den Kopf. Der Fairness halber musste sie einräumen, dass eine Reise von neuntausend Meilen, die zwei Notlandungen umfasste, selbst den furchtlosesten Reisenden zermürben musste. Das war genau das Problem von Jungfernflügen: ihre Unberechenbarkeit. Dabei hatte der erste kommerzielle Flug von Kapstadt nach London keine Ausnahme gebildet. Sie hatten nur fünf von insgesamt fünfundvierzig Reisetagen in der Luft verbracht. Den Rest der Zeit hatten sie am Boden versucht, das Flugzeug mit all jenem zu reparieren, was sie zunächst im Sudan und dann in Bulawayo auftreiben konnten, wo sie ihre beiden Notlandungen hingelegt hatten. Doch es war ihnen gelungen, auch wenn sie einige Blessuren davongetragen hatten. Sie stöhnte. »Mir reicht es ja schon, wenn ich in meinem Leben nie mehr Sand sehen muss!«

Sie stand auf und lief zur Kommode hinüber. Darauf saß eine Marionette, die noch immer in ihrem Netz aus verknoteten Fäden verheddert war. Armer Kerl. Er war einen Nachmittag lang lustlos ein paar Runden um den Rundteppich manövriert worden und danach noch einmal hervorgeholt worden, wobei ihm dieses Mal aus Frust die Beine abgerissen worden waren. Seit diesem Tag waren seine Fäden hoffnungslos ineinander verwickelt. Sie atmete tief ein und aus. Sie hatte gedacht, sämtliche Bande, die sie an diesen Ort gebunden hatten, schon vor langer Zeit gekappt zu haben, und nie damit gerechnet, einmal zurückzukommen; schon gar nicht in einem Zustand emotionaler Verwirrung, der jenem der Marionettenfäden ähnelte.

Gleich neben der Marionette stand Eleanors unliebstes und zugleich teuerstes Spielzeug: ein Puppenhaus nach dem Vorbild von Henley Hall. Die Fassade, die so hoch war wie sie jetzt als Erwachsene, ließ sich öffnen und offenbarte auf sechs Etagen fast alle Zimmer von The Hall.

Im Inneren befand sich ein Durcheinander aus Möbeln,

Gemälden und vier oder fünf Puppen. Da war eine männliche Puppe, wohl ihr Onkel, vermutete sie, deren Arm abgefallen war; zwei weibliche Puppen in Dienstmädchenmontur, die sie in die Küche verbannt hatte; und eine butlerartige Figur, die nach einem besonders schwierigen Nachmittag mit Clifford im Kleiderschrank gelandet war. Sie hatten sich darüber verkracht, was junge Frauen zu tun und zu lassen hätten und was nicht. Seine Ansichten deckten sich ganz und gar nicht mit den ihren, denn damals wollte sie ihren Moment der Freiheit von den Schulregeln voll auskosten.

Sie erblickte etwas durch das oberste Fenster des Puppenhauses und griff in das Miniaturschlafzimmer, um das Objekt herauszufischen. Als sie das Stück in der Hand umdrehte, erkannte sie es als die Taschenuhr ihres Onkels. Eines verregneten Nachmittags hatte er sie eine Stunde lang mit einem Trick unterhalten, für den er die Uhr an einer unsichtbaren Kette von einer Hosentasche in die andere beförderte.

»Rate mal, in welcher sie jetzt ist?«, hatte er gefragt.

»In dieser da!«

»Ach ja? Schon wieder falsch!«

Das war, wie sie feststellte, eine der wenigen schönen Erinnerungen, die sie an ihren Onkel hatte. Die meiste Zeit über war er ihr so abwesend erschienen. Und den Rest der Zeit war er tatsächlich abwesend gewesen, da er geschäftlich regelmäßig ins Ausland verreiste. Als Kind hatte sie keine Vorstellung davon gehabt, was sein Beruf war. Selbst heute noch war sie sich darüber im Unklaren. Sie wusste, dass er in der Armee gedient hatte, aber vorzeitig ausgeschieden war. Alles, was danach passiert war, war ein Rätsel für sie.

Seufzend ließ sie die Taschenuhr in ihre Tasche gleiten und war froh, zumindest ein versöhnliches Andenken zu besitzen.

Während sie das Puppenhaus schloss, sinnierte Eleanor über die Ironie des Schicksals, dass der eine Ort, der ihr Zuhause hätte sein können, es niemals gewesen war, und es jetzt doch war. Henley Hall gehörte ihr. Doch als sie sich abwandte, fragte sie sich, ob es sich jemals wirklich wie ein Zuhause anfühlen würde, wie die Art von Zuhause, von dem sie immer geträumt hatte. Plötzlich verspürte sie eine solche Enge, als säße sie noch immer in dieser vom Wind gebeutelten Blechbüchse im Himmel. Clifford hatte sie erzählt, dass sie nach ihrer Reise ihre Gedanken ordnen wolle. *Was für ein Blödsinn!* Hier oben mit ihren Gedanken allein zu sein, war die reinste Folter. Die Welt da draußen war schon immer ihr Zufluchtsort gewesen, ihr Ausweg, und genau diesen brauchte sie jetzt.

Als sie am Fuße der Treppe angelangt war, erschien Clifford. »Haben Sie sich hinreichend ausgeruht, um den Rest der Dienerschaft kennenzulernen, Mylady?«

»Die Dienerschaft kennenzulernen?« Sie musste schlagartig an die anonymen Dienstmädchen im Puppenhaus denken. »Nein, Clifford, ich fürchte, ich bin nicht hinreichend ausgeruht. Das Kennenlernen der Dienerschaft wird also noch ein Weilchen warten müssen.«

Sie streifte sich ihren Mantel über, schloss mit der einen Hand die Knöpfe und zog mit der anderen die Eingangstür auf. Clifford trat einen Schritt vor und verstellte ihr den Weg.

»Mylady, es wird finster. Es ist nicht sicher, abends die Anlagen zu durchstreifen. Es gibt dort draußen –«

Was es dort draußen gab, sollte sie nicht mehr erfahren. Sie ergriff ihren Hut und tat einen großen Schritt an ihm vorbei in die sich verdunkelnde Dämmerung.

ZWEI

Draußen hatte sich das Wetter von einer starken Brise beinahe zu einem Sturm gewandelt. Eleanor griff nach ihrem Hut, den der Wind erfasst hatte. Doch während sie sich die Zufahrt entlang zu den Toren von The Hall vorankämpfte, hörte sie nicht etwa den Wind, sondern die Bulldogge ihres Onkels. Während er ihr laut schnaubend folgte, ließen ihn seine steifen Beine hin- und herwackeln.

»Gladstone. Was suchst denn du hier?« Als sie sich bückte, fuhr ihr der Hund zur überschwänglichen Begrüßung mit der Zunge über Stirn und Nase. »Pfui!« Glücklich über die Gesellschaft, nicht aber die feuchtwarme Zuwendung, drohte sie ihm mit einem Verweis zurück auf The Hall, sollte er eine weitere Speichelattacke planen.

Nachdem das geklärt war, machte sie sich wieder auf den Weg, um sich all die Erinnerungen an früher aus dem Kopf pusten zu lassen. »Nun denn, alter Knabe, dann wollen wir mal sehen, ob wir unsere Steifheit und Miesepetrigkeit loswerden können. Um ehrlich zu sein, hast du mich nicht eben von meiner besten Seite kennengelernt.«

Sie seufzte. Das galt vermutlich auch für Clifford. Und die

restlichen Bediensteten. Nun, die hatten sie ja gar nicht erst kennengelernt. Eine leise Stimme in ihrem Ohr fragte sie, wozu sie diese überhaupt treffen wolle, wo sie doch vermutlich nicht mal lange genug bleiben würde, um sich ihre Namen einzuprägen. Es würde sie lediglich drei unerträglich stumpfsinnige Wochen in überfüllten Zügen und auf beengten Dampfern kosten, um in die Welt zurückzukehren, die sie sich selbst erschaffen hatte. In ihr bewegtes, abenteuerliches Leben, in dem es keine aufgeblasenen Fatzkes in Fracks oder allerlei lächerliche Regeln und Etiketten gab.

Womöglich gab es ja einen Flug zurück nach Kapstadt, den sie erwischen konnte? Die Passagiere hatten gutes Geld dafür hingelegt, um als Erste von Kapstadt noch London zu fliegen, doch sie bezweifelte, dass viele von ihnen für einen Rückflug zu bezahlen beabsichtigten. Da sie für die Firma arbeitete, der das Flugzeug gehörte, reiste sie zwar gratis, allerdings verspürte sie auch keine große Lust auf zwei weitere Monate voller Bruchlandungen und Überlebenskämpfe in der Wüste.

Sie hatte kein Verlangen danach, irgendjemanden kennenzulernen, solange sie nicht in einer positiveren Stimmung war, und in eine ebensolche hatte sie der zehnminütige Spaziergang durch die Zufahrt bis zum Tor bislang noch nicht versetzt. Sie seufzte zum wiederholten Male, wandte sich nach rechts und von der Straße hinunter ins Dorf ab. Stattdessen kämpfte sie sich mit ihrem Begleiter im Schlepptau die Anhöhe hinauf. Nachdem sie sich gefühlt einige Meilen weit durch die Landschaft geschlängelt hatte, mündete die Straße auf eine Kreuzung mit einem zersplitterten Schild. Da sie ohnehin kein festes Ziel hatte, spielte die Richtung keine Rolle, sodass sie erneut beschloss, rechts abzubiegen und weiterzugehen.

Während sie das verlassene Sträßchen entlangstapfte, versuchte sie nun ernstlich, ihre Gedanken zu ordnen. »Gladstone, mein Freund, was soll ich bloß tun? Ich habe einen Brief erhalten, der mich über den Tod meines Onkels informierte und mir die unerwartete Nachricht übermittelte, dass er mir Henley Hall vermacht hat. Deshalb ... bin ich zurückgekehrt, in der Hoffnung, mich hier wohlzufühlen, hier ein ... Zuhause zu finden.« Sie schüttelte den Kopf. »Allerdings fühle ich mich, wie üblich, völlig fremd hier.«

Ihr Wehklagen schien ihren Begleiter zu langweilen. Sein eifriges Hoppeln war zu einem langsamen Schlurfen geworden, und er ließ den Kopf hängen. Er hatte sogar damit aufgehört, imaginären Hasen hinterherzujagen.

Es gab allerdings einen weiteren Grund für den zunehmenden Begeisterungsmangel des Hundes, den nun auch Eleanor plötzlich registrierte. »Du meine Güte, da war ich so in meine eigenen törichten Gedanken vertieft, dass ich den Regen gar nicht bemerkt habe.«

Der Regen nahm sogar noch zu und prasselte nun in einem Hagel kalter Gehässigkeit auf sie hinab, der Gladstone dazu veranlasste, alle paar Minuten den Kopf zu schütteln. In Ermangelung jeglicher Expertise in Sachen Durchfeuchtungstoleranz betagter Bulldoggen fürchtete sie, der arme Hund könne sich womöglich noch erkälten. Oder schlimmer noch, seine von Natur aus ohnehin schon steifen Beine könnten vollends verkrampfen, falls die Feuchtigkeit in seine Gelenke eindrang.

Da ließ sie ein plötzliches Donnergrollen zusammenzucken wie einen aufgeschreckten Springbock. Gladstone stürzte auf sie zu und kroch unter ihren Rock. »Entschuldige, alter Knabe.« Sie streifte ihren Schal ab und band ihn dem Hund aus Angst, dass er beim nächsten Krachen Reißaus nehmen könnte, ans Halsband. Just in diesem Moment belegte ein greller Blitz, unmittelbar gefolgt von einem lauten Knall, dass das Gewitter fast direkt über ihnen angelangt war.

Sie kramte in ihrer Tasche nach der alten Uhr ihres Onkels. Zehn nach zehn. Sie waren nun fast vierzig Minuten lang gegangen, und sie hatte keine Ahnung, wo sie sich befanden.

»Einen Unterstand, Gladstone. Wir brauchen einen Ort, an dem wir Schutz finden können, bis sich das hier verzogen hat.«

Ihr durchnässtes Haar schlug ihr in die Augen, als der Wind es ihr übers Gesicht peitschte. Ihre triefnasse Kleidung klebte ihr am Körper. Da wurde sie plötzlich eines schwachen Lichtscheins hinter einer dicken, windumtosten Hecke gewahr. Eine starke Böe zerrte sie samt der Bulldogge seitwärts und blies die Zweige der Hecke weit genug auseinander, um erneut einen kleinen, hellen Fleck zu entblößen.

»Komm, mein Lieber. Rettung naht!«

Sie kämpfte sich durch das dicke Gestrüpp und linste durch den strömenden Regen. Das Licht kam aus einer Art Hütte. »Gladstone, ich wette mit dir um eine Wochenration feinster Hundeleckerchen, dass derjenige, der sich in diesem Gebäude befindet, eine Tasse Kaffee für mich und eine Decke für dich haben wird.« Sie versuchte, die durchnässte Bulldogge anzutreiben, die allerdings kurz vor einer Meuterei stand.

Schließlich war sie dem Gebäude nah genug gekommen, um zu erkennen, dass es sich um eine große hölzerne Bauhütte handelte. Allerdings trennte sie ein Drahtzaun von der Hütte, und dieser war auch noch entsetzlich hoch.

Mit zitternden Fingern band sie Gladstone an einem der Pfähle fest und stülpte ihm ihren Hut über den Kopf, um seine blutunterlaufenen Augen zumindest vor dem gröbsten Regen zu schützen. »Ich teile denen nur mit, dass wir Hilfe benötigen, danach komme ich dich sofort holen, mein Bester.«

Während sie den Zaun hinaufkletterte, starrte er ihr tieftraurig hinterher. Als sie sich oben auf die andere Seite hinüberstemmen wollte, setzte ihr Herzschlag für einen Moment aus. Auf der anderen Seite des Zauns tat sich ein steiler Abhang auf. *Das sind mindestens vierzig Fuß, Ellie!* Sie war ein solcher Pechvogel, das war ein Steinbruch! Eine lichte Reihe aus Bäumen hatte die Abbruchkante aus Kreide und Feuerstein verborgen, die direkt unterhalb von ihr jäh in ein Becken voll tiefschwarzen Wassers abfiel. Vereinzelte Sträucher klammerten sich an die tiefen Flanken der künstlichen Kluft. Der Boden auf der gegenüberliegenden Seite war zu einer Fläche eingeebnet worden, um Platz zum Wenden für die Lastwagen des Steinbruchs und für die Bauhütte zu schaffen.

Sie kämpfte sich hinunter und zerfetzte sich dabei ihr Kleid. Ein weiterer Blitz zerriss den Himmel, und nachdem das zugehörige Donnergrollen verklungen war, vernahm sie laute Stimmen, die aus der Hütte drangen. Durch das Fenster der spärlich beleuchteten Hütte erblickte sie einen Mann, der seine Arme über den Kopf streckte, als kapituliere er.

Sie schüttelte den Kopf und blinzelte heftig, um den Regen aus ihren Augen zu treiben. Sie mochte sich täuschen, aber ... kam ihr der Mann nicht irgendwie vertraut vor? Wie konnte sie seine Aufmerksamkeit auf sich ziehen? Winken war vermutlich erfolgversprechender als Rufen, doch bevor sie sich für eine Vorgehensweise entschieden hatte, erstarrte sie, noch immer hoch oben auf dem Zaun, als es blitzte und knallte. Blitz und Donner? Nein, das war ein Schuss! Zu ihrem Entsetzen sah sie den Mann nach hinten stürzen.

Geschwind kletterte sie auf die andere Seite zurück und fiel nach Luft japsend zu Boden. Da ihre Finger taub vor Kälte waren, brauchte sie mehr als eine Minute, um Gladstone loszubinden. Sie ging hinter einer Weißdornhecke in Deckung und zog den verwirrten Hund zu sich heran. »Wage es ja nicht, einen Laut von dir zu geben!«, zischte sie. Eleanor schwirrte der Kopf. »Gladstone, dieser Mann braucht womöglich unsere Hilfe. Wir müssen einen Weg um diesen Zaun herum finden. Irgendwo muss es einen Eingang geben. Komm schon!«

In geduckter Haltung huschte sie zurück zur Straße, die mittlerweile überflutet war. Aus der Dunkelheit tauchte ein Automobil auf und blendete sie mit seinen Scheinwerfern. Hastig sprang sie in den Straßengraben und zog Gladstone mit sich. Das Auto fuhr vorbei und verschwand in der Finsternis.

Obwohl sie triefnass war und fror, beschloss Eleanor, dass es abseits der Straße sicherer war. Sie kämpfte sich durch das Unterholz zurück zum Zaun und folgte diesem mit der zunehmend widerwilligen Bulldogge im Schlepptau. Während sie durch das dichte Gras stolperte, blieb ihr Mantel immer wieder an wild umherpeitschenden Zweigen hängen, bis endlich ein geöffnetes schmiedeeisernes Tor den Zaun unterbrach. Erneut warf sie einen Blick auf die Taschenuhr ihres Onkels. Zehn Uhr dreißig. Etwa fünf Minuten nachdem sie die Uhrzeit erstmals um zehn Uhr zehn kontrolliert hatte, hatte sie den Schuss auf den Mann bezeugt. Das bedeutete, dass er nun seit mindestens fünfzehn Minuten blutete ... oder bereits tot war. Sie schlich sich so schnell es ihr Mut zuließ durch das Tor und über das Steinbruchgelände, bis sie die beleuchtete Hütte vor sich sehen konnte. Das Getöse des Gewitters war verebbt, sodass sie in der unheimlichen Stille ihr Herz schlagen hören konnte.

Nicht verzagen, Ellie!, sprach sie sich selbst Mut zu. Obwohl sie zuvor schon ähnlich gefährliche Situationen erlebt hatte, musste sie ihre Beine regelrecht dazu zwingen, sich in Bewegung zu setzen. Womöglich war es nur der eisige Regen, der ihr den Rücken hinunterlief, doch am Eingang zur Hütte hielt sie an und erschauerte.

Keinerlei Geräusch. Keinerlei Bewegung.

Gladstone zerrte sie auf die Tür zu und blieb dann stehen, um die Luft zu beschnuppern. Im Inneren befanden sich einige Holzkisten, ein rustikaler Tisch und ein paar Schaufeln, die an der Wand lehnten. Als sie den Blick senkte, erblickte sie im Halbdunkel eine unheilvolle dunkle Pfütze auf dem schmutzigen Fußboden.

»Blut, oder was meinst du, Gladstone?«, flüsterte sie. Angesichts der Blutmenge hatte sie mit ihrem Instinkt wohl goldrichtig gelegen. Sie hatte die Erschießung und den Tod eines Mannes bezeugt, dessen war sie sich sicher. Nur schien die

Leiche verschwunden zu sein, ganz so, als wäre das hier alles Teil einer makabren Zaubershow.

Zurück auf The Hall hatte sie ihre liebe Mühe damit, ihre durchtränkte Kleidung abzustreifen. Indes war sie schon einmal in den Monsunregen Indiens geraten und dabei fast ertrunken. Entsprechend froh war sie, den Weg zurück nach Hause gefunden zu haben. Auch war sie froh, nicht überfahren worden zu sein. Denn als sie der Straße gefolgt war, die vom Steinbruch wegführte, um den Weg zurückzufinden, war plötzlich ein Motorrad aus der Dunkelheit geschossen gekommen. Der Motorradfahrer hatte sie im letzten Moment erblickt, ein tollkühnes Ausweichmanöver hingelegt und sie so nur um Haaresbreite verfehlt. Als er die Kontrolle über seine Maschine wiedererlangt hatte, war er in die Nacht davongebraust und hatte Eleanor mit rasendem Puls und dem Kopf voller Gedanken zurückgelassen: Warum sollte jemand in einer solchen Nacht so waghalsig fahren? Und das auf einer Straße, die – soweit sie wusste – nur bis zu dem Steinbruch, von dem sie gekommen war, und zu einigen weit auseinanderliegenden Farmen führte?

Clifford, der sie bei ihrer Rückkehr nach The Hall mit geschürzten Lippen von oben bis unten gemustert hatte, hatte die Situation auch nicht gerade in Wohlgefallen aufgelöst. »Ob es in einer solchen Nacht nicht wohl doch vernünftiger gewesen wäre, den Rolls-Royce zu bemühen?« Er warf einen Blick auf die Bulldogge. »Für Master Gladstone in seinem vorgerückten Alter jedenfalls ganz gewisslich.«

Gerechterweise musste man anfügen, dass sie einem verwahrlosten Waisenkind ähnelte, das man im Moor ausgesetzt hatte, wenngleich es in den Chilterns überhaupt keine Moore gab. Sie fühlte sich von Clifford wie ein kleines Kind behandelt. Jetzt, da dieses Haus ihr gehörte, würden sich einige Dinge ändern. Sie spürte, wie sie vor Wut errötete.

»Sind Sie wohlauf, Mylady?«

»Oh, alles spitze, Clifford. Mitnichten durchnässt, unterkühlt oder reif für einen Brandy, nach dem, was ...« Sie zögerte. Warum sollte sie ihm erzählen, was sie gesehen hatte? Das würde ihn doch nur zu einem langatmigen Vortrag darüber verleiten, wie gesellschaftlich unangemessen es war, dass sich eine Lady überhaupt am Tatort eines Mordes aufhielt. »Ein erwärmtes Glas Brandy zur Erquickung ist wohl alles, was ich benötige, danke.« Sie drehte sich um, stampfte die Treppe hinauf und zerrte Gladstone gedankenverloren noch immer an ihrem Schal hinter sich her. Er folgte ihr brav, bereit, ihr jeden Wunsch zu erfüllen, solange er dafür nicht wieder hinaus in den Regen musste.

Im Badezimmer frottierte sie den Hund ab, der sich vor Wonne wand. Der Schlamm, der sein Fell bedeckt hatte, befand sich schon bald gänzlich auf dem dicken Baumwollhandtuch.

»Nun sieh dir mal an, was für eine Sudelei du hier veranstaltet hast! Ich wäre bass erstaunt, wenn die Hausdame dich nicht für die zusätzliche Wäsche schelten würde.«

Die Bulldogge blickte sie entgeistert an.

»Du wolltest ja mitkommen.« Dennoch hatte Clifford möglicherweise recht. »Du hast dir eine kleine Belohnung dafür verdient, dass du ein solch stoischer Held gewesen bist. Und dies ist genauso dein Haus, wie es meines ist. Eigentlich sogar noch mehr.« In diesem Moment erschien Mrs Butters, die Haushälterin, mit dem erwärmten Brandy und einem Teller mit dick gebuttertem Toast. Zum Zustand der Handtücher sagte sie nichts, sondern bemerkte im Rausgehen nur: »Ich werde noch ein paar mehr bringen, Sie haben ein heißes Bad nötig, wenn ich mich nicht irre.«

Als sie wieder allein waren, kam Eleanor mit ihrem frisch

gekürten Assistenten auf eine heikle Angelegenheit zu sprechen. »Die Sache ist die, Gladstone, wir haben einen Mord bezeugt, also müssen wir es der Polizei erzählen. Auch du steckst da bis über beide Ohren mit drin.« Da Gladstone von seinem Anteil an den Geschehnissen nicht überzeugt zu sein schien, sprach sie schnell weiter: »Ich werde also zur Polizei gehen müssen, und, nun, du kennst ja meine Meinung zu den Behörden.« Sie hielt inne, doch Gladstone zeigte sich weitestgehend unbeeindruckt. Mit einem lauten Schnauben sank die Bulldogge auf die verbliebenen Handtücher darnieder und gab eindeutig zu verstehen, dass sie sich an keiner weiteren Diskussion zu beteiligen gedachte.

Eleanor jedoch fuhr unverzagt fort: »Weißt du, ich bin nicht gerade der Typ Mensch, der gleich zum erstbesten Uniformierten rennt. Habe da nicht gerade die besten Erfahrungen gemacht. Gib einem Mann eine Dienstmarke und einen Amtstitel und schon hält er sich für den alleinigen Gebieter über Recht und Unrecht. Was ja auch in Ordnung wäre, wenn Macht nicht korrumpieren würde.«

Sie schüttelte den Kopf. »Es wäre besser, sie würden mehr Frauen bei der Polizei aufnehmen, Gladstone. Ein paar soll es geben, habe ich gehört, doch ich bezweifle, dass die hiesige Polizeitruppe hinreichend aufgeklärt ist, um weibliche Constables einzustellen.«

Innehaltend versuchte sie, einen Alternativplan zu ersinnen, doch ohne Erfolg. Sie kannte niemanden im Dorf, mit Ausnahme von Clifford, und ihr Verhältnis war ein eher dürftiges. Abgesehen davon löste dieser erschossene Mann irgendetwas in ihr aus. Er wirkte vertraut und doch … *Wer mochte er sein?* Sie seufzte.

»Nun gut, dann also die Polizei.«

Gladstone klopfte mit dem Schwanz auf den Boden. War das seine Art, Zustimmung zu bekunden, oder sein Geheimzeichen für »mehr Toast«? In Anbetracht der Tatsache, dass sie ihn in ein Unwetter gezwungen hatte, verdiente er eine gebührende Entschuldigung. »Na gut, mein Junge, du sollst das letzte Stück haben.«

Mrs Butters kehrte zurück, um Teller und Glas abzuräumen und sich zu erkundigen, ob mehr Brandy gewünscht sei. Sie hinterließ einen Stapel frischer Handtücher, und bevor sie ging, wies sie noch darauf hin, dass Gladstone am Kaminfeuer im Gesellschaftszimmer möglicherweise besser aufgehoben sei.

Eleanor tupfte mit einem der frischen Handtücher gedankenverloren Toastkrumen von ihrem neuen Begleiter.

»Mrs Butters ist offensichtlich eine weitaus sympathischere Persönlichkeit als dieser altmodische, stocksteife Clifford. Wir Damen werden also zusammenhalten müssen!«

»Morgen früh! Wieso denn erst morgen? Warum um alles in der Welt sollte die Angelegenheit so lange warten können?«

Eleanor war entsetzt. Es hatte Ewigkeiten gedauert, zur Polizei durchzukommen. Sämtliche Anrufe an den einzigen Wachtmeister von Little Buckford, einen gewissen Constable Fry, waren nach Chipstone weitergeleitet worden. Anscheinend hatte die Gattin des Constable ihren Gemahl überraschend mit Drillingen beschenkt, und er hatte ein paar Tage frei bekommen. Der Gedanke an die Niederkunft ließ Eleanor erschaudern. Es mochte Gottes Werk sein, neues Leben auf diese Welt zu bringen, doch der Prozess der Entbindung war mit Sicherheit Teufelswerk. Und dann gleich Drillinge! Womit hatte die arme Frau das nur verdient?

Eine gelangweilte Stimme fragte, ob sie noch in der Leitung sei.

»Ja, Constable. Die Tatsache, dass die Polizei sich womöglich über drei neue Nachwuchsanwärter freuen darf, spielt doch jetzt keine Rolle. Ich habe gesehen, wie ein Mann ermordet wurde!«

Die Stimme drang nun mit mehr Nachdruck durch den Hörer: »Miss, wenn es, wie Sie mir bereits versichert haben, *keine* Leiche gibt, und es *keinen* anderen Augenzeugen als Sie gibt, dann haben wir *keinerlei* Anlass, heute Abend noch irgendjemanden rauszuschicken.«

Die Verbindung war unterbrochen.

DREI

Der Morgen brachte die sprichwörtliche Ruhe, die so häufig auf einen Sturm folgt. Vielleicht war es nur der Gegensatz zur Rage des vorherigen Abends, aber die Luft war seltsam unbewegt, als ob die Welt stillstünde. Die Büsche entlang der halbkreisförmigen Auffahrt wirkten elendig ermattet, und die London-Platanen und Linden, die stolz die erhöhten Rasenflächen geziert hatten, ließen jetzt die Äste hängen. Selbst der Teppich aus Laub und Zweigen, der das Gelände überzog, lag regungslos da.

Eleanor hatte einen unruhigen Schlaf gehabt. Um drei Uhr morgens verkündete sie: *Das ist doch albern, Ellie!* Dann stand sie auf und verbrachte die frühen Morgenstunden damit, die Bücher ihrer Kindheit zu durchstöbern.

Das Frühstück versprach eigentlich eine entspannte Angelegenheit zu werden, schließlich hatte sich die Polizei erst für elf Uhr angekündigt. Doch das Warten war noch nie Eleanors bevorzugter Zeitvertreib gewesen, und an jenem Morgen erzürnte sie das Ticken der Uhr besonders.

»Darf ich Ihnen noch etwas Tee bringen, Mylady?«, erkundigte sich Clifford zum scheinbar hundertsten Mal. Er servierte einen weiteren Teller mit irgendetwas, nach dem ihr trotz ihrer normalerweise robusten Konstitution im Moment nicht zumute war. War es der Mangel an Schlaf? Oder der Mord, den sie bezeugt hatte? Ja, das musste es sein, jemanden sterben zu sehen, konnte einem durchaus den Appetit verderben. »Mehr Kaffee?«

Sie blitzte ihn an. Wollte er sie auf den Arm nehmen? »Fragten Sie mich das nicht eben bereits?«

»Nein, ich fragte, ob Sie mehr Tee wünschen, Mylady. Hierbei handelt es sich um Kaffee.« Er blickte kurz auf ihre Tasse. »Sie haben, wie es scheint, bereits beides getrunken.«

Sie nickte abwesend. »Mir steht gerade nicht der Sinn nach Frühstück, deshalb versuche ich mich zum Ausgleich mit Heißgetränken zu stärken.«

Clifford dachte einen Moment lang angestrengt nach. »Vielleicht würden Sie es vorziehen, das Frühstück von nun an um elf Uhr einzunehmen? Was wiederum das zweite Frühstück hinfällig werden ließe. Obschon ich auch Mrs Trotman bitten könnte, das Frühstück zur Mittagszeit zu servieren und den Lunch auf die Abendbrotzeit zu verlegen? Dann jedoch müssten wir Sie um Mitternacht zum Nachtmahl wecken?«

Sie war verwirrt. War das Humor? Sarkasmus? »Clifford, wie hat mein Onkel bloß Ihre stetigen Ratschläge für jeden einzelnen seiner Tagesordnungspunkte aufgenommen?«

»Mit Darjeeling und Zitrone, Mylady.«

Glücklicherweise erschien just in diesem Moment Mrs Butters mit der frohen Kunde, dass ein »Gentleman von der Polizei« in der Eingangshalle warte.

»Danke schön, Mrs Butters.« Sie blickte auf die Uhr auf dem Kaminsims: fünf Minuten nach elf. »Bitte richten Sie dem Constable aus, dass ich in fünfzehn Minuten erscheine.«

»Sehr wohl, Mylady.« Mrs Butters blieb wie angewurzelt

stehen. »Mylady verzeihen, aber der Gentleman sagte, er sei in schrecklicher Eile.«

»In Eile, sagen Sie? Wenn dem so ist, dann richten Sie ihm doch bitte aus, dass ich fünfundzwanzig Minuten benötigen werde. Vielleicht mag er derweil ja im Sessel in der Eingangshalle einen Tee zu sich nehmen.«

Mrs Butters nickte und ging. Clifford neigte den Kopf interessiert in Eleanors Richtung.

»Ich habe nun haargenau zwölf Stunden auf unseren Herrn ›Gentleman von der Polizei‹ gewartet«, sagte sie nach einem erneuten Blick auf die Uhr auf dem Kaminsims. »Da ist ein klein wenig Wartezeit von seiner Seite wohl nicht zu viel verlangt, wie ich finde.«

»Ganz recht, Mylady.«

Sie hätte schwören können, in diesem Moment ein kleines Lächeln über sein Gesicht huschen gesehen zu haben.

Die Uhr tickte weiter. Clifford richtete die Würstchen auf dem Silbertablett. Eleanor zupfte die Knöpfe ihrer Strickjacke zurecht, sodass sie eine gerade Linie bildeten. Wie ihr sehr zupasskam, erwiesen sich die Falten ihres Tweedrocks als größere Herausforderung, denn die breiteren grünen Streifen weigerten sich beharrlich, mit den steifen Falten zu harmonieren. Sie ließ ihre Perlenkette durch die Finger gleiten, während sie die Perlen erst einmal und anschließend noch zweimal nachzählte. Sie warf einen heimlichen Blick auf die Kaminuhr: zwölf Minuten nach elf. Nur sieben Minuten waren vergangen. *Du solltest wirklich die Kunst des Nichtstuns erlernen, Ellie, besonders jetzt, da du eine Lebedame bist.*

»Wie doch die Zeit verfliegt«, bemerkte Clifford und bot ihr einen willkommenen Ausweg aus der Situation.

Diesen nahm sie dankend an und sprang vom Tisch auf. »Ich werde vermutlich nicht zum zweiten Frühstück zurück sein, Clifford. Vielleicht könnte Mrs Trotman ihre Delikatessen bis zum Fünfuhrtee zurückhalten und den Fünfuhrtee auf die

Abendbrotzeit verschieben, wie Sie vorgeschlagen haben?«
Nun, nachdem sie diesen kindischen Punktgewinn für sich
verzeichnet hatte, fegte sie aus dem Frühstückszimmer hinaus.

»Constable, wollen wir?« Eleanor wies zur Haustür.

»Sergeant, wenn es Ihnen nichts ausmacht, Miss, *Sergeant*
Wilby.« Er tippte mit einem behandschuhten Finger auf die
Streifen seiner linken Schulterklappe, während der Schnurr-
bart über seiner Oberlippe empfindlich zuckte.

Sie rückte sich ihren Hut vor dem Spiegel gerade. »*Lady*
Swift, wenn es Ihnen nichts ausmacht. Wollen wir?« *O je, Ellie,*
keine vierundzwanzig Stunden bist du zurück in England und
schon bist du dabei, dich in einen furchtbaren Snob zu
verwandeln!

Draußen öffnete der jugendlich frische Assistent des
Sergeants die Tür des Ford Modell T, der an der Vortreppe
wartete.

»Danke schön, Constable ...?«

»Lowe, Mylady. Allerdings arbeite ich hart dafür, mir bald
mit einem höheren Dienstgrad innerhalb der Truppe ein leich-
teres Leben machen zu können.« Der junge Constable sprach
in einem noch breiteren Buckinghamshire-Dialekt als sein
Sergeant.

»Na, dann wünsche ich Ihnen recht viel Glück.«

Während Lowe den Motor mühevoll und entsprechend
peinlich berührt anließ, sprach sie zum Hinterkopf des
Sergeants.

»Kommt noch jemand dazu? Ein Detective vielleicht?« Die
Frage klang bissiger als beabsichtigt.

»Solange wir nicht wissen, womit wir es hier zu tun haben,
Lady Swift, sehe ich keinerlei Veranlassung dazu, wertvolle
Polizeizeit zu verschwenden«, antwortete Wilby. »Unsere hoch-
qualifizierten Detectives werden für schwerere Fälle benötigt.«

»Schwerere Fälle? Wir sprechen hier von Mord!«

Wilby drehte sich zu ihr nach hinten. »Dann schlage ich vor, wir starten jetzt und finden heraus, was es mit diesem ›Mord‹ auf sich hat. Fahren Sie los, Lowe.«

Als sie von der Auffahrt zum Anwesen auf die Straße bogen, die aus dem Dorf herausführte, fragte Wilby, ohne sich umzudrehen: »Welche Richtung, Lady Swift?«

Sie schob ihre Verärgerung beiseite. Immerhin war hier ein Mörder auf freiem Fuß. »Rechts, dann über den Berg hinüber und an dem kaputten Straßenschild rechts ab, da sollte er dann sein.«

»Sollte wer sein?«

»Der Steinbruch, Sergeant.« Erneut musste sie sich bemühen, sich ihre Gereiztheit nicht anmerken zu lassen. »Haben Sie sich die Notizen durchgelesen, die Sie gestern Abend während unseres Telefonats angefertigt haben? Mit Ihnen habe ich doch gesprochen, wenn ich nicht irre?«

»Steinbruch?« Er verdrehte die Augen in ihre Richtung, ohne den Kopf zu bewegen oder ihre Frage zu beantworten. »Ich hoffe, dass Sie den richtigen identifizieren können. Es gibt eine Vielzahl von Abbaustellen in dieser Gegend.«

Einige Minuten später meinte sie, die entsprechende Kreuzung zu erkennen. »Dort! Das ist die Kreuzung. Biegen Sie hier rechts ab.«

Bäume flogen vorbei. Die Hecken verhielten sich unauffällig, die Straßenränder ebenso. Allerdings erkannte sie nichts von dem, was sie zu Gesicht bekam, seitdem sie rechts abgebogen waren, von gestern Abend wieder.

»Lady Swift«, erkundigte sich eine gereizte Stimme, »dauert es noch lange?«

»Der Pfad ist etwas schwer auszumachen, Sergeant. Einen Moment, bitte.« Es war nicht einfach, sich zurechtzufinden, während sie in einem derart schnellen Tempo fuhren. »Ich verstehe, drosseln Sie auf Schrittgeschwindigkeit, Constable

Lowe.« Eleanor vernahm Gemurmel vom Beifahrersitz, beschloss aber, darüber hinwegzugehen. »Nun, dieses unordentliche Gestrüpp hier kommt mir bekannt vor.«

Bei näherem Hinsehen jedoch entpuppte es sich als überraschend fremdartig. Lowe strengte sich über Gebühr an, das Fahrzeug auf der Fahrspur zu wenden. Wenn er bis zu einer breiteren Stelle abgewartet hätte, statt dem gebellten Befehl seines Sergeants sofort Folge zu leisten, wäre es dem Frontscheinwerfer besser ergangen.

»Das klären wir zurück auf der Wache, Lowe«, knurrte Wilby.

»Das tut mir leid, Sergeant.« Lowe stieg zurück in den Wagen und verstaute den zerbeulten Scheinwerferrahmen am Fahrzeugboden.

»Lady Swift, wenn Sie dann so freundlich wären.« Wilby wurde des Abenteuers langsam überdrüssig und war ungehobelt genug, das auch zu zeigen.

»Ah, dort!«, sagte sie.

Der Startpunkt des Wegs, der zu dem geschotterten Wendekreis hinunterführte, hatte endlich sein Versteckspiel aufgegeben.

Wilbys Gesicht lief rot an. »Ihnen ist aber bewusst, Lady Swift, dass wir die letzten zwanzig Minuten lang in diesem Kraftwagen umhergekurvt sind, nur um dort anzukommen, wo wir losgefahren sind? Das da«, sagte er und deutete über ihre Schulter, »ist die Umgrenzungsmauer von Henley Hall!«

Eleanor blinzelte ungläubig. Wie war das möglich? Dann dämmerte ihr die Erkenntnis ...

»Nun, natürlich, Sergeant, was erwarten Sie auch? Es war stockduster, da tobte ein heftiges Unwetter und ... ich bin diese Straßen schon jahrelang nicht mehr entlanggelaufen. Da habe ich wohl verständlicherweise etwas die Orientierung verloren und bin, nun ja ... im Kreis gelaufen.« Sie hielt ihn mit erhobener Hand davon ab, zu antworten. »Also, Sergeant, dann sollten wir keine weitere Zeit verschwenden und weitermachen?«

Einen Moment lang war sie sicher, dass Wilby Constable Lowe anweisen würde umzudrehen, doch er kuschte vor ihrem herausfordernden Blick, versank in seinem Sitz und murmelte lediglich: »Fahren Sie weiter, Lowe, und achten Sie auf die Reifen.«

Während sie über die zahlreichen Schlaglöcher polterten, bemerkte Eleanor zu dem Sergeant: »Ich hatte Glück, dass ich mir auf dieser Buckelpiste gestern Abend nicht den Knöchel verstaucht habe.«

Wilby sah aus, als würde es ihn nicht stören, wenn sich Eleanor gleich beide Knöchel verstaucht hätte.

Sie ignorierte seinen Blick und hielt Ausschau nach vertrauten Orientierungspunkten. Da sie keine fand, schüttelte sie den Kopf. Sie hatte den Weg durch Wüsten und über Bergketten gefunden, und doch hatte sie nicht bemerkt, dass der Steinbruch an das Anwesen ihres Onkels grenzte! Bei dem Gedanken daran lief ihr ein Schauer über den Rücken. Bislang hatte sie den Mord als eine ferne Angelegenheit begriffen, nun aber war ihr bewusst geworden, dass der Mann nur einen Steinwurf von Henley Hall entfernt ermordet worden war.

VIER

Am Ende des Wegs hielt Lowe den Wagen an. Die beiden Männer drehten sich zu Eleanor nach hinten.

»Von hier aus gehen wir zu Fuß«, sagte sie.

»Auch das noch ...«

Sie ignorierte den Ausbruch des Sergeants, sprang aus dem Fahrzeug und führte sie zu dem Zaun, an dem sie Gladstone angebunden und den sie versuchte hatte, zu überwinden. »Da! Wenn Sie durch den Zaun zu Ihrer Rechten blicken, erkennen Sie eine kleine Hütte. Dort drin wurde der Mann erschossen.«

Wilby spähte durch den Zaun und den Abhang auf der anderen Seite hinab. »Das müssen dreißig Fuß sein!«

»Ich ging von mehr als vierzig Fuß aus. Deshalb bin ich auch bis zu dem Tor weitergegangen.«

»Dem Tor?«

Lowe kannte den dunkelroten Farbton im Gesicht des Sergeants offensichtlich. »Mit Verlaub, Sarge, ich glaube, dass der Zaunpfad da irgendwann bei dem Tor vom Steinbruch an der Old Gateshead Lane rauskommt. Wenn wir aber zurückfahren und erst die Straße nehmen und dann über die Traktorschneise des alten Jefferson abkürzen, dann kommen wir im

Nullkommanix bei das Tor. Und zwar ohne Ihre Uniform oder das Kleid der Lady zu verhunzen, bei dem ganzen Weißdorn hier.«

»Es heißt ›an das Tor‹, Lowe«, korrigierte ihn Wilby. »Ernsthaft, wie wollen Sie mit Ihrer mangelhaften Grammatik je einen ordentlichen Bericht schreiben?«

»Verzeihung, Sir, *an* das Tor muss das natürlich heißen.« Er wandte sich Eleanor zu. »Ich kenne diese Abkürzung, weil ich hier vergangenen Monat im Falle einer abhandengekommenen Milchlieferung ermittelt habe. Kinder hatten Milch beim alten Jefferson gestohlen und das Leergut entlang dieses Pfads hier versteckt.«

Sie kehrte zur Straße und zum Auto zurück. Lowes Abkürzung erwies sich als ebensolche, sodass sie schon bald vor ebenjenem Tor vorfuhren, durch das Eleanor noch am Abend zuvor gegangen war.

»Erstklassige Arbeit, Constable Lowe.« Eleanor applaudierte vom Rücksitz aus.

»Danke, Mylady, allerdings sieht das Tor so ziemlich verschlossen aus. Wir könnten Mr Cartwright von Pike's Farm unten fragen.« Er drehte sich zu Eleanor um. »Das ist der Farmer, dem das Land gehört, das bei das Anwesen Ihres Onkels grenzt. Vielleicht hat er einen Schlüssel.«

Als vom Beifahrersitz ein wütendes Trompeten ertönte, das an einen Elefanten erinnerte, wähnte sich Eleanor einen Augenblick lang zurück in Südafrika.

Hühner zerstoben in alle Himmelsrichtungen, als der Wagen in den Hof der Farm einfuhr. Wenig später war das Auto von einer Schar schnatternder Gänse umringt.

»Guten Morgen, Gentlemen. Miss.« Ein gedrungener Mann in Latzhosen stand im Hof. Er lüftete seine staubige Mütze.

Eleanor ergriff automatisch die Initiative. »Mr Cartwright, nehme ich an?«

»Der bin ich«, antwortete er.

»Vergeben Sie uns, dass wir Sie aus der Sicherheit dieses feinen Polizeifahrzeugs befragen müssen, doch wenn Sie Ihre Gänse nicht zurückrufen, dann fürchte ich, sind wir gezwungen, zu Ihnen hinauszuschauen.«

»Befragen?« Cartwright runzelte die Stirn. »Wieso werde ich denn befragt?«

»Immer mit der Ruhe, Mr Cartwright«, antwortete Wilby beschwichtigend, während er kläglich scheiterte, seine finstere Miene abzulegen. »Das hier ist Lady Swift. Sie hat das Anwesen von Lord Henley geerbt.« Cartwright warf ihr einen derart feindseligen Blick zu, dass sie froh war, in Gesellschaft der Polizei unterwegs zu sein. »Sie hilft uns bei unseren Nachforschungen. Vielleicht können Sie uns in einer gegebenenfalls polizeilichen Angelegenheit behilflich sein?«

Eleanor verdrehte die Augen, biss sich aber auf die Zunge – *gegebenenfalls!*

»Wenn's denn sein muss«, erwiderte Cartwright, »aber ich glaub kaum, dass ich irgendwas weiß.«

»Es geht nicht darum, was Sie wissen, Mr Cartwright«, sagte Wilby, »sondern um etwas, das Sie besitzen. Wir benötigen einen Schlüssel für das Tor am Eingang des Steinbruchs.«

Cartwrights Augenbrauen bauschten sich zu einer undurchdringlichen Hecke auf. »Das Tor ist immer verschlossen.«

Eleanors Geduldsfaden war kurz davor zu reißen. »Das mag ja gut sein, Mr Cartwright, aber haben Sie nun einen Schlüssel oder nicht?«

Cartwright kratzte sich den Hinterkopf. »Ich hab schon irgendwo einen Schlüssel, das Land gehört ja mir, aber ich hab das gesamte Stück Land an die von der Steinbruchfirma verpachtet, auch wenn die es nun schon seit geraumer Zeit nicht mehr benutzt haben. Glaub kaum, dass die sehr erfreut darüber wären, wenn da irgendjemand rumschnüffelt.« Er blickte Eleanor demonstrativ an.

»Zweifelsohne, Mr Cartwright«, stimmte sie überein, »wenn sie aber wüssten, dass es einen Mord –«

»Eine Mordanzeige«, korrigierte Wilby.

Ach herrje, dieser uniformierte Scherzbold wurde langsam richtig lästig.

Sie lächelte den Farmer an. »Mr Cartwright, wir wären Ihnen sehr dankbar, wenn wir Ihren Schlüssel nutzen dürften.«

»Dann treffen wir uns am besten gleich bei das Tor«, sagte Cartwright und stiefelte zum Farmhaus davon.

»An dem Tor«, murmelte Lowe.

Es schien, als ob sich die Dinge doch noch zu einer richtigen Polizeiuntersuchung fügen würden: eine Zeugin, zwei Polizisten, ein Tatort und jetzt sogar noch das nötige Mittel, um sich Zugang zu verschaffen.

Nachdem Cartwright das Tor aufgesperrt hatte, fuhr Lowe hindurch und parkte den Wagen vor der Bauhütte. Wilby kletterte aus dem Fahrzeug.

»Lady Swift, bitte zeigen Sie uns, was Sie meinen gesehen zu haben und wo Sie meinen, es gesehen zu haben.«

»Nur für Ihren offiziellen Polizeibericht, Sergeant Wilby, ich *meine* nicht, etwas gesehen zu haben. Ich *weiß* es.«

Cartwright folgte ihnen über den Hof bis zum Eingang der Hütte.

»Brannte im Inneren der Hütte Licht?«, fragte Wilby.

»Ja, durch das Fenster sah ich einen Mann mit erhobenen Armen. Dann«, fuhr sie eilig fort, »wollte ich gerade versuchen, seine Aufmerksamkeit zu erregen, als –«

»Könnten Sie den Mann in einer Gegenüberstellung identifizieren?«

»Das kann ich bedauerlicherweise nicht mit Gewissheit

behaupten, aber irgendetwas war mit ihm. Ich bin ziemlich sicher, ihn schon einmal gesehen zu haben.«

Wilby schien wenig überzeugt. »Und wo haben Sie diesen Gentleman zuvor gesehen?«

Eleanor dachte angestrengt nach. »D-Das vermag ich nicht zu sagen«, erwiderte sie geschlagen.

Wilby standen die Zweifel ins Gesicht geschrieben.

Sie funkelte ihn an. »Zuvor, vergaß ich zu sagen, hörte ich Geschrei ... nun ja, laute Stimmen.«

Wilby beugte sich vor. »Konnten Sie denn verstehen, was sie sagten?«

»Der Wind ... Ich ... Nein, das konnte ich nicht.«

»Lowe!« Wilby machte auf dem Absatz kehrt und schickte sich an, zurück ins Fahrzeug zu steigen.

»Halt!« Eleanor war bereits lange am Ende mit der Geduld. »Sergeant Wilby, wie Sie ganz genau wissen, bin ich noch lange nicht fertig mit meiner Schilderung der Ereignisse. Muss ich mich wirklich an Ihre Vorgesetzten wenden und berichten, dass Sie einen Tatort verlassen haben«, rief sie, »ohne sich auch nur die Hälfte der Fakten angehört zu haben?«

»Lady Swift.« Wilbys Schnurrbart zuckte, als versuchte er, ein Niesen zu unterdrücken. »Wir von der Polizeitruppe Seiner Majestät sind stark eingespannt und würden es daher sehr begrüßen, wenn Sie uns die Fakten eine Spur schneller darlegen würden.«

Eleanor verkniff sich eine schnippische Antwort und setzte ihren Zeugenbericht fort.

»Erst fiel ein Schuss und dann fiel der Mann um.«

»Um wie viel Uhr war das?«

Eleanor dachte einen Moment lang nach. »Ich habe The Hall gegen neun Uhr dreißig verlassen und habe, kurz bevor ich das Licht in der Hütte gesehen habe, auf meine Uhr geschaut. Da war es zehn nach zehn, doch es dauerte noch etwa weitere fünf Minuten, bis ich den Schuss auf den Mann bezeugt habe, es war also schätzungsweise zehn Uhr fünfzehn.«

»Eine Frage. War zu der Zeit, als dieser ›Schuss‹ fiel, das Gewitter noch im Gange?«

»Nein.«

»Und was haben Sie dann getan?«

»Ich bin in Deckung gegangen und habe mir dabei Gladstone geschnappt.«

»Gladstone?«

»Die Bulldogge meines Onkels ... das heißt, meine Bulldogge.«

»Sie haben sich also den Hund geschnappt. Und dann, als Sie wieder aufgestanden waren?«

»Bin ich zurück zur Straße gelaufen und in der Dunkelheit fast von einem Auto angefahren worden.«

»Dunkelheit.« Wilby zog ein kleines Notizbuch aus seiner Brusttasche und krakelte drei knappe Zeilen hinein. »Und dann wollten Sie – ganz die barmherzige Samariterin – nachsehen, ob der arme Kerl, den Sie für tot hielten, irgendeine Art von Hilfe benötigte?«

»Ich war mir nicht hundertprozentig sicher, ob er tot war. Da ich ja nicht neben ihm stand, als er starb ... als er angeschossen wurde, meine ich. Und ja, ich dachte, ich verhalte mich anständig und sehe nach. Als ich aber dort ankam, nach mindestens fünfzehn Minuten, war sie nicht mehr da.«

»Ich dachte, es war ein Mann?«

»War es auch. Sie wissen ganz genau, was ich meine, und zwar, dass die Leiche weg war. Und es war auch sonst niemand da, kein Mann und keine Frau. Ich habe sogar in der Hütte nachgesehen.«

Lowe stieß einen leisen Pfiff aus.

Wilby schlurfte zur Hütte hinüber und warf einen routinemäßigen Blick ins Innere. »Haben Sie irgendetwas gesehen, das die Ereignisse Ihrer Geschichte erklären könnte?«

Eleanors Augen verengten sich zu Schlitzen, als sie antwortete. »Ich habe einen Fleck auf dem Boden gesehen. Gladstone erachtete den Fleck als höchstinteressant, und ich hatte meine liebe Mühe, ihn von dort wegzuzerren. Ich bin mir sicher, dass es Blut war.«

Wilby begutachtete den Lehmboden der Hütte. »Täuschen mich meine Sinne? Ich jedenfalls kann auf dem Boden keinerlei Anzeichen von Verschmutzung erkennen.«

»Täuschen vielleicht nicht, aber besonders scharf sind sie auch nicht. Obwohl man das von der Polizei eigentlich erwarten können sollte.«

Wilby klappte sein Notizbuch zu und stieg in den Wagen. »Vielen Dank für Ihre Zeit, Lady Swift. Wir haben Ihre Aussage erfasst und melden uns, falls irgendwelche *handfesten* Beweise auftauchen sollten.«

Eleanor wandte sich an Lowe. »Danke fürs Mitnehmen. Ich werde jedoch zu Fuß nach Hause zurückkehren, da ...«

Sie wollte gerade dazu ansetzen, »da ich es ja nicht weit habe« zu sagen, erachtete es dann aber als überflüssig, dieses unbedeutende Detail noch einmal hervorzuheben.

»... da jede weitere Minute in der Gesellschaft Ihres Sergeants zu einem zweiten Mord führen könnte. Und dieses Mal gäbe es eine mit allen Sinnen erfassbare Leiche! Guten Tag!«

FÜNF

Als sie mit Gladstone an diesem Nachmittag einen Spaziergang durch den Garten machte, ging Eleanor etwas Eigentümliches auf: Sie war wütend und enttäuscht zugleich. »Clifford weiß ganz genau, wieso ich Besuch von der Polizei hatte, da ich ihm heute Morgen die ganze Geschichte erzählt habe, aber er hat kein einziges Wort darüber verloren. Weißt du, Gladstone, ich werde aus diesem Mann partout nicht schlau.«

Gladstones Blick verriet, dass er gerade viel lieber einem Ball hinterherjagen würde, falls sie nichts dagegen einzuwenden hatte.

»Na gut, alter Junge, such dir einen Ball, und dann wollen wir mal versuchen, dir ein klein wenig Fett von den Rippen zu trainieren.« Als Gladstone das B-Wort hörte, stellten sich seine Ohren auf, und schon schoss er ins Unterholz davon.

Eleanor nahm auf einer der Steinbänke Platz und ließ den Blick über die Anlage schweifen. Die Gärten waren von einem Freund ihres Onkels gestaltet worden, der eine Vorliebe für exotische Pflanzen hegte. Auf dem gestreiften Rasen hinter dem Haus, der sich von einer eindrucksvollen Balustrade erstreckte, die die gesamte Rückseite des Hauses umfasste, wuchsen Bergamotten und Ziergräser. Dahinter fielen weniger formale Grünzüge ab, die sich mit Buchen, Amberbäumen und Sumpfeichen mischten.

Die Rasenflächen zierten Marmorstatuen, von denen sie das Mädchen mit der Schürze am liebsten mochte. Während ihrer seltenen Besuche zu Kindheitstagen hatte sie sich oft im Schneidersitz auf den Rasen gesetzt, um ihrem stummen marmornen Pendant ihre Sorgen anzuvertrauen.

Der Klang des tröpfelnden Wassers, das aus dem steinernen Brunnen in der Mitte plätscherte, holte sie zurück in die Gegenwart. Es fühlte sich seltsam an, das hier alles zu besitzen, nun, da ihr Onkel verstorben war. Ihr war bewusst gewesen, dass er keine anderen Verwandten mehr hatte, seitdem seine Schwester, ihre Mutter ... verschwunden war. Die Swifts waren eine der wenigen Adelsfamilien, die sichergestellt hatten, dass ihr Besitz und ihre Adelstitel zu gleichen Teilen an männliche und weibliche Erben übergingen, sodass sie bereits seit langer Zeit Lady Swift war. Die Henleys hatten die gleichen Vorkehrungen getroffen, sie ging also davon aus, sich theoretisch auch Lady Henley nennen zu können. Doch zum Andenken an ihre Eltern wollte sie für immer Lady Swift bleiben.

Sie hatte nie damit gerechnet, eines Tages die letzte noch lebende Angehörige ihrer Familie zu sein.

Noch seltsamer als die Vorstellung, dass all die Anlagen, die sie gerade überblickte, ihr gehörten, aber war der Gedanke, dass gleich um die Ecke gerade erst ein Mann ums Leben gekommen war. Sie schlug sich gegen die Stirn, denn jetzt dämmerte ihr, wovor Clifford sie hatte warnen wollen, als sie gestern Abend aus der Tür gestürmt war. Wenn das Anwesen von Steinbrüchen umgeben war, dann war die Gegend für Unachtsame tatsächlich gefährlich, insbesondere bei Dunkelheit.

Sie fröstelte. Gefährlich war es wohl auch aus anderen

Gründen gewesen. Denn da draußen, nur einen Steinwurf von der Sicherheit des Anwesens entfernt, hatte ein Mörder gelauert.

Ein Husten ließ sie aufschrecken. Sie blickte auf. *Wie macht er das nur? Er erscheint wie aus dem Nichts.*

»Guten Tag, Clifford.«

»Guten Tag, Mylady.«

»Sind Sie nun wohl hinreichend ausgeruht, um den Rest der Dienerschaft kennenzulernen?«

Eleanor ächzte. Sie hasste formelle Treffen. »Wie wäre es mit einer informellen Zusammenkunft in fünfzehn Minuten?«

»Sehr wohl, Mylady.« Er verabschiedete sich mit seiner üblichen Halbverbeugung.

Das Kennenlernen der Belegschaft erwies sich als weniger unangenehm, als Eleanor befürchtet hatte. Als sie den sonnendurchfluteten Morgensalon betrat, stellten sich die Bediensteten gerade in einer ungeordneten Reihe vor den Nussbaumvitrinen auf. Per Fingerzeig bat Clifford die erste Person vorzutreten. »Mrs Butters, die Haushälterin.«

Mrs Butters' winzige Körpergröße, ihre gemütliche Figur und ihr weiches, rundliches Gesicht verliehen ihr die Aura einer Lieblingstante, wie sie im Buche steht. Sie bedachte Eleanor mit einem mütterlichen Lächeln.

»Ja, natürlich, Mrs Butters. Wir sind uns bereits begegnet.«

Mrs Butters gluckste. »Es war mir ein Vergnügen, Sie kennenzulernen, Mylady. Wir haben uns alle schon so auf Ihren Besuch ... Ihren Einzug auf The Hall gefreut.«

»Danke schön.«

Clifford beorderte sie mit einer flinken Handbewegung zurück in die Reihe. »Mrs Trotman, die Köchin.« Cliffords Kopf bewegte sich unmerklich, als er sie anwies, einen Schritt vorzutreten.

Ein Frau, gekleidet in eine makellose Schürze und geformt wie eine perfekte englische Birne, begegnete Eleanors Blick mit einem stillen Lächeln. »Willkommen, Mylady. Es ist mir eine Freude, Sie kennenzulernen. Wir hoffen alle, dass Sie hier auf Henley Hall sehr glücklich werden.«

»Nun, vielen Dank, Mrs Trotman, das hoffe ich ebenfalls«, gab Eleanor zurück. »Und ich muss Ihnen zu Ihrem Paprika-Relish gratulieren, das vorzüglich mit den Frühstückswürstchen harmoniert.«

Die Köchin errötete und trat mit einem gemurmelten »Zu viel der Güte, Mylady!« zurück in die Reihe.

»Polly, das Dienstmädchen.« Clifford deutete auf eine Bohnenstange von einem Mädchen, das Eleanor auf kaum fünfzehn Jahre schätzte. Das junge Mädchen trat nervös von einem dünnen Bein auf das andere und knickste unbeholfen. »Willkommen, Ihre Ladyschaft. Es ist eine Ehre, Sie kennenzulernen.«

»Vielen Dank, Polly. Auch mir ist es ein Vergnügen, dich kennenzulernen.«

Ein Mann mit wettergegerbtem Gesicht und groben Händen wartete nicht erst auf Cliffords Wink vorzutreten. »Joseph Wendon, Mylady. Ich pflege die Gärten seit nun fünfzehn Jahren in leidenschaftlicher Hingabe für seine Lordschaft, Ihren verschiedenen Onkel, Gott sei seiner Seele gnädig.«

»Vielen Dank, Joseph. Ich habe die Gärten bereits sehr genossen.«

Sie ließ den Blick über die Reihe aus freundlichen Gesichtern schweifen und fuhr fort: »Mein verstorbener Onkel konnte sich glücklich schätzen, mit derart engagiertem und qualifiziertem Personal gesegnet zu sein. Ich hoffe, dort anknüpfen zu können, wo er so bedauerlicherweise aufhören musste.« Zwar war sie weit von einer Entscheidung darüber entfernt, ob sie bleiben oder zurück in die Sicherheit ihres alten und chaotischen, aber dafür vertrauten Lebens fliehen wollte, doch schien es besser, dies vorerst nicht zu offenbaren.

Clifford durchbrach die Stille. »Es gibt noch ein weiteres Mitglied der Dienerschaft, Mylady, das heute bedauerlicherweise nicht unter uns weilt.«

»Ach, wirklich? Und wer mag das sein?«

»Silas, Mylady. Der Wildhüter.«

Josephs Lächeln wurde noch breiter. Polly errötete. Eleanor nickte nur, obschon sie seit ihrer Ankunft weder Anzeichen für Wild noch für einen Wildhüter registriert hatte.

Clifford hüstelte und nahm eine noch geradere Haltung an, sofern das überhaupt möglich war. »Ich möchte Ihnen im Namen der gesamten Dienerschaft unser aufrichtiges Beileid zum Tode Ihres Onkels aussprechen.«

Aller Augen richteten sich erwartungsvoll auf Eleanor. Darauf war sie nicht vorbereitet gewesen.

»Vielen Dank für Ihre Anteilnahme. Allein vermute ich, Sie vermissen ihn mehr als ich.« Das war missverständlich ausgedrückt, daher setzte sie schnell nach: »Liebend gern wäre ich zur Beisetzung erschienen, doch haben mich die Einzelheiten zu Lord H..., zum Tode meines Onkels ... und bezüglich der Bestattungsvorkehrungen ... erst erreicht, als es bereits zu spät war. Ich war draußen in der Steppe unterwegs, um neue Routen für Safaris zu erkunden ...« Sie zuckte die Schultern. »Dort draußen ist man gar nicht so leicht aufzuspüren. Die Kommunikation gestaltet sich manchmal etwas schwierig.«

Clifford legte den Kopf schräg. »Das verstehen wir sehr gut, Mylady. Ihr Onkel und ich haben einige Zeit zusammen in Südafrika verbracht.« Auf Cliffords Fingerschnippen hin defilierte die Dienerschaft hinaus.

Wie aus dem Nichts hörte sich Eleanor fragen: »Clifford, wie haben Sie meinen Onkel adressiert?«

»Lord Henley, Mylady.«

»Ich meine, wenn Sie beide unter sich waren?«, drängte sie.

Clifford zögerte. »Tex.«

»Tex?«

»Ihr Onkel hat einige Zeit in den Vereinigten Staaten verbracht. Er war ein großer Fan von Stummfilmen, insbesondere von Western.«

»Mein Onkel war wirklich ein englischer Exzentriker par excellence, nicht wahr, Clifford?«

»Ja, Mylady. Die Henleys haben sich schon immer am Rande des Unkonventionellen bewegt. Und die Swifts vielleicht ebenso?«

»Vielleicht, Clifford.«

Er hielt Eleanor ehrerbietig die Tür auf, und sie trat hinaus auf den Korridor.

»Verzeihen Sie, Mylady.« Mrs Butters wartete bereits. »Dürfte ich Mr Clifford sprechen?«

»Aber natürlich, nur zu, Mrs Butters.«

»Mr Clifford, gedachten Sie, heute Nachmittag das Dorf aufzusuchen? Ich kann für die Lieferung nicht bis morgen auf Mr Penrys Laufburschen warten. Wenn Sie nicht gehen, dann schicke ich Polly und hoffe einfach, dass sie es diesmal besser hinbekommt.« Sie lächelte trocken.

»Nein, Mrs Butters. Mein heutiger Terminkalender sieht keine Ausflüge in die wilden Weiten von Little Buckford vor.«

»Oh, das macht nichts, Mr Clifford. Ich frage ja nur.«

Eleanor ergriff die Chance. Das war ihre Gelegenheit, der erdrückenden Atmosphäre von The Hall zu entkommen.

»Mrs Butters, in meinem Terminkalender ist ein solcher Ausflug durchaus vorgesehen. Ich kann die Besorgungen erledigen.«

»Oh, Mylady, nicht doch!«, entgegnete die Haushälterin entrüstet. »Danke für das freundliche Angebot, aber das kommt nicht infrage.« Sie hielt inne, als sie Cliffords lautes Einatmen vernahm.

»Ich bestehe darauf. Ich wünsche, Bekanntschaft mit dem

Dorf und seinen zweifelsohne interessanten und schillernden Bewohnern zu machen. Schreiben Sie mir eine Liste. Ich gedenke, in zwanzig Minuten aufzubrechen.« Ohne eine Antwort abzuwarten, machte sie sich auf den Weg nach oben, um sich einen Mantel zu schnappen.

SECHS

Nachdem sie das Eingangstor passiert hatte, verlangsamte Eleanor ihr Tempo, damit ihr immer zutraulicher werdender Begleiter Schritt halten konnte. Selbst wenn sich das Leben auf The Hall zu bessern schien, war da immer noch das Problem des kaltblütigen Mörders, der hier frei herumlief. Da sich die Polizei als so nutzlos wie ein Regenschirm in der Wüstensonne Südafrikas erwies, würde sie die Ermittlungen selbst in die Hand nehmen müssen. Und ein Abstecher ins Dorf stellte die perfekte Gelegenheit dar, um damit anzufangen.

Auf der Kuppe des Hügels pausierte sie und sah sich um. Der Blick über das Tal war von friedlicher Schönheit. Einzig die schrillen Rufe der Rotmilane unterbrachen die Stille. Obschon es ein unheimlicher Laut war, fand sie seltsamerweise Trost darin. Denn er versetzte sie zurück in die wenigen Kindheitstage, die sie damit verbracht hatte, die Anlagen von Henley Hall zu durchforsten, in dem Wunsch, mit ihren Sommerferien etwas Sinnvolles anfangen zu können.

Unter ihr präsentierte sich Little Buckford, eingebettet in einer Postkartenidylle zwischen Wald und Flur. Die kurze Hauptstraße, die an der mittelalterlichen Feuersteinkirche entsprang, umfasste lediglich sieben kleine Läden und ein Lesekabinett und mündete auf der Allmende mit dem gut bevölkerten Entenpfuhl. Eine Reihe von Pflasterstraßen führte in drei Richtungen zu bunt durcheinandergewürfelten Ansammlungen von Reetdachhäusern zwischen Apfelgärten und ordentlich angelegten Gemüsegärten. Mord hatte hier sicherlich nichts verloren.

Eleanor atmete tief aus. »Ob Mord oder kein Mord, die Landluft tut der Seele gut, Gladstone. Und Spazieren ist förderlich für die Gesundheit. Aber langsam. Ich denke, ich werde mir ein Fahrrad zulegen. Ich bin einst viel umhergeradelt, musst du wissen.«

Gladstone riss den Kopf hoch.

»Hmm, du hast recht. Ich glaube kaum, dass es einen Korb gibt, der groß genug für eine solch stattliche Kreatur wie deine Wenigkeit ist. In jedem Fall würde ich meine Kondition schnell wiedererlangen, wenn ich mit dir diese Anstiege hier hinaufstrampelte.« Sie blickte über das Tal hinweg in die ferne Landschaft, die einen lückenlosen Streifen aus grünen Feldern und Wäldchen bildete, die von weiß blühenden Schlehdornhecken übersät waren. »Schon seltsam. Das alles fühlt sich so vertraut an, dabei war ich als Kind doch nur so selten hier.« Sie seufzte. »Komm schon, mein treuer Begleiter. Die Ermittlungen rufen!«

Die Vorhänge der ersten drei Häuser auf der gegenüberliegenden Straßenseite zuckten gleichzeitig. Eleanor lächelte. Sie war es gewohnt, neugierige Blicke auf sich zu ziehen, erst recht in einem verschlafenen Dorf wie Little Buckford, in dem nicht viel passierte. Mit Ausnahme eines Mord, wie es schien.

Sie betrat den ersten Laden von Mrs Butters' Liste. Das Schild an der Tür von Penry's Butchery versprach »feinste Ware«.

»Guten Tag.« Sie lächelte den Mann in Fleischerschürze hinter dem Tresen an.

»Guten Tag, Lady Swift.«

Sie fragte sich, woher er wusste, wer sie war. »Und Sie müssen Mr Penry sein?«

»Dylan Penry, zu Ihren Diensten, Mylady. Es ist mir eine große Freude, Sie in meinem bescheidenen Geschäft willkommen heißen zu dürfen.« Der Singsang seines walisischen Dialekts war entzückend.

»Wie ich sehe, führen Sie hier eine gut ausgestattete und makellose Unternehmung, Mr Penry. Hier eine Liste der Besorgungen, mit denen mich Mrs Butters betraut hat.«

Penrys Augenbrauen schnellten empor. »Na, das ist ja ein starkes Stück, dass Mrs Butters Sie auf Botengänge schickt.«

»Ja, das ist vermutlich ungewöhnlich. Allerdings habe ich mich freiwillig gemeldet, sodass die Tatsache meinem Charakter und nicht Mrs Butters geschuldet ist.« Als sie die Liste auf den Holztresen legte, nahm sie das fein säuberlich gestapelte Einschlagpapier und die perfekt gewickelte Schnur auf einer Spule zur Kenntnis.

»Recht so, Mylady, dann wollen wir mal sehen, was es heute sein darf.« Er nahm die Liste mit seinen wurstartigen Fingern und studierte den Zettel gewissenhaft. »Es scheint, Mrs Trotman schickt sich an, eine ihrer Spezialitäten zuzubereiten. In einer Minute bin ich zurück.« Er stapfte in den hinteren Teil des Geschäfts außer Sichtweite.

Während der Wartezeit bestaunte Eleanor die Regale voller Feinpökelware und Soßen. In drei Glasvitrinen lagen Tabletts mit akkurat filetierten Fleischteilen aus, die wie Kunstwerke ausgestellt waren und jeweils durch einen schmalen Streifen aus frischen grünen Kräutern voneinander getrennt waren. Eine umfangreiche Auswahl an Pasteten füllte die Auslage des Schaufensters, das ringsum zur Dekoration mit Wurstketten ausgelegt war.

Penry stapfte zurück in den vorderen Teil der Metzgerei und hatte die Hände voller sorgfältig eingepackter Beutel. »Das ist fast alles, Mylady. Nur die feinsten Koteletts noch dazu.«

Eleanor, die nicht zum Zögern neigte, sah ihre Gelegenheit gekommen. »Die Bürger von Little Buckford können sich glücklich schätzen, ein solch feines Etablissement wie das Ihre zu haben. Sagen Sie, beliefern Sie auch die Außenbezirke der Region?«

»Nun, Mrs Penry übernimmt die Auslieferungen mit unserem Lieferwagen, immer mittwochs und samstags.«

»Und kommt sie da an Henley Hall vorbei? Ich bin in dieser Richtung an so etwas wie einem Steinbruch vorbeigekommen.«

»Einem Steinbruch? Die meisten unserer Außenkunden leben südlich des Dorfes, alles hinter The Hall liegt außerhalb unseres Geschäftsgebiets. Man könnte wohl behaupten, Ihr seliger Onkel war unser nördlichster Kunde.« Er lachte über einen Scherz, der ihr völlig entging. Nachdem er die Fassung wiedererlangt hatte, fuhr er fort: »Ich kenne mich mit Steinbrüchen nicht aus, ich weiß nur, dass es mehrere davon gibt und dass die Loren seit gut sechs Monaten stillstehen.«

»Ich bin auf dem Weg dorthin einem gewissen Mr Cartwright begegnet. Der Steinbruch steht auf seinem Land. Kennen Sie ihn?«, hakte Eleanor mit Unschuldsmiene nach.

Penry erstarrte, als er den Namen vernahm. »Thomas Cartwright hat meine Metzgerei nicht nötig.« Er verschloss das letzte der Päckchen mit einem besonders festen Knoten.

Eleanors Augen funkelten. Mr Cartwright war allem Anschein nach in Little Buckford nicht sonderlich beliebt. »Wirklich, Mr Penry? Ich kann mir kaum vorstellen, dass Mr Cartwright auf Ihr vorzügliches Geschäft verzichten könnte. Ist er denn möglicherweise Vegetarier?«

»Bei Gott, nein!« Penry schüttelte energisch den Kopf. »In dieser Hinsicht ist bei Thomas Cartwright alles in Ordnung. Er hat noch immer alle Zähne und kann problemlos Fleisch damit kauen.«

Eleanor lächelte schwach. »Mr Penry, verzichten Vegetarier nicht eher aus moralischen denn aus zahnmedizinischen Gründen auf Fleisch?«

Der Metzger fühlte sich sichtlich unwohl. »Ich widerspreche ja nur ungern, Mylady, aber Sie wollen doch wohl nicht behaupten, dass ein Mann, der sich im Vollbesitz seiner geistigen Kräfte befindet, freiwillig darauf verzichten würde, Fleisch zu essen? Warum auch? Der Ärmste wäre wohl spätestens nach einem Jahr tot.«

Eleanor hatte das Gefühl, das Gespräch wieder zurück auf Kurs bringen zu müssen. »Nun, wenn Mr Cartwright also kein Vegetarier ist, wieso hat er Ihren Laden dann nicht nötig?«

Penry scharrte hinter dem Tresen unruhig mit den Füßen. »Die Sache ist die, Thomas Cartwright mag mein Geschäft nötig haben oder nicht, jedenfalls ist er hier nicht willkommen. Ich habe vielleicht kein Verständnis für die Moralvorstellungen dieser neumodischen ›Vegetierer‹, ich meine, dieser –«

»Vegetarier, Mr Penry?«

»Danke sehr, Mylady, dieser Vegetarier, aber für die Moralvorstellungen von Thomas Cartwright habe ich noch weniger Verständnis!« Er platzierte die Päckchen auf dem Tresen. »Jetzt hätte ich das wichtigste Päckchen von allen ja fast vergessen!« Offensichtlich war das Gespräch über Mr Cartwright beendet. Er wickelte einen riesigen Knochen in braunes Papier ein und reichte ihn ihr. »Für Master Gladstone.«

»Danke sehr, Mr Penry. Es war mir eine Freude, Sie kennenzulernen. Ich muss nun weiter, meinen Spaziergang fortsetzen.«

»Ihre Füße werden Sie immer dorthin tragen, wo Ihr Herz ist.«

Sie drehte sich überrascht zu ihm um.

Er lächelte. »Ein walisisches Sprichwort, Mylady. Guten Tag.«

Auf dem Weg zurück zu The Hall konstatierte sie: »Also, wie es scheint, betrachtet Mr Penry Mr Cartwright als einen Mann lockerer Sitten. Locker genug für einen Mord? Gladstone, wir müssen nun herausfinden, wo genau sich Cartwright zu dem Zeitpunkt aufgehalten hat, als ich den Schuss auf den Mann bezeugt habe. Da werden wir weitere Nachforschungen anstellen müssen. Weißt du, Gladstone, ich glaube, Frauen sind von Natur aus gut im Detektivspielen. Ich meine erwähnt zu haben, dass die fortschrittlicheren Polizeitruppen dieses Landes eine Handvoll tapferer Damen in ihren Rängen verzeichnen können.« Sie blieb mitten im Schritt stehen und sah die Bulldogge mit aufgebrachter Miene an. »Wenngleich mir zu Ohren gekommen ist, dass Polizistinnen die Straßen lediglich in Begleitung von ...«, zischte sie ungläubig, »... von zwei männlichen Polizisten, die ihnen in einigem Abstand folgen, zu patrouillieren befugt sind!«

Ihr Begleiter blickte angemessen schockiert drein, wie sie befand. »Ganz genau!« Sie machte sich wieder auf den Weg, und Gladstone schüttelte den Kopf, vielleicht aus Fassungslosigkeit, doch womöglich war die Bewegung auch schlicht ihrem etwas zu heftigen Zug an seiner Leine geschuldet. »Es heißt, hinter jedem erfolgreichen Mann stehe eine starke Frau. Und wie es scheint, stehen hinter jeder wegbereitenden Polizistin zwei nutzlose männliche Kindermädchen!«

Eleanors Erwägungen zum britischen Polizeiwesen wurden jäh von einem Wehklagen unterbrochen, das sie vernahm, als sie durch die Eingangstür von The Hall trat.

»Polly, was in aller Welt ist denn los? Hat sich jemand verletzt?«

Alles, wozu das junge Dienstmädchen imstande schien, war von einem Bein auf das andere zu wippen und »O Gnade, Ihre Ladyschaft!« zu murmeln.

Das arme Mädchen stand augenscheinlich unter Schock. Schlug man seine Dienerschaft, wenn sie der Hysterie anheimfiel? Eleanor wünschte, geschulter in diesen Dingen zu sein. Hätte sich einer ihrer Führer im Busch derart theatralisch verhalten, dann hätte sie ihn geschlagen, aber hier?

Da tauchte Clifford auf und bewahrte sie vor einer womöglich vorschnellen Entscheidung.

»Nicht verletzt, Mylady. Tot.«

Pollys Weinen wurde lauter. Clifford schnalzte mit der Zunge, woraufhin sie den Korridor entlang hinforthuschte.

»Tot, sagen Sie?« Eleanor rang nach Luft. »Sicherlich niemand von der Dienerschaft?« Sie hatte keine Ahnung, wo sie neue Hausangestellte auftreiben sollte. Das wäre ein Desaster.

Sollte sie nun das Kommando übernehmen und süßen Tee verabreichen oder was auch immer dazu geeignet war, die Nerven ihrer verbliebenen Dienerschaft zu beruhigen? Konnte man seinem Personal Brandy verordnen? Sie schüttelte den Kopf. *Du musst noch so viel lernen, Ellie.* Sie wandte sich wieder Clifford zu, der geduldig wartete.

»Ähm, wer genau ist tot, Clifford?«

»Mr Spencer Atkins. Ein höchst tragischer Verlust.«

Also niemand von der Dienerschaft! Doch bevor sie jubilieren konnte, kam ihr ein Gedanke: War sie womöglich etwas unsensibel? »Sie kannten den Mann, Clifford?«

»Ja, Mylady. Mr Atkins war ein guter Freund Ihres seligen Onkels.«

Eine Erinnerung schoss ihr in den Kopf. Natürlich! Sie erinnerte sich an ihn. Ein großer, kantiger Mann mit ernster Miene, die nicht so recht zu seinen hellblauen Augen und seinem eigenwilligen Haarschopf passen wollte, der sich kontinuierlich seinen größten Bemühungen widersetzte, ihn durch Brillantine zu bändigen.

Er war während ihrer Aufenthalte mehrmals erschienen, um mit ihrem Onkel zu dinieren und Karten zu spielen. Und er hatte sich immer nach Kräften bemüht, sie miteinzubeziehen. Natürlich nicht, wenn sie gerade Zigarren rauchten oder Portwein tranken, doch im Großen und Ganzen war er in ihrer Erinnerung ein sympathischerer Zeitgenosse gewesen als ihr Onkel. Tatsächlich war Atkins sogar eines verregneten Nachmittags einmal überraschend mit einem Puzzlespiel erschienen, als ihr Onkel die gesamten Sommerferien über absent gewesen war. Er und Eleanor hatten einige vergnügliche Stunden zwischen allerlei Puzzleteilen zusammen auf dem Fußboden des Morgensalons verbracht.

»Aber wie ist das passiert, Clifford?«

»Es war wohl ein Unfall. Mr Atkins war gerade dabei, seine Flinte zu reinigen, als sich plötzlich ein Schuss löste.«

Eleanor erstarrte. Vor ihrem geistigen Auge erschien ein Bild aus der vergangenen Nacht. »Clifford, haben Sie vielleicht ein paar Fotos jüngeren Datums von Mr Atkins?«

»Gewiss, Mylady.«

Sie wartete gespannt, bis er mit einem gerahmten Druck zurückkehrte.

Eleanor starrte auf das Foto. Ja, sein Gesicht hatte mehr Falten bekommen. Und sein Haar war dünner geworden, genau wie er selbst. Doch der Mann, der sie da auf dem Foto anstrahlte, war definitiv der Mann, mit dem sie einst all diese unbeschwerten Stunden bäuchlings auf dem Fußboden inmitten von Puzzleteilen verbracht hatte.

Und eindeutig der Mann, dessen Ermordung sie am Steinbruch bezeugt hatte.

SIEBEN

Die Nachricht von Mr Atkins' Tod hatte die Hausgemeinschaft offensichtlich schwer getroffen. Clifford hatte seine professionell-distanzierte Miene aufrechterhalten, doch in der Küche war es ungewöhnlich ruhig, und Pollys rot geränderte Augen fielen ihr auf, wann immer Eleanor ihr auf dem Korridor begegnete. Sie hätte das junge Mädchen gern umarmt, hatte allerdings das Gefühl, bereits ausreichend Hausregeln gebrochen zu haben, und fürchtete, das junge Dienstmädchen damit eher zu verstören als zu trösten.

In Wahrheit machte Atkins' Tod Eleanor selbst zu schaffen. Insbesondere weil sie vermutete, dass er nicht etwa versehentlich beim Säubern seines Gewehrs tödlich verunfallt, sondern vielmehr ermordet worden war, möglicherweise von dem mysteriösen Motorradfahrer am Steinbruch. Eleanor hatte versucht, von Clifford weitere Details zu Atkins' Tod zu erfahren, allerdings hatte die Polizei wohl bislang keine weiteren Informationen herausgegeben – mit der Ausnahme, dass die Leiche an diesem Morgen um sieben Uhr zu Dienstbeginn von Mr Atkins' Haushälterin gefunden worden war.

Da Clifford unterwegs war, um zu erledigen, was immer

Butler so zu erledigen haben, bereitete die Haushälterin am darauffolgenden Morgen das Frühstück zu. Eleanor fand Mrs Butters zwar in gedämpfter Stimmung vor, sie war jedoch so freundlich wie immer. Trotz der Schwere, die in der Luft lag, während sich die Haushälterin den Serviertellern widmete, entwickelte sich ein lockeres und ungezwungenes Gespräch zwischen den beiden.

»Sagen Sie, Mrs Butters, wann haben Sie Mr Atkins letztmalig auf The Hall gesehen?«

Die Haushälterin unterbrach ihre Inspektion des Wursttellers. »Lassen Sie mich nachdenken. Ich meine, dass Mr Atkins zum Dinner hier war, nur wenige Tage bevor ...« Sie stockte und schüttelte traurig den Kopf. »Bevor Ihr Onkel verstorben ist.«

Die Haushälterin war sichtlich bestürzt.

Eleanor behielt ihre Gedanken für sich. Doch wenn die Polizei den Tod als Unfall erachtete, wer, wenn nicht sie selbst, vermochte dann die wahren Tatsachen ans Licht zu bringen? Das war sie dem Mann schuldig, der sich die Mühe gemacht hatte, sich während ihrer Besuche auf The Hall mit ihr anzufreunden. Sie musste für Gerechtigkeit sorgen und seinen Mörder dingfest machen.

»Und in welchem Verhältnis stand Mr Atkins zu meinem Onkel? War er ein Geschäftspartner oder ein Freund?«

Mrs Butters setzte die Servierglocke auf den Präsentierteller. »Mr Atkins hat häufig in London gearbeitet, in irgendeinem Regierungsamt, in welchem, das weiß ich nicht mehr. Mr Clifford hingegen schon. Ihr Onkel kannte ihn, denn sie waren Nachbarn. Nun ja, fast. Mr Atkins' Haus liegt direkt die Straße hinauf, hinter Cartwrights Farm. Ich glaube, die beiden lernten sich bei einer Jagdversammlung auf Langham Manor kennen.«

»Verstehe. War Mr Atkins ein guter Schütze?«

»Das weiß ich wirklich nicht, Mylady, da müssen Sie Mr Clifford fragen, der wird das wissen.«

»Danke sehr, Mrs Butters, das werde ich auch, sobald er zurück ist. Eine letzte Frage noch. Hatte Mr Atkins' Arbeit irgendetwas mit Steinbrüchen zu tun?«

»Steinbrüche! An solche Orte würde man einen Mann seines Standes doch nur über seine Leiche hinbekommen, Mylady.«

Und genau so ist es auch gekommen!

Sie nahm einen Schluck Kaffee und beschloss, den Tatort noch einmal aufzusuchen, jetzt da sie alle Eindrücke noch so lebhaft vor Augen hatte.

»Danke für dieses wunderbare Frühstück, Mrs Butters. Und danken Sie bitte Mrs Trotman. Ich fürchte, ich platze, wenn ich durch einen weiteren Happen Ihrer vorzüglichen Kost, der nicht bereits auf meinem Teller liegt, in Versuchung geführt würde.«

Mrs Butters lachte. »Genau dies waren so oft die Worte Ihres seligen Onkels. Und am häufigsten nach dem Frühstück.« Sie platzierte einen Stapel Teller auf einem ovalen Silbertablett.

»Nun, nach dieser Unmenge an Würstchen ...«, sagte Eleanor und wedelte mit ihrer vollen Gabel, »... muss ich meinen Kreislauf wieder in Schwung bringen. Und Clifford ist nicht hier, um mich dafür zu schelten, dass ich den Essensplan durcheinanderbringe, demnach ...« Sie lächelte die Haushälterin an. »Demnach würde ich, wenn ich Ihnen dadurch keine allzu großen Umstände bereite, zur Haustür hinausschweben und zurückkehren, wann auch immer ich fertig bin.«

»Was für eine reizende Idee, Mylady. Bitte genießen Sie Ihren Tag. Das Essen ist ganz Ihren Wünschen nach im Nu zubereitet, sobald Sie zurückkehren.« Das überladene Tablett balancierend verließ Mrs Butters den Raum mit einem beschwingten Lächeln und zog die Tür mit der Fußspitze hinter sich zu.

»Gladstone, mein Freund, ich fürchte, du bleibst lieber hier, um eine Mütze Schlaf nachzuholen.« Das Peitschen seines Schwanzes signalisierte ihr seine Zustimmung.

Sie fütterte ihn mit einer Ecke Toast, die sie für ihn aufbewahrt hatte. »Die Sache ist die, Gladstone, wenn ich etwas gelernt habe, seit ich, nun, sagen wir, zur Waisin geworden bin, dann ist das, dass man für sich selbst sorgen muss. Offenkundig glaubt mir niemand, dass ich den Mann am Steinbruch gesehen habe, warum also sollte ich ihnen erzählen, dass es Atkins war, wenn sie ohnehin alle davon überzeugt sind, dass er versehentlich Selbstmord begangen hat?«

Die Bulldogge war zu sehr damit beschäftigt, die Toastkrumen aufzuschlecken, die ihr aus den Hängebacken gepurzelt waren, um zu antworten.

Eleanor jedoch deutete dies als stillschweigende Zustimmung. »Genau, und wenn du etwas erledigt haben willst, dann mach es selbst. Die wenigen Male, die ich ihm begegnet bin, war Mr Atkins nett zu mir, netter als mein Onkel oder dieses aufgeblasene Livree namens Clifford, also schulde ich es ihm, für Gerechtigkeit zu sorgen.« Gladstone sah aus trübseligen Augen zu ihr auf und schleckte ihr quer über die Nase. Sie tätschelte ihm den Kopf. »Es ist gut, einen Verbündeten zu haben, Gladstone, selbst wenn es ein eher schleckriger ist. Ich habe das Gefühl, dass ich jede Hilfe benötige, die ich auftreiben kann, um diesen rätselhaften Fall aufzuklären.«

Als sie die Vordertür von The Hall hinter sich zuzog, hauchte die Luft die letzten frischen Atemzüge des morgendlichen Frosts aus, um der Wärme der Morgensonne Raum zu geben. Ein stählernes Blau verlieh dem Himmel die seltene Verheißung des baldigen Beginns eines endlosen Sommers. Nachdem sie das Gelände des Anwesens verlassen hatte, machte sie sich auf zum »Todessteinbruch«, wie sie ihn getauft hatte.

Unterwegs begann sie, daran zu zweifeln, ob sie wirklich in

der Lage war, diesen Mordfall zu lösen. Sie hatte zwar schon einige brenzlige Situationen erlebt, doch hatte sie nicht den blassesten Schimmer davon, wie man einen Mordfall aufklärte. *Wo zum Himmel fängt man an, Ellie?* Nun, der Tatort bot sich an. Diesen Punkt konnte sie abhaken, schließlich war sie dorthin ja bereits unterwegs. Zufrieden mit sich selbst zählte sie an ihren Fingern die Fragen ab, die Antworten erforderten: Warum war Atkins in dieser Nacht am Steinbruch gewesen? War er gekommen, um den Mann zu treffen, der ihn ermordet hatte? Wer war der zweite Mann am Steinbruch gewesen? Handelte es sich bei ihm um den Motorradfahrer, der sie beinahe überfahren hatte? In diesem Falle wären Atkins' Mörder und der mysteriöse Motorradfahrer ein und dieselbe Person. Dann musste sie lediglich das Motorrad aufspüren, das wiederum sie zu seinem Fahrer und damit dem Mörder führen würde!

Sie klopfte sich im Geiste auf die Schulter. Diese Verbrechensaufklärerei war einfacher, als sie gedacht hatte. Dann entsann sie sich der nächsten Frage, die einer Antwort bedurfte: Was war mit der Leiche geschehen?

Während sie weiterging, dachte sie darüber nach. Nach wenigen Minuten schmerzte ihr der Kopf, und da sie keine wirklichen Antworten finden konnte, wandte sie sich der Frage nach den Verdächtigen zu. Nun, es war zwar noch früh am Tage, aber Mr Cartwright gebärdete sich sicherlich wie ein Anwärter. Warum hatte er behauptet, dass das Steinbruchtor immer verschlossen sei? In der Mordnacht hatte sie ungehindert hindurchspazieren können. Als sie am Folgetag zusammen mit dem unfähigen Sergeant Wilby und Constable Lowe gekommen war, war es verschlossen gewesen. Ja, an diesem Morgen war es zu gewesen. In der Nacht davor hingegen ...

Eleanor beschleunigte ihren Schritt. Sie würde der Polizei schon zeigen, wie das ging, und Thomas Cartwright höchstselbst befragen. Wenn sie die Morduntersuchung ihren inkompetenten Freunden und Helfern überließ, würde der Täter schließlich niemals gefunden werden.

Vielleicht sollte sie auch einen weiteren Ausflug nach Little Buckford unternehmen, unter dem Vorwand, einige Besorgungen für Mrs Butters erledigen zu müssen. Sie musste mehr darüber herausfinden, aus welchem Grund Cartwright zumindest für manche der Einwohner von Little Buckford als Persona non grata galt.

Während sie auf ihr neues Ziel, auf Pike's Farm, zusteuerte, zwitscherten die Hecken vor dem Gesang verschiedenster Vögel, die nach Leibeskräften trillerten. Allerdings vermochte Eleanor nicht, die unterschiedlichen Arten am Gesang zu erkennen. Tatsächlich war der einzige Vogel, den sie bestimmen konnte, das tapfere Rotkehlchen, das neugierig an ihrer Seite flatterte.

Oje! In Sachen Vögel galt es da ja auch noch die unbedeutende Kleinigkeit von Cartwrights bösartigen Gänsen zu bedenken. Eleanor hatte ihre frühe Kindheit und große Teile ihres Erwachsenendaseins in Ländern verbracht, in denen die Mehrzahl der Tiere wahlweise darauf aus war, sie zu töten oder aufzufressen (oder beides). Bis man herausgefunden hatte, ob ein Tier gefährlich war oder nicht, konnte man bereits tot sein oder sich in die nächste Mahlzeit verwandelt haben. Entsprechend war ihr Blick auf die Tierwelt im Allgemeinen etwas voreingenommen.

Eleanor erspähte einen kräftigen Weißdornast, hob ihn auf und schwenkte ihn durch die Luft. »Perfekt! Jetzt wollen wir doch mal sehen, ob diese Plagegeister es wagen, ihr gansdoofes Schindluder mit mir zu treiben!«

Dreißig Minuten später stand sie vor dem Eingang zu Pike's Farm. Das Farmhaus selbst war ein schönes Exemplar eines typischen Feuersteinhauses der Chilterns: ein großes Gebäude mit verschiedenen Schrägdächern und Nebengebäuden. In die Außenmauer war ein kleines Rundfenster eingelassen, das von einem Kreis aus roten Backsteinen umrahmt war und zu jeder Seite von zwei erst kürzlich neu angestrichenen Querstreben aus Eisen flankiert wurde.

Sie sah sich im Hof um, der überraschenderweise frei von pickenden oder gar zischenden Bewacherinnen war. Rechter Hand standen kreuz und quer einige Scheunen, während die zentrale Einfahrt geradeaus weiter zu einem massiven Tor führte, das eines von Cartwrights Feldern absicherte.

In Unkenntnis des polizeilichen Protokolls zum Aufspüren eines Farmers auf seinem Grundstück blickte sie sich um und schloss das Haus als mögliche Option aus. Es war unwahrscheinlich, dass er dort gerade mit hochgelegten Füßen einen Tee trank. Hatte die Ablammsaison bereits begonnen? Hatte Cartwright überhaupt Schafe? Oder handelte es sich um einen reinen Ackerbaubetrieb? Da Eleanor keine Geduld hatte, derlei Fragen nachzugehen, beschloss sie, die Scheunen zu durchsuchen.

Im ersten Gebäude fand sie lediglich einen Haufen Strohballen sowie eine Schleiereule vor, die sie von ihrer erhabenen Warte auf einem Dachsparren aus kritisch beäugte. In der zweiten Scheune lagen ein Stapel mit Geflügelfutter und eine tote Ratte.

»Herzallerliebst!«

Sie schickte sich gerade an, die zweite Scheune zu verlassen, hielt dann aber schlagartig die Luft an und duckte sich ins Innere zurück. Als sie sich umsah, erblickte sie einen Lichtstrahl, der durch einen Spalt in der Verschalung der Außenwand ins Innere fiel. Eleanor bückte sich und schielte durch den Spalt. Ihr Blick reichte über den Hof hinweg zu den fernen Nebengebäuden, wo ein Mann Cartwright im Schatten der größten Scheune gerade ein großes, in braunes Papier eingewickeltes Päckchen im Tausch gegen einige Geldscheine überreichte.

Da er mit dem Rücken zu ihr stand, konnte sie zwar das

Gesicht des Mannes nicht sehen, dafür erkannte sie aber das Motorrad wieder, das an der Innenwand der Scheune lehnte. Es wies eine frappierende Ähnlichkeit mit der Maschine auf, die sie beinahe überfahren hatte. Den Mann mit dem Paket hingegen konnte sie nicht mit Sicherheit als den Fahrer aus jener Nacht erkennen. Es war so dunkel und stürmisch gewesen, überdies hatte der Fahrer ein großes, unförmiges Regencape, eine Haube und eine Brille getragen.

Als sie das Geräusch eines tieffliegenden Flugzeugs vernahmen, sahen Cartwright und der mysteriöse Fremde auf. In der Hoffnung, nicht entdeckt worden zu sein, drückte Eleanor sich dicht an die Scheunenwand. Als der Flugzeuglärm verklungen war, spähte sie erneut durch ihr Guckloch, nur um festzustellen, dass das Scheunentor verschlossen war und beide Männer verschwunden waren.

»Sie sind vermutlich gekommen, um Einblicke ins Farmleben zu erhaschen, Lady Swift?« Cartwright lehnte in der Scheunentür, äußerlich unbeeindruckt von ihrem unangemeldeten Besuch. Eleanor fiel nichts Besseres ein, als sich der Inspektion der toten Ratte zu widmen. »Eine Scheune weiter hab ich ein paar prächtige Fallen aufgestellt, die kann ich Ihnen gern zeigen?«, bot er an.

Sie wandte sich ihm zu. »Oh, Mr Cartwright, welch hinreißende Idee! Obzwar wir jetzt Nachbarn sind, werden Sie aber, fürchte ich, viel zu sehr damit beschäftigt sein, den landwirtschaftlichen Bedürfnissen unserer Gemeinde gerecht zu werden, um ihre Zeit darauf verschwenden zu können, mir die Arbeitsweise einer Vorzeigefarm wie dieser zu präsentieren.«

»Da mögen Sie recht haben. Was also verschafft mir die Ehre Ihres liebenswürdigen Besuchs? Mag es wohl irgendwas mit dieser Mordsache zu tun haben?«

»Wie scharfsinnig Sie doch sind, Mr Cartwright.«

Seine mangelnde Überraschung, sie hier anzutreffen, war

beunruhigend. Wusste er etwa, dass sie seinen klandestinen Handel mit dem geheimnisvollen Mann bezeugt hatte?

»In der Regel nennen mich die Leute Thomas.«

»Ausgezeichnet! Nun, Mr Cartwright, hat die Polizei angerufen, um Ihnen weitere Fragen zu stellen?«

»Nein. Warum sollte sie auch? Ich kann von hier aus nichts von dem Steinbruch sehen. Schauen Sie selbst. Das mittlere Feld ragt auf, sodass man nicht über die Kuppe sehen kann.«

Dem hatte Eleanor nichts entgegenzusetzen. In der Ferne riefen die Lämmer. Aha! Rätsel gelöst – es war eine Schaffarm. »Ich weiß, wie beschäftigt Sie sind, Mr Cartwright, also verzeihen Sie bitte, dass ich Sie aufhalte.« Sie lächelte gezwungen. Cartwrights Gesichtsausdruck blieb so unnachgiebig wie die Steinwand, an der er lehnte. Eleanor zuckte die Schultern – sie war schließlich nicht gekommen, um Freundschaft zu schließen. »Ich war nur etwas verblüfft angesichts einer Sache, die Sie zu Sergeant Wilby und mir gesagt haben.«

Cartwright begann sich zu regen. »Und das wäre?«

»Als wir gemeinsam zu dem Steinbruch fuhren, der an das Grundstück meines ... der an mein Grundstück grenzt, und sie dem Polizeiauto folgten, war das Tor, wie Sie wissen, abgeschlossen. Erst am Abend zuvor hingegen konnte ich gegen etwa zehn Uhr dreißig ungehindert hindurchspazieren. Wie war das möglich? Das hat mich stutzig gemacht, denn ich meinte, ich hätte Sie sagen hören, dass es stets verschlossen sei.«

»Keine Ahnung. Das geht mich nichts an. Wie ich Ihnen bereits erzählt habe, habe ich dieses Land der Steinbruchfirma schon vor langer Zeit verpachtet. Was die da drüben anstellen, ist nicht meine Angelegenheit, solange sie das Vieh nicht stören. Die meinten, das Tor müsse abgeschlossen sein, um Dummköpfe« – bei diesem Wort blickte er Eleanor unumwunden an – »davon abzuhalten, in die Gruben zu fallen und an den Maschinen herumzupfuschen.«

»Wie schön, dann bin ich nämlich kein Dummkopf,

Mr Cartwright, denn in dieser Nacht war das Tor eindeutig geöffnet.«

»Wenn Sie meinen.«

»Das meine ich, Mr Cartwright. Und ich frage mich, Mr Cartwright, ob Sie wohl ein Motorrad besitzen?«

Der Farmer sah sie fragend an. »Was sollte ich denn mit einem Motorrad anfangen? Mit einem verdammten Motorrad kann man doch wohl kein halbes Dutzend Schafe zusammentreiben und zurück zur Farm karren, oder täusche ich mich?«

»Durchaus nicht, aber es wäre ja möglich, Sie besäßen eines nur zum Vergnügen.«

Cartwright grunzte. »Ich bin Landwirt, Lady Swift, gehöre also nicht zu Ihrem erlauchten Kreis. Ich besitze nichts nur zum Vergnügen. Jedes einzelne meiner Besitztümer muss sich rentieren, und das gilt für ein Motorrad auf einer Farm nun mal nicht.«

»Das stimmt, Mr Cartwright. Noch eine letzte Frage. Wo waren Sie am Abend des Mordes so zwischen zehn Uhr und elf Uhr dreißig? Haben Sie vielleicht irgendetwas gesehen oder gehört?«

Cartwright funkelte sie an.

Sie umklammerte ihren Gänsestock mit Nachdruck. Im Notfall reichten ihre Selbstverteidigungsfähigkeiten dazu, um einem Mann mit einer solchen Waffe ein Auge auszustechen. Cartwrights Augen, die ihr Handeln aufmerksam verfolgt hatten, verrieten allerdings, dass er sich eher amüsierte, als dass er sich bedroht wähnte.

»Wenn Sie es ganz genau wissen wollen, dann hab ich Tee mit meiner Ehefrau getrunken und mich anschließend ans Feuer gesetzt, um eine Kiste mit Handwerkzeugen zu wetzen.«

»Sie waren also den *ganzen* Abend über zu Hause?«

Cartwright nickte und wies in Richtung der Straße. »Wenn Sie nun bitte so freundlich wären, sich von diesem Gelände zu entfernen, ich muss jetzt zurück an die Arbeit.«

»Vielen Dank für Ihre Zeit, Mr Cartwright. Sie waren mir bei meinen Mordermittlungen äußerst behilflich.«

»Ein merkwürdiger Mordfall, so ganz ohne Leiche und ohne Patronenhülsen am Tatort, würde ich sagen.«

Zum Teufel! Daran hatte sie gar nicht gedacht. »Wollen Sie damit sagen, dass Sie nicht glauben, dass es einen Mord gegeben hat?«

»Ich will überhaupt nichts sagen. Schließlich war ich ja nicht da. Nur scheint es mir, als würde die Faktenlage dies äußerst unwahrscheinlich machen. Jetzt muss ich mich aber, wie gesagt, wieder um meine Arbeit kümmern.«

Sie nickte. »Natürlich, ich habe schon genug von Ihrer Zeit in Anspruch genommen.« Sie schickte sich an, sich umzudrehen und zu gehen, hielt dann aber inne. »Ach, haben Sie übrigens mitbekommen, was dem armen alten Mr Atkins widerfahren ist?«

Cartwrights Augen verengten sich. »Das habe ich mitbekommen. Der Mann war schon immer ein Idiot.«

Eleanor erstarrte. »Über Tote redet man nicht schlecht, Mr Cartwright. War er nicht sogar einer Ihrer Nachbarn?«

Cartwright warf ihr einen eiskalten Blick zu. »Lady Swift, ich sage immer, was ich denke. Der Mann war mein Nachbar und zwar der denkbar schlechteste, den man nur haben kann. Ich war wenig überrascht, als ich davon gehört hab, er hatte keine Ahnung davon, wie man mit einer Waffe umgeht.«

»Offensichtlich ganz im Gegensatz zu Ihnen, Mr Cartwright. Und mit Schrotflinten kennen Sie sich als Farmer vermutlich besonders gut aus?«

Cartwright nickte. »Nun muss ich, wie ich es Ihnen jetzt zum dritten Mal sage, zurück an die Arbeit.«

Eleanor hätte ihn nur allzu gern noch gefragt, was Atkins denn zu einem derart schlechten Nachbarn gemacht hatte, doch es war offensichtlich, dass Cartwright die Unterhaltung als beendet betrachtete. Sie würde wohl später Clifford fragen müssen, er würde das sicher wissen. Er wusste schließlich alles.

Das Dröhnen eines Flugzeugs, das über das Dach des Farmhauses flog, riss sie aus ihren Gedanken. Cartwright reckte seine Faust gen Himmel. »Herrje, wenn der nicht damit aufhört, dann gibt es hier bald tatsächlich einen Mord!«

Eleanor schirmte ihre Augen vor der Sonne ab und sah noch immer dem Flugzeug hinterher, das über einem Feld irgendwo hinter den Scheuen kehrtmachte. »Wer ist das?«

»Das ist dieser junge Esel, der dafür bezahlt, den angrenzenden Acker für seine Flugsperenzchen nutzen zu dürfen, allerdings werde ich mir gut überlegen müssen, ob ich diese Vereinbarung bei all diesen Flegeleien nicht lieber aufkündige. Der fliegt absichtlich so, um die Schafe aufzuschrecken, da bin ich mir sicher. Schade eigentlich – er bezahlt nämlich sehr gut dafür.« Cartwrights Miene hellte sich auf. »Ihn sollten Sie fragen, diesen reichen jungen Schnösel. Er hat von da oben eine Vogelperspektive. Hängt dauernd seinen Schnabel aus dem Cockpit, um meinem Frauchen hinterherzuglotzen. Wenn irgendwer was über das Geschehen in diesem Steinbruch weiß, dann er.«

»Famose Idee, Mr Cartwright, dafür bin ich sehr dankbar.«

»Und ich wäre Ihnen sehr dankbar, wenn Sie künftig nicht mehr auf meinem Grundstück herumschnüffeln würden. Ich werde dafür sorgen, dass die Gänse von jetzt an immer draußen sind.« Cartwright drehte sich wortlos um und schritt über die zentrale Auffahrt hinfort.

Sie erschauderte bei dem Gedanken an Cartwrights Gänseschoof, das zischend und mit den abscheulichen Flügeln schlagend zur Attacke auf sie überging. Oder taten das nur Truthähne? Ganz gleich, jedenfalls würde sie lieber einem angreifenden Nashorn gegenübertreten, die attackierten einen zumindest nicht im Rudel.

»Charmanter Zeitgenosse, dieser Cartwright.« Sie richtete

ihre Bemerkung vage an das verblichene Nagetier. »Und mit Sicherheit ganz oben auf meiner Verdächtigenliste!« Genau genommen war er, wenn sie ehrlich war, die *einzige* Person auf ihrer Verdächtigenliste, neben dem mysteriösen Motorradfahrer. Doch womöglich würde bald schon eine weitere hinzukommen ...

ACHT

Der Flugzeuglandeplatz war leicht zu erkennen. Eleanor stapfte über das Feld und suchte nach einem Weg, um zu der Behelfslandebahn zu gelangen. Eine Lücke in der Hecke, an der zwei Weißdorne noch nicht miteinander verwachsen waren, bot sich hervorragend dafür an. Sie zwängte sich hindurch, indem sie mit der einen Hand ihr Gesicht schützte und mit der anderen ihren Hut festhielt. Als sie ihre schlammverschmierten Stiefel und ihr zerrissenes Kleid begutachtete, hoffte Eleanor inständig, dass Mrs Butters eine überdurchschnittlich tolerante Haushälterin war. Sie war nämlich darauf angewiesen.

Auf der anderen Seite der Hecke erschien die Sonne heller und ihr Rock sogar noch ruinierter. Sie spähte zu dem Flugzeug hinüber. Ah, es rollte noch, Glück gehabt! Also war sie noch nicht zu spät. Sie bahnte sich ihren Weg durch die Schneise aus hohem Gras und Wiesenkerbel, die das Feld umsäumte. Das kürzere Gras, das mutmaßlich gemäht worden war, um als rudimentäre Landepiste zu dienen, ermöglichte ein schnelleres Vorankommen, sodass sie schon bald das Flugzeug erreicht hatte.

Der prachtvolle strahlend blaue Anstrich und der kunstvoll geschnitzte Holzpropeller ließen die Maschine so majestätisch und anmutig aussehen wie eine Libelle. Zwischen den beiden kurzen, breiten Flügelpaaren war das tropfenförmige Cockpit untergebracht. Eleanor brüllte laut »Guten Morgen!« in Richtung der Pilotenkanzel, doch einzig das Geklapper von etwas, das sie für Werkzeug hielt, drang zu ihr zurück. Als sie um die Nase des Flugzeugs herumspähte, konnte sie grüne Flanellhosen ausmachen, die in hellbraunen Lederstiefeln steckten, und einen Rumpf, der sich ins Cockpit beugte. »Ich sagte: Guten Morgen!«, versuchte sie es erneut.

Der Pilot drehte sich zu ihr um. Die gelösten Riemen seiner Fliegerhaube umschmiegten seinen wohlgeformten Kiefer.

»Na, wenn Sie das sagen!« Er schmunzelte. »Jetzt ist es wirklich ein guter Morgen.«

Als sie seinen athletischen Körperbau, seine breiten Schultern und sein knabenhaft gutes Aussehen diskret zur Kenntnis genommen hatte, fand auch Eleanor zunehmend Gefallen an diesem Morgen.

»Verzeihen Sie die Unterbrechung«, rief sie zu ihm empor. »Ich muss Sie etwas fragen.«

»Komme sofort runter.« Er sprang hinab und kam dicht neben ihr zum Stehen.

»Lancelot!« Er streckte eine Hand aus und zog sich mit der anderen die Mütze vom Kopf. Die Spitzen seines zerzausten blonden Haars flatterten im Wind.

»Eleanor.«

»Das mit Ihrem Onkel tut mir leid.«

Natürlich wusste er, wer sie war, das wusste schließlich jeder. Während sie ihm die Hand schüttelte, konnte sie nicht anders, als ihm direkt in seine Augen zu sehen. Sie waren von ungewöhnlicher Farbe, stahlgrau oder waren sie blau? So oder so, sein Seidenschal setzte sie prächtig in Szene.

»Sie haben ja einen ganz schönen Marsch auf sich genommen, um mich mitten in dieser glanzvollen Landidylle zu erwischen.« Er machte eine ausladende Bewegung mit dem Arm über das Feld. Sein Hemdsärmel war über den Unterarm hochgekrempelt. »Demnach muss es sich um etwas furchtbar Aufregendes handeln.«

»Oh, durchaus. Aufregend, ja ... äh, nein!« *Reiß dich zusammen, Ellie!* »Vor wenigen Nächten habe ich gesehen, wie da drüben im Steinbruch ein Mann ermordet worden ist.«

Zu ihrer Überraschung zeigte Lancelot keinerlei Regung. *War ein Mord in dieser Region denn etwas so Alltägliches?* Sie wies in Richtung des Steinbruchs. Er fasste sie sanft beim Handgelenk und schob es nach rechts.

»Meinen Sie vielleicht da drüben?«

Es war ein unerwartet prickelndes Gefühl, seine Hand auf ihrer nackten Haut zu spüren, und sie fürchtete, sich durch ihren erhöhten Pulsschlag zu verraten. »Nun machen Sie mal nicht auf begriffsstutzig. Sie wissen genau, wo ich meine, von da oben können Sie doch alles sehen. Augenscheinlich selbst Mrs Cartwright.«

Lancelot brach in schallendes Gelächter aus. »Cartwright haben Sie also bereits gesprochen.«

»Er zieht Thomas vor.«

»Natürlich. Der Mann ist eine wahre Nervensäge, regt sich ständig über irgendetwas auf. Beschwerte sich erst wegen seiner heiligen Schafe, dann war es sein Dach, und letztens dann seine Ehefrau. Er ist ein pingeliger Plagegeist, aber ich bin auf dieses Feld angewiesen.«

»In der Tat, für Ihre ›Flugsperenzchen‹.«

»Was für eine Freude zu hören, dass Sie bereits so ausführlich über mich gesprochen haben, und das, bevor wir uns überhaupt kennengelernt haben.« Er fuhr sich mit der Hand durchs Haar. »Aber Sie sind nicht gekommen, um über Cartwright zu sprechen. Was genau möchten Sie mich denn zu diesem spektakulären Mordfall fragen?«

Eleanor wandte den Blick von Lancelots Haar ab und besann sich wieder auf die Ermittlungen. »Nun, ich dachte, Sie hätten womöglich etwas von den jüngsten Aktivitäten rund um den Steinbruch mitbekommen. Cartwright erwähnte der Polizei gegenüber, dass dort schon seit Längerem keine Abgrabungen mehr stattgefunden hätten, aber in jener Nacht war dort in jedem Fall ziemlich viel Betrieb.«

Lancelot warf den Kopf zurück und lachte. »Sie sind wirklich ein höchst faszinierendes Geschöpf. Streifen querfeldein, um wildfremde Burschen zu behelligen, und tollen nachtsüber in mörderischen Steinbrüchen umher, um dann auf eigene Faust herumzuschnüffeln. Fortan nenne ich Sie nur noch Sherlock! Verraten Sie's mir, Sherlock, was für ein Ass ziehen Sie heute Nachmittag aus dem Ärmel? Schleichen Sie sich als der Premierminister verkleidet ins Parlament, um seine Sechzehn-Uhr-Ansprache ans Unterhaus zu halten?«

Sie konnte sich des Eindrucks nicht erwehren, dass er sich über sie lustig machte. »Frauen in politischen Ämtern sind keine Witzfiguren. Und Sie sind wirklich unerträglich blasiert und töricht.«

»Mein liebes Fräulein, was für ein hübsches Paar wir beide doch abgeben würden.« Noch bevor Eleanor sich eine schlagfertige Antwort zurechtlegen konnte, sprach er weiter. »Nun, was also kann ich Ihnen zum Steinbruch sagen? Abgesehen von der Tatsache, dass er nordwestlich, nicht etwa südwestlich unserer jetzigen Position liegt. Es gibt jede Menge Gruben, einige fürchterlich tiefe und gefährlich aussehende Löcher, die feine Damen besser meiden sollten. Obschon ...« Er musterte ihre besudelte, zerrissene Kleidung. »So wie Sie aussehen, fänden Sie womöglich Vergnügen daran. Bedauerlicherweise habe ich dort keine Menschenseele gesehen, schon seit geraumer Zeit nicht mehr, so wie Cartwright es Ihnen bereits erzählt hat. Was die Nacht des ›Mordes‹ anbetrifft, von welchem Tag und welcher Zeit sprechen wir da?«

»Samstagabend. Gegen Viertel nach zehn.«

»Da, fürchte ich, weilte ich auf einem Maskenball.«

»Wo genau fand dieser Maskenball statt? Wann sind Sie dort angekommen und wann haben Sie ihn wieder verlassen?«

Er gluckste. »Das ist Geheimsache, fürchte ich.«

Eleanor runzelte die Stirn. »Das hier ist kein Spaß! Können Sie beweisen, auf diesem Ball gewesen zu sein?«

»Ja, aber wo bliebe da der Spaß? Dann hätten Sie schon all Ihre Antworten und keinen Grund, mir zu einem späteren Zeitpunkt noch einmal Löcher in den Bauch zu fragen.«

Eleanor atmete tief durch. »Sie waren also Samstagabend zwischen zehn Uhr und elf Uhr auf keinen Fall am Steinbruch?«

Lancelot schmunzelte ungeniert. »Auf keinen Fall.«

»Und Sie haben auch auf keinen Fall irgendjemanden gesehen, der versucht hat, eine Leiche wegzuschaffen?«

Lancelot sah sie einen kurzen Moment fragend an, bevor ihm die Erkenntnis dämmerte. »Es gibt also keine Leiche, habe ich recht? Das ist einfach zu köstlich, sind Sie wirklich sicher, einen Mord bezeugt zu haben?«

Wenn Eleanor sich durch den geflügelten Lebemann bislang ebenfalls gut unterhalten gefühlt hatte, brachte er das Fass mit dieser Bemerkung langsam zum Überlaufen. »Ganz bestimmt. Ich bin überzeugt von dem, was ich gesehen habe. Die Tatsache, dass die Polizei zu träge ist, um irgendetwas zu unternehmen, zwingt mich geradewegs dazu – wie sagten Sie noch? – ach ja, genau, ›auf eigene Faust herumzuschnüffeln‹. Also, besitzen Sie ein Motorrad?«

Er fasste sie sanft bei den Schultern und drehte sie herum. Zur anderen Seite des Flugzeugs stand nur wenige Hundert Yards entfernt ein Motorrad. Das war also ein Ja! Dann wiederum hatte er keine Anstalten gemacht, es zu verbergen. Was mochte das bedeuten? Sie seufzte vor sich hin, vielleicht war dieses Detektivspielen doch schwieriger, als sie gedacht hatte.

Da kam ihr ein Gedanke. »Haben Sie Cartwright schon einmal auf einem Motorrad gesehen?«

Lancelot lachte schallend auf. »Cartwright? Auf einem Motorrad? Das würde ich liebend gern einmal sehen!«

»Ich interpretiere das als ein Nein. Eine letzte Frage noch, dann können Sie sich wieder der Reparatur Ihres Fliegers widmen.«

Er nickte. »Ich bin ganz Ohr.«

»Waren Sie mit Spencer Atkins bekannt?«

Lancelots Gesichtsausdruck wurde ernst. »Ich habe gehört, was dem armen Kerl zugestoßen ist. War aber nicht sonderlich überrascht, er konnte nicht gut mit der Waffe umgehen.«

Ihr Herzschlag beschleunigte sich. »Also kannten Sie ihn?«

»Nicht wirklich, allerd... Moment mal, wieso fragen Sie nach ihm?«

Schlagartig schien es ihr keine allzu gute Idee mehr zu sein, einem möglichen Verdächtigen zu erzählen, dass sie wusste, dass Atkins' Tod kein Unfall gewesen war und dass es sich bei der fehlenden Leiche um ihn handelte. »Ach, nur so, ich fand es einfach so bedauerlich. Ich kannte ihn ... ein wenig. Sei's drum, haben Sie irgendeine Vorstellung davon, wer für den Mord im Steinbruch verantwortlich gewesen sein könnte?«

Lancelot strich sich nachdenklich über das Kinn. »Nun, das könnte das Werk der berüchtigten Bruchbande gewesen sein, vermute ich. Die könnte Ihr Ausgangspunkt sein.«

Endlich eine Spur! »Die Bruchbande. Wer sind die?«

»Ein skrupelloses Pack, mit einem Wort: die hiesige Mafia. Wenn die Polizei Sie nicht ernst nimmt, bleibt Ihnen keine andere Wahl, als einen Alleinflug zu machen. Wollen Sie sich mit Ihrem Mordfall an die nächsthöhere Instanz wenden?«

Sie verstand dies als Herausforderung. »Ja. Das ist exakt

das, was mir vorschwebt. Ich frage mich nur, wer diese nächsthöhere Instanz sein mag? Was meinen Sie?«

Lancelot rieb sich am Unterarm und spreizte seine Finger. »Das müsste dann wohl Mayor Kingsley sein. Chipstone ist hier der größte Ort weit und breit.«

»Gut. Dann bedanke ich mich für Ihre Unterstützung und mache mich auf zu einem Besuch bei Mayor Kinsey.«

Lancelot lachte. »Kingsley«, berichtigte er sie. Er sah sie erneut an. »Sind Sie zu Fuß unterwegs? Nach Chipstone sind es ein paar Meilen.«

»Ich habe schon weitere Strecken zu Fuß bewältigt, danke.« Sie wandte sich zum Gehen.

»Wissen Sie was, Sherlock?«, meinte Lancelot. »Ich muss ohnehin in die Stadt. Ich nehme Sie mit.« Er sprang zurück auf den Flügel, lehnte sich ins Cockpit und tauchte wieder auf mit einer Lederjacke, die er sich lässig über die Schulter geworfen hatte, und einer zweiten Haube, die er ihr über das Gras hinweg zuwarf.

»Reisen wir per Flugzeug?« Eleanors Augen weiteten sich vor Aufregung.

»Sie sind mir ja lustig. Bitte kommen Sie häufiger zu meiner Unterhaltung vorbei. Natürlich fliegen wir nicht mit Daphne. Es sei denn, die Behörden haben mittlerweile eine Landebahn vor dem Rathaus erbaut, wovon ich bislang nichts mitbekommen hätte. Nein? Dann sind wir gezwungen, mit meiner anderen trauten Maschine vorliebzunehmen. Aber ein andermal nehme ich Sie ganz bestimmt im Flieger mit.«

Daphne! Er hatte sein Flugzeug Daphne getauft.

»Einen Augenblick.« Lancelot verschwand wieder in seinem Cockpit. Wenig später kam er mit zwei Fliegerbrillen wieder zum Vorschein. Eleanor holte tief Luft. Mit dieser Brille und der Fliegerhaube auf dem Kopf kam Lancelot ihr alarmierend bekannt vor. Handelte es sich bei ihm etwa um den mysteriösen Motorradfahrer aus jener Nacht? Es schien weit hergeholt, da sie keine wirkliche Vorstellung davon hatte, wie der Fahrer ausgesehen hatte. Doch immerhin befand er sich hier keine halbe Meile vom Tatort entfernt, und er besaß ein Motorrad, das gleich dort hinter dem Flugzeugflügel parkte.

Eleanor war sich sicher gewesen, dass das Motorrad, das sie wenige Minuten zuvor auf Pike's Farm gesehen hatte, jenes vom Steinbruch gewesen war. Auf jeden Fall wies es große Ähnlichkeit auf. Das galt wiederum auch für Lancelots Maschine. Die Sache war die: Im Grunde genommen sahen alle Motorräder ziemlich gleich aus. Ach, wem wollte sie hier etwas vormachen? Sie war schlicht nicht in der Lage, ein Motorrad vom anderen zu unterscheiden. Sie war erst einmal mit einem gefahren, in der Wildnis Persiens, und sie hatte keine Ahnung, um was für ein Modell es sich damals gehandelt hatte. Nichtsdestotrotz war Cartwright nicht länger der einzige Kandidat auf ihrer Verdächtigenliste.

Trotzdem wies sie jeden Gedanken an Gefahr von sich. Selbst wenn dieser flotte Pilot der Mörder sein sollte, würde er sie ja nicht am helllichten Tage umbringen. Außerdem schien jeder in der Grafschaft zu wissen, wer sie war. Er müsste schon ein ziemlicher Narr sein, um zu glauben, dass er damit davonkäme.

Sie sah zu Lancelot hinüber. Er hatte Jacke, Mütze und Brille verkehrt herum an und schmunzelte über seinen eigenen geistreichen Scherz. *Dann wiederum befindest du dich womöglich doch in ernsthafter Gefahr, Ellie!*

———

Lancelot legte Eleanor nahe, sich fest an ihn zu klammern, da sich die Kupplung eigenartig verhalte. Vermutlich infolge eines kürzlichen Unfalls, dachte sie. Eleanor klemmte sich ihren Rock zwischen die Beine und genoss das Gefühl der Geschwindigkeit und den Wind, der ihr ins Gesicht blies. Das Motorengebrüll und die Ohrenklappen der Hauben machten eine Unterhaltung unmöglich. Während sie ihre Arme fest um Lancelots Brust schloss, hoffte sie inständig, dass er in Hinblick auf diesen Mord so ahnungslos war, wie er vorgab. Gleichzeitig spürte sie intensiv, was es in ihr auslöste, ihn zu umarmen. Wenn sie nicht achtgab, dann würde ihr Leben in Little Buckford womöglich eine ganz neue, wenn auch unerwünschte Wendung bekommen.

Sie schüttelte den Kopf und lockerte die Umarmung, so weit sie sich traute.

Reiß dich zusammen, Ellie. Du bist nicht Tausende von Meilen gereist, um dich wieder zu verlieben. Schon gar nicht in einen Mörder!

NEUN

Vielleicht war es ja auch nur die halsbrecherische Entscheidung gewesen, sich mit auf den Sitz einer leistungsstarken Maschine zu setzen, die von einem Mann gelenkt wurde, den sie soeben erst kennengelernt hatte, die ihr Herz zum Rasen brachte. Mit jeder Drehung, die er dem Gasgriff des Zweirads verpasste, umklammerte sie ihn dann doch wieder ein wenig fester und hatte ihre liebe Mühe damit, nicht wie eine Vollidiotin zu grinsen.

Sie flogen vorbei an Hecken, Hoftoren und einer Reihe von Farmhäusern, zu denen matschige Pfaden abseits der Straße führten, und die sechs Meilen bis nach Chipstone vergingen entsprechend wie im Fluge. Bald schon rauschten sie durch die etwas heruntergekommenen Außenbezirke, vorbei an Feuersteinhäuserreihen, ausweichenden Kindern mit Hunden, die auf der Straße spielten. Schließlich bogen sie auf die belebte Hauptstraße ab, die von flatternden Markisen und Damen gefüllt war, die über ihre Einkaufstüten hinweg miteinander schnatterten. Nachdem sie gerade noch rechtzeitig einem Foxterrier ausgewichen waren, der ein Brötchen aus dem

Karren des Bäckers stahl, kam das Motorrad schließlich zum Stillstand, um vor dem Rathaus mit seinem bunt bemalten Glockenturm eine Verschnaufpause zu machen.

»In Ordnung! Da wären wir«, rief Lancelot über seine Schulter.

Eleanor streifte die Fliegerhaube aus weichem Leder und die Fliegerbrille ab, die Lancelot ihr gegeben hatte, und schüttelte ihre roten Locken aus. »Danke, der Herr«, erwiderte sie und täuschte einen Knicks vor.

»Gern geschehen. Bei Ermittlungen helfe ich immer gern aus.« Er zwinkerte ihr zu. »Gut, dann sehen wir uns auf dem Landgut.«

»Landgut?« Von einem Landgut war bislang nicht die Rede gewesen.

»Na, zum Speisen auf Langham Manor, Sie Einfaltspinsel.«

Eleanor runzelte verwirrt die Stirn. »Von einem Essen hat niemand etwas gesagt.«

»Oh, machen Sie sich deswegen keine Sorgen. Mater wird dafür gesorgt haben, dass Ihre Einladung bereits auf Sie wartet.«

»Lancelot ...?« Ihr fiel auf, dass sie keine Ahnung hatte, wie sein Nachname lautete.

»Fenwick-Langham. Ich bin der gottlose einzige Sohn von Lord und Lady Fenwick-Langham.«

»Ach je! Dann sind Sie ... auch Lord Fenwick-Langham?«

Lancelot lachte. »Offiziell ja, Sie wissen aber sicherlich, dass ›Lord‹ lediglich ein Ehrentitel ist. Er wird sämtlichen Söhnen von Lords verliehen. Pater ist der wahre Lord. Ich werde den Titel erst dann richtig erben, wenn der alte Mann den Löffel abgibt.«

Sie nickte abgeklärt, als ob sie das schon immer gewusst hatte.

»Und Sie müssen Lady Swift sein. Wäre es Ihnen lieber, wenn ich Sie so ansprächе?«

Eleanor errötete.

»Ich nehme das als Einverständnis dafür, Sie weiterhin Eleanor zu nennen, und Sie dürfen mich Lancelot nennen, solange die Dienerschaft nichts davon mitbekommt.«

Es war verwirrend, Eleanor hatte kein Gefühl dafür, wann er Witze machte und wann er etwas ernst meinte. Das war eine Eigenschaft, die Leute sonst häufig ihr anlasteten. »Ich habe die Einladung Ihrer Eltern noch nicht angenommen. Vielleicht habe ich anderweitig zu tun.«

Lancelot schnaubte. »Ein Nein akzeptiert Mater nicht, das ist den Kampf nicht wert, glauben Sie mir. Auf Wiedersehen, Sherlock.«

Keck salutierend schob er das Motorrad auf die Straße direkt vor den Wagen eines Kohlehändlers und begegnete der wütenden Rüge des Mannes mit einem heiteren Winken.

Bitte lass ihn nicht den Mörder sein! Sie seufzte und stieg die Vortreppe zum Rathaus hinauf.

Da Eleanor und das Thema Bürokratie sich in etwa so gut miteinander vertrugen wie ein Munitionsdepot mit einem angesteckten Streichholz, dauerte es nicht lange, bis im Empfangsbereich die ersten hitzigen Worte ausgetauscht wurden.

»Was soll das heißen, ich kann den Bürgermeister jetzt nicht sehen? Treten Sie augenblicklich zur Seite!«

»Der verehrte Mayor Kingsley empfängt keinen unangemeldeten Besuch«, wiederholte der Beamte im Tweedanzug.

»Der ach so hoch verehrte ...« Eleanor gab auf. »Bürgermeister Schießmichtot würde seine Pflichten in entsetzlicher Weise vernachlässigen, wenn er mich hier abwiese.«

»Aber Mayor Kingsley –«

»Besitzt er auch einen Vornamen? Mit dem Sie ihn heimlich ansprechen dürfen?«

Der Beamte wirkte entsetzt. »Verzeihen Sie, Miss, aber ich

verbitte mir, dass Sie in derart respektloser Manier über Mayor Kingsley sprechen, andernfalls habe ich keine andere Wahl als –«

Seine Worte gingen in dem brüllenden Schrei einer tiefen Stimme und einem wütenden Aufstampfen unter. »Was zum Donnerwetter ist hier los?« Eine Kugel von einem Mann polterte aus dem Büroraum, die Adern seines dicken Halses pulsierten. »Perkins! Was zum Teufel ist das für ein Aufruhr?«

Noch bevor der Beamte eine Antwort hervorstammeln konnte, bemerkte der Mann Eleanor, die ihn augenblicklich dazu bewog, in eine andere Gangart zu wechseln und seinen dünner werdenden Seitenscheitel zurechtzurücken. Letzteres war wiederum unnötig, da selbiger bereits von Unmengen an Brillantine in Position gehalten wurde.

»Sieh an, sieh an, eine Besucherin. Perkins, führen Sie die Dame hinein.« Er lächelte Eleanor zu und verließ mit einem »Einen Moment, meine Werteste« das Zimmer.

Am Bürgermeisterbüro angekommen, öffnete der Beamte die Tür einen Spaltbreit und vermeldete: »Äh ...«

»Lady Swift«, ergänzte sie.

»›Lady?‹ Oh, das war mir nicht bewusst.«

Kingsley forderte ihn mit einer Geste auf, zu schweigen. »Guten Morgen, Lady Swift.« Er zog eine Taschenuhr hervor, die der ihres seligen Onkels verblüffend ähnlich sah. »Obschon wir offenbar bereits fast Mittag haben. Perkins, Tee, sofort, und zwar brühend heiß. Um Sie kümmere ich mich später.«

»Ja, Sir.« Perkins huschte hinaus, ohne einen weiteren Blick auf Eleanor zu riskieren.

»Bitte nehmen Sie doch Platz.« Kingsley wies auf einen kapitonierten Lederlehnstuhl in einem der Fenstererker. »Was für eine Freude, Sie kennenzulernen. Für die absonderliche Behandlung, die Ihnen bei Ihrer Ankunft widerfahren ist, kann ich mich nur entschuldigen.«

Eleanor winkte seine Entschuldigung ab. »Danke schön, entschuldigen Sie vielmehr mein unangemeldetes Erscheinen. Ich würde Sie nicht belästigen, wenn es nicht so dringlich wäre.«

»Bestimmt nicht, meine Werteste. Aber machen Sie es sich doch zunächst einmal bequem.«

An der Tür war ein fast unmerkliches Klopfen zu vernehmen.

»Herein«, bellte Kingsley so laut, dass Eleanor erschrak.

Ein Mäuschen von einer Frau wagte sich herein und schob mit zitternden Händen einen Teewagen vor sich her. Sie platzierte die Tassen und die kleine Stärkung auf dem kunstvoll verzierten Palisandertisch.

»Den Mantel, Weib, nehmen Sie Lady Swift den Mantel ab!«

Eleanor stand mit dem Rücken zu der bedauernswerten Kreatur und ließ den Mantel von ihren Schultern gleiten. Die Frau nahm ihren Mantel entgegen und tippelte hinaus. In der hinteren Ecke des Raums bemerkte sie eine Ankleidepuppe, die einen Teil des mit Fischgrätparkett ausgelegten Saals bewachte und in die scharlachrote, hermelinbesetzte Robe des Bürgermeisters gehüllt war. Auf dem Hals der Puppe prangte ein Zweispitz aus Seide, der mit schwarzen Federn geschmückt war. In einem verschlossenen Schaukasten an der Wand zur Linken waren die silbernen Streitkolben des Stadtwappens mit ihren golden funkelnden Schlagköpfen und das Zeremonialschwert ausgestellt. *Wie drollig, ein erwachsener Mann, der sich gern verkleidet, wie ein kleiner Junge*, dachte Eleanor im Stillen.

Kingsley, der sich an die Kante seines massiven Eichenholzschreibtischs lehnte, unterschrieb zunächst mit großer Geste einige Papiere, um schließlich seinen Federhalter niederzulegen. »Verzeihen Sie, meine Werteste, das Leben im Bürgermeisterbüro ist ein äußerst arbeitsreiches.« Er durchquerte den kurzen Raum und ließ sich genüsslich in den bemitleidenswerten Lehnstuhl neben Eleanor sinken.

»Das kann ich mir vorstellen«, erwiderte sie. »Lassen Sie mich also ohne Umschweife zum Anlass meines Besuchs kommen.«

Er beugte sich zu ihr nach vorn. »Es ist mir immer eine Freude, mir Zeit für eine Frau mit echtem Geschäftsgebaren zu nehmen.«

»Durchaus. Nun, Mayor Kingsley, ich überbringe ernste Nachrichten. Es ist ein Mord geschehen.«

Er versteifte sich. »Ein Mord?« Beunruhigt hievte der Bürgermeister sich aus seinem Stuhl und schritt durch den Raum. »Ganz und gar undenkbar. Ein Mord, tatsächlich. Im Großen und Ganzen ist meine Wählerschaft halbwegs gesetzestreu. Ich kann also nur annehmen, dass es sich bei dem Täter um jemanden von der anderen Seite der Grenze handeln muss.« Er setzte sich wieder. »Ganz schönes Gesindel, diese Leute aus Oxfordshire.«

»Dem mag so sein, Mayor Kingsley. Ich wünschte, Ihnen berichten zu können, dass die Polizei schon Ermittlungen in diese Richtung angestrengt hat. Allerdings hat sie, unfähig wie sie ist, bislang noch überhaupt keine Ermittlungen angestellt.«

Er rückte sich auf seinem Stuhl in Positur, überschlug die Beine und zupfte dabei an einem imaginären Fussel. »Das klingt in der Tat höchst besorgniserregend. Bitte legen Sie mir sämtliche Fakten dar, meine Werteste.«

Sie begann ihre Geschichte von dem Punkt an, als das Gewitter über ihr gewütet und sie das Licht in der Bauhütte des Steinbruchs erblickt hatte. Kingsley saß stumm da, mit Ausnahme einiger überraschter Grunzgeräusche, die ihm während ihrer Schilderung der Erschießung entfuhren.

»Ich erreiche also diese Hütte, doch da drin ist keine Menschenseele. Und der Mann, auf den geschossen wurde, nun, da war keine Leiche. Sie war schlicht verschwunden«, schloss sie.

Er fuhr sich mit der Zunge über die Lippen. »Lady Swift, was für eine unglaubliche Erzählung. Wie kühn von Ihnen!« Er schüttelte den Kopf. »Nun sagen Sie mir«, setzte er hinzu und sah ihr dabei tief in die Augen, »was hat die Polizei dazu gesagt?«

»Sie gab mir überdeutlich zu verstehen, dass sie meine Schilderung für nichts anderes als ein Fantasiegespinst meinerseits halte, als wäre ich irgendeine irrwitzige, beachtungsbedürftige alte Tante.«

»Ein Fantasiegespinst!« Er schlug entrüstet auf die Armlehne seines Stuhls. »Lassen Sie mich Ihnen versichern, Lady Swift, dass ich diese Ansicht keineswegs teile. Offenkundig sind Sie eine besonnene und aufmerksame junge Dame.« Er nippte gedankenverloren an seinem Tee. »Verraten Sie mir, meine Werteste ... sind Ihnen womöglich irgendwelche nützlichen Details aufgefallen? Etwa das Gesicht des Mörders? Oder des Opfers?«

»Den Mörder konnte ich, wie gesagt, zu keinem Zeitpunkt sehen, und auf das Opfer habe ich nur einen flüchtigen Blick erhascht.«

»Also könnten Sie weder Täter noch Opfer identifizieren, wenn Sie sie erneut sähen?«

Sie bemerkte, dass er sich in seinem Stuhl nach vorn lehnte und sie anstarrte.

»Leider nicht mit Gewissheit.« Sie hatte beschlossen, ihre Vermutung, dass es sich bei dem Opfer um Atkins handelte, für sich zu behalten, bis sie eindeutige Beweise vorlegen konnte. Andernfalls würde sie wohl kaum jemand ernst nehmen.

Kingsley lehnte sich zurück und musterte sie. »Und ungelegenerweise gibt es keine Leiche?« Er schüttelte langsam den Kopf. »Als ob sich der Vorfall nie ereignet hätte.«

Sie nickte.

»Ich nehme an, die Möglichkeit, dass das Opfer lediglich verwundet worden ist, kommt nicht infrage?«

»Bei der Menge an Blut, ja.«

»Blut?«

»An der Stelle, an der der Mann erschossen wurde, stieß ich auf eine große Lache. Diese war schlicht zu groß, um davon ausgehen zu können, dass das Opfer überlebt haben könnte.«

»Es ist wahrlich ein Rätsel.« Er saugte an seinen Zähnen. »Es ist, als ob sich der Vorfall nie ereignet hätte«, wiederholte er und bettete seine Ellbogen auf die prallen Armpolster seines Lehnstuhls. »Dennoch sind Sie, meine Werteste, von unseren Polizeibeamten schäbig behandelt worden. Ich werde umgehend veranlassen, dass die Beamten eine strenge Rüge erhalten.«

»Danke sehr, allerdings gilt mein einziges Interesse der Mordangelegenheit.«

»Fürwahr, fürwahr. Ich werde dafür sorgen, dass die Polizei eine umfassende Untersuchung der von Ihnen geschilderten Ereignisse einleitet.« Er hob einen Finger und schürzte die Lippen. »Weiterhin werde ich den Fortgang der Ermittlungen höchstselbst überwachen.«

Sie war beeindruckt. Da saß ein Mann, dem trotz seines brüsken Auftretens Applaus für seine zupackende Herangehensweise gebührte. Sie erhob sich, um zu gehen. »Vielen Dank, Mayor Kingsley, ich weiß sehr zu schätzen, dass Sie sich heute die Zeit für mich genommen haben.«

»Es war mir ein wahres Vergnügen, meine Werteste.«

Er brachte Eleanor bis zur Tür, wo er ihr die Hand entgegenstreckte. »Nochmals vielen Dank dafür, dass Sie mich darauf aufmerksam gemacht haben. Das war wirklich äußerst zuvorkommend von Ihnen.«

Sie schüttelte seine Hand, marschierte den Korridor hinab davon und blieb dann unvermittelt stehen. Sie fuhr herum und fragte: »Oh, eine letzte Frage noch, Mayor Kingsley.«

Er schaute auf und unterbrach das Zurechtzupfen seiner Amtskette.

»Wo bekommt man hier ...« Sie blickte auf seine stämmigen Beine, seinen rundlichen Körper und die hellrosa Wangen und die rote Nase. »Ach, schon gut.«

ZEHN

Die Rathausuhr von Chipstone schlug gerade Viertel nach eins, als Eleanor, die genau lotrecht darunter weilte, ihr Treffen mit dem Bürgermeister Revue passieren ließ. *Endlich, Ellie, endlich jemand, dessen Denkweise nicht im finsteren Mittelalter stecken geblieben ist, wenn es darum geht, eine Frau ernst zu nehmen! Jetzt, da sich der Bürgermeister der Sache angenommen hat, werden die Dinge ins Rollen kommen.*

Sie unterbrach ihre Überlegungen und versuchte, sich die Wegbeschreibung zu Bevan Brothers in Erinnerung zu rufen, die ihr der Mann vor dem Rathaus gegeben hatte. Der Laden lag am südlichsten Punkt der Stadt, kurz hinter einer scharfen Abbiegung nach Osten. Oder war es Westen? Im Lauf der Jahre hatte Eleanor einen Großteil der zivilisierten – und unzivilisierten – Welt allein auf ihrem treuen Fahrrad durchkreuzt. In dieser Zeit hatte sie nicht nur die Kunst perfektioniert, nach dem Weg zu fragen, ohne die Landessprache zu beherrschen, sondern bedauerlicherweise auch die sonderbare Angewohnheit entwickelt, diese Beschreibungen augenblicklich wieder zu vergessen.

Sie sah sich um. »Ostwärts oder westwärts? Das ist doch

absurd! In einem kleinen Kaff wie Chipstone lebt man doch gerade deshalb, weil man eben keine Weltreise auf sich nehmen möchte, um ein neues Fahrrad zu kaufen!«

Wäre Chipstone in der Lage gewesen zu antworten, hätte sich der Ort vielleicht gekränkt dagegen gewehrt, als »Kaff« bezeichnet zu werden, da es sich vielmehr rühmte, eine lebhafte Marktstadt im Herzen der Chilterns zu sein.

Da Chipstone dies aber glücklicherweise nicht vermochte, nahm der Ort keinen Anstoß daran. Eleanor hingegen ließ weiter Dampf ab. »Was in aller Welt spricht denn dagegen, ›links‹ und ›rechts‹ zu benutzen?«

»Das weiß ich auch nicht, Miss«, antwortete eine helle Stimme. Eleanor schaute nach unten auf einen kleinen Jungen von etwa zehn Jahren, der seine Mütze in der Hand hielt und eine Weste trug, die zwar peinlich sauber war, der jedoch zwei Knöpfe fehlten.

»Wie bitte?«

»Ich dachte, Sie hätten mir eine Frage gestellt ... denn sonst ist hier ja keiner, Miss.«

»Ja, verständlich, dass du das gedacht hast. Und ich habe wirklich eine Frage an dich. Eigentlich sogar zwei. Wie lautet dein Name?«

»Alfie, Miss.«

Eleanor fiel auf, dass sie nun bereits eine ihrer zwei angekündigten Fragen gestellt hatte, obwohl sie noch zwei weitere hatte. Ganz gleich, sie bezweifelte, dass es dem Jungen auffallen würde. »Nun, Alfie, hättest du Lust, dir einen Penny zu verdienen?«

Der Junge klatsche sich vor Aufregung auf die Beine. »Und ob, Miss.«

»Ausgezeichnet. Kannst du mir den Weg zu Bevan Brothers zeigen?«

»Verzeihen Sie, Miss, aber das waren eigentlich drei Fragen.

Gibt es einen Penny für jede Frage oder einen Penny für alle drei?«

Dieses Kind war nicht zu unterschätzen. Falls sie auf ein Team aus Straßenjungen angewiesen sein würde, wie Sherlock Holmes auf seine Baker-Street-Spezialeinheit etwa, dann wäre Alfie der geeignete Anführer.

Das Kind blickte sie erwartungsvoll an.

»Um deine Frage zu beantworten: Du bekommst einen Penny für alle drei. Abgemacht?«

»Abgemacht!« Alfie streckte ihr eine kleine, unerwartet saubere Hand entgegen. Eleanor schlug ein. »Also«, sagte er, »Sie wollten ja wissen, wie man zu Bevan Brothers kommt. Das ist leicht.« Er drehte sich zum anderen Ende der Hauptstraße, in die Richtung entgegengesetzt derjenigen, aus der sie mit Lancelot in die Stadt hineingefahren war. »Sehen Sie diesen Schornstein da drüben? Den großen, aus dem ganz oben der Rauch rauskommt?«

Eleanor nickte, bückte sich auf Augenhöhe zu dem Jungen hinunter und blinzelte in Richtung des Punkts, auf den er deutete. »Ja«, sagte sie.

»Das ist die Farbenfabrik Barnes. Da hat mein Dad früher gearbeitet. Ich helfe da manchmal aus. Nun folgen Sie meinem Finger, sehen Sie da hinten, da, wo die Häuser aufhören?«

»Ja.«

»Gut, und das letzte Dach da hinten, das ist Bevans.«

»Großartig!« Eleanor richtete sich auf. »Du hast mir sehr weitergeholfen, so sollst du denn deinen wohlverdienten Penny bekommen, junger Mann.« Eleanor öffnete ihr Portemonnaie und überreichte ihm die Münze.

»Danke, Miss. Benötigen Sie sonst noch etwas, Miss?«

Sie schüttelte den Kopf. »Nein, danke, Alfie.« Doch als er gerade gehen wollte, drückte sie ihm einen weiteren Penny in die Hand.

Alfie starrte das Geldstück mit großen Augen an. »Wofür ist der?«, wollte er wissen.

»Nennen wir es einen Vorschuss. Falls ich weitere Informationen benötige, wenn ich nach Chipstone komme, weiß ich, an wen ich mich wenden kann.«

»Danke schön, Miss, aber vereinbart war ein Penny. Darauf haben wir eingeschlagen.« Der Junge gab ihr den Penny zurück und spurtete einen Weg hinunter, der an einer Außenmauer des Rathauses entlangführte.

Was für ein famoser junger Bursche. Dann wandte sie ihre Aufmerksamkeit erneut der Suche nach Bevan Brothers zu.

Zunächst auf den Schornstein zu, dann das letzte Dach. »Ist doch ein Kinderspiel!«

Die Taschenuhr ihres Onkels zeigte zwanzig nach zwei an. Es war folglich eine Stunde vergangen, seitdem sie diese letzten unglückseligen Worte geäußert hatte. Anscheinend war es doch einfacher, als vermutet, sich in den Seitensträßchen von Chipstone zu verirren. Wo war dieser verfluchte Schornstein hin? Er war ganz einfach verschwunden, als sie die Straße überquert hatte, um sich den smaragdgrünen Seidenschal im Schaufenster des Kleiderladens anzusehen, der ihr ins Auge gefallen war. Obwohl sie es niemals zugegeben hätte, brachte der Schal ihr Herz genauso zum Rasen wie die Fahrt auf Lancelots Motorrad. Trotz ihrer vorgeblichen Gleichgültigkeit in Modefragen träumte sie gelegentlich davon, sich die mühelose Eleganz der Damenwelt von Paris, London oder Mailand anzueignen. Und dann hatte sie nur ein Stück weiter noch ein hinreißendes Geschäft für modische Accessoires entdeckt. Es war, als hätte jemand eine Spur aus verführerischen Süßigkeiten in den gewundenen Seitenstraßen Chipstones hinterlassen.

Als sie mit einer weiteren aufwendig verpackten Schachtel unter dem Arm aus dem letzten Laden trat, malte sie sich aus, wie sie ihren neuen Organzahalsreif samt abgestimmtem Fascinator mit einem exquisit attraktiven Begleiter an ihrer Seite an einen märchenhaft eleganten Ort ausführen würde. Hatte dieser Begleiter zufällig zerzaustes blondes Haar und graublaue Augen? Sie zog die goldene Schleife von dem Päckchen und legte sie sich kichernd ums Handgelenk.

Eleanor konzentrierte sich erneut auf die anstehende Aufgabe. *Nur nicht dem Feinde verfallen, Ellie!* Immerhin war Lancelot nach wie vor einer ihrer Tatverdächtigen.

Sie stand auf dem Bürgersteig und suchte die Silhouetten der Häuserreihen nach Anzeichen für einen Schornstein oder ein Dach ab, das zu Bevan Brothers gehören könnte. Da sie nichts dergleichen entdecken konnte, bog sie einfach in die nächstbeste Straße ein und stand wenige Augenblicke später vor der Polizeistation von Chipstone mit der obligatorischen blauen Lampe über der Tür.

Eleanors Suchmission nach Bevan Brothers rückte erst einmal in den Hintergrund. Eigentlich hatte sie beabsichtigt, die Polizei dem Bürgermeister zu überlassen. Jetzt aber, da sie an ihrer Türschwelle stand, schien die perfekte Gelegenheit gekommen, ihre Ermittlungen voranzutreiben. *Man sollte außerdem nie einem Mann den Job einer Frau überlassen, Ellie, selbst einem nützlichen nicht!* Und so schritt sie mit gefestigter Absicht auf das Gebäude zu.

Während sie sich dem Eingang näherte, mokierte sich Eleanor über eine kleine Gruppe uniformierter Männer, die in einer angrenzenden Gasse rauchte. »Beruhigend zu wissen, dass die Kriminalität in dieser Stadt ausgemerzt ist«, bemerkte sie en passant und stieg die Vortreppe zur Eingangstür der Station empor. *Bitte läuten Sie die Glocke*, gebot ein Schild. Eleanor ignorierte es, stieß die Tür auf und schritt hinein.

»Sergeant Wilby, bitte.«

Es polterte kurz, als die beiden Polizisten hinter dem Schalter flugs versuchten, wach und beschäftigt zu erscheinen.

»Funktioniert die Glocke etwa nicht, Miss?«, wies sie der Schlankere der beiden zurecht.

»Ich habe wirklich keine Ahnung. Nun, Sergeant Wilby, wenn ich bitten dürfte.«

»Nun, ich glaube ja nicht, dass Sergeant Wilby allzu begeistert sein wird, so unerwartet herausgerufen zu werden«, erdreistete sich der beleibtere Beamte zu behaupten.

»Daran habe ich keinerlei Zweifel. Soll ich ihn selbst suchen gehen?« Sie schritt auf den Korridor zu und stieß die erstbeste Tür auf, die sie erreichte.

»Miss! Nehmen Sie doch bitte Platz. Sergeant Wilby wird in wenigen Augenblicken bei Ihnen sein.« Der erste Polizeibeamte eilte bereits die Treppe hinauf.

»Fein.« Eleanor kehrte zur Rezeption zurück und setzte während ihrer Wartezeit ihr süßestes Lächeln auf.

Einen Augenblick später vernahm sie eine unverkennbare Stimme. »Was hat das zu bedeuten?«

Sie wandte sich dem anmarschierenden Sergeant zu, der zögerte, als er erkannte, wer seine Besucherin war.

»Brice, Fry, machen Sie sich vom Acker, und wehe, Sie lauschen oben an der Treppe!«, bellte Wilby. »Lady Swift«, seufzte er. »Was verschafft mir das Vergnügen?« Dabei verriet Wilbys Gesichtsausdruck, dass das einzige für ihn vergnügliche Szenario darin bestünde, sie schnurstracks vor die Tür zu befördern.

Zu Eleanors größten Stärken zählte aber sicherlich ihre Entschlossenheit. Leider ging diese nicht immer mit der Gabe einher, vorausschauend zu denken. Nun da sie direkt vor Sergeant Wilby stand, hatte sie keine Ahnung, wie sie irgendwelche sachdienlichen Informationen aus ihm herauspressen sollte. *Denk nach, Ellie, denk!*

Ah ja! Lancelots Worte kamen ihr wieder in den Sinn. Mayor Kingsley stellte die höchste Autorität vor Ort dar, also musste ein Mann wie Wilby ihn zwangsläufig fürchten. Sie sah ihn mit eiskaltem Blick an.

»Neuigkeiten von meinem jüngsten Treffen. Mit dem Bürgermeister.«

»Kingsley?«

»Gibt es hier etwa noch einen anderen Bürgermeister?«

Wilby schüttelte den Kopf.

»Das dachte ich mir, insofern handelt es sich, fürchte ich, um eine unsinnige Frage Ihrerseits. Wie auch immer, Mayor Kingsley wäre fast aus der Haut gefahren, als ich ihm von Ihrer abweisenden Haltung in Bezug auf den Mord erzählte, den ich bezeugt und Ihnen angezeigt habe. Er wird schwerwiegende Maßnahmen ergreifen, um die Angelegenheit zu bereinigen, und im Anschluss Ihr Tun und Ihre Einstellung persönlich überwachen. Ich dachte mir, eine Vorwarnung könnte Ihnen dienlich sein. Der Bürgermeister verfügt über ein höchst aufbrausendes Temperament, finden Sie nicht auch?«

Als Eleanor ihre Ansprache beendet hatte, war Sergeant Wilbys Gesicht kreidebleich. »Ich werde seine Ehrwürdigkeit sofort anrufen und erklären, dass es sich mitnichten so zugetragen hat, wahrhaftig, keineswegs.« Er machte sich auf zum Schalter.

»Zwecklos«, entfuhr es Ellie. »Er ist außer Haus. Womöglich um Ihre Vorgesetzten zu verständigen.«

Wilby wand sich. »Aber, Lady Swift –«

»Nichts aber. Ich habe ein paar wenige, simple Fragen an Sie. Glauben Sie, das bekommen Sie hin?«

Er nickte mürrisch.

Abermals beschloss Eleanor, ihre Überzeugung für sich zu behalten, dass es sich bei dem Mann, der im Steinbruch erschossen worden war, um denselben Mann handelte, der angeblich in seinem eigenen Zuhause bei einem Umfall umgekommen war. Im Übrigen traute sie Sergeant Wilby nicht, obschon dieses Misstrauen größtenteils ihren Erfahrungen geschuldet war. Nach dem Verschwinden ihrer Eltern und dem – wie sie es sah – Versagen ihres Onkels, sie wie eine eigene Tochter großzuziehen, hatte sie ein generelles Misstrauen gegenüber der gesamten Menschheit entwickelt. Ihr von Natur aus positives Wesen kämpfte dagegen an und ließ sie oft hoffnungslos wie Schilfgras hin- und herschwanken bei der Entscheidung, ob sie jemandem vertrauen konnte oder nicht.

»Gab es innerhalb der letzten vierundzwanzig Stunden irgendwelche Todesfälle, das Dahinscheiden von Mr Atkins ausgenommen?«

»Nein.«

»Sie scheinen sich ziemlich sicher zu sein. Wie können Sie da so sicher sein?«

»Weil ich innerhalb dieses Zeitrahmens zweimal Dienst hatte, und jeweils lange gearbeitet habe.«

»Ach, das erklärt natürlich auch Ihr derangiertes Erscheinungsbild.«

Wilby inspizierte seine Uniform.

Eleanor zuckte unmerklich zusammen, denn ihre Gedanken überschlugen sich plötzlich. Ob Sergeant Wilby womöglich deshalb so unwillig gewesen war, Ihren Anruf entgegenzunehmen, weil er selbst der Täter war? Vielleicht hatte er keine Zeit gehabt, weil er seine Uniform hatte reinigen müssen – von Blut? Immerhin war es Sergeant Wilby gewesen, der sich geweigert hatte auszurücken, als sie den Mord angezeigt hatte, und er hatte sich ebenfalls geweigert, sie ernst zu nehmen, als sie schließlich zum Steinbruch gefahren waren. Warum aber sollte er Atkins ermordet haben? Im Moment wusste sie darauf keine Antwort, aber Wilby war definitiv ein Kandidat für ihre Verdächtigenliste.

Sie fixierte den Sergeant. »Ist aus Ihrem Department noch einmal jemand zum Steinbruch gefahren, um nach weiteren Indizien für einen Mord zu suchen?«

»Nein.« Wilby knirschte mit den Zähnen.

»Hat jemand aus Ihrem Department alle registrierten Motorradbesitzer aus der Gegend überprüft und befragt?«

»Abermals nein, Lady Swift.«

»Hmm. Besteht auch nur der Hauch einer Chance, dass Sie auf Basis meiner Aussage den genauen Todeszeitpunkt ermittelt haben? Oder die verwendete Mordwaffe?«

Ein Geräusch, das dem Zischen einer Dampflokomotive kurz vor dem Losfahren glich, alarmierte Eleanor: Sergeant Wilby stand kurz davor durchzudrehen.

»Nein, wie sollte ich auch, es gab schließlich keinen Mord!«

»Sind irgendwelche Hinweise darauf ans Tageslicht gekommen, dass Mr Atkins' Tod womöglich kein vollkommenes Versehen war?«

Wilby atmete tief durch. »Wir haben Mr Atkins' Tod gründlich untersucht und sind zu dem Schluss gekommen, dass sein Tod ein *vollkommenes* Versehen war. Mr Atkins ist irgendwann zwischen sieben Uhr dreißig abends, nachdem seine Haushälterin das Haus verließ, und vier Uhr morgens *in seinem Haus* verstorben, und nicht etwa in diesem verfluchten Steinbruch!«

Sie beschloss, alles auf eine Karte zu setzen. »Ah! Aber vielleicht wurde er ja im Steinbruch ermordet und seine Leiche von dort aus im Anschluss zu seinem Haus transportiert, um das Ganze wie einen Unfall aussehen zu lassen. Ich meine, dass Mr Atkins' Haus nicht weit von dem Steinbruch entfernt liegt, hier in der Region liegt alles so nah beieinander, und auf diesen Seitenstraßen hätte der Mörder schon großes Pech haben müssen, um irgend–«

Wilby beugte sich vor. »Um irgendeiner störenden Wichtigtuerin über den Weg zu laufen? Die möglicherweise nichts Besseres zu tun hat, als –«

Eleanors erhobene Hand brachte Wilby zum Schweigen. Die Gesichtsfarbe des Sergeants war binnen weniger Augenblicke von Aschfahl zu Knallrot umgeschlagen. Nun, da ohnehin keine weiteren Informationen von ihm zu erwarten waren, wollte sie sich wenigstens noch ein klein wenig amüsieren. »Die möglicherweise nichts Besseres zu tun hat, als der Polizei von Chipstone zu zeigen, dass sie, um endlich im zwanzigsten Jahrhundert anzukommen, dringend Frauen aufnehmen sollte?«

Wilby explodierte. »Lady Swift, wenn Sie so freundlich wären!« Er deutete mit einem Ruck seines Arms zur Tür.

Eleanor warf den Kopf zurück. »Nun, das werde ich dann wohl Mayor Kingsley berichten müssen, der alles andere als begeistert sein wird. Allem Anschein nach bleibt mir also keine andere Wahl, als diesen Fall selbst zu lösen!«

Sie rauschte aus dem Empfangsbereich der Station und zog, nachdem sie die Eingangstür passiert hatte, zum Abschied entrüstet an der Türglocke.

ELF

Oh, welch Wonne es doch war, hurtiger voranzukommen als auf Schusters Rappen! Eleanor hatte ihr Ziel erreicht und konnte den südlichsten ihr bekannten Punkt Chipstones nun auf dem Sattel eines Fahrrads verlassen. Wie sich zeigte, war Bevan Brothers am Ende ganz einfach zu finden gewesen, der Fahrradladen befand sich nämlich nur einen Steinwurf von der Polizeistation entfernt.

Im Laden angekommen, hatte sie sich der Versuche der Gebrüder Bevan erwehrt, ihr ein elegantes Damenrad zu verkaufen. Sie wusste schließlich genau, was sie wollte: ein robustes, vielseitiges Modell ohne Schnickschnack. Das perfekte Transportmittel für ihre Ermittlungen.

Genau genommen wäre der Rolls-Royce das ideale Transportmittel. Enttäuschenderweise handelte es sich dabei aber nicht um das Modell, das sie noch aus Kindheitstagen kannte, sondern um ein neueres, deutlich imposanteres Gefährt, einen Silver Ghost, wie ihr deuchte. Da sie jedoch nie gelernt hatte, ein Auto zu fahren, und von Clifford fraglos lästige Kommentare zu erwarten waren, wenn sie ihn bitten würde, sie während ihrer Ermittlungen umherzuchauffieren, blieb ihr eben nur das Fahrrad.

Allerdings gab es da ein Problem in Bezug auf ihren neuen Handlanger Gladstone. Der Korb an ihrer Lenkerstange konnte dem Vernehmen nach nämlich kaum mehr als das Gewicht eines Kaninchens tragen. Eines Zwergkaninchens, genauer gesagt.

Der schlechte Straßenbelag machte das Vorankommen deutlich beschwerlicher, als Eleanor erwartet hatte. In den letzten Jahren hatte sie für das Reiseunternehmen neue Routen für Abenteuerreisen für reiche Touristen in Persien, China, Indien und zuletzt in Südafrika erkundet. Bedauerlicherweise hatte sich ihr geliebtes Fahrrad in der Wildnis als zu langsam und unberechenbar erwiesen, und die heimischen Führer, auf die sie angewiesen war, bevorzugten die vergleichsweise hohe Geschwindigkeit und Sicherheit eines Automobils. Entsprechend war ihre Radfahrkondition nicht mehr die beste, sodass sie sich bereits nach wenigen Meilen ziemlich verschwitzt und undamenhaft fühlte. Immerhin war ihre Sittsamkeit, oder das, was davon übrig war, noch intakt. Umsichtigerweise hatten die Gebrüder Bevan Wäscheklammern bereitgestellt, damit sie ihren Rock zu beiden Seiten des Fahrradrahmens befestigen konnte. Einige davon waren jedoch abgesprungen, als sie während einer steilen Passage heftig in die Pedale hatte treten müssen, und lagen jetzt auf der Straße verstreut. Ein schwarzes Auto schob sich in einem großen Bogen an ihr vorbei.

Unglücklicherweise war die Grafschaft für ihre Hügel bekannt, besonders für den letzten ihrer Tour, auf dem sich The Hall befand. *Komm schon, Ellie, du bist schon so weit gekommen, nur dieses letzte Stück noch.* Im Schneckentempo kämpfte sie sich voran, fuhr durch das Tor, riss dabei den Lenker ächzend hin und her, keuchte die Zufahrtsstraße hinauf und kam schließlich wackelnd zum Stehen. Eleanor fragte sich, ob die Pforten zu The Hall immer offen standen oder ob Joseph oder Silas sie nachts verschlossen. In Hinblick darauf, dass hier ein Mörder auf freiem Fuß war, war es vielleicht sinnvoll, sie zu verschließen, dann wiederum bestand ja für niemanden auf The Hall Gefahr für Leib und Leben ... oder etwa doch?

»Glückwunsch, höchst eindrucksvoll!«, grüßte sie ein breitschultriger Mann mit einem blauen Wollpaletot, der eine Melone in seiner lederbehandschuhten Hand hielt. Der schwarze Wagen, der sie überholt hatte, war neben der Vortreppe zum Haus abgestellt.

»Ich danke ... Ihnen.« Eleanor stieg von ihrem nun stillstehenden Fahrrad und versuchte, ihren Zustand der Atemlosigkeit zu verbergen.

»Ich bin Detective Chief Inspector Seldon, Criminal Investigation Division, Oxford. Verzeihen Sie, gnädige Frau, sind wir uns bereits begegnet?«

Eleanor klatschte in die Hände. Sie war es mittlerweile müde, überall erkannt zu werden, sodass sie die Unwissenheit dieses Mannes als regelrecht erfrischend empfand. »Lady Eleanor Swift.« Sie wischte sich die Hand an ihrem Rock ab und streckte sie ihm über die Lenkerstange hinweg entgegen.

Der Detective zog seinen rechten Handschuh aus und schüttelte ihr fest die Hand. Seit ihrer Rückkehr nach England war Eleanor aufgefallen, dass viele Männer einer Lady die Hand schüttelten, als bestünde sie aus feinem Knochenporzellan. Der Detective hingegen schien keine derartige Zurückhaltung an den Tag zu legen.

»Was führt Sie zu mir, Detective? Sie verzeihen, Detective Inspector?«

»Eigentlich komme ich, um Lord Henley zu besuchen.« Er lächelte. »Und ›Inspector‹ reicht völlig aus.«

»Donnerwetter, dann Sind Sie aber schrecklich spät dran für Ihre Verabredung.«

»Ich bitte um Verzeihung, aber wird sind nicht verabredet. Es handelt sich eher um einen unangemeldeten Besuch.«

»Darf ich Ihnen nahelegen, künftig einen Termin zu vereinbaren? Mein Onkel Lord Henley ist diesen Februar von uns gegangen.«

Zu seiner Ehre blieb DCI Seldon trotz seines Fauxpas ruhig. »Ich bitte aufrichtig um Entschuldigung. Genau genommen, bin ich derzeit in London tätig. Und mein Beileid, selbstredend. Wie taktlos von mir.«

»Allerdings. Nun, was auch immer Sie mit meinem Onkel besprechen wollten, müssen Sie nun an seiner statt mit mir behandeln. Kommen Sie herein, ich werde mir nur ein klein wenig die Landschaft aus dem Gesicht kratzen und wieder zu Ihnen gestoßen sein, ehe sie die Gelegenheit hatten, Platz zu nehmen.«

Eleanor lehnte ihr Fahrrad an die Vortreppe und gab ihm ein Zeichen, ihr zu folgen.

Die Tatsache, dass Mrs Butters die Tür öffnete, offenbarte ihr direkt, dass Clifford wohl aushäusig war, um einmal mehr seinen butlerbedarfsdeckenden Besorgungen nachzugehen. »Hallo, Mylady. Ehe ich's vergesse, Reverend Gaskell war hier, um sich vorzustellen. Er ist der Vikar von St Winifred. Er konnte nicht bleiben und meinte, er komme zu einem anderen Zeitpunkt noch einmal wieder.«

»Das macht nichts, Mrs Butters, dürfte ich Sie um Tee bitten? Wir haben Besuch.«

»Kommt sofort, Mylady.« Mrs Butters trabte davon und band im Davongehen ihre Schürze.

»Inspector.« Eleanor wies mit einer Geste auf die Eichentür. »Wie gut können Sie mit Hunden?«

Wenige Minuten später war Eleanor zurückgekehrt. Ihr Gesicht glänzte von der groben Abreibung, die sie ihm im Gästewaschraum verpasst hatte. »Wie ich sehe, haben Sie bereits Bekanntschaft mit Gladstone gemacht.«

DCI Seldon ächzte unter Verweis auf Gladstones Körper, der sich auf seinem Schoß ausgestreckt hatte. Ein Lederslipper hing aus dem Hundemaul heraus.

»Nun, das ist ganz sicher der schönste Hundeempfang, der Ihnen jemals zuteilwerden wird, Inspector«, grinste Eleanor und nahm auf der gegenüberliegenden Chaiselongue Platz.

»Ganz zu schweigen von der Schleckerei«, stöhnte er.

»Ich bitte um Verzeihung, er hat die Etikette zur Begrüßung neuer Menschen noch nicht komplett verinnerlicht. Und ich fürchte, dass ihm das in seinem vorgerückten Alter auch nicht mehr gelingen wird. Jetzt aber zum Geschäftlichen.«

Die Stirn des Inspectors legte sich in Falten. »Mit Verlaub, Lady Swift, ich glaube nicht, dass Sie mir bei meinen Nachforschungen behilflich sein können. Es sei denn, Sie waren wider mein besseres Wissen gut mit einem gewissen Mr Spencer Atkins bekannt?«

»Nein, ich war nicht gut mit ihm bekannt, aber ...« Sie zögerte. Anders als Mayor Kingsley und Sergeant Wilby strahlte dieser Mann etwas Vertrauenswürdiges aus. »Aber ich kannte ihn aus meiner Kindheit. Ich war betrübt, von seinem Ableben zu erfahren.«

»Mein Beileid zu Ihrem Verlust«, sagte er und ließ seine Handfläche über Gladstones Flanke gleiten.

Da kam ihr ein Gedanke. »Inspector, würden Sie mir freundlicherweise erklären, wieso ...« Sie hielt inne, als Mrs Butters mit einem höflichen Klopfen den Tee ankündigte. Die Haushälterin platzierte das Tablett auf dem Beistelltisch, der zwischen ihr und dem Inspector stand, und verließ den Raum.

»Tee, Inspector?«

»Ja, danke.« Er nickte zurückhaltend.

Eleanor schenkte ihm eine Tasse ein und reichte sie über den Tisch. »Bedienen Sie sich mit Milch und Zucker.« Sie sammelte einen Augenblick lang ihre Gedanken. »Wo waren wir stehen geblieben? Ach, ja genau. Wurde ich fehlinformiert bezüglich der Manier von Mr Atkins traurigem Ableben? Es hatte etwas mit seiner Schrotflinte zu tun, habe ich recht?«

»Ja, eine tödliche Wunde durch seine eigene Flinte, die er versehentlich abfeuerte, während er sie reinigte.«

»Während er sie reinigte? Wirklich?«

»Ja, ziemlich unvorsichtig. Die Leute neigen zu Unachtsamkeit.«

»Werden auch Sie gelegentlich unachtsam, Inspector?«

»Nein, das werde ich nicht«, antwortete er steif. Er bewegte seine Füße, um Gladstone in eine erträglichere Position zu manövrieren. »Sie scheinen ausgesprochenes Interesse an dieser Angelegenheit zu haben, Lady Swift.«

»Verzeihen Sie mir die recht unverblümte Frage, aber wieso untersuchen Sie, ein Detective Inspector, einen Unfalltod wie diesen? Falls Sie nicht gerade den Verdacht hegen sollten, dass hier Fremdeinwirkung vorliegen könnte?«

Er blickte auf seinen Hut und seine Handschuhe hinab, die von Gladstones Vorderpfoten zerdrückt wurden. »Kraft seiner Stellung war Mr Atkins ein einflussreicher Mann. In einem solchen Fall stellt die Polizei einige routinemäßige Nachforschungen an.«

Diese Antwort im Stile eines Politikers machte sie stutzig. Viele Worte, die nichts als heiße Luft enthielten. Sie setzte sich auf. »Seiner Stellung?« Sie hatte nicht mehr daran gedacht, Clifford zu fragen, was genau Spencer Atkins beruflich gemacht hatte.

»Ja, er war ein einflussreicher ... Regierungsbeamter.«

»Sprechen Sie nur weiter, Inspector«, ermunterte sie ihn.

Er zögerte einen Augenblick. »Darf ich fragen, Lady Swift, wie lange Sie bereits hier auf Henley Hall weilen?«

Sie blickte zur Decke auf. »Seit drei, nein, vier Tagen, glaube ich.«

»Und beabsichtigen Sie, hier in Little Buckford zu bleiben?«

Sie überlegte, da sie noch immer unschlüssig war, ob sie gehen oder bleiben wollte. Dann aber fiel ihr ein, dass sie hier ja noch einen Mordfall zu lösen hatte. »Ich beabsichtige, zu bleiben, zumindest solange, bis meine eigenen Ermittlungen abgeschlossen sind.«

DCI Seldon zog die Brauen hoch. »Ihre eigenen Ermittlungen?«

Als Eleanor ihren Gegenüber beäugte, bemerkte sie seine weichen braunen Augen, seine sanften Hände und seine heisere Stimme. Sie atmete tief durch. War hier auf dem Land irgendetwas im Trinkwasser? Was war nur mit ihr los? Sich in jeden nächstbesten Mann zu verlieben, war doch sonst die Aufgabe aufgedrehter Damen in überstraffen Korsetten. Sie war aus gänzlich anderen Gründen hergekommen.

Trotzdem war sie sich ganz sicher, dass sie recht hatte; dieser Mann strahlte eine besondere Vertrauenswürdigkeit aus. So besonders, dass sie beschloss, ihren jüngsten Beschluss zu revidieren, niemandem von ihrem Verdacht zu erzählen, dass es sich bei dem Toten vom Steinbruch um Atkins handelte. »Ich glaube nicht, dass Mr Atkins sich selbst erschossen hat, ob versehentlich oder anderweitig. Ich glaube, dass er durch die Hand eines anderen umgekommen ist.«

DCI Seldon sah Eleanor lange und intensiv in die Augen und stellte seine Teetasse mit einem tiefen Seufzer ab. »In Ordnung, nun, wären Sie vielleicht so freundlich, mich darüber aufzuklären, worauf Sie diese Annahme stützen?«

»Ich glaube, dass er an dem Steinbruch ermordet wurde, der an die Außenanlagen von Henley Hall grenzt. Es war seine Leiche, die ich in jener Nacht nicht ausfindig machen konnte.«

Der Inspector konnte seine Verwunderung nicht verhehlen. »Die Leiche, die Sie nicht ausfindig machen konnten? Ich muss Sie bitten, sich etwas klarer auszudrücken.«

»Klarer? Wenn die Polizei in jener Nacht ausgerückt wäre, dann hätte sie den Täter inzwischen vielleicht gefasst und alles wäre glasklar.«

»Lady Swift. Lassen Sie uns noch einige Schritte zurückgehen, ich kann Ihnen nicht ganz folgen.« Der Inspector rutschte an die Vorderkante seines Sessels und schob Gladstone auf den Fußboden. »Entschuldige, alter Knabe, aber mir sind bereits die Beine eingeschlafen«, murmelte er. Er wandte sich zurück an Eleanor und kam dabei ein Stück näher. Sie fühlte, wie ihr plötzlich heiß in den Wangen wurde. »Nun, erzählen Sie bitte von Anfang an. Welche Nacht? Welcher Mord? Welche Polizei?«

»Der Mord am Steinbruch, den ich vor drei Tagen gemeldet habe.«

DCI Seldon zog sein Notizbüchlein aus der Brusttasche. »Haben Sie diesen Zwischenfall bei der Polizei von Little Buckford oder Chipstone angezeigt?«

»Chipstone. In Little Buckford gibt es nur einen Constable, der offenbar durch die ungünstige Niederkunft dreier Sprösslinge binnen einer halben Stunde aufgehalten wurde.«

Erstmalig schien es, als versuche der Inspector, ein kleines Lächeln zu verbergen.

»Wie bereits zuvor erwähnt, Lady Swift, arbeite ich in Oxford und derzeit in London. Lokale Anzeigen wandern nur selten über meinen Schreibtisch, wenn es sich dabei nicht gerade um einen schweren Mordfall handelt.«

Darauf rief Eleanor: »Und was macht einen ›schweren Mordfall‹ aus, Inspector? Gibt es denn auch ›leichte‹ Morde?«

»Das ist die Standardpolizeiterminologie. Die Begrifflichkeit ›schwerer Mordfall‹ verwenden wir, wenn es ausreichendes Beweismaterial zu einer umfassenden Mordermittlungen gibt. Als Beschäftigte im öffentlichen Dienst sind wir dazu verpflichtet, den Einsatz von Zeit, Ressourcen und Arbeitskraft zu rechtfertigen. Ich schließe daraus, dass die Polizei von Chipstone der Meinung war, dass sich aus dem Bericht, den sie Ihrer Aussage entnommen hat, keine ausreichenden Beweise ergeben haben.«

Da sie es leid war, zu verteidigen, was sie in jener Nacht gesehen hatte, fasste sie sich kurz. »Meine Aussage war ziemlich eindeutig. Gegen zehn Uhr fünfzehn am Samstagabend habe ich gesehen, wie ein Mann in der Bauhütte im Hof des Steinbruchs erschossen wurde. Als ich an der Hütte eintraf, fand ich eine große Blutlache, jedoch keine Leiche vor. Ach ja, und danach bin auf dem Nachhauseweg mit dem armen Gladstone beinahe von einem Mann auf einem Motorrad überfahren worden.«

»Keine Leiche sagen Sie? Ich verstehe. Und die Blutlache?«

»Als die Polizei am Folgetag dann endlich auftauchte, war auch diese praktischerweise beseitigt.«

DCI Seldon nahm einen tiefen Atemzug. »Und gab es noch irgendwelche anderen Beweise für diesen Mord? Die fragliche Waffe, leere Patronenhülsen oder dergleichen?« Er streckte fragend die Hände aus. »Irgendetwas?«

»Nein«, seufzte Eleanor.

»Dann war vermutlich das der Grund dafür, dass der Vorfall nicht als ›schwerer Mord‹ klassifiziert wurde.«

»Nein, das liegt daran, dass Polizisten Dilettanten mit Dienstmarken sind!«

Er schnaubte in seine Teetasse hinein. »Ich bin ein Polizist. Bin auch ich ein Dilettant mit Dienstmarke?«

Eleanor lachte, dieser Detective begann ihr zu gefallen. »Es ist zu früh, um das zu beurteilen, Inspector, dazu müsste ich Sie besser kennenlernen.« Sie traute ihren Ohren nicht. Woher war das gekommen?

DCI Seldon setzte seine Tasse ab. »Heute ist dafür nicht der geeignete Tag, mein Terminkalender ist voll. Wenn Sie so freundlich wären, die Aussage, die Sie gegenüber der Polizei gemacht haben, noch einmal zu wiederholen, dann werde ich zu einem späteren Zeitpunkt eine neue Untersuchung einleiten, wenn Ihnen das recht ist?«

Ein Klopfen an der Tür unterbrach Eleanors Antwort. »Ja?«, rief sie.

Clifford trat ein und verbeugte sich. »Bitte vergeben Sie mein Eindringen, Mylady. Ich wollte Sie lediglich über meine Rückkehr in Kenntnis setzen. Kann ich irgendetwas für Sie tun?«

»Nein, danke, Clifford. Ich glaube, der Inspector und ich sind hier so gut wie fertig.«

DCI Seldon erhob sich aus seinem Sessel. »Lady Swift, vielen Dank für Ihre liebenswürdige Gastfreundschaft und für die Unterstützung meiner Recherchen. Auf Wiedersehen, Lady Swift.« DCI Seldon nahm seinen zerknitterten Hut samt Handschuhen. Die beiden Männer verließen den Raum.

Während die Tür sich schloss, sprang Gladstone zu Eleanor auf die Chaiselongue. Sie schenkte sich eine weitere Tasse Tee ein, nahm sich ein Stück von Mrs Trotmans Fruitcake und schmiegte sich an Gladstone. »Das macht dir doch nichts aus, oder?«

Gladstone erweckte den Anschein, als ob er nichts dagegen hatte, solange sie ein Stück näher an ihn heranrückte und ihm etwas Kuchen abgab.

»Eigentlich sollte ich doch hier das Alphatier sein, nicht wahr, Gladstone? Obschon ich glaube, dass Clifford denkt, er hätte hier das Sagen.« Sie beugte sich vor und kraulte den Bauch des Hundes. »Dann wiederum hältst vielleicht auch du dich für den Boss? Vielleicht könnten wir uns diesen Titel ja teilen?« Sie verfütterte das letzte Stück Fruitcake an ihn, achtete aber darauf, dass es keine Rosinen enthielt. »Mrs Trotman hat mir zugetragen, dass du Rosinen zwar liebst, sie dir aber leider nicht gut bekommen.« Eleanor lehnte sich in ihre Chaiselongue zurück und seufzte. »Ich glaube, das gleiche Problem habe ich mit Männern, Gladstone!«

Eleanor hörte, wie DCI Seldons Automobil die Zufahrt hinabfuhr. Sie schmollte noch immer angesichts seines augenscheinlich fehlenden Interesses an ihren Ermittlungen, als Clifford ins Gesellschaftszimmer zurückkehrte.

»Nun, Clifford, haben die beiden Herrschaften sich köstlich über meine ›Mär‹ vom Steinbruchmord amüsiert?«

Cliffords Miene blieb ungerührt. »Nein, Mylady, das wäre ja schließlich auch völlig unangebracht, denn ...«

Sie runzelte die Stirn. »Denn was, Clifford?«

»Denn ich bin mir sicher, dass sie die Vorgänge am Steinbruch tatsächlich bezeugt haben, Mylady.«

Eleanor blinzelte ungläubig. »Was? Soll das heißen, Sie glauben mir, was den Mord am Steinbruch anbetrifft? Falls dem so ist, dann sind Sie damit der Einzige weit und breit!«

Clifford nickte. »Dem mag so sein, Mylady, aber ich für meinen Teil schenke Ihrer Darlegung der Geschehnisse Glauben.«

Die Tatsache, jemanden gefunden zu haben, der sie ernst nahm, und dass dieser Jemand ausgerechnet Clifford war, berührte sie. »Schauen Sie, wenn Sie mir glauben, warum haben Sie aus Ihrer Zustimmung dann bislang so ein verflixtes Geheimnis gemacht?«

»Ich bin Butler, Mylady«, antwortete Clifford, als taugte dies als hinreichende Erklärung.

Eleanor lachte. »Nun, dafür gebührt Ihnen Anerkennung. Aber wenn wir unter uns sind, müssen wir das von mir aus nicht so eng sehen, wenn Sie einverstanden sind.«

»Danke, Mylady. Das werde ich im Hinterkopf behalten.«

»So, da das nun geklärt ist, lassen Sie uns zum Wesentlichen zurückkommen. Was hat Sie dazu bewogen, so gewiss darüber zu sein, dass ich bei klarem Verstand bin, wo die Welt mich doch wie eine Lügnerin und eine Geisteskranke traktiert?«

»Wenn ich Sie um Nachsicht bitten dürfte, Mylady, es gibt

viele Dinge, zu denen wir uns beraten könnten, einzig, es ist bereits spät geworden. Das Tablett mit dem Abendmahl und ein heißes Bad mögen nun angezeigt sein, wenn Sie mir diesen Vorschlag bitte verzeihen.«

Eleanor erwog, ihn für seinen Badekommentar und die offenkundige Anspielung auf eine weitere ausgelassene Mahlzeit zurechtzuweisen. Dann besann sie sich darauf, dass sie ihm die Erlaubnis erteilt hatte, seine Zunge nicht länger zu hüten. Eine Entscheidung, die sie womöglich bereuen würde, dachte sie.

Clifford fuhr fort: »Wir könnten morgen nach einem herzhaften Teller von Mrs Trotmans erlesenen Frühstücksspezialitäten mit vollem Magen und unvoreingenommenem Geist wieder zusammenkommen.«

Ermattet von ihrer heldinnenhaften Fahrradfahrt und ihren Gefühlen der letzten Stunden, gab sie sich geschlagen. »Wie Sie wünschen, Clifford, Sie sind der Boss!«

ZWÖLF

»Clifford, ich muss zugeben, Sie haben mich überrascht.«

»Inwiefern, Mylady?« Clifford stülpte die Servierglocke über die wenigen verbliebenen Würstchen.

»Hach, dieses hausgemachte Zwiebel-Relish schmeckt einfach himmlisch!«, schwärmte Eleanor und nahm noch einen Bissen.

Clifford wartete geduldig.

Schließlich unterbrach sie ihren Kahlschlag von Mrs Trotmans ergötzlichen Speisen.

»Sie haben mich überrascht, Clifford, weil Sie mir glauben, dass ich in jener Nacht im Steinbruch gesehen habe, wie jemand erschossen worden ist. Und ich glaube, dass dieser Jemand der arme Mr Atkins war.«

Clifford diente Eleanor einen Servierteller an, von dem sie sich eine große Gabel geschmorter Pilze nahm. »Das glaube ich auch. Für meine Zustimmung zu Ihrer Auslegung der Ereignisse gibt es einen vorherrschenden Grund, Mylady.«

Eleanor hielt inne und bewegte ihre Gabel in der Luft im Kreis. »Sprechen Sie weiter.«

Er stellte den Servierteller zurück auf den Beistelltisch und stellte sich neben sie. »Mr Sandford, der Butler von Langham Manor, den Sie meines Wissens kennenlernen werden, wenn Sie morgen zum Lunch bei Lord und Lady Fenwick-Langham zu Gast sind, hat eine Nichte namens Miss Abigail, die als Schreibdame in der Polizeistation von Chipstone arbeitet. Sie ist eine ganz reizende junge Dame und durchaus ... aufmerksam.«

Eleanor schmunzelte. »Sie haben also einen Maulwurf bei der Polizei. Ich würde sagen, das könnte uns in Anbetracht der Tatsache, dass ich Sergeant Wilby nicht so recht über den Weg traue, noch sehr nützlich werden, aber dazu kommen wir gleich noch. Fahren Sie fort.«

Clifford machte einen Diener. »Vielen Dank, Mylady. Sehen Sie, auch ich hielt die Tatsache, dass Sie drüben am Steinbruch die Erschießung eines Mannes bezeugt haben und am darauffolgenden Tag keine halbe Meile davon entfernt eine erschossene Leiche aufgetaucht ist, für einen recht sonderbaren Zufall.«

Eleanor zuckte zusammen. »Ich wusste, dass er hinter Cartwrights Farm wohnte, aber nicht dass es so nah war.«

»In der Tat. Das Anwesen von Mr Atkins grenzt im Norden direkt an Mr Cartwrights Land, ganz so wie das Henley-Anwesen im Süden daran grenzt. Es wäre ein recht leichtes Unterfangen, die Leiche vom Steinbruch in Mr Atkins' Haus zu schaffen. Vielleicht ist es sogar weniger als eine halbe Meile.«

»Und im Schutze der Dunkelheit wäre wohl nicht damit zu rechnen, dabei beobachtet zu werden?«

»In der Tat, es gibt nur wenige andere Liegenschaften rund um dieses Gebiet.«

Eleanor runzelte die Stirn. »Was aber hat Abigail nun mit alldem zu tun?«

»Miss Abigail tippt die Anzeigen ab, da keiner der anderen Polizisten mit mehr als einem Finger zu tippen versteht.

Entsprechend tippte sie auch den Bericht zu Mr Atkins' ›Unfalltod‹ ab.« Clifford hüstelte, was Eleanor als Butlervariante einer Kunstpause deutete. »Mr Atkins wurde mit einem Fläschchen Waffenöl in der rechten Hand aufgefunden.«

Eleanor blinzelte. »Und?«

»Ich hatte während der vielen Besuche von Mr Atkins auf Henley Hall Gelegenheit zu der Beobachtung, dass es sich bei diesem Gentleman um einen Linkshänder handelte.«

Eleanor schlug auf den Tisch, riss ihre pilzbeladene Gabel empor und schleuderte diese so quer durch den Raum. Sie bemerkte, wie Clifford zusammenzuckte. »Donner und Doria, gute Arbeit! Wenn Atkins versucht hätte, die Waffe sozusagen mit der falschen Hand zu ölen ...«

»Genau. Selbst ein schlechter Schütze kennt die Gefahr, die damit einhergeht, eine falsch geölte Schusswaffe abzufeuern. Ich glaube, dem Mörder ist hier ein Fehler unterlaufen. Er war überheblich genug zu glauben, dass Mr Atkins' Ruf, ein erbärmlicher Schütze zu sein, das Urteil ›Tod durch Unfall‹ nahelegen würde. Und damit ist er bisher auch durchgekommen. Getreu der Logik: Der Mann versteht mit seinem Gewehr schon draußen nicht umzugehen, ergo versteht er sine dubio ebenfalls nicht, wie man die Pulverrückstände aus den Läufen ordnungsgemäß beseitigt. Allerdings platzierte er das Waffenöl in der falschen Hand.«

Eleanor nickte und ignorierte das »sine dubio«. Das konnte sie später nachschlagen. Was Eleanor hingegen sofort begriff, war, dass Clifford kraft seines enzyklopädischen Wissens, seiner unerschütterlichen Stringenz und seiner scharfen Beobachtungsgabe eine enorme Hilfe bei der Aufklärung ihres Steinbruchmords darstellen könnte. Vorausgesetzt natürlich, dass nicht er selbst der Mörder war.

»Hmm.« Sie trommelte mit den Fingern auf den Tisch. »Clifford, wie ich sehe, verfügen Sie über Fähigkeiten, die über jene eines ... ja nun, herkömmlichen Butlers hinausgehen, gewissermassen.«

»Wenn das ein Kompliment ist, dann danke ich Ihnen, Mylady.«

Sie schmunzelte. »Aber bestimmt ist es das! Nun wollen wir uns aber zusammensetzen und die Fragen rund um die letzten Augenblicke im Leben des armen Atkins aufklären. Was meinen Sie?«

Sie bemerkte das Zögern in seinem Gesicht, wusste aber nicht, wie es zu deuten war. Hatte sie nicht die nötige Distanz zwischen ihrer Rolle als Lady des Hauses und seiner Rolle als Butler gewahrt? Trauerte er noch immer dem Verlust seiner Beziehung zu ihrem Onkel nach? Oder war es etwas anderes?

»Ja, Mylady.«

»Was?« Er hatte sie aus ihren Mutmaßungen und Zweifeln gerissen. »Verzeihung ... oh, also ja?«

Clifford nahm einen tiefen Atemzug und zupfte den Bund seiner Handschuhe zurecht. »Wollen wir vielleicht mit dem Ereignis selbst beginnen?«

»Welchem Ereignis?«

»Dem Mord?« Da war er wieder, dieser Was-denn-auch-sonst-Unterton. Sie sah darüber hinweg.

»Unbedingt. Wir sind uns einig, dass jemand Atkins im Steinbruch erschossen hat und seinen Tod so aussehen ließ, als wäre es ein Unfall gewesen. Die Frage, die sich nun stellt, Clifford, ist ... weshalb?«

»Gewiss, das ist das große Rätsel: Welchen Grund könnte der Mörder gehabt haben, die Leiche ins Haus des Opfers zu schaffen?«

»Die einfachste Antwort ist himmelschreiend offensichtlich – um es wie einen Unfall aussehen zu lassen.«

»Warum hat der Mörder seine schreckliche Tat dann nicht im Haus selbst vollbracht?«

Sie kratzte sich am Hinterkopf. »Ähm ... Ah! Zu riskant. Irgendjemand hätte ja den Schuss hören können.«

»Mylady, wir befinden uns hier auf dem Lande. In Gegenden wie Little Buckford hat jeder Zugang zu einer Schrotflinte, die Vorliebe für Taubenpastete in dieser Grafschaft rührt nicht von ungefähr. Das Grundstück von Mr Atkins grenzt im Osten an die Poddington Woods und im Süden an Cartwrights Land. Da nimmt niemand Notiz vom Schusshall einer Schrotflinte.«

»Aber Atkins' Personal hätte doch um Himmels willen bemerkt, wenn im Haus ein Schuss gefallen wäre!«

»Ja, theoretisch schon, allerdings besteht das Personal einzig aus der Haushälterin Mrs Campbell, die an jenem Abend außer Haus war, um ihre kranke Schwester zu besuchen.«

»Aber woher konnte der Mörder das wissen? Dazu müsste er ja zumindest aus der Region stammen, nehme ich an.«

»Auf unserer Verdächtigenliste stehen in diesem kritischen Augenblick sämtliche Ortsansässigen mit Zugang zu einer Schrotflinte. Ich fürchte, sie umfasst damit so gut wie die gesamte Dorfbevölkerung, Mylady.«

Er hatte nicht ganz unrecht. »Wir kommen darauf zurück. Überdies habe ich bereits eine Verdächtigenliste erstellt, vielen Dank. Zunächst aber ist da eine Frage, die mich schon die ganze Zeit über nicht loslässt: Wie gelang es dem Mörder, Atkins zum Steinbruch zu locken? Sie kannten ihn doch gut. Was meinen Sie? Das müsste schon eine sehr gewiefte List gewesen sein, oder nicht?«

Clifford nickte bedächtig. »Auch mich hat dieser Gedanke beschäftigt. Er war kein Gentleman, der abendliche Ausflüge schätzte. Dementsprechend untypisch erscheint es, dass er einer Verabredung in einem stillgelegten Steinbruch zustimmen würde. Dann wiederum neigt der Mensch dazu, die merkwürdigsten Dinge zu tun, wenn er in Bedrängnis gerät.«

»Ich nehme also an, er könnte seinen Mörder gekannt

haben. Könnten Sie mir entsprechend, während Sie mir freundlicherweise noch ein paar Eier aufladen, etwas mehr über Atkins erzählen?«

»Mr Atkins war ein aufrechter und ehrlicher Mann. Ihr Onkel schätzte ihn in höchstem Maße.«

»Also kann er nicht etwa viele Feinde gehabt haben?«

»Non sequitur. Ein Ehrenmann lässt sich weder kaufen noch beeinflussen. Ein solcher Mann mag sich ebenso viele, wenn nicht sogar noch mehr Feinde machen als jemand, der bereit ist, zugunsten von Geld und Macht auf die Moral zu verzichten.«

»Wahrlich, Clifford, nur zu wahr. Und waren Ihnen einige dieser Leute bekannt?«

Sie hätte schwören können, dass er einen Augenblick lang zögerte, bevor er antwortete. »Unglücklicherweise, nein, Mylady.«

»War er verheiratet?«

»Nein. Er lebte ein zurückgezogenes Junggesellenleben, nachdem er von seiner großen Liebe enttäuscht worden war. Eine gewisse junge Dame, eine Bekannte Ihres Onkels. Es schien eine gewisse Unvereinbarkeit vorzuliegen, da sie einen anderen Gentleman heiratete und nach Devon zog, wenn ich mich recht entsinne.«

Sie legte die Stirn in Falten. »Wir müssen mehr darüber herausfinden, was er an diesem Abend gemacht hat.«

Clifford füllte ihre Tasse nach. »Was das angeht, hat sich seine Haushälterin, Mrs Campbell, als äußerst auskunftsfreudig erwiesen. Sie berichtete, dass Mr Atkins vom späten Nachmittag an außer Haus gewesen und kurz vor sechs Uhr abends zurückgekehrt war. Sie bereitete ihm wohl noch das Abendbrot zu und brach dann um sieben Uhr dreißig auf, um den Abend und die Nacht an der Seite ihrer kranken Schwester zu verbringen. Als sie am darauffolgenden Morgen um sieben Uhr wiederkehrte, fand sie die Leiche vor. Miss Abigail erwähnte, dass der Bericht, den sie abtippte, festhielt, dass sich keinerlei Spuren eines Einbruchs fanden.«

Eleanor kaute ihren Bissen zu Ende, bevor sie antwortete. »Offen gestanden, halte ich die Polizei für unfähiger, als man sich nur vorstellen kann! Für Verbrecher muss das Leben in Buckinghamshire der Himmel auf Erden sein. Selbst der törichtste Tölpel eines Mannes in Uniform hätte doch kombinieren können, dass Atkins seinen Hausschlüssel bei sich gehabt haben muss.«

»Durchaus. Und dadurch konnte sein Mörder womöglich auch darauf schließen, dass seine Haushälterin außer Haus war.«

»Scharf kombiniert, Clifford.«

»Danke für die Blumen, Mylady. Ich vermute jedoch eher, dass ich zum gegenwärtigen Zeitpunkt lediglich postuliere.«

Eleanor rümpfte die Nase. »Was konnte Abigail sonst noch übermitteln?«

»Nur, dass sich abgesehen von jenen von Mr Atkins keinerlei Fingerabdrücke auf der Flinte befanden, die neben dem Verstorbenen aufgefunden wurde.«

»Und die Waffe selbst? Haben sie die von einem dieser Feuerwaffenheinis überprüfen lassen, der weiß, wovon er spricht?«

»Sie meinen wohl einen Ballistikexperten, Mylady. Und die Antwort lautet: Nein. Ich glaube, sie gehen einfach davon aus, dass es sich bei der Waffe, die neben dem Toten gefunden wurde, um die Waffe handelt, durch die er gestorben ist. Ohnedies ist es bekanntermaßen schwierig, die verschiedenen Schrotflinten samt Patronentypen voneinander zu unterscheiden. Mehr Würstchen? Eier? Schink...?«

Eleanor hob abwehrend die Hand. »Auf gar keinen Fall! Wenn ich noch etwas esse, dann platze ich womöglich.« Sie starrte auf ihren Bauch. »Ich werde eisern Sport treiben müssen, wenn Mrs Trotman ihre fantastischen Kochkünste beibehält.«

Während Clifford sich anschickte, ihr Gedeck abzuräumen, schlug er vor, sich nun den Verdächtigen zu widmen, die Eleanor bereits ermittelt hatte. »Dann könnte ich das ein oder andere Motiv vorschlagen, da ich Mr Atkins besser kannte als Sie.«

»In Ordnung, Clifford, aber lassen Sie uns das doch bei einer Tasse Kaffee im Morgensalon angehen. Ich benötige einen Kulissenwechsel, um meine grauen Zellen in Schwung zu bringen.«

Er nickte. »Gewiss, Mylady. Möglicherweise könnte ein Umweg durch den Garten und über die Küche zurück ins Haus Ihrem überlasteten Verdauungsapparat zugutekommen?«

Sie verdrehte die Augen. »Ein Umweg durch den Garten und über London zurück ins Haus würde vielleicht gerade so genügen!«

DREIZEHN

Gut zwanzig Minuten später war Eleanor von ihrem strammen Marsch durch die Außenanlagen zurückgekehrt und nun zuversichtlich, eine Weile lang aufrecht sitzen zu können, ohne ein Verdauungsschläfchen einlegen zu müssen. Sie traf Clifford im Morgensalon an. Während Eleanor Gladstone die Ohren kraulte, reichte er ihr eine Tasse Kaffee.

»Vielleicht sollte ich die Köchin anweisen, künftig leichtere Mahlzeiten in kleineren Portionen zuzubereiten?«

»Wagen Sie es ja nicht! Ich werde die Pfunde schon wieder los, indem ich all unseren Verdächtigen hinterherrenne.«

Es gelang ihm, ungläubig und missbilligend zugleich dreinzuschauen, was sicherlich nicht leicht war, dachte Eleanor.

Dann riss er sie aus ihren Gedanken. »Wollen wir unsere Besprechung in der Sache der Verdächtigen wieder aufnehmen?«

»Gewisslich. Wir müssen über Sergeant Wilby sprechen, diesen Hornochsen Cartwright und, ähm … Lancelot.« Sie räusperte sich. »Fangen wir doch bei diesem Armleuchter Wilby an.«

»Ist diese Wahl darin begründet, dass Sie ihn stärker verdächtigen als die anderen?«

»Nein, darin, dass ich ihn am meisten verabscheue. Obschon er sich mit Cartwright diesbezüglich ein enges Kopf-an-Kopf-Rennen liefert.«

»Mylady, dürfte ich in diesem Falle wohl freundlich nahelegen, mit einem anderen Verdächtigen einzusteigen, um zu einer, sagen wir, objektiveren Gemütsverfassung zu gelangen?«

Sie widersetzte sich dem Drang, ihm die Zunge herauszustrecken. »O weh, nun gut, dann fangen wir mit Cartwright an. Der ist, wie gesagt, genauso unangenehm.«

Über das leise Stöhnen, das Clifford in diesem Moment entfuhr, ging Eleanor geflissentlich hinweg.

»Nun, Cartwright war nicht nur hinderlich, er hat uns obendrein noch angelogen und behauptet, dass das Tor zum Steinbruch stets verschlossen sei. Zudem besitzt er das Land und als Farmer mit Sicherheit auch eine Schrotflinte. Auch ein Motorrad besitzt er, zumindest habe ich ihn dabei beobachtet, wie er zwielichtige Geschäfte mit einem Mann trieb, der ein Motorrad besitzt, ähnlich dem, das mich beinahe überfahren hätte. Ach, und Mr Penry, der Metzger, scheint ihn ganz und gar nicht zu mögen.«

»Ich bin mir nicht sicher, ob sich ein Richter von diesen Punkten allein überzeugen lassen würde, Mylady. Insbesondere, was Mr Cartwrights Unbeliebtheit bei einzelnen Dorfmitgliedern anbelangt. Er ist«, fuhr er fort, während er abermals den Bund seiner weißen Handschuhe zurechtzupfte, »nicht die Art von Mann, die von jedermann gemocht wird.«

Sie fuchtelte mit der Hand. »Um Himmels willen, nicht einmal Sie sollten sich gezwungen fühlen, so höflich von ihm zu sprechen. Er ist die Art von Mann, der sogar mit seinem eigenen Schatten einen Streit anzetteln würde!«

»Dazu kann ich nichts sagen, Mylady, doch selbst wenn

dem so ist, macht ihn das noch lange nicht zum Mörder. Konnte er denn ein Alibi vorweisen, als Sie mit ihm gesprochen haben?«

»Ja, allerdings kein besonders wasserdichtes. Er sagte, er sei zum Zeitpunkt des Verbrechens im Hause gewesen, um am Feuer Werkzeuge zu schleifen. Und das Beste, was ihm als Beweis dafür einfiel, war zu behaupten, sein braves Frauchen zu Hause könne für ihn bürgen.«

»Hmm, ohne Mrs Cartwright zu nahe treten zu wollen, ist es für eine Ehefrau in den ländlichen Gemeinschaften gang und gäbe, das Wort ihres Ehemanns zu bestätigen, egal ob es wahr oder falsch ist. Wir müssen den genauen zeitlichen Ablauf von Mr Cartwrights Abend und Nacht in der Tatnacht rekonstruieren. Für den Moment sollten wir uns vielleicht auf die möglichen Motive konzentrieren?«

Eleanor nickte und nippte an ihrem Kaffee. »Aber an diesem Punkt müssen Sie einspringen, Clifford. Ich tappe völlig im Dunkeln darüber, was Cartwright derart in Rage gebracht haben könnte, auf Mord zurückzugreifen. Ist Ihnen irgendein Konflikt zwischen Atkins und Cartwright bekannt?«

»Leider ja, sie hatten nicht gerade das nachbarschaftlichste Verhältnis.«

»Hört, hört, noch einen Kaffee bitte, und dann rücken Sie mit dem ganzen pikanten Klatsch raus.«

»Ich werde die Bewandtnisse weitergeben, über die ich Bescheid weiß, jedoch davon absehen, diese als ›pikant‹ oder ›Klatsch‹ zu bezeichnen.«

Sie schmunzelte und nahm ihre aufgefüllte Tasse entgegen, als Clifford vom Servierwagen zurückgekehrt war. Eleanor klopfte auf die Sitzfläche des Stuhls, der neben ihr stand, um Gladstone zu bedeuten, sich zu ihr zu gesellen, und lauschte Clifford. Einige Minuten später entfuhr ihr ein lang gezogener, tiefer Pfiff. »Cartwright hat also die Gülle seines Viehs auf Atkins' Land gepumpt?«

Clifford nickte. »Er leugnete, dass dies vorsätzlich geschehen sei. Wenn ich mich recht entsinne, schob er es auf ein geborstenes Abflusssystem.«

»Und das dreimal im Lauf von nur sieben Monaten? Geschwätz!«

»Gleichwohl hat Mr Cartwright Mr Atkins mehrmals beim Schießen ohne Genehmigung auf seinem Grundstück erwischt. Einen weiteren Streitpunkt zwischen den beiden stellte der Einfriedungszaun dar. Die kühneren Tiere aus Mr Cartwrights Viehbestand wanderten häufig auf Mr Atkins' Land, was nach Mr Atkins' Auffassung darin begründet lag, dass Mr Cartwright besagten Zaun absichtlich in baufälligem Zustand beließ.«

»Sie schenken sich also nicht viel, möchte man meinen. Ereigneten sich einige dieser Zwischenfälle denn erst kürzlich?«

»Vorigen Monat, meine ich, ereignete sich der letzte Zwischenfall. Aber es mag natürlich weitere gegeben haben, von denen ich nichts weiß. Bei einem dieser Anlässe wurde, soweit ich weiß, die Polizei verständigt, als es zwischen diesen beiden Gentlemen tatsächlich zu einem Handgemenge kam. In Anbetracht von Mr Atkins' Sanftmütigkeit muss er sich in höchstem Maße provoziert gefühlt haben.«

Sie runzelte die Stirn. »Meinen Sie denn, einer dieser Vorfälle könnte ein hinreichendes Tatmotiv für einen Mord darstellen?«

»Wie Sie sicher wissen, Mylady, haben Menschen sich schon aus deutlich nichtigeren Gründen umgebracht. Wenn man alle Vorfälle zusammennimmt, ist das sicherlich möglich.«

»Nun, dann hat Cartwright definitiv ein Motiv, das vor sich hingeschwelt sein könnte, um dann letztendlich in Gewalt zu explodieren. Die notwendigen Mittel dafür hatte er als jemand, der sicher eine Schrotflinte besitzt, zumindest.«

»Und da sich der Steinbruch auf seinem Land befindet, auch die Gelegenheit. Allerdings müssen wir Mr Cartwright, wie ich bereits gesagt habe, erneut befragen, um zumindest genauer herauszufinden, was er in der Mordnacht zwischen zehn Uhr und elf Uhr dreißig getan hat.«

»Bis es so weit ist, müssen Sie aber zugeben, dass sein Alibi gelinde gesagt recht dürftig ist, immerhin besitzt er ja sogar den Schlüssel für das Tor, das in jener Nacht aufgesperrt war. Zum Teufel, der schafft es noch, diesen Hornochsen Wilby auf Platz zwei zu verdrängen!«

»Mylady, ich habe mich gar nicht nach der genauen Anzahl Ihrer Verdächtigen erkundigt?«

»Ähm, lediglich die bereits erwähnten drei.« Sie blickte auf ihre Hände. »Als Nächstes könnten wir uns mit Lancelot beschäftigen. Hoffentlich lässt er sich schneller ausschließen oder zumindest an das Ende der Liste verschieben.«

»Wie Sie wünschen. Darf ich fragen, was Sie dazu bewegt, den jungen Lord Fenwick-Langham auf Ihre Liste aufzunehmen?«

»Erstens besitzt er ein Motorrad. Zweitens folglich auch Fliegerbrille und Haube, die jenen zum Verwechseln ähneln, die der Bursche trug, der mich und Gladstone in jener Nacht beinahe überfahren hätte. Drittens steht sein Flugzeug auf dem Feld in unmittelbarer Nähe des Steinbruchs. Viertens wirkte er nicht allzu überrascht, als ich ihm erzählte, dass es einen Mord gab.« Da fiel ihr etwas ein. »Was für eine Eselin ich doch bin, dass mir das jetzt erst wieder einfällt. Die Bruchbande! Lancelot regte an, dass es sich um das Werk einer lokalen Bande gehandelt haben könne, aber vielleicht versuchte er auch schlicht, den Verdacht von sich selbst zu lenken?«

Clifford hüstelte erneut. Eleanor gab darauf ein vorge-täuschtes Hüsteln zurück. »Das ist eine weitere Angewohnheit, an der wir arbeiten müssen, Clifford: dieses Hüsteln. Wenn wir unter uns sind und Sie zu widersprechen wünschen, haben Sie meine Erlaubnis, eine gegenteilige Ansicht darzulegen, ohne dabei vortäuschen zu müssen, von einem plötzlichen Kehlkopf-katarrh heimgesucht zu werden.«

»Vielen Dank, Mylady. Ich fürchte, mit seiner Referenz auf die Bruchbande hat sich der junge Lord Fenwick-Langham einen Scherz erlaubt.«

»Bruch? Bande? Ich verstehe nicht ... o nein.« Sie stöhnte auf. Sie konnte manchmal so begriffsstutzig sein, insbesondere, wenn ein hübscher Mann im Spiel war. »›Bruch‹ im Sinne von *Steinbruch*. Oje, und ich habe das geschluckt! Er muss mich für eine absolute Närrin halten.«

»Es braucht Mut, sich lächerlich zu machen.«

»Shakespeare?«

»Chaplin.«

Eleanor sah ihn fragend an.

»Charlie Chaplin, Mylady.«

»Sie und mein seliger Onkel waren wohl den Großteil Ihrer Zeit in die Heldentaten von Cowboys und Stummfilmkomikern auf der Kinoleinwand vertieft?«

»Bis zu einem gewissen Grad, ja.«

Auch wenn sie gern mehr über die Verschrobenheiten ihres Onkels erfahren hätte, ließ sie ihre Aufmerksamkeit wieder dem Fall zukommen. »Wollte Lancelot mich mit diesem Bruch-bandenstuss also nur aufziehen? Oder wollte er mich womög-lich wirklich auf die falsche Fährte locken?«

»Kennen Sie sein Alibi für die fragliche Nacht?«

»Ja, er erzählte mir, er sei auf einem Maskenball gewesen.«

»Es wäre ein Leichtes, herauszufinden, welchem Ball er beiwohnte, um seine Geschichte zu verifizieren.«

»Vorzüglich. Ich muss allerdings sagen, dass ich hinsichtlich eines möglichen Motivs für Lancelot ratlos bin, sofern er nicht in irgendeine äußerst delikate Angelegenheit verstrickt ist, von der Atkins aus irgendeinem Grund wusste?«

»Nun, Mylady, obschon ich natürlich nicht sehr vertraut

mit dem jungen Lord Fenwick-Langham bin, so bin ich doch, wie bereits erwähnt, mit Mr Sandford, dem Butler von Langham Manor bekannt. Ihr seliger Onkel war gut mit Lord und Lady Fenwick-Langham befreundet. Ohne indiskret sein zu wollen, erwähnte Mr Sandford die Beunruhigung der Lady-schaft angesichts der Beteiligung ihres Sohns an einer *tatsächlichen* Bande.«

»Eine Bande! Eine kriminelle Bande etwa? Die Mafia? Oder vielleicht eine chinesische Triade?«

Clifford hob eine Augenbraue an. »Ich glaube, Lady Fenwick-Langham meinte damit eher etwas, das einer *sozialen* Bande entspricht. Also andere junge Sprösse adliger Eltern, die teils Künstler und Bohemiens sind.«

»Und hat diese Bande auch einen Namen?«

»Nein, aber soweit ich weiß, orientieren sie sich an den sogenannten ›Bright Young Things‹.«

»Ach, diese überprivilegierten und überbetuchten Tauge-nichtse, die gegen ihre Eltern aufbegehren und die allgemeine Bevölkerung mit ihrem Tun zu empören wünschen und damit die Presse verzücken?«

»Das ist eine Lesart, Mylady, obschon ich Sie in dieser Defi-nition nicht unterschreiben würde.«

»Vielleicht sollte auch ich mich ihr anschließen, dieser Bande von Lancelot? Ich finde mich ja nun selbst in der glückli-chen Lage, die verwöhnte kleine Schnöselin mimen zu können, wenn mir danach ist.« Sie winkte den höflichen Widerspruch ab, der seinem Gesicht abzulesen war. »Nein, machen Sie sich nicht die Mühe, dies zurückzuweisen. Ich bin mir des immensen Glücks, das mir das Leben beschert hat, durchaus bewusst.«

»Und eben dies ist, bei aller gebotener Achtung, auch genau der Grund, aus dem ich vermute, dass diese Bande des jungen Lord Fenwick-Langham nicht zu Ihnen passen würde. Gar nicht.«

»Aber Sie kennen mich doch *gar nicht*, Clifford.« Eleanor bemerkte zu ihrer eigenen Überraschung, dass ihre Stimme zitterte.

»Tatsächlich, Mylady, haben wir uns bislang noch nicht gut kennengelernt ... bis zu Ihrer jüngsten Ankunft. Als Sie noch jünger waren, konnten wir Sie hier auf The Hall nicht oft genug empfangen, und dann sind Sie ins Ausland ...« Er brach ab.

»Und dann ist mein Onkel gestorben ...«

Er nahm einen tiefen Atemzug. »Wenn Sie gestatten, Ihr Onkel bedauerte es, nicht mehr von Ihnen gesehen zu haben.«

Eleanor spürte, wie die Wut in ihr hochkochte. Sie fand ihre Stimme wieder, nicht aber ihre Gelassenheit. »Tatsächlich? Das überrascht mich, schließlich hat er mich auf ein Internat gesteckt und es versäumt, irgendeine sinnvolle Rolle in meinem Leben zu spielen. Wo war er all die Jahre, in denen ich ohne Eltern aufgewachsen bin?«

Seinem steifen Gebaren war zu entnehmen, dass er wünschte, den Mund gehalten zu haben.

»Vielleicht reden wir darüber ein andermal, Mylady.«

»Wie auch immer.« Sie nahm einen kräftigen Schluck aus ihrem Wasserglas und hoffte, ihre Wut auszulöschen, bevor sie weitere Teile der Diskussion damit ansteckte.

»Nun, wir sind hier, um ein Verbrechen zu lösen.«

»Ja, Mylady.« Er verstand den Wink und zog sich auf sichereren Boden zurück. »Wollen wir unsere Aufmerksamkeit nun Sergeant Wilby widmen? Welchen Verdacht hegen Sie gegen ihn?«

»Kurzum, als ich ihm erzählte, einen Mord bezeugt zu haben, weigerte er sich bis zum Folgetag Ermittlungen anzustrengen, sodass ihm ausreichend Zeit geblieben wäre, sämtliche Hinweise auf das Verbrechen zu beseitigen. Dies allein wäre wohl schon Grund genug. Allerdings gibt es zwei weitere gute Gründe, ihn zu verdächtigen. Erstens: Als er dann schließlich am nächsten Tag auftauchte, war er einzig damit beschäftigt, mich abzuwimmeln, und weigerte sich, den Großteil meiner Aussage in seinen Bericht mitaufzunehmen. Als dann Inspector Seldon hier aufschlug, berichtete mir dieser, dass Wilby meinen Augenzeugenbericht nicht an eine höhere Instanz weitergeleitet hat.«

»Das ist bei Gott nicht ideal, Mylady, obschon ich fürchte, dass sein Handeln gleichermaßen Produkt seiner Inkompetenz, generellen Faulheit und unzivilisierten Haltung gegenüber Frauen als verlässliche Zeuginnen sein könnte.«

Eleanor blickte düster drein, während sie die Geschehnisse Revue passieren ließ. »Möglicherweise.«

»Da er auf der Polizeistation von Chipstone an den Telefonapparat ging, als Sie anriefen, wissen wir, dass er gegen ...?«

Eleanor überlege. »Nun, er war offensichtlich zugegen, als ich in jener Nacht dort anrief, aber das muss mehrere Stunden nach der Tat gewesen sein. Ich habe, wie gesagt, etwa fünf bis zehn Minuten, bevor ich Atkins' Erschießung bezeugt habe, auf meine Uhr gesehen und weiß daher, dass der Mord zwischen zehn Uhr fünfzehn und zehn Uhr zwanzig geschehen sein muss. Ich hatte mich etwas ... nun ja, verirrt, offen gestanden, weshalb es eine Ewigkeit dauerte, bis ich den Weg zurück zu The Hall fand. Gladstone hatte die Nase voll und ließ sich den ganzen Weg nur hinterherschleifen. Und dann dauerte es eine gefühlte Ewigkeit, bis ich zur Polizei durchdringen konnte.«

Clifford legte die Stirn in Falten. »Bedauerlicherweise habe ich den exakten Zeitpunkt Ihrer Rückkehr nach Hause nicht festgehalten, Mylady. Ich hatte Ausschau nach Ihnen gehalten und war nur kurz vor Ihrer Ankunft zurückgekehrt. Nichtsdestotrotz habe ich mitbekommen, wann Sie das Telefon benutzten, sodass wir sicher sein können, dass Sergeant Wilby den Telefonapparat der Polizeistation von Chipstone gegen zwölf Uhr dreißig besetzt hielt. Wir sollten unbedingt herausfinden, ob er sich in den dem Verbrechen vorausgehenden Stunden auf der Wache befand. Es könnte allerdings schwierig werden, sein Alibi zu verifizieren, vorausgesetzt natürlich, wir können selbiges überhaupt ausmachen. Hier ist möglicherweise Besonnenheit gefragt.«

»Es gibt keinen Grund, sich allzu sehr auf Besonnenheit zu versteifen. Meiner Erfahrung nach funktioniert die direkte Ansprache meist am besten.«

»Wenn ich vielleicht nahelegen dürfte, Miss Abigail zu bitten, herauszufinden, was sie kann, ohne Verdacht zu erregen. Es wäre ja schließlich eine Schande, den möglichen Mörder auf die Tatsache aufmerksam zu machen, dass er sich auf unserer Verdächtigenliste befindet.«

»Nun gut.« Sie seufzte. »Wie sieht es mit einem Motiv für Wilby aus? Hat Ihr unerschöpflicher Wissensschatz regionaler Machenschaften diesbezüglich irgendetwas zu bieten?«

»Einzig die unsichere Information aus der Gerüchteküche des Dorfes, dass Mr Atkins sich vor einer Woche mit Sergeant Wilby getroffen haben soll. Und es allem Anschein nach nicht gerade ein herzliches Aufeinandertreffen gewesen sein soll.«

Eleanor horchte auf. Das war genau das, wonach sie gesucht hatte! »Wissen Sie denn, worum es bei diesem Treffen ging?«

»Bedauerlicherweise nicht. Mir ist allerdings zu Ohren gekommen, dass sich Mr Atkins in den letzten paar Wochen mit einigen hoch- und niederrangigen Mitgliedern der Polizeitruppe und des Stadtrats getroffen hat.«

»Vielleicht war er von höchster Stelle mit der Aufgabe betraut worden, Inkompetenz und Faulheit zu beseitigen, und hat Wilby die Leviten gelesen. Das würde Wilby ein Motiv geben – er wollte seinen Allerwertesten retten, bevor Atkins zur Tat schreiten konnte.«

»Womöglich, Mylady, doch das ist gegenwärtig alles Spekulation.«

»Stimmt. Das einzig mögliche Vorgehen besteht folglich

darin, Wilby, Cartwright und Lancelot erneut zu befragen. Gemeinsam sollten wir es schaffen, mit der Brechstange ein paar brauchbare Hinweise aus ihnen herauszubekommen.«

Sie sah zu Clifford hinüber, der leicht gequält aussah.

»Schon gut, Clifford, sagen wir, unaufdringlich einige Hinweise aus ihnen herauszukitzeln. Einverstanden?«

Er nickte und schickte sich an, zu gehen, blieb aber stehen, als Eleanor die Hand erhob.

»Clifford, was für ein Dummkopf ich doch gewesen bin. Bei all der Aufregung rund um meine Ankunft auf The Hall und diese Mordermittlung habe ich mich völlig ignorant darüber gezeigt, welchen Verlust Sie mit dem Tod meines Onkels erleiden mussten.«

Clifford schluckte. »Wenn ich mich erdreisten dürfte, würde ich behaupten, dass Ihr Onkel mich nicht nur als einen zuverlässigen Diener, sondern auch als zuverlässigen Freund schätzte, ungeachtet des Unterschieds in unserem sozialen Status.«

Eleanor schenkte ihm ein sanftes, von aufrichtiger Herzlichkeit erfülltes Lächeln. Um sein sichtliches Unbehagen zu lindern, fragte sie: »Kann ich dabei helfen, den Übergang in diese für Sie neue Situation zu erleichtern, wenn sie auch weniger vertraut sein mag? Vielleicht wollen Sie in mir ja auch eine Leidenschaft für Westernfilme oder Komödien entfachen, um die Erinnerung an meinen Onkel am Leben zu halten?«

Clifford zuckte nicht mit der Wimper. »Das ist sehr freundlich von Ihrer Ladyschaft, aber dürfte ich vielleicht einen passenderen Weg vorschlagen, um das Andenken an Ihren Onkel zu ehren?«

»Nur zu. Alles, was hilft.«

»Wenn wir wohl an Ihrer Terminierung für das Abendessen arbeiten könnten? Ihr Onkel erschien immer höchst pünktlich zu seinen Mahlzeiten, was von der Dienerschaft sehr geschätzt wurde. Vielleicht möchten Sie ja in seine Fußstapfen treten?«

Eleanor grinste. »Jetzt aber genug, Clifford. Es ist das eine, jemandes Andenken zu ehren, aber etwas völlig anderes, es zu imitieren.«

VIERZEHN

Gegen Nachmittag war Clifford einmal mehr entschwunden. Eleanor nahm sich vor, mehr über ihren rätselhaften Butler und seine mysteriösen Expeditionen herauszufinden.

Oben auf ihrem Zimmer angekommen, zog sie sich ihre neuen Radlerhosen aus Flanell an, streifte sich einen hüftlangen Pullover in einem nicht allzu unverträglichen Salbeiton über und nahm sich einen gemusterten Seidenschal aus dem Kleiderschrank. Während sie ihre Zimmertür öffnete, hielt sie Ausschau nach ihren Stiefeln.

»Gladstone!« Es kam keine Antwort. Sie würde Mrs Trotman also in bestrumpften Füßen aufsuchen müssen.

Sie tappte die Treppe hinunter und steckte ihren Kopf zur Küchentür hinein. »Guten Tag, Mrs Trotman.«

»Guten Tag, Mylady. Was darf ich Ihnen anbieten?« Die Köchin war gerade dabei, ein langes Holzbrett mit Mehl zu bestäuben und ließ von ihrer Arbeit ab.

»Mrs Trotman, habe ich Sie unterbrochen?«

»Aber nicht doch, Mylady, keinesfalls.«

Eleanor bemerkte, dass die Köchin noch immer wie angewurzelt dastand. »Lassen Sie sich bitte nicht aufhalten. Ich fürchte nämlich, dass Mr Clifford womöglich bald der Rauch aus den Ohren steigt, wenn ich den Speiseplan schon wieder durcheinanderbringe.«

Mrs Trotman lachte. »Was den Tagesablauf anbetrifft, so verfügt Mr Clifford über eine ganz besondere innere Uhr, Mylady. Selbst wenn alle Uhren dieser Welt ausfielen, wüsste er wohl genau, wann es Zeit ist, das Mittagsmahl zu servieren.«

Eleanor war dankbar um das warmherzige Wesen ihrer Köchin. Sie vereinte alle Eigenschaften einer Lieblingsgroßmutter.

»Wissen Sie, wo Clifford sich aufhält, Mrs Trotman?«

Mrs Trotman schüttelte den Kopf. »Es ist wegen Ihres Onkels, Mylady. Obwohl er als Gentleman großgezogen wurde, legte er keinen Wert auf eine große Dienerschaft. Meinte, das würde ihm das Gefühl geben, dass er sich ohne Hilfe noch nicht einmal die Schuhe binden könnte. Die Henleys waren schon immer ziemlich selbstgenügsam, Mylady.«

»Natürlich, Mrs Trotman, aber was hat das nun mit Cliffords regelmäßigen Abwesenheiten zu tun?«

»Nun, in einem Hausstand dieser Größe gäbe es normalerweise noch andere Diener, Lakaien und dergleichen, um Botendienste und andere Aufgaben zu erledigen, doch wenn Mrs Butters oder ich mit Kochen, Wäschewaschen oder Ähnlichem beschäftigt sind, fallen diese Aufgaben Mr Clifford zu.«

»Aber was ist denn mit Polly?«

Die Köchin gluckste. »Polly ist ... nun, Polly eben. Man kann sie auf einen Gang schicken, ob sie aber jemals zurückkommt und ob sie vor allem mit dem zurückkommt, was man ihr aufgegeben hat, zu besorgen ...« Sie warf die Hände in die Luft.

»Aber betrachtet Mr Clifford das Erledigen von Botengängen nicht als, nun ...« Sie vergegenwärtigte sich Cliffords hochnäsiges Gebaren. »... unter seiner Würde?«

Mrs Trotman sah sie fragend an. »Darf ich bemerken, ohne

eine unpassende Bemerkung machen zu wollen, Mylady, dass Sie Mr Clifford vielleicht noch gar nicht so gut kennen.«

Eleanor sah sich verlegen um, um die etwas unangenehme Stille zu durchbrechen.

»Meine Güte, was duftet denn hier so fabelhaft?«

Mrs Trotman wirkte erleichtert, sich wieder auf sicherem Terrain zu befinden.

»Ah, das müssen der Schinkenspeck und die Zwiebeln sein. Ich bereite die Leibspeise Ihres Onkels zu, Bacon Badger Pie.«

»Bacon Badger Pie? Schinken-Dachs-Pastete? Davon habe ich noch nie gehört, aber das klingt vorzüglich.«

»Das ist ein altes Rezept aus dem Buckinghamshire, sieht aus wie eine riesige Sausage Roll, wenn es fertig ist, Mylady. Die Vorbereitungen nehmen drei Stunden in Anspruch, aber die Mühe lohnt sich. Zumindest hat das Ihr Onkel, Gott hab ihn selig, immer gesagt.« Sie blickte wehmutvoll aus dem Fenster.

Eleanor zeigte sich einmal mehr davon beeindruckt, wie viel Liebe und Respekt die Bediensteten und Dorfbewohner zeigten, wenn sie über ihren verstorbenen Onkel sprachen.

Mrs Trotman wandte sich wieder Eleanor zu. »Wohlbemerkt, ich bin mir sicher, dass Sie auf Ihren Reisen schon einige seltsame Dinge gegessen haben, Mylady.«

Eleanor lachte auf. »Nun, lassen Sie mich überlegen … Da wären Ziege, Büffel, Känguru, Alligator … und Yak.«

»Was um Himmels willen ist denn ein Yak, Mylady?«

»Oh, das ist eine riesige Rinderart aus dem Himalaya. Dort machen sie sogar Yakbuttertee.«

»Tee von einem Rind! So etwas habe ich ja noch nie gehört. In dieser Gegend mögen manche Leute Eichhörnchen, aber ich habe noch nie von jemandem gehört, der Eichhörnchentee gemacht hat.«

Eleanor beschloss, Mrs Trotman die noch weitaus exotischeren Dinge, die sie auf ihren Reisen gegessen hatte, zu unterschlagen, und wechselte das Thema. »Kochen Sie nur weiter, ich bin fasziniert. Ich hoffe, ich dränge mich nicht in Ihren Arbeitsbereich.«

»Ganz und gar nicht, Mylady, es ist schön, Gesellschaft zu haben.« Die Köchin rüttelte gekonnt an der Pfanne auf dem Küchenherd mit den brutzelnden Speckwürfeln und den Zwiebeln, deren köstlicher Duft Eleanor in die Nase stieg. Dann ging sie zurück an den Arbeitstisch, auf dem sie ein in ein Tuch geschlagenes Päckchen, ein weiteres Holzbrett und ein großes Messer nebeneinanderdrapierte.

Sie wickelte das Päckchen aus und nahm vier große gekochte Kartoffeln heraus, die sie anschließend in dünne, gleichmäßige Stäbchen zerteilte. Jeder Schnitt wirbelte ein kleines Dampfwölkchen auf. Dann öffnete sie die Tür zur Speisekammer und holte einen Krug mit Milch heraus. Sie füllte sich eine großzügige Menge davon in einen kleineren Krug ab, aus dem sie wiederum ein kleines Glas Milch einschenkte, das sie mit einem Lächeln zu Eleanor hinüberschob.

Eleanor nahm einen Schluck und sah staunend zu, wie die Köchin scheinbar mühelos mit zwei der größten Rührschüsseln hantierte, die sie jemals gesehen hatte. Im Nu verwandelten sich Mehl, Butterwürfel und die Milch in der ersten Schüssel zu einer handgeformten Teigkugel.

Fasziniert vom Geschehen blickte Eleanor auf. »Was geschieht als Nächstes?«

»Jetzt machen wir den Dachs.«

Den Dach machen? Wie um alles in der Welt machte man denn einen Dachs?

Als könnte sie Eleanors Gedanken lesen, fuhr die Köchin fort: »Dafür aber muss das Mehl genau richtig durchgesiebt sein.«

»Darf ich?«, fragte Eleanor, ohne nachzudenken.

Die Köchin reichte ihr lächelnd eine Schürze und ein Sieb über den Tisch, gefolgt von einem kleinen Sack Mehl.

Eleanor hatte Mühe damit, ihn anzuheben. »Vielleicht sollte ich zu kochen anfangen, um in Form zu kommen.«

Die Köchin lachte und trat an Eleanors Seite. »Der Kniff besteht darin, Mylady, ihn in der Armbeuge einzuhaken und dann nach vorn zu kippen, während Sie mit der anderen Hand die Öffnung des Sacks geleiten.«

Eleanor genoss Mrs Trotmans Gesellschaft, und die Art und Weise, mit der die Köchin um sie herumwuselte und sie mit Sanftmut in die Welt des Backens einführte, brachte Eleanor zu der Annahme, dass dieses Gefühl auf Gegenseitigkeit beruhte.

Der Dachs erwies sich als komplizierter, als Eleanor erwartet hatte. Nachdem sie das Mehl gesiebt und den Mehlstaub beseitigt hatte, der danebengegangen war, zeigte ihr die Köchin, wie man gemahlenen Talg und Wasser in präzisen Proportionen beigab.

»Ich fürchte, Präzision ist nicht gerade meine Stärke, Mrs Trotman«, resümierte Eleanor beim Blick in die Schüssel.

»Nur nicht verzagen, für zu viel Wasser gibt es immer ein Gegenmittel, Mylady. Aber nicht etwa bloß Mehl, wie manch einer denkt.« Sie nahm etwas herbei, das einem riesigen Salzstreuer glich, und ließ daraus eine feine Schicht Zwieback in Eleanors Schüssel rieseln. Dann fügte sie eine großzügige Handvoll fein gehackter Kräuter bei.

»Das erinnert mich an die Ballade von ›Scarborough Fair‹«, rief Eleanor. »›Parsley, Sage, Rosemary and Thyme.‹«

»Nah dran, Mylady. Nur, dass in den Bacon Badger Pie eben kein Rosmarin gehört, nur Petersilie, Salbei und Thymian.«

Eleanor trank den letzten Schluck Milch aus ihrem Glas. »Und die Kräuter stammen aus dem Garten?«

»Aber ja. Bevor er los ist, hat Mr Clifford dafür gesorgt, dass Joseph sie aus dem Kräutergarten hierherbringt.«

Clifford! Sie war doch gekommen, um Mrs Trotman zu

Clifford in die Mangel zu nehmen, nicht um einen Kochkurs für Buckinghamshire-Rezepte bei ihr zu belegen.

»Hat Clifford denn verlauten lassen, wohin er wollte?«

»Mr Clifford erwähnte, dass er einige Besorgungen außerhalb des Dorfes machen müsse, allerdings rechtzeitig zurück sein wolle, um das Abendessen zu servieren, falls Ihre Ladyschaft zu Hause sei.« Die Köchin zwinkerte Eleanor zu und rollte den Teig aus, der wohl lange genug in seiner Schüssel geruht hatte.

»Ein faszinierender Zeitgenosse«, sagte Eleanor. »Er muss wohl länger für meinen Onkel gearbeitet haben, als ich auf der Welt bin, vermute ich. Und Sie haben recht, ich kenne ihn nicht wirklich. Zu der Zeit, zu der ich häufiger hier weilte, war ich ja schließlich noch ein Kind.«

»Mr Clifford ist der Inbegriff von Loyalität. Ihr Onkel, Gott hab ihn selig, konnte sich wirklich glücklich schätzen, ihn über all diese Jahre an seiner Seite gewusst zu haben.«

»Allerdings. Hat Clifford denn Freunde im Dorf?«

»Freunde? Nun, jeder kennt ihn. Er zieht sich privat eher zurück, auch wenn er sich gemeinsam mit Mr Sandford ab und an mal ein Gläschen genehmigt, wie es sich gehört.«

»Clifford schien sehr verärgert zu sein, als ich an meinem ersten Tag unangemeldet hier aufgetaucht bin.«

»Er war ein wenig gereizt unter seinem gestärkten Kragen, das stimmt schon. Aber nur, weil er Sie anständig am Bahnhof in Empfang hatte nehmen wollen, wie es der neuen Lady des Hauses gebührt hätte.« Die Köchin starrte eine Weile bedächtig auf den Löffel in ihrer Rührschüssel.

Eleanor beschlich das Gefühl, dass Mrs Trotman beschämt war. *Ach herrje, du hast keine Ahnung von den schicklichen Grenzen zwischen Dienstherrin und Dienerschaft, Ellie.* Sie blickte auf ihre mehlverschmierten Hände und ihr leeres Milchglas. Wo auch immer diese Grenzen liegen mochten, es war offensichtlich, dass sie sie heute Nachmittag überschritten hatte.

Während sie beschloss, dass ihre Dienerschaft sich schlicht an ihre neuen Sitten würde gewöhnen müssen, stellte sie eine Frage, die ihr schon seit Längerem unter den Nägeln brannte.

»In der Nacht des Unwetters, als ich zum Haus zurückgekehrte, etwas ...«

»... zerzaust, Mylady?«

Die beiden Frauen lächelten einander an, und die Köchin begann das ordentliche Teigpaket geschickt mit einem feinen Netz aus handgeschnittenen Schnüren zu umwickeln.

»Ja. Wo war Clifford da? War er zu Hause, während ich weg war?«

»Anfangs ja, Mylady, allerdings nicht lange, da Wind und Regen immer stärker wurden. Deshalb ist er hinausgegangen, um den Rolls-Royce zu starten, und dann ist er zurückgekehrt, um Mrs Butters zu sprechen.«

»Wozu musste er Mrs Butters sprechen?«

»Nun, Mr Clifford fürchtete, Sie mochten sich womöglich verlaufen haben, da Sie schließlich gerade erst angekommen waren. Mrs Butters kam mit der Anweisung zu mir hinunter, reichlich Wasser zu kochen, um Tee und heiße Suppe bereitstehen zu haben. Dann habe ich Mr Clifford fortfahren sehen.«

»Und wann ist er zurückgekommen?«

»Oh, so ziemlich zur selben Zeit wie Sie, Mylady, vielleicht ein paar Minuten eher.«

»Das war wirklich sehr liebenswürdig von Ihnen allen. Ich fürchte, ich habe Ihnen allen bereits wenige Stunden nach meiner Ankunft einige Schwierigkeiten bereitet.«

»Ach, das war keine Ursache, Mylady. Dafür sind wir doch schließlich da.«

»Ja, das stimmt wohl.« Eleanor löste den Knoten ihrer Schürze.

»Oh, lassen Sie die nur da liegen. Ich bin fast fertig mit dem

Verschnüren der Pastete. Im Nu habe ich hier sauber gemacht, dann nehme ich mich des Apfelkompotts an.«

»Danke schön, Mrs Trotman. Das war wirklich höchst lehrreich und kurzweilig. Wann wird der Bacon Badger Pie fertig sein?«

»Da er das Prunkstück der Abendessenstafel werden soll, wäre Ihnen vielleicht acht Uhr abends recht, Mylady? In Wahrheit kann man den Dachs zu jeder Tageszeit essen, sodass er sich problemlos nach Ihrer Tagesplanung richten kann.«

»Acht Uhr passt wunderbar. Ich werde mit bebenden Geschmacksknospen darauf warten. Danke nochmals, Mrs Trotman.«

»Es war mir ein aufrichtiges Vergnügen, Mylady.«

Zum ersten Mal seit ihrer Ankunft auf Henley Hall beschlich Eleanor der Gedanke, dass sich dieser Ort eines Tages vielleicht, nur vielleicht, doch wie ein Zuhause anfühlen könnte.

FÜNFZEHN

Am darauffolgenden Morgen hoffte Eleanor, ihre Nerven bezüglich der anstehenden Einladung auf Langham Manor durch einen gemütlichen Spaziergang durch die Wälder hinter The Hall zusammen mit ihrem trauten Gefährten beruhigen zu können, doch es war zwecklos.

»Ach, Gladstone, so was aber auch! Wieso hab ich diesem scheußlichen Lunch nur zugestimmt? Es wird ein einziger Alptraum aus Etikette und Förmlichkeiten werden.«

Eleanor, die bei künstlerischen Eltern im Ausland aufgewachsen war, fühlte sich auf einer uigurischen Hochzeitsparade oder bei einem Schilfrohrtanz der Zulu viel wohler als auf einem biederen englischen Gesellschaftsball. Da ihr Onkel sich dessen bewusst gewesen war, hatte er sie nach dem mysteriösen Verschwinden ihrer Eltern auf ein teures Mädchenpensionat geschickt, wo man versucht hatte, ihr strenge gesellschaftliche Etikette anzuerziehen. Zu diesem Zeitpunkt aber war sie bereits zu einem unverbesserlichen Freigeist geworden, sodass sämtliche viktorianische Erziehungsformen an ihr abgeperlt waren wie Wasser vom Gefieder einer freiheitsliebenden Ente.

Gladstone schleppte einen Stock heran, den man gut und

gern auch als Baumstamm hätte beschreiben können, und ließ ihn vor ihren Füßen fallen.

»Den kann ich nicht werfen, du Dussel. Damit würde ich dich vermutlich umhauen.«

Nachdem sie dem Apportierspiel auf diese Weise eine Absage erteilt hatte, verfiel sie in einen gemütlichen Schritt, während die Bulldogge hin- und herfegte, um Eichhörnchen nachzujagen. Eleanor brauchte jemanden, mit dem sie ihre Gedanken teilen konnte, und da Clifford heute morgen schon wieder verschwunden war, gab sie sich mit Gladstone zufrieden.

»Ich habe nicht das Gefühl, mit dem Fall besonders weit vorangekommen zu sein, Gladstone. Ich meine, wer sind denn meine Verdächtigen? Cartwright hat sich als wenig hilfsbereit erwiesen, und seine Mär vom stets abgeschlossenen Tor ergibt nun mal keinen Sinn. Von seinem mysteriösen ›Geschäftsvorgang‹ mit unserem Schattenmann ganz zu schweigen. Und dann war da ja noch das Motorrad in seiner Scheune, allerdings konnte ich nicht hören, ob der Schattenmann darauf weggefahren ist oder nicht, da über uns ja Lancelots Flieger dröhnte. Vielleicht steht es noch immer in der Scheune? So oder so, Cartwright ist unser Hauptverdächtiger. Und dann wäre da unser flotter Pilot Lancelot. Er lümmelt in der Nähe des Steinbruchs herum, besitzt ein Motorrad und eine Fliegerbrille. Folglich macht ihn das zu unserem Verdächtigen Nummer zwei.«

Gladstone hatte eine trübe Pfütze am Fuße eines Baums ausgemacht und sah nun mit algengrünen Hängebacken zu ihr auf.

»Pfui, Junge! Ist gut, nächstes Mal nehme ich Wasser für dich mit.« Während sie den Pfad linker Hand einschlug, grübelte sie weiter. »Und Sergeant Wilby ist definitiv unser Verdächtiger Nummer drei.« Sie seufzte. Ihre Gesamtverdächtigenzahl belief sich folglich auf sage und schreibe ... drei Personen. Und dazu hatte sie noch immer keine Tatmotive – seien sie auch noch so dürftig – ermitteln können.

Ihre Hand schnellte zu ihrem Mund. Ach du liebe Güte! Clifford! Wieso hatte sie ihn bislang nicht bedacht? Er kannte Atkins und war seit dem Tod des Mannes absonderlich absent. Ein weiterer Gedanke kam ihr in den Sinn: Mrs Trotman hatte ihr berichtet, dass er in der Mordnacht im Rolls-Royce fortgefahren war, nachdem sie selbst das Haus verlassen hatte. *Denk nach, Ellie, denk!* Clifford war kurz vor ihr zurückgekehrt. Er hätte genug Zeit gehabt, um zum Eingang des Steinbruchs zu fahren und … Sie sah sich um, drehte sich zu Gladstone und flüsterte: »… und einen Mord zu begehen!«

Angesichts dieses unerwarteten Gedankens musste sie sich sammeln. Clifford mochte das notwendige Transportmittel und die Gelegenheit gehabt haben, doch die Frage nach einem Motiv blieb, wie bei den anderen Verdächtigen auch. Ihr Onkel hatte ihm all diese Jahre über vertraut. Mochte er denn tatsächlich ein derart schlechter Menschenkenner gewesen sein?

»Dann wiederum habe ich auch meinen Onkel nie wirklich gekannt, Gladstone.« Sie bückte sich und kraulte den Hund am Ohr. »Um ehrlich zu sein, habe ich keine Ahnung, wem ich vertrauen kann. Außer dir, mein Junge.« Der Blick auf die Taschenuhr ihres Onkels brachte sie zum Stöhnen. *Zeit, dich fertig zu machen, Ellie. Aus dieser Sache kannst du dich jetzt nicht mehr herauswinden!* Sie schloss kurz die Augen und schüttelte den Kopf. *Wie redest du denn? Herauswinden? Das ist aber nicht die Ellie, die wir kennen!*

Während sie sich mit Gladstone an ihrer Seite auf den Weg zurück zu Henley Hall machte, fragte sie sich, was aus der wagemutigen, lebensfrohen Ellie geworden war, die jedes noch so lästige Hindernis einfach aus dem Weg geräumt hatte.

Zurück auf ihrem Zimmer schien ihr Körper so unwillig wie ihr Geist, sich auf das Mittagsmahl auf Langham Manor einzustellen.

Sie starrte auf die drei Kleider, die sie zur Auswahl auf ihr Bett gelegt hatte. »Hmm, keins von denen ist ›das Eine‹, so viel ist sicher. Was meinst du, Gladstone?« Seine Antwort bestand aus einem Schnarcher.

Nachdem sie sich das schickste der Kleider angezogen hatte, begutachtete sie sich im Ganzkörperspiegel, drehte sich nach links und rechts und betrachtete ihre Rückseite. Was hatte es für einen Zweck? Es war in jeder erdenklichen Weise unpassend. Das schwarz-weiße Kleid mit den Punkten war für eine Lady konzipiert, die Vorstellungsgespräche mit Handwerkern führen oder Hühnerbrühe an einen betagten Verwandten ausliefern wollte, aber bestimmt nicht für einen gesellschaftlichen Anlass geeignet.

Als die Optimistin, die sie war, schlüpfte sie in ein seidenes Kreppkleid mit einem großzügigen Kragen und einer langen asymmetrischen Knopfleiste mit Schleifen am äußeren Kleidersaum, die vom Hals bis zur Hüfte verlief. Als sie gerade im Begriff war, sich die Schnürsenkel ihrer gemütlichen braunen Oxford-Schuhe zu binden, in die sie soeben geschlüpft war, vernahm sie ein Klopfen an der Tür.

»Ihr Wagen, Mylady.« Cliffords Augen musterten Eleanor von oben bis unten. »Darf ich fragen, wie lange ich Jenkins, den Chauffeur von Langham Manor, bitten soll zu warten?«

»Warten? Wieso denn, Clifford?«

»Damit Sie sich für den Anlass gewanden können.«

»Ich bin für den Anlass gewandet.« Sie strich die Vorderseite ihres Kleids glatt und stellte ein Bein aus. »Voilà.«

»Wenn Sie gestatten, Mylady, vielleicht möchten Sie diese Wahl noch einmal überdenken.« Er öffnete die Tür des Kleiderschranks.

Eleanor rang um Fassung. Wunderschöne Kleider mit Pailletten und Federn, aus Samt und Seide drängten sich an der Kleiderstange aneinander. »Clifford, sind die etwa ...«

»... von Ihrer Mutter? Ja, Mylady.«

Der Kloß in ihrem Hals erstickte jedes weitere Wort. Mit tränenfeuchten Augen stürzte sie hinüber und ließ ihre Hand an der Reihe aus Ärmeln entlanggleiten.

Clifford räusperte sich sanft. »Entschuldigen Sie den Schreck. Ich hatte gehofft, Sie würden sie selbst finden.«

Sie nickte und starrte unentwegt auf dieses wertvolle Stück Kindheit, das da vor ihr hing.

»Ich sage Jenkins, dass Sie in zwanzig Minuten da sind.« Clifford schloss die Tür und ließ sie in ihrem Wechselbad der Gefühle und Fragen allein.

Mutters Kleider? Wie waren die hierhergelangt? Ihr schwirrte der Kopf. Sie streckte die Hand aus und betastete das Kleid am ersten Bügel – es fühlte sich so vertraut, so weich an und beschwor so viele Erinnerungsbruchstücke herauf, die sie verdrängt hatte. Ihr Herz schmerzte und hüpfte zur gleichen Zeit. In diese Ärmel waren die Arme gehüllt gewesen, die sie einst umarmt, sie gekitzelt und ihr aufgeholfen hatten, wenn sie hingefallen war.

Sie sah ihre Mutter vor sich. Dieses liebevolle Lächeln und diese stechend grünen Augen, die immer zu wissen schienen, was Eleanor dachte. Während sie sich mit der Hand über die Wange strich, erinnerte sie sich daran, dass ihre Mutter genau das immer getan hatte, bevor sie sie geküsst hatte. »Gute Nacht, Gott segne dich, Träum süß.«

Und dann, eines Morgens, war sie verschwunden gewesen.

Eleanor bemerkte, dass sie taumelte. Sie drückte sich die Zeigefinger unter die Augen, um die Tränen zu unterdrücken und griff dann nach dem grauen Lieblingsseidenkleid ihrer Mutter. Ihre Finger glitten über die auf das Bustier gestickten Hüttensänger und über die zarten Pfingstrosen vor einem liebevoll dargestellten Muster aus Gräsern, die vom Rocksaum aufwärtsschossen. Sie schälte sich aus der armseligen, hässlichen Verwandten einer Abendgarderobe, die sie am Leib trug. Als sie in das Kleid ihrer Mutter schlüpfte, hielt sie den Atem an. Die feinen Spitzenärmel endeten kurz oberhalb ihrer Ellbogen, und die Taille umschmiegte sie perfekt.

Als sie vor dem Spiegel stand, ergab sie sich und ließ ihren Tränen freien Lauf. In jedem noch so kleinen Detail ihres Spiegelbilds erkannte sie ihre Mutter wieder, was sie mit widersprüchlichen Gefühlen von Kummer und Trost erfüllte. Sie schlang ihre Arme um eine imaginäre Gestalt vor sich und vernahm die feste und tröstliche Stimme ihrer Mutter. *Ellie, das geht so nicht. Du schafft das, Darling.*

Ihre Mutter hatte recht, wie immer. Ihren Gefühlen konnte sie sich später noch hingeben, aber nicht jetzt. Jetzt galt es vielmehr, einen Mörder zu schnappen.

Sie legte sich den passenden Schal um die Schultern und rieb sich mit einem Taschentuch das Gesicht. Nachdem sie hastig den Kajal um ihre Augen und die Tupfen Rouge auf ihren Wangen aufgefrischt hatte, atmete sie einmal tief durch und öffnete dann die Tür.

Als Eleanor die Treppe hinabschritt, linsten Polly und Mrs Butters über das Geländer. »So wunderschön!«, hörte sie Polly murmeln, bevor sie von einem hastigen »Psst, Mädel!« zum Schweigen gebracht wurde.

Clifford erwartete sie am Fuße der Treppe. Er nickte ihr stumm zu und wandte sich zur Haustür. Mit pochendem Herzen folgte sie ihm hinaus zu dem dort wartenden Wagen.

SECHZEHN

»Willkommen auf Langham Manor, Lady Swift.« Die nussbraunen Augen des Butlers funkelten.

»Ah, Sie müssen Sandford sein, nehme ich an.«

Er machte einen perfekten Diener, auf den selbst Clifford stolz gewesen wäre. Während seiner Verbeugung musste Eleanor ein Kichern unterdrücken. Die wenigen Fingerbreit, um die sie ihn überragte, genügten, um die glänzende Halbglatze auf seinem Kopf zu bemerken, wo das verbliebene Haar zu einem ordentlichen Scheitel arrangiert war.

»Lord und Lady Fenwick-Langham empfangen die Lunchgäste im Rosengarten, Mylady. Wären Sie so freundlich, mir zu folgen?«

Sandford führte sie durch die große Halle hindurch zur Terrasse. Eleanor ließ ihren Blick über die Gärten schweifen. Die einzelnen Beete waren durch geometrische Kolonnaden aus beschnittenen Buchsbaumhecken voneinander abgetrennt. Sie schloss die Augen und atmete den intensiven Geruch der Blüten ein, während sie entlang des Hauptwegs auf einen kreisrunden, schmalen Wassergraben voller blühender Seerosen zusteuerten. In der Mitte befand sich eine verschnörkelte schmiedeeiserne Pagode, die Gesellschaften von bis zu dreißig Personen zu beherbergen vermochte.

»Lady Swift«, verkündete Sandford von der Terrasse aus der von einer cremefarbenen Seidenmarkise beschatteten Gruppe.

Eine groß gewachsene Dame Ende fünfzig, die die Eleganz ihres Adelstitels mit makelloser Anmut zu transportieren verstand, trippelte mit ausgebreiteten Armen den Weg hinunter auf sie zu. Ihre straffen angegrauten Locken bildeten im Zusammenspiel mit ihren tiefblauen Augen eine eindrucksvolle Kombination. Augenscheinlich war Lady Fenwick-Langham eine ernst zu nehmende Größe.

»Lady Swift, willkommen, meine Liebe. Wir haben uns so darauf gefreut, Ihre Bekanntschaft zu machen.«

»Lady Fenwick-Langham, welch Freude.« Eleanor lächelte. »Ich muss Ihnen zu Ihrem wunderschönen Rosengarten gratulieren, etwas derart Exquisites habe ich noch nirgendwo gesehen.«

Die Dame des Hauses plusterte sich auf vor Stolz. »Danke, meine Liebe. Das ist mein eigenes kleines Projekt, mein Refugium. Und Sie müssen verzeihen, es war sehr nachlässig von mir, Sie nicht eher auf Langham Manor eingeladen zu haben.«

Eleanor wandte sich dem korpulenten Mann zu, der an ihrer Seite erschienen war, streckte ihm ihre Hand entgegen und gab sich die größte Mühe, nicht auf seinen monströsen Bart zu starren, der zu beiden Ohren hin mit je einer widerspenstigen grau gezwirbelten Locke abschloss. »Lord Fenwick-Langham, nehme ich an?«

»Einfach nur Harold, meine Liebe, und die Freude ist ganz unsererseits. So was auch, dass die Frau Sie nicht schon eher zu uns eingeladen hat, wahrlich empörend!« Mit einem Zwinkern bot er ihr seinen Arm an. »Wollen wir unseren neuen Gast dem Rest der Bande vorstellen oder steht vorher noch ein anderer Tagesordnungspunkt auf unserer Agenda?«

Eleanor kicherte. Lady Fenwick-Langham gab ihm einen vorgetäuschten Klaps auf die Schulter. »Ignorieren Sie ihn, meine Liebe. Ich fürchte, dem Guten ist der Champagner bereits ein wenig zu Kopf gestiegen. Wollen wir?« Sie wies in Richtung der anderen.

Die bunten Seidenhussen an den wenigen Stühlen unter der Markise deuteten darauf hin, dass es sich hier um ein intime Runde handelte. Lady Fenwick-Langham klatschte in die Hände. »Alle mal herhören, das ist Lady Swift, unsere neueste und höchst willkommene Ergänzung vor Ort. Nach dem tragischen Tod ihres Onkels hat Lady Swift Henley Hall übernommen.« Sie wandte sich Eleanor zu. »Wir alle bekunden unser tiefes Beileid.«

Eleanor drehte sich zu den versammelten Gästen. »Danke, Sie sind zu gütig.«

»Schampus, meine Liebe?« Lord Fenwick-Langham winkte den Getränkekellner heran. »Ich persönlich würde zwei nehmen. Ein hervorragender Zungenlöser, falls höfliches Geplapper nicht so Ihr Ding sein sollte.« Er gab ihrem Ellbogen einen leichten Stupser und zuckelte davon, während er laut »Pudders, Sie alter Gauner, Ihr Glas ist leer, was ist denn da los?« rief.

Seine Frau schüttelte den Kopf über die sich entfernende Gestalt. »Den hätte ich wohl besser dazu verbannt, Feld und Flur mit seinem Lieblingsjagdgewehr unsicher zu machen, anstatt ihn in einen Cutaway zu stecken und unseren Gästen zuzumuten«, flüsterte sie Eleanor zu.

Lady Fenwick-Langham hakte sich bei ihr ein. »Nun denn, zu den Vorstellungen also. Lady Swift, Viscount und Viscountess Littleton.« Sie senkte die Stimme. »Seine *amerikanische* Frau. Aus Boston«, ergänzte sie mit zuckender Oberlippe. Eleanor reichte dem makellos gekleideten Gentleman, der sich zu ihrer Ankunft erhoben hatte, die Hand. Seine Frau war von Kopf bis Fuß in veilchenfarbene plissierte Seide gehüllt, den letzten Schrei der Pariser Modewelt.

»Hocherfreut.« Während sich Viscount Littleton erhob, stieß er versehentlich gegen die Spitzenkrempe des Huts seiner Gattin.

»Pass doch auf!«, zischte sie, während sie den Hut wieder in einen gesellschaftsfähigen Winkel justierte und verlegen an ihrem farblich abgestimmten Parasol herumnestelte. »Ich habe dir das schon einmal gesagt, deine Griffel behältst du gefälligst bei dir!« Die Gastgeberin schien Anstoß an der amerikanischen Aussprache der Viscountess zu nehmen, denn sie fuhr merklich zusammen.

»Vergebt mir, meine Lieben, doch ich muss nun mit der Vorstellungsrunde fortfahren.« Lady Fenwick-Langham geleitete Eleanor zu den nächsten Gästen.

»Lady Swift, Gräfinwitwe Goldsworthy und ihre reizende Nichte Miss Cora Wynne«, verkündete sie feierlich.

»Guten Tag.« Eleanor lächelte der ältlichen Dame zu und staunte darüber, wie streng ihr Dutt aus elfenbeinfarbenem Haar unterhalb des akkurat sitzenden Fascinators im Schottenmuster mit halblangem Spitzenschleier saß.

»Freut mich, Sie kennenzulernen, Lady Swift«, antwortete die Gräfinwitwe mit stark rollendem schottischem R.

Bevor sie antworten konnte, bellte eine knurrige Stimme dazwischen: »Und Sie müssen Lady Wift sein?«

»Swift, mit einem S. Also wirklich, Colonel«, wies Lady Fenwick-Langham die uniformierte Gestalt zurecht, die sich in ihr Gespräch eingeschaltet hatte.

»Da ist der alte Pudders mal wieder richtig ins Fettnäpfchen getreten«, lachte Lord Fenwick-Langham, der auf der Suche nach Champagnernachschub die Szenerie bezeugt hatte.

»Colonel Puddifoot-Barton, zu Ihren Diensten.« Der Militär salutierte.

»Hocherfreut, Colonel«, erwiderte Eleanor mit ebenfalls militärischem Gruß.

»Ach du meine Güte, ist denn das die Möglichkeit?«, murmelte er, während er sie unentwegt anstarrte.

Lady Fenwick-Langham drückte Eleanors Arm und bugsierte sie diskret von dannen.

»Ist das die komplette Lunchgesellschaft, Lady Fenwick-Langham?«, fragte Eleanor, während sie den Weg zur Linken einschlugen.

»Ja, es sei denn, mein abtrünniger Sohn gedenkt, uns noch mit seiner Gegenwart zu beehren. Ach, meine liebe Eleanor, ich bin wirklich mit meinem Latein am Ende, wie ich ihn noch in etwas halbwegs Nützliches verwandeln soll.«

Eleanor lächelte und tätschelte Lady Fenwick-Langhams Hand, die in ihren Arm eingehakt war. »Eines Tages werden alle Jungs erwachsen, habe ich mir sagen lassen.«

»Nun, dann lasset uns beten, dass dieser Tag eher früher als später kommt. Sprechen wir doch lieber über die Rosen, meine Liebe, das wird meine Nerven beruhigen.« Sie hielt inne und steckte ihre Nase behutsam in eine purpurne Blüte. »Die Geschichte dieser prächtigen Blumen fasziniert mich. Es steckt so viel Romantik in ihrer Vergangenheit. Diese hier zum Beispiel« – sie umfasste die Blüte – »Eine *Rosa gallica ›Offici-nalis‹*, besser bekannt als Apothekerrose oder *Versicolour*. Können Sie sich vorstellen, dass die Kreuzritter dafür gekämpft haben, diese exquisite Blüte den ganzen Weg vom Nahen Osten bis nach Frankreich zu bringen?«

Eleanor nickte, abgelenkt von einer Stimme, die quer durch den ganzen Garten brüllte.

»Horrido, Sherlock!«

Lady Fenwick-Langham hob die Augenbrauen. »Wann sagten Sie noch, werden Jungs erwachsen, meine Liebe?«

Eleanor schmunzelte achselzuckend. Lancelot rutschte lieber mit ausgestreckten Armen die steinerne Balustrade der

Treppe hinab, als die Stufen zu benutzen. Nach einem geschickten Absprung bedachte er die Wange seiner Mutter mit einem herzlichen Kuss.

»Tag, Mater.«

Lady Fenwick-Langham seufzte. »Lady Swift, das ist mein Sohn, Lancelot Germaine Benedict Fenwick-Langham.«

Lancelot fuhr sich mit bübischem Grinsen durchs Haar. »Lady Swift und ich sind uns bereits begegnet. Sie hat mich auf höchst umdamenhafte Art und Weise verfolgt.« Als er die erröteten Wangen seiner Mutter zur Kenntnis nahm, herzte er sie.

»Lancelot!«, kreischte seine Mutter mit gedämpfter Stimme. »Wo sind deine Manieren? Liebe Eleanor, das tut mir so leid.«

Eleanor lachte. »Bitte entschuldigen Sie sich nicht, wir sind uns in der Tat bereits begegnet, wenngleich ich nicht bestätigen kann, dass es sich um eine Verfolgung handelte.«

»Na ja, erst schlagen Sie sich über Cartwrights Acker ...«

»Er besteht auf Thomas«, berichtigte ihn Eleanor.

»Und dann haben Sie sich als Sozia unterwegs nach Chipstone an mich gesaugt wie ein Blutegel.«

Lady Fenwick-Langham starrte mit offenem Mund von Lancelot zu Eleanor.

Eleanor stammelte: »Nun, die Sache war die ... Ich musste zum Rathaus ... und Lancelot musste zufällig in diese Richtung.«

»Harold, wo bleibt der Champagner?« Die Gastgeberin wandte sich ab. »Wenn Sie mich bitte einen Augenblick entschuldigen würden.«

Kaum waren die beiden unter sich, verpasste Eleanor Lancelot einen Stoß in die Rippen. »Sie Hornochse! Wie soll ich Ihre Mutter beeindrucken, wenn Sie ihr diese Märchen über mich erzählen? Insbesondere wenn Sie behaupten, ich würde Ihnen hinterherlaufen und mit Ihnen auf Ihrem Motorrad umherfahren, das mit Sicherheit irgendeinen seltsamen Spitznamen trägt.«

Lancelot gluckste. »Hand aufs Herz, Sherlock, Sie können es doch schon seit dem Tag der Einladung nicht erwarten, mich wiederzusehen«, verkündete er. In Erwartung ihrer Antwort hob er keck eine Augenbraue und reckte das Kinn vor.

Eleanor schubste ihn spielerisch. »Eigentlich standen Sie für mich gar nicht im Mittelpunkt dieser Einladung.«

»Schwindlerin!« Als der Gong zum Lunch ertönte, fasste er sie am Arm. »Nun, Ihr Auftrag besteht darin, mich vor den Fängen der entzückenden Miss Cora Wynne zu beschützen. Ihre Tante, dieser knausrige, knittrige Kilt, hat mich bereits als wohlhabenden Anwärter im Visier.«

»Lancelot! So spricht man doch nicht über eine Witwe in ihren Siebzigern oder gar Achtzigern? Und Cora macht einen possierlichen Eindruck.«

»Sie hat keinen Esprit, altes Haus. Ich bevorzuge Frauen mit Temperament.« Er musterte sie von oben bis unten. »Und mit einem ausgefallenen Sinn für Mode und einer Schwäche für Fahrräder. Lassen Sie uns essen, ich sterbe vor Hunger.« Er packte sie bei der Hand und zog sie den Pfad entlang.

»Halt, stopp! Sonst werden wir noch gesehen«, kicherte sie und umklammerte ihren Hut. Entgegen ihres Verlangens, sich diesem gesellschaftlichen Anlass entsprechend korrekt zu verhalten, lieferte sie sich von ihrem Ehrgeiz gepackt mit Lancelot ein Wettrennen bis zum Speisesaal und hängte ihn dabei locker ab.

An der Tür angekommen, drückte Lancelot Eleanor sanft den Arm und verschwand ohne Erklärung.

Sie schnaubte. *Männer!* Wenn man sie einmal wirklich brauchte, verschwanden sie einfach.

Seufzend setzte sie ein Lächeln auf und marschierte in den Speisesaal.

SIEBZEHN

»Eleanor, meine Liebe«, sagte Lady Fenwick-Langham. »Sie sitzen rechter Hand, neben der Gräfinwitwe.« Sie wies auf die endlos lange Tafel, die in elfenbeinfarbenes Leinen gehüllt und von makellosen Blumengestecken geziert war. »Liebe Delia, Sie sitzen links neben dem Colonel. Lieber Hector, Sie sitzen links der Gräfin«, sagte sie zu der Viscountess und dem Viscount.

Von Lancelot war erwartungsgemäß nach wie vor keine Spur. Indes hatte sich auch sein Vater zu Tisch begeben und wartete nun, bis die Damen Platz genommen hatten. Dann klopfte er mit seinem Fischmesser gegen sein Champagnerglas und verkündete im Befehlston: »Hiermit erkläre ich diesen wunderbaren Lunch für eröffnet. Alle zu Tisch.«

»Harold, wo mag Lancelot nur sein?« Lady Fenwick-Langham sah ihren Ehemann mit flehenden Augen an.

»Keine Ahnung, Licht meines Lebens. Soll ich die Hunde nach ihm suchen lassen?«

Eleanor erhaschte einen Blick auf Sandford, dessen Mundwinkel sich leicht kräuselten, während er angestrengt starr geradeaus blickte.

Lady Fenwick-Langham seufzte. »Meine Damen und

Herren, vielen Dank für Ihr Kommen. Es ist uns eine wahre Freude, Sie alle hier beisammen zu sehen. Lassen Sie uns einen herrlichen Lunch in freundschaftlicher Runde genießen.«

Cora spähte auf Lancelots leeren Stuhl und Eleanor wurde mit einem Mal klar, dass sie Lancelots Aufmerksamkeit genossen und in Erwartung seiner Ankunft sogar ebenfalls zur Tür gestarrt hatte. Er erfüllte sie mit einem ganz besonderen Gefühl ... Sie riss sich zusammen. *Halt ihn dir gefälligst vom Leib, Ellie, zumindest solange er zu den Verdächtigen in deinen Mordermittlungen zählt!*

Die Gräfinwitwe beugte sich über Eleanor hinweg zur Gastgeberin hinüber. »Ein tüchtiges Pensum in meinen Diensten, meine liebe Augusta, das ist es, was er nötig hat. Sie haben den Jungen aufs Schrecklichste verhätschelt.«

»Hört, hört«, schaltete sich der Colonel ein. »Ohne Führung und Anleitung können die Burschen im Handumdrehen zu einer echten Bedrohung werden. Ich würde ihm sein Fehlverhalten zügig austreiben.«

Lady Fenwick-Langham erhob die Hand. »Gräfin, Colonel, ich danke für Ihre umsichtigen Einschätzungen. Allein, Lancelot ist ein feiner junger Mann, und er ist, wie womöglich unbemerkt geblieben ist, unser Sohn, sodass uns obliegt, zu beurteilen –«

In diesem Moment sprangen die Flügel der Tür zum Speisesaal auf. Lancelot kam auf einem Fahrrad hereingefahren und drehte eine wilde Runde um die Tafel. Eleanor musste sich die Serviette vor den Mund halten, um ihr Lachen zu verbergen. Während seiner zweiten Runde fischte er eine Handvoll kleiner Päckchen aus seinem Lenkerkorb und warf je eines davon auf jedes Platzgedeck.

»Glückskekse!« Als er seine letzte Runde beendete hatte, jauchzte Lancelot vor Freude auf. »Ein Freund von mir ist gerade aus San Francisco zurückgekehrt, dieses Teegebäck ist dort der letzte Schrei. Hielt es für eine Spitzenidee, den Reiseschwank zum Lunch gleich mit einem Paukenschlag einzuläuten.«

Lord Fenwick-Langham rettete die Situation, indem er die peinliche Stille mit schallendem Gelächter durchbrach. »Originelle Initiative, mein Sohn! Und was ist das? Glückskekse, sagst du?«

»Man nimmt sie wohl zum Abschluss des Essens zu sich, Harold«, erläuterte seine Frau schmallippig vom Kopf des Tischs. »Danke schön, Lancelot. Eine überraschende Ergänzung unseres Lunchs, wir wissen die Idee zu schätzen.«

Der Colonel prustete verächtlich.

»Pudders!«, mahnte Lord Fenwick-Langham. »Scheren Sie sich gefälligst um Ihren eigenen Kram!«

Wissend, dass sie ihre fragile Beherrschung verlieren würde, falls er ihr in die Augen sah, mied Eleanor Lancelots Blick.

Viscountess Littleton meldete sich mit nervöser Aufregung zu Wort: »Lancelot hat recht, Lady Augusta, diese Glückskekse sind wirklich das Nonplusultra. Im Golden Gate Park werden sie im Rahmen einer japanischen Teezeremonie serviert. Sobald Hector mich endlich wieder zurück nach The Hub – den Nabel der Welt – gebracht hat, wie wir Bostoner unsere Heimatstadt nennen, werden wir eine Reise zur anderen Küste unternehmen, um dort hinzufahren. Das steht auf jeden Fall auf unserer Erledigungsliste, habe ich recht, Hector?«

Viscount Littleton lächelte schwach und sah zu Lancelot hinüber. »Großartige Unterhaltung, Bursche, aber Sie sehen mich verwirrt. Wozu das Fahrrad?«

Seine Frau stöhnte und verschränkte die Arme. Eleanor seufzte und wünschte sich in diesem Moment, dass Lancelot in Reichweite säße, um ihm einen Tritt unter dem Tisch verpassen zu können.

»Zu Ehren unseres neuen Gastes natürlich, Sie Dummerchen!«, erwiderte Lancelot und deutete grinsend auf Eleanor.

»Sie haben doch sicherlich schon von ihren kühnen Abenteuern auf zwei Rädern gehört?«

Aus Furcht, die Lunchpläne der Gastgeberin vollständig zu ruinieren, blickte Eleanor ratsuchend zu Lady Fenwick-Langham. Die Dame des Hauses tätschelte ihre Hand und lächelte. »Liebe Gäste, nun, da das Varieté beendet ist, sollten wir vielleicht mit dem Essen anfangen.« Sie blitzte Lancelot an.

»Geben wir Lady Swift Gelegenheit, sich zu stärken, bevor sie uns mit ihren Reisegeschichten ergötzt. Sandford, bitte.« Sie nickte dem Butler zu.

Während zur Einleitung Suppe und Sherry gereicht wurden, wandte sich Viscount Littleton seinem Gastgeber zu. »Ich habe gehört, dass einer von den Kameraden, mit denen wir letzte Woche auf der Jagd waren, einen ziemlich üblen Unfall hatte.«

Viscountess Littleton schlug ihrem Ehemann auf die Hand und zischte: »Ich hatte dich doch gebeten, solche Themen nicht zum Lunch anzusprechen, das ist pöbelhaft!«

Der Viscount lächelte seine Frau kühl an. »Durchaus nicht, meine Liebe, ich wollte lediglich mein Beileid aussprechen.«

Bevor sie sich zurückhalten konnte, platzte es aus Eleanor heraus: »Kannten Sie ihn gut, Lord Fenwick-Langham?«

Lord Fenwick-Langham grunzte. »Atkins? Nur über Ihren Onkel. Er war ein paarmal auf dem Anwesen, um sich der Jagdgesellschaft anzuschließen. Lausiger Schütze.«

Lancelot lachte auf. »Diesseits von Schottland waren doch Hinz und Kunz schon auf einer von Paters Jagden. Ein jeder aufgeblasener alter Anzugträger mit akademischem Beruf und einem biederen Büro in Eiche muss sich dort mindestens einmal sehen lassen. Wie Ihnen sicherlich bewusst ist, zählt Pater zu den besten Schützen unseres Landes.«

Eleanor, die sich von dieser Information völlig überrumpelt sah, versuchte, seine Bemerkung abzutun. »Natürlich,

Dummerchen.« Stirnrunzelnd überlegte sie, wie sie mehr über Atkins herausfinden konnte, ohne Verdacht zu erregen. Sie fand keine Antwort darauf, fragte aber dennoch einfach: »Was war Mr Atkins von Beruf? Ich erinnere mich, ihm als Kind auf Henley Hall begegnet zu sein, habe allerdings nie viel über ihn erfahren.«

Lord Fenwick-Langham leerte sein Sherryglas. »Er war irgendein hohes Tier in der Whitehall oder dergleichen, meine ich. Keine Ahnung, was diese Burschen da den lieben langen Tag in ihren trostlosen Büros anstellen.«

Viscount Littleton taxierte die Runde. »Ich erinnere mich, ihm bei der Jagd ebendiese Frage gestellt zu haben. Ich glaube, er sagte, er sei eine Art Ermittler.«

»Und was für ein Art Ermittler bitte schön?«, fragte die Gräfinwitwe trocken.

Der Viscount hob eine Augenbraue. »Seiner genauen Antwort kann ich mich nicht entsinnen. Irgendetwas streng Geheimes, meine ich.«

Lord Fenwick-Langham grummelte. »Diese Whitehall-Burschen versuchen immer, ihre Arbeit zu rechtfertigen, indem sie sie größer aufblasen, als sie tatsächlich ist. Vermutlich war er einfach nur ein Schreiberling, der glaubte, mit einer Waffe genauso gut umgehen zu können wie mit dem Federhalter.«

Lancelot lachte. »Ob er wohl versuchte, seine Waffe mit Tinte zu füllen, als sie losging? Wahrscheinlich kannte er den Unterschied nicht.«

»Lancelot!« Lady Fenwick-Langham blitzte ihren Sohn an. »Der gute Mann ist tot. Ich erbitte mir etwas Respekt. Nun, ich gehe mit Viscountess Littleton darin überein, dass dem Thema an dieser Stelle nun genug Raum beigemessen ist.« Sie wandte sich an die Gräfinwitwe. »Gräfin, wie war Ihre Anreise aus den Highlands?«

Die Gräfinwitwe schlürfte einen Löffel Bouillon, bevor sie antwortete: »Ausgesprochen ungemütlich und ermüdend lang.

Ich fürchte, das ist das letzte Jahr, in dem ich diese entsetzliche Reise auf mich nehme.«

»Mumpitz!« Lord Fenwick-Langham schwenkte sein Glas in ihre Richtung. »Schwachsinn, altes Haus, Sie behaupten schon seit fünfzehn Jahren, dass dies das letzte Jahr sei, in dem Sie runterfahren!«

»Man sagt, dass Reisen einen zu einem besseren Menschen machen«, warf Viscountess Littleton ein. »Insbesondere Reisen ins Ausland.«

»Nur Wilde und Verbrecher da draußen, so viel steht fest.« Der Colonel fuhr sich mit einer Manschette über seine medaillenbehängte Brust. »Kein Ort für Frauen!«

»Und was wäre Ihrer Ansicht nach ›ein Ort für Frauen‹?«, fragte Lady Fenwick-Langham und blickte den Colonel kühl an.

»Zuhause. Außer Landes bringen sie sich nur selbst in Gefahr. Wissen nicht, wie man sich im Angesicht von Kamerad Ausländer zu verhalten hat.«

Lady Fenwick-Langham blickte wutentbrannt zu ihrem Ehrengast. »Sagen Sie mir, liebe Lady Swift, waren Sie jemals auf einen Mann angewiesen, der Sie im Ausland ›eskortieren‹ musste?«

Die Gräfinwitwe wandte sich Eleanor zu. »Ihren Ehemann, vielleicht?«

Eleanor blickte die Gräfinwitwe an. »Um ehrlich zu sein, bin ich Witwe. Mein Mann ist im Krieg gefallen.«

Die Gräfinwitwe nickte. »Gewiss, wie so viele. Waren Sie denn lange verheiratet?«

»Nein, nur vier Monate lang.« Und selbst das war noch zu lange gewesen, hätte sie am liebsten angefügt. Sie hatte ihn wenige Monate vor Kriegsausbruch in Südafrika kennengelernt. Der schneidige Offizier hatte ihr Herz im Sturm erobert – zumindest bis er zwei Monate später auf der Flucht vor den südafrikanischen Behörden verschwunden war. Weshalb er geflohen war, hatte sie nie herausgefunden. Das Letzte, was sie von ihm wusste, war, dass er von seiner eigenen Seite dafür erschossen worden war, Waffen an den Feind verkauft zu haben.

Bevor die Gräfinwitwe ihr Verhör fortsetzen konnte, schritt Lady Fenwick-Langham ein. »Derlei Chosen möchte Eleanor jetzt bestimmt nicht besprechen, dürfte sie jetzt vielleicht meine ursprüngliche Frage beantworten?«

Eleanor lächelte ihrer Gastgeberin dankbar zu. »Danke sehr, Lady Fenwick-Langham. Und um Ihre Frage zu beantworten: Ich kann nicht behaupten, jemals auf männliche Begleitung angewiesen gewesen zu sein, selbst während meiner Ehe. Ich finde, dass es beim Reisen darum geht, herauszufinden, wozu man imstande ist, wenn schwierige Umstände eintreten. Zu zeigen, was in einem steckt, sozusagen.«

»Bravo!«, jubelte Lancelot. »Punkt für Mater und Eleanor. Wollen Sie das einfach so hinnehmen, Colonel?«

Augenscheinlich wollte der Colonel das nicht. »Nun, es gibt natürlich Reisen und es gibt *Reisen*. Es ist ja auch ganz nett, elegant durch die touristischen Zentren der Hauptstädte zu flanieren, sich hie und da mal ein Gemälde und eine Ruine anzusehen. Ich hingegen bezog mich aber vielmehr auf Streifzüge durch die Wildnis fernab unserer zivilisierten Alten Welt.«

Viscount Littleton hatte offensichtlich genug von der aufgeblasenen Attitüde des Colonel und fragte ganz unschuldig: »Verzeihen Sie, Lady Swift, aber ich meine gehört zu haben, dass Sie sich im Ausland durch Wüsten und Dschungel geschlagen haben? Habe ich mir ein falsches Bild von Ihrer Tour *à la bicyclette* gemacht? Ich wähnte Sie fernab der Grenzegemarkungen des zivilisierten Europa.«

Eleanor strahlte ihn an und ging über das wütende Zischen seiner Frau hinweg. »Ich möchte Sie wirklich nicht mit meinen belanglosen Reiseberichten langweilen.«

»Oh, doch, wir bitten Sie!«, platze es aus Cora heraus.

Lord Fenwick-Langham und Lancelot klopften mit ihren Suppenlöffeln auf den Tisch und skandierten: »Rede, Rede!« Viscount Littleton klopfte mit und erntete dafür einen vernichtenden Blick seiner Frau. Der Colonel saß in seinen Stuhl zurückgelehnt da und strich sich seinen Schnurrbart zurecht. Einzig die Gräfinwitwe schüttelte den Kopf.

»Lady Swift, beachten Sie doch bitte das beeinflussbare Gemüt meiner Nichte. Ich möchte nicht meinen nächsten Sommer damit verbringen, ihre Ersuchen zurückzuweisen, sich mit einer Reisetasche und einem Bündel Banknoten auf irgendeine Eskapade einzulassen.«

»Tante Daphne.« Cora schnalzte mit der Zunge. »Ich glaube nicht, dass Lady Swifts Reisen Phileas Foggs fiktiven Abenteuern aus *Reise um die Erde in achtzig Tagen* ähneln.«

»Natürlich«, platzte es aus Lancelot heraus. »Sherlock hatte ja keinen Passepartout dabei. Hatten Sie doch nicht, oder?«

Um unangenehme Nachfragen zum Ursprung des Spitznamens zu vermeiden, den Lancelot ihr verliehen hatte, beeilte sich Eleanor mit einer Antwort. »Nun, in Wahrheit gab es viele Gelegenheiten, zu denen die Begleitung eines Dieners hilfreich gewesen wäre. Denn wenn ich ehrlich bin, kann es ein sehr einsames Unterfangen sein, allein zu radeln. Aber nein, ich war fast durchgängig allein unterwegs, sowohl in Europa als auch anderswo.«

»Fast durchgängig?« Lancelots Stimme war leiser geworden. Cora runzelte die Stirn und rückte ein Stück vor, um in sein Sichtfeld zu rücken.

Der Colonel konnte sich nicht halten. »Zum Teufel! Wollen Sie uns etwa weismachen, dass Sie, eine Frau, ganz Vorderindien durchradelt haben?«

Eleanor lachte. »Natürlich nicht, Colonel. Ich habe nur einen Teil des indischen Subkontinents bereist ... im Rahmen meiner Reise rund um die Welt.«

Es herrschte ein kurzes Schweigen, dann brach die gesamte Tafel in Getöse aus, wobei die Stimme des Colonel den Lärm übertönte. »Rund um die Welt! Als Frau? Auf einem Fahrrad? Unmöglich!«

Die Tafel verstummte in Erwartung von Eleanors Antwort. »Tatsächlich bin ich nicht die erste Frau, die sich mit diesen Lorbeeren schmücken kann, Colonel. Ich bin lediglich in die Fußstapfen der eisernen Mrs Londonderry getreten, die als erste Frau der Welt selbige in den Jahren 1894 und 1895 mit dem Fahrrad umfahren hat. Obschon ich glaube, dass ich wesentlich weiter geradelt bin als Mrs Londonderry.«

Ungeachtet ihres Verdrusses darüber, dass Eleanor nun im Mittelpunkt stand, konnte sich die Viscountess nicht zurückhalten. »Erzählen Sie uns mehr, Lady Swift. Darf man fragen, wie genau Sie sich während Ihrer Reisen Ihre Zeit vertrieben haben?«

Lady Fenwick-Langham antwortete an ihrer statt. »Delia, meine Liebe, Eleanor war Thomas Walkers Wegbereiterin. Sie hat einige der Routen für die ersten Reisen seines Reiseunternehmens in Indien und darüber hinaus kartografiert und organisiert. Das ist eine bemerkenswerte Errungenschaft, meine Liebe.«

Ihr Lob berührte Eleanor. »Das ist nett von Ihnen. In der Tat bin ich Mr Walker begegnet, allerdings erst am Ende meiner Weltreise. Er bot mir eine Stelle als Kundschafterin neuer Routen an. Ich war gerade dabei, eine mögliche Safariroute in Südafrika zu erkunden, dem neuesten Reiseziel der Unternehmung, als mich die Nachricht vom Tod meines Onkels erreichte.«

»Ah ja, ich verstehe, Sie haben gearbeitet«, bemerkte die Gräfinwitwe mit einem verächtlichen Unterton auf dem Wort »gearbeitet«.

»War das nicht schrecklich gefährlich?«, wisperte Cora mit weit aufgerissenen Augen.

»Glücklicherweise nie so sehr, dass ich mich genötigt gesehen hätte, die Gardekavallerie zu verständigen.« Eleanor lächelte und blickte dem Colonel in die Augen.

»Ich kann es kaum erwarten zu erfahren, wie Sie durch die Wüsten geradelt sind«, spöttelte der Colonel.

»Wenn Sie darauf bestehen«, sagte Eleanor. »Was genau interessiert Sie? Meine Reise entlang der Seidenstraße durch das Osmanische Reich, Persien und China? Die Überquerung des Himalaya? Meine Ägyptenreise durch das Tal der Könige? Meine Suche nach neuen Safarizielen in Südafrika?«

»Oh, Afrika!«, gurrte Miss Wynne.

»China, unbedingt«, forderte die Viscountess. »Diese Seidenwaren sind unwiderstehlich.«

»Persien!«, rief Viscount Littleton. »Ich bestehe auf Wüstenanekdoten!«

»Nein, ich stimme für das Osmanische Reich«, entgegnete Lady Fenwick-Langham, »die Heimat der Rose. Ich möchte alles zum Ursprungsort meiner schönen Blüten erfahren. Wussten Sie, dass Rosenwasser aufgrund seines hohen Werts in den Königshäusern einst als Zahlungsmittel galt?«

»Die Seidenstraße!«, rief Lord Fenwick-Langham und beorderte den Lakaien mit einem enthusiastischen Wink, die Gläser nachzufüllen.

Lancelot lehnte sich grinsend zurück und zwinkerte Eleanor zu.

Und während Eleanor die Tafel mit ihren Reiseabenteuern verzückte, gab Lady Fenwick-Langham Sandford mit einem Nicken auf, das Entrée zu servieren.

Die Viscountess tupfte sich die Mundwinkel mit ihrer Serviette. »Lady Fenwick-Langham, der Lobster war wirklich vorzüglich. Ein großes Lob an die Köchin.«

»Danke sehr, Delia, das waren die besten des gestrigen Fangs vor der Insel Tiree. Sie wurden über Nacht per Zug angeliefert.«

Diese Information rüttelte die Gräfinwitwe aus dem Halbschlaf. »Dann müssen sie mit dem Acht-Uhr-Schlag am Pier von Hynish losgefahren sein, alle Achtung. Ja, unsere schottischen Fischerleute sind doch schlicht die besten der Welt.«

Die Unterhaltung wurde von der Ankunft des Beef Wellington unterbrochen, das an karamellisierten Zwiebeln und einem Relish aus Madeirawein sowie Clairet als Weinbegleitung gereicht wurde.

Lord Fenwick-Langham schnalzte. »Lassen Sie uns das Schlemmen und Geschichtenerzählen wieder aufnehmen. Wohin entführen Sie uns nun, meine liebe Eleanor?«

»Ins Osmanische Reich, das Land der Rosen und die Heimat der prächtigen Osmanen, eines leidenschaftlich stolzen und emsigen Menschenschlags«, schlug Eleanor in Ehrerbietung vor ihrer Gastgeberin vor.

»Kommen Sie schon, altes Haus, raus mit der Sprache, in welche Bredouillen sind Sie geraten ... und wie haben Sie es wieder hinausgeschafft?«, fragte Lancelot.

Eleanor nahm einen tiefen Atemzug und sah in die erwartungsvollen Mienen der Gesellschaft. »Nun, vielleicht könnte ich von meinem Aufenthalt bei dem hoch angesehenen Sultan Mehmed dem Fünften berichten. Der brauchte nämlich etwas Unterstützung bei der Lösung eines kleinen Problems.«

»Und dabei haben Sie etwa mitgeholfen?«, fragte Cora und legte sich dabei vor Begeisterung fast auf ihren Teller.

»Es handelte sich lediglich um ein Missverständnis.«

Der Colonel schnaubte. »Wollen Sie uns etwa erzählen, dass Sie als Botschafterin Seiner Majestät dienten?«

»Ach du meine Güte, nein. Ich hielt es nur für eine Tragödie, dass diesem Missverständnis Menschenleben zum Opfer fallen sollten. Der Sultan hatte versehentlich einen einflussreichen Anführer im Süden des Landes erzürnt, müssen Sie wissen. Wirklich ein fürchterlich stolzes Völkchen, diese Osmanen. Der Sultan hingegen war ein sehr gütiger und sanfter Mann, der mehr zum Lesen als zum Kämpfen gemacht war. Nach der Konsultation mit seinen Beratern, die allesamt der Ansicht waren, dass ein Blutvergießen unausweichlich sei, fragte er mich als Außenstehende, wie ich an seiner Stelle vorgehen würde. Ich fragte ihn nach seinem wertvollsten Besitz, woraufhin er mir ohne zu zögern ›Muhteşeml‹ antwortete. Dazu muss ich erläutern, dass die Osmanen ganz außergewöhnlich gute Reiter sind und ihre Pferde lieben. Muhteşeml war der Liebling des Sultans. Der Turkmenenhengst hatte sage und schreibe drei Champions gezeugt, und sein unvorstellbar schönes Fell glänzte im Sonnenlicht wie Gold. Ich legte ihm nahe, dass die einzige Lösung darin bestehe, Muhteşeml seinem Widersacher zum Geschenk zu machen – einen Rat, den er, wenngleich es ihm das Herz brach, auch befolgte. Sein Widersacher war so demütig angesichts der Tatsache, dass der Sultan bereit war, seinen wertvollsten Besitz abzugeben, um ihre Freundschaft zu erhalten, dass er unverzüglich sämtliche feindseligen Handlungen einstellte. Tatsächlich hat die Schenkung von Muhteşeml nicht nur die beiden Regionen wieder miteinander vereint, sondern sogar ein überregionales Pferderennen inspiriert, das seitdem jedes Jahr stattfindet.«

Ihre Hörerschaft verschlang neben jedem einzelnen ihrer Worte im Verlauf des Hauptgangs außerdem gebratenen Fasan zu Gartengemüse, das in Honig aus den Bienenstöcken des Landguts geröstet worden war. Nebst anderen spannenden Erlebnissen erzählte sie auch von ihrem Zusammenstoß mit der persischen Armee in der Wüste Dascht-e Lut und von den Angehörigen der Hunzukuc, die sich im Karakorum mit ihr angefreundet hatten. Zum Zwischengang aus angemachtem Gemüse, gefüllten Sardinen und einem Pfirsichsavarin mit Ziegenkäse servierte sie der versammelten Gästeschar ihre

Südafrikaabenteuer. Und im Lauf des Dessertgangs aus einer Kirsch- und Pfirsichtarte wandte sich ihre Hörerschaft wieder fasziniert ihren Erzählungen von der Seidenstraße zu.

»Sie können doch unmöglich zwei geschlagene Tage lang Ihr Fahrrad durch die Wüste geschoben haben!«, stöhnte die Viscountess.

»Mir blieb keine Wahl«, sagte Eleanor. »Die einzige andere Möglichkeit wäre gewesen, mich in der Hoffnung auf hungrige Bussarde in den Sand zu werfen.«

ACHTZEHN

Ein merkwürdiges schnaubendes Geräusch drang aus dem Zimmer, das die Dienerschaft als »das Wohnzimmerchen« bezeichnete. Bis auf die Tatsache, dass es etwa ein Zehntel der Größe der anderen Räume aufwies, konnte Eleanor jedoch nichts wohnliches oder niedliches an dem Zimmer finden. Sie spähte um die Tür herum. Im Inneren versuchte Mrs Butters unter Einsatz beider Hände, Gladstone vom Sofa zu entfernen.

Sie ächzte und zog so heftig, wie sie nur konnte, doch das führte nur dazu, dass sie rücklings zu Eleanors Füßen fiel.

»Ich fürchte, Gladstone wird in seinem hohen Alter nur noch sturer, Mylady. Und weil er mit seinen Pfoten die Lederbezüge ruiniert, musste Polly erst letzte Woche ihren gesamten Muskelschmalz ins Aufpolieren stecken.«

Eleanor lachte und reichte Mrs Butters die Hand.

»Vielleicht sollten wir ihm eine Pause gönnen. In meiner Reisetasche habe ich eine rot-blaue Decke, die könnte Polly künftig einiges an Mühe ersparen. Eine eigenwillige Kombination aus Twill und Plaid, aber sie würde das Sofa genau abdecken und das Leder vor Gladstones kratzenden Klauen

beschützen, wenn er wieder mal davon träumt, Hasen hinterherzujagen.«

Mrs Butters lachte. »Vermutlich finden wir in der Wäsche-
kammer ja etwas weniger Kostbares als Ihre Reisedecke, das wir
verwenden könnten.«

»Wirklich, das ist ein abgenutztes, altes Ding. Ich habe sie
nur aus Gewohnheit eingepackt ... und ein klein wenig aus
Sentimentalität vielleicht. Sie war das Geschenk einer
reizenden Familie, die mir in einem winzigem Bergdorf im
chinesischen Turkestan ausgeholfen hat. Beim Versuch, der
schwer nachzuvollziehenden Seidenstraße zu folgen, habe ich
mich unzählige Male verlaufen.« Sie strahlte die Haushälterin
an. »Ich könnte mir keinen passenderen Lebensabend für dieses
schöne Geschenk vorstellen, das mich in zahllosen eiskalten
Nächten warmgehalten hat ... nun, zumindest überwiegend
warm.«

»Ich werde sie gleich holen gehen, Mylady. Gladstone wird
bestimmt schon im Reich der Träume sein. Es ist übrigens sehr
freundlich von Ihnen, dabei auch an Polly zu denken.«
Mrs Butters machte einen halben Knicks und verließ den
Raum.

Eleanor beugte sich vor und rubbelte den weichen, warmen
Bauch der Bulldogge. »Schlaf gut, alter Freund. Wir sehen uns
später.«

»Alles einsteigen!« Eleanor zog schwungvoll die Beifahrertür
zu.

»War Ihr Kaffee womöglich etwas zu kräftig, Mylady?«

Eleanor beachtete Clifford nicht. Obwohl sie ihn lose als
Verdächtigen Nummer vier ausgemacht hatte, sah sie keine
andere Möglichkeit, als mit ihm zusammenzuarbeiten.
Immerhin war er der Einzige, der ihr glaubte. Und da sie sich
noch keinerlei Reim darauf machen konnte, wieso er den alten

Freund ihres Onkels hätte töten sollen, befand er sich haupt-
sächlich deshalb auf ihrer Liste, um den Mangel an tatsächlichen Verdächtigen zu kaschieren. »Nun, ich werde jeden
einzelnen Ihrer Handgriffe studieren, um zu lernen, wie man
diese Höllenmaschine fährt.«

»Sehr wohl.« Cliffords Gesicht blieb ausdruckslos, doch
Eleanor meinte, ein winziges Beben registriert zu haben.

»Das war eine hervorragende Idee von Ihnen, Clifford.
Nun sind wir zwei Burschen im Einsatz, die einen Mörder
aufspüren. Der ist schon so gut wie hinter Schloss und Riegel!«
Sie rieb ihre Hände aneinander.

»Oder die.«

»Oder die?« Eleanor sann über die Möglichkeit nach. »Sie
glauben, es könnte auch eine Frau gewesen sein? Daran habe
ich noch gar nicht gedacht!«

»Im vorliegenden Fall verleitet mich nichts zu dieser
Annahme, Mylady, ich räume damit lediglich dem schönen
Geschlecht den ihm gebührenden Platz ein. Immerhin ›lauert
in den Augen einer Frau häufig die Zerstörung‹, wie Edward
Counsel in seinen berühmten Maximen bemerkte. Und in
diesen unseren Zeiten zunehmender Gleichberechtigung wäre
es ja geradezu ungehobelt, Frauen, nachdem man ihnen das
Recht zu wählen gewährt hat, nicht auch das Recht zu morden
zugestehen würde. Oder zumindest die Chance, als Verdächtige in einem Mordfall betrachtet zu werden.«

»Schön gesagt, Clifford, da muss ich Opfer einer über-
holten viktorianischen Denkweise geworden sein, wenngleich
ich mir ziemlich sicher bin, das dies nicht unbedingt das Herzstück dessen bildete, was den Suffragetten Pankhurst und
Fawcett in ihren frauenrechtlichen Bestrebungen vorschweb-
te.« Sie runzelte die Stirn. »Aber wir wissen, dass der Mörder
ein Mann war, denn ich habe ja den Mann auf dem Motorrad
gesehen.«

Das Auto rumpelte los. »Wahrhaftig, Mylady. Dann

wiederum ist es einer Frau ein Leichtes, sich als Mann auszuge-
ben. Insbesondere in einer dunklen, regnerischen Nacht.«

»Ja, da haben Sie vollkommen Recht, Clifford, das ...« Sie
verstummte, während sie seine Worte sacken ließ. »Was zum ...!
Clifford, woher wussten Sie davon?«

»Wovon, Mylady?«

»Davon, dass ich mich als Mann ausgegeben habe? Das war
in Isfahan.«

Der Rolls-Royce brauste los und drückte Eleanor in ihren
Sitz zurück. Wie konnte Clifford davon wissen? Wenn nicht ...

»Clifford, hat mein Onkel mir nachspionieren lassen,
nachdem ich England verlassen habe?«

Das Auto wurde schneller, Clifford wechselte den Gang
und zeigte einen unlesbaren Gesichtsausdruck. »Das vermag
ich wirklich nicht zu sagen, Mylady.«

Eleanor wollte etwas sagen, hielt dann aber inne. Wenn
Clifford ihr die Geschichte in seinem eigenem Tempo erzählen
wollte, dann würde sie das zulassen. Sie blickte den Butler,
ehemaligen Offiziersburschen und – wie ihr abermals klar
wurde – Freund ihres Onkels an. Es gab so vieles, das sie über
ihn und ihren Onkel nicht wusste. Umgekehrt jedoch schien es
so, als ob die beiden jede Menge über sie in Erfahrung gebracht
hatten.

Bevor sie den Steinbruch aufsuchten, legten sie einen
Zwischenstopp im Dorf ein, um Besorgungen für Mrs Butters
zu erledigen. Ehe Clifford sich's versah, war Eleanor bereits aus
dem Auto gestiegen.

»Ich besorge die Dinge auf Mrs Butters' Liste, Sie warten
hier, Clifford. So kann ich noch ein paar Dorfbewohner
kennenlernen, wie es sich als Ladyschaft so geziemt.«

Bevor er etwas erwidern konnte, huschte sie über den
Bürgersteig und betrat die Bäckerei, vor der sie den Wagen

abgestellt hatten. Als Eleanor eintrat, klingelte eine Türglocke. Der köstliche Geruch von frischem Brot und warmem Zimt betörte augenblicklich ihre Sinne.

Wie ein Waisenkind, das den kostbaren Penny umklammert, den es auf dem Gehsteig gefunden hat, versuchte sie die gesamte Bandbreite der ausgelegten Leckereien zu bewundern. Die Theke war vollgepackt mit unzähligen Tabletts voller verführerischer Sultaninenbrotscheiben, Kirschbiskuitkuchen und Obstkuchen, die allesamt eine perfekte Kruste aufwiesen. In makellosen Holzregalen dahinter, die den Rest des Ladens einnahmen, prangten Brotlaibe in verschiedenen Formen und Größen. Die Wanddekoration aus glasierten Weizengarben wurde durch weizengelbe Zwergmäuse komplettiert, die sich zwischen die Garben kuschelten.

»Aber nein, Lady Swift, was für eine Ehre!« Ein rotbäckiger Mann wischte sich die bemehlten Hände an seiner Schürze ab.

Eleanor war den Rummel um ihre Person inzwischen gewohnt. »Guten Morgen, Mr …?«

»Morace Shackley. Willkommen in unserem wunderbaren Dorf. Little Buckford betrauert den Tod Ihres Onkels. Mein aufrichtiges Beileid, Mylady.«

»Danke sehr, Mr Shackley. Zu liebenswürdig. Mrs Butters hat … ähm, mir eine umfangreiche Einkaufsliste aufgegeben.«

»Aufgegeben! Oje! Das ist höchst ungewöhnlich, Mylady.« Shackleys Gesicht lief rot an. »Aber … dennoch höchst willkommen.« Er warf einen Blick auf die ihm dargebotene Liste. »Ich sehe, das Übliche und ein bisschen was extra. Ich bin im Handumdrehen fertig.«

»Nur keine Eile, Mr Shackley. Vielleicht sind Sie ja so gut und erzählen mir ein klein wenig über dieses Dorf, während Sie Mrs Butters' Bestellung für mich einpacken.«

»Mit Vergnügen.«

»Ich komme gerade aus Mr Penrys feinem Lädchen« – eine kleine Unwahrheit – »und mich beschleicht das Gefühl, ganz schön ins Fettnäpfchen getreten zu sein. Ich habe nämlich Mr Cartwright von Pike's Farm erwähnt, müssen Sie wissen.«

Shackley seufzte. »Uff, das muss ja eine unangenehme Unterhaltung gewesen sein, Mylady.«

»Oje, oje, geht es bei diesem Kampf denn um etwas Bestimmtes?«

»Ach, kämpfen tun die nicht. Nö, nö. Für einen Kampf müsste man sich ja auf Schlagdistanz annähern. Penry würde Cartwright allerdings niemals näher als dreißig Yards kommen, darauf würde ich meine Bäckerei verwetten. Außer für eines der Stücke der Laientheatergruppe, die wir hier zweimal im Jahr aufführen. Sie sind beide Mitglieder, genau wie ich, doch selbst dort muss man sie voneinander fernhalten.«

»Nur um zu wissen, welche Themen ich meiden sollte, was für ein Problem hat Mr Penry denn mit Mr Cartwright?«

Shackley wischte sich abwesend die Hände ab. »Nun, die Sache ist die, Dylan Penry ist einer der Eckpfeiler dieses Dorfes, deshalb möchte ich keinen Klatsch verbreiten.«

Eleanor stellte ihren Tragekorb auf den Tresen. »Ganz im Gegenteil, Mr Shackley. Sie ersparen mir nur eine ganz umdamenhafte Schamesröte.«

»Ja, natürlich, das ist etwas ganz anderes.« Shackley lehnte sich konspirativ zu ihr hinüber. »Die Sache ist die, Mylady, manch einer würde sagen, dass Stehlen falsch ist, ganz egal, ob man selbst derjenige ist, der etwas stiehlt, oder lediglich von einem anderen Mann profitiert, der etwas stiehlt.« Er hielt inne. »Aber Mr Cartwright ist ja nicht ›manch einer‹, wenn Sie verstehen, was ich sagen will. Und Mr Penry ist ein Mann mit strengen moralischen Prinzipien.«

Die Ladenklingel klimperte. Zwei alte Damen schlurften hinein und grüßten Mr Shackley und Eleanor. Es war offensichtlich, dass Shackley nicht die Absicht hatte, in Anwesenheit der beiden Damen ein weiteres Wort zu verlieren.

»Danke sehr, Mr Shackley.« Eleanor legte die weißen

Papierpäckchen in ihren Einkaufskorb. »Sie waren höchst erhellend. Und Sie haben definitiv eine Dame vor dem Erröten bewahrt.«

Shackley nickte. »Freut mich, wenn ich helfen konnte, Lady Swift.«

Während die Hecken draußen vor dem Fenster unbeachtet an ihnen vorbeiflogen, trommelte Eleanor mit ihren Fingern auf das nusshölzernen Armaturenbrett des Rolls-Royce.

»Nun, das war nicht sehr aufschlussreich, abgesehen davon, dass wir nun mit Sicherheit wissen, dass Cartwright definitiv in irgendeine krumme Sache verwickelt ist. Doch in was genau?«

Clifford nickte. »Mylady, in einem kleinen Örtchen wie Little Buckford mag ja jeder genau über die Umtriebe des anderen Bescheid wissen, doch das bedeutet nicht, dass die Leute ihr Wissen weitergeben wollen, schon gar nicht an ...« Er zögerte.

»Eine Fremde? Einen Neuankömmling?« Sie zuckte mit den Schultern. »Wie auch immer, auf zum Steinbruch!«

Das Tor zum Steinbruch war acht Fuß hoch und von einer Reihe spitzer Zinken bewehrt, die aus dem oberen Teil herausragten. Das schwere Vorhängeschloss fühlte sich trotz der Sonnenwärme überraschend kalt an.

»Nun, Cartwrights Geschichte von dem stets verschlossenen Tor scheint wahr zu sein«, rief sie zu Clifford hinüber, während dieser zum Heck des Wagens ging. »Heute Morgen jedenfalls.«

Sie lehnte sich zurück und überprüfte den Verlauf des Zauns. Clifford erschien an ihrer Seite.

»Clifford, ich würde sagen, die einfachste Route führt über

das Tor zur Rechten. Sehen Sie diesen großen Berg aus … was auch immer das sein mag … vor dem Torpfosten? Da klettern wir einfach drüber und halten uns an dem Pfosten fest, um die Balance zu bewahren. Auf der anderen Seite landen wir dann sanft auf diesem anderen Berg aus …« Sie hielt sich mit beiden Händen an den Metallstreben fest und spähte durch das Tor »… aus, nun ja, sieht aus wie Schotter, was meinen Sie?«

Die Stimme, die antwortete, gehörte nicht zu Clifford.

»Schotter, ganz recht. Ideal, um sich darauf den Knöchel zu verstauchen.«

Eleanor und Clifford fuhren gleichzeitig herum.

»Sogar in stabilen Stiefeln.« Cartwright nickte in Richtung von Eleanors Füßen und lupfte die Spitze seiner Mütze zur Begrüßung um weniger als einen Fingerbreit.

»Mr Clifford.«

Clifford nickte zurück.

Cartwright sah zu Eleanor. »Ich sollte wohl nicht überrascht sein, Lady Swift, dass Sie ein lebhaftes Interesse für das Steinbruchgeschäft entwickelt zu haben scheinen. Schon etwas ungewöhnlich für eine Dame, möchte ich meinen.«

»Oh, ich lerne eben für mein Leben gern dazu, Mr Cartwright. Es ist wichtig, den eigenen Geist zu erweitern, sonst stagniert er wie ein verrottender Kohlkopf.«

Cartwright lachte, stieß sich von der Mauer ab, an der er gerade noch gelehnt hatte, und wippte auf dem Absatz vor und zurück. »Sie interessieren sich also für Kiesel und Sand, ja?«

Seine Worte klangen mehr nach einer Drohung denn nach einer Frage.

»Weniger als für Mord, Mr Cartwright. Ich glaube aber, das wissen Sie bereits.«

»Scheint so. Und was mich interessiert, sind zwei Rumtreiber, die an einem Ort Hausfriedensbruch begehen wollen, an dem sie nichts verloren haben.«

»Ganz der Musterbürger, was, Mr Cartwright? Nun, seien

Sie versichert, hier findet kein Haufriedensbruch statt. Jedenfalls keiner, den ich von meinem Standpunkt aus sehen könnte.«

Cartwright zeigte sich wenig überzeugt.

Clifford deutete auf eine große Buche, die auf der gegenüberliegenden Straßenseite lag. »Das Unwetter letzte Woche kam wohl zur Unzeit, Mr Cartwright.«

Eleanor lächelte vor sich hin. Clifford verfügte über die Subtilität, die ihr abging. Die Nacht des Unwetters war die Mordnacht gewesen! So konnten sie herausfinden, ob Cartwrights Alibi wasserdicht war oder nicht.

Cartwright nickte. »Jupp, schlechter Zeitpunkt. Hätte aber vermutlich schlimmer kommen können. Hab keine Lämmer verloren, aber die Herde war in schrecklicher Aufruhr. Und dann, ich dachte, mein Schwein pfeift, ist der Wind auch noch unters Dach der Scheune mit all den Stallungen gedrungen. Hat es halb fortgerissen. Ich hing an einem der Dachträger und hatte alle Hände voll damit zu tun, das Blechdach festzuhalten, damit es nicht komplett in die Walachei segelt. Bei Starkwind Dächer festzunageln, gehört nicht gerade zu meinen Lieblingsbeschäftigungen.«

»Nun, zumindest hatten Sie ja all Ihre Werkzeuge vorbereitet, Mr Cartwright«, schaltete sich Eleanor ein.

Cartwright warf ihr einen Blick zu, der sie Cliffords Gegenwart schätzen ließ.

»Woll'n Sie damit irgendwas andeuten, Lady Swift?«

»Grundgütiger, keineswegs. Ich wollte damit nur sagen, dass Sie in unserer vorhergehenden Unterhaltung vergessen haben müssen zu erwähnen, dass sich das Scheunendach gelöst hat. Immerhin war die Nacht des Unwetters ja auch die Nacht des Mordes, den ich im Steinbruch bezeugt habe, und Sie haben mir erzählt, dass Sie den ganzen Abend lang Ihre Werkzeuge gewetzt hätten.«

Clifford schritt ein. »Haben Sie das Farmhaus etwa gegen

zehn Uhr abends verlassen, um das Dach zu reparieren, Mr Cartwright?«

»Tatsächlich, ja. Am Ende hat's mich fast zwei Stunden gekostet, dieses verflixte Dach zu reparieren.«

Clifford und Eleanor tauschten einen Blick aus. *Zeit genug, um zum Steinbruch zu gelangen, Atkins zu erschießen, die Leiche zu dessen Haus zu tragen, das Ganze wie einen Unfall aussehen zu lassen, zurückzukehren und sauberzumachen!*

Sie wählte einen anderen Kurs. »Ich glaube, wir haben einen gemeinsamen Bekannten, Mr Cartwright.«

Die buschigen Brauen des Farmers schnellten in die Höhe, doch er sagte nichts.

»Als wir uns das letzte Mal begegnet sind, meinte ich, Sie mit jemandem gesehen zu haben, den ich ... wiedererkannt habe«, log sie. »Es schien, als hätte er Ihnen eine Art Päckchen überreicht.«

Cartwright verschränkte seine Arme und starrte sie kühl an. »Meine Angelegenheiten sind meine Angelegenheiten, Lady Swift, und ich wäre Ihnen sehr verbunden, wenn Sie sich da raushalten würden!«

Eleanor lächelte lieblich. »Absolut einverstanden, Mr Cartwright. Es ist nur so, dass manche Leute, Mr Penry etwa, da anderer Meinung sein könnten.«

Cartwrights Augen blitzten auf. »Dieser verdammte scheinheilige walisische Schwachkopf! Der muss ja gerade das Maul aufreißen. Fragen Sie den mal, woher der sein Fleisch wirklich bezieht, dann wissen Sie, wie es um seine Moral steht!«

»Von unserem gemeinsamen Freund vielleicht?« Das war ein Schuss ins Blaue, doch er schien ins Schwarze zu treffen. Cartwright kniff die Augen zusammen, blieb jedoch stumm. Die unerschrockene Eleanor versuchte es aufs Neue. »Es ist nur so, ich hätte schwören können, dass ich den Gentleman von irgendwoher kenne. Ist er vielleicht ein Steinbrucharbeiter?«

Cartwright trat einen Schritt vor. Ein Hustenanfall hielt ihn von einer Antwort ab.

»Sollten wir nicht weiter zu unserem nächsten Termin, Mylady?«, fragte Clifford.

Widerwillig nahm Eleanor zur Kenntnis, dass aus Cartwright keine weiteren Informationen zu gewinnen waren. »Ja, vermutlich. Auf Wiedersehen, Mr Cartwright.«

Clifford nickte dem Farmer zu. »Mr Cartwright.«

»Mr Clifford. Lady Swift.« Cartwright lehnte sich wieder gegen die Mauer und verfolgte, wie die beiden ins Auto stiegen und Clifford den Rolls-Royce zurück auf die Straße setzte.

NEUNZEHN

»Na, der stellt sich ja quer«, sagte Eleanor.

»Farmer wissen nun mal, sich durchzusetzen.« Clifford bremste ab und nahm eine lang gezogene Linkskurve. »Und wir haben schließlich damit geliebäugelt, Hausfriedensbruch zu begehen.«

Eleanor schnaubte. »Dafür hat er sich absichtlich begriffsstutzig gegeben.«

»Verzeihen Sie die Direktheit meiner Beobachtungen, aber ich fürchte, dass er das Gleiche über uns dachte.«

»Sie haben ja recht, Clifford. Aber dieser Mann reizt mich aus irgendeinem Grund. Er hat eindeutig etwas zu verbergen. Und haben Sie bemerkt, wie er reagiert hat, als ich gefragt habe, ob der Mann auf dem Motorrad das Fleisch an Penry liefert?« Sie runzelte die Stirn. »Glauben Sie, dass Cartwright in irgendwelche illegalen landwirtschaftlichen Machenschaften verwickelt ist? Vielleicht liefert er ja minderwertiges Fleisch oder Ähnliches?«

»Mag sein, Mylady. Möglicherweise hat Mr Atkins ja etwas darüber herausgefunden?«

Clifford zog die Bremse des Wagens und sah dem kleinen

Doppeldecker nach, der über dem Feld kreiste und nun hinter der Hecke verschwand, während der Motor langsam tuckernd ausging.

»Lancelot!«, murmelte Eleanor. Instinktiv strich sie sich über ihre Locken und rückte ihren Hut zurecht.

»Wollen wir nachsehen gehen, ob der junge Lord Fenwick-Langham das Alibi bekräftigen kann, dass er Ihnen während Ihres letzten Treffens geliefert hat? Mr Cartwrights Aufrichtigkeit können wir dann diskutieren, wenn wir wieder zurück auf The Hall sind, wenn es Ihnen recht ist?«

»Unbedingt.« Eleanor starrte geradeaus. »Und ich könnte mir nun sein Motorrad einmal genauer ansehen, um herauszufinden, ob es dem ähnelt, das ich auf der Straße zum Steinbruch gesehen habe. Ich habe versäumt, es genauer zu inspizieren, als ich mit ihm darauf nach Chipstone gefahren bin.«

»Vermutlich waren Ihre Gedanken mit etwas anderem beschäftigt.«

Sie fuhr herum. »Clifford?«

Sein Miene blieb ausdruckslos. »Zum Beispiel mit Festhalten, Mylady. Der junge Lord Fenwick-Langham ist berüchtigt dafür, sein Motorrad mit großer ... Begeisterung zu fahren.« Er zupfte seine Fahrerhandschuhe zurecht und deutete auf das Tor. »Wollen wir dann?«

Clifford schlug vor, zu warten, bis Lancelot auf seinem Motorrad des Weges kam. Auf diese Weise konnten sie vortäuschen, sein Motorrad zu bewundern, während sie es heimlich auf Gemeinsamkeiten mit der Maschine von der Steinbruchstraße untersuchten. Diesen Plan machte Lancelot jedoch zunichte, denn just in diesem Moment kam er winkend über das Feld auf sie zuspaziert.

»He, Sherlock!«, rief er.

»Heda, Fliegerbrilli!«, feuerte sie zurück.

»Brilli! Gefällt mir ausgezeichnet.« Er schwang besagtes Accessoire an seinem Handgelenk hin und her. »Die ist nicht schlecht, was?« Dicht neben ihr stehend, fuhr er sich durchs Haar. »Ah, Mr Clifford. Guten Tag.« Er salutierte gespielt vor Clifford.

»Guten Tag, Lord Fenwick-Langham.«

Der Wind blies den Stoff von Lancelots lockerem weißem Hemd eng gegen seine Brust. Er grinste Eleanor an. »Na, wie läuft es? Halten Sie die Ergötzlichkeiten von Little Buckford etwa rund um die Uhr auf Trab?«

Sie lachte. »Nun, dafür dass der Ort den Preis für das verschlafenste Nest des Jahres verdient haben soll, habe ich hier dann doch jede Menge zu tun gehabt.«

»Oh, was habe ich verpasst? Haben Sie etwa den ultimativen Plan ausgeklügelt und mich nicht als Komplizen ins Boot geholt? Schande über Sie!« Er wedelte einen seiner lederbehandschuhten Finger vor ihr hin und her und berührte dabei ihre Nase, woraufhin sie kichern musste.

»Nein, Sie törichter Wicht. Ich spreche von dem Mord, den ich gesehen habe.«

»Och, die olle Kamelle. Machen Sie immer noch auf Amateurdetektivin? Und dann schleifen Sie vermutlich auch noch den armen Clifford quer durch die ganze Grafschaft, um Verdächtige zu vernehmen.« Er hielt einen Moment inne. »Moment mal, handelt es sich hier etwa gar nicht um einen netten Privatbesuch?« In seiner Stimme lag ein Hauch von Verdruss.

Eleanor fragte sich, ob es Enttäuschung war. »Doch und dann auch wieder nicht.«

Er tätschelte ihr den Kopf und grinste. »Also, fangen Sie bitte mit dem nicht Privaten an, sodass wir den öden Teil hinter uns haben.«

»Genau, dann verraten Sie uns doch noch einmal, wo Sie in der Nacht waren, in der sich der Mord im Steinbruch ereignet hat.«

Er schaute Eleanor aus seinen stahlgrauen Augen an.

»Meine Güte! Jetzt verstehe ich erst. Sie beschuldigen *mich* des Mordes.«

»Gott, nein, Lancelot! Aber Sie haben das Feld neben dem Steinbruch angemietet, in dem ich den Mord bezeugt habe. Ich versuche lediglich, Zeugen zu ermitteln, die etwas gesehen haben könnten.«

»Och, das ist ja wirklich schade. Ich hätte nichts gegen das Berüchtigtsein gehabt.« Er schmunzelte. »War das in der Nacht, bevor Sie mich skandalöserweise quer über das schlammige Feld verfolgt und mich dann am Cockpit belästigt haben?«

»Nun, wenn man die Worte ›skandalöserweise‹, ›verfolgt‹ und ›belästigt‹ streicht, ja.«

»Tut mir leid, Sie enttäuschen zu müssen, altes Haus, aber wie ich bereits zuvor erwähnte, weilte ich auf einem Maskenball in Oxford.«

»Wo genau in Oxford?«

»Im Goat Club. Da ist es wirklich ganz fabelhaft.«

»Wann genau trafen Sie dort ein?«

»Für gewöhnlich achte ich nicht auf solche Dinge, wissen Sie.« Er dachte einen Moment lang nach. »Ich vermute, dass ich gegen neun Uhr dort war, aber ich habe nicht den blassesten Schimmer, wann ich wieder aufgebrochen bin. Ich war nämlich ziemlich betrunken.«

»Kann sich dafür irgendjemand verbürgen?«

»Vermutlich ein hoher Prozentsatz der um die hundert von uns, die dort waren.« Er lächelte und verschränkte die Arme.

»Trugen Sie denn keine Maske?«

Er legte sanft einen Arm um ihre Schulter und begann, ihr verschwörerisch ins Ohr zu flüstern. »Genau darum geht es bei einem Maskenball. Der entsprechende Hinweis verbirgt sich bereits im Namen.« Er richtete sich auf und lachte. »Ich würde sagen, Sie beschränken sich zunächst einmal auf die einfacheren Aspekte der Schnüfflerarbeit. Vielleicht sind Sie schon zu früh ins zu tiefe Wasser gesprungen?«

Neben seiner herablassenden Art war es auch das Gewicht seines Arms auf ihrer Schulter, das Eleanor provozierte. Sie stöhnte. *Das hätte nicht passieren dürfen ...*

»Waren Sie wieder mit Ihren ›Bright Young Things‹ unterwegs? Ich vermute, die könnten für Sie bürgen?«

»Sherlock, Sie sind urkomisch! ›Bright Young Things‹ ist lediglich ein sensationslüsterner Spitzname, den sich ein verbitterter Zeitungsschmierfink im Hinterzimmer irgendeines entsetzlich trostlosen Ortes zusammenfantasiert hat. Aber er hat sich durchgesetzt.«

»Ja, das hat er. Ich dachte mir schon, dass das Ihr Ding sein könnte.«

»Ah ja! Dann sind Sie vielleicht doch besser im Detektivspielen, als mir bewusst war.« Er lehnte sich zur Seite. »Oder aber Sie können schlicht nicht aufhören, über mich zu sprechen.«

Eleanor ging über seinen Kommentar hinweg. »Also, waren Sie nun mit Ihrer Bande–welchen–Namens–auch–immer unterwegs oder nicht?«

»Natürlich waren einige meiner Freunde dabei. Die übliche Gruppe.«

»Die würde ich gern einmal kennenlernen. Beim Lunch gestern war keiner von ihnen dabei, richtig?«

»Nein, die Erzeuger sind nicht allzu erpicht auf meine ›Bright Young Things‹-Bande, wie ich sie fortan nennen werde. Sie tolerieren sie in niedrigen Dosen auf Bällen oder dergleichen, nicht jedoch auf intimeren gesellschaftlichen Anlässen.«

»Die Erzeuger?«

Lancelot lachte. »Mater und Pater. Sie haben sehr genaue Vorstellungen davon, was ich zu tun und wen ich zu treffen habe. Es sei alles nur zu meinem Besten und bla, bla, bla ...« Er schüttelte den Kopf. »Sie wissen, was ich meine.«

Eleanor lachte und schluckte zur gleichen Zeit. »Ich glaube, ich war nicht alt genug, um etwas zu tun, was meine Eltern hätten missbilligen können, als sie noch da waren.«

»So ein Pech! Aber um Ihre Frage zu beantworten: Keiner meiner Freunde ist ein Mörder. Allerdings gibt es ein paar von ihnen, die nicht davor zurückschrecken würden, wenn sich dazu die Gelegenheit böte. Alles, was einen öden Abend beleben könnte.« Er grinste über ihren schockierten Blick. »Jetzt aber raus mit der Sprache, altes Haus. Wen hat es im Steinbruch erwischt?«

»Spencer Atkins«, platzte es aus ihr heraus, bevor sie sich bremsen konnte.

Lancelot stieß einen Piff aus. »Tatsächlich? Kein Wunder, dass Sie beim Lunch all diese Fragen gestellt haben. Sind wir denn jetzt fertig mit der ganzen Befragerei? Ich muss nämlich gleich los und nach den Pferden schauen.«

»Den Pferden?« Sie blickte zu Clifford, dessen erhobene Augenbraue ihr signalisierte, dass Lancelot sie einmal mehr foppte. Ungeachtet ihres Ärgers ob Lancelots Verhöhnung war Eleanor enttäuscht darüber, dass er gehen musste. »Absolut, ja, so gut wie fertig. Ich bin selbst spät dran«, sagte sie.

Lancelot wandte sich zum Gehen und drückte ihr Handgelenk. »Wie wäre es beim nächsten Mal stattdessen mit etwas mehr von dem privaten Kram? Bis ganz bald, in Ordnung?«

»Ich habe Ihre Einladung zu einer Spritztour im Flieger nicht vergessen«, rief Eleanor ihm nach.

Mit einem munteren »Fröhliches Schnüffeln!«, brauste er auf dem Motorrad davon, das sich hinter ihnen im Gebüsch versteckt hatte, und brachte die Angeln des Tores zum Schwingen.

Auf dem Rückweg zurück zum Rolls-Royce kam Eleanor sich ziemlich verloren vor. Hatte die Unterhaltung irgendetwas hervorgebracht? Was konnten sie daraus mitnehmen? Noch wichtiger aber: Wollte Lancelot sie nur necken oder mochte er sie ebenfalls?

Clifford hielt ihr zum Einsteigen die Beifahrertür auf. »Glauben Sie, diese Unterhaltung hat unsere Ermittlungen vorangebracht, Clifford?«

»Nun, Mylady, zumindest können wir nun Lord Fenwick-Langhams Alibi für die Mordnacht überprüfen. Ich bin mit dem Türsteher des Goat Club bekannt, sodass ich, wenn Sie nichts dagegen haben, einige Nachforschungen anstellen könnte.«

Eleanor stieg in den Rolls-Royce. »Natürlich nicht, Clifford, das wäre fantastisch.«

Während Clifford den Wagen auf die Straße steuerte, drehte er sich hüstelnd zu ihr. »Jedoch – wenn ich das so sagen darf – bin ich mir nicht sicher, ob es allzu besonnen war, Ihre Theorie bezüglich Mr Atkins gegenüber dem jungen Lord Fenwick-Langham zu erwähnen.«

Eleanor rang nach Luft. »Sie verdächtigen Lancelot ernsthaft, nicht wahr?«

»Zum gegenwärtigen Zeitpunkt, Mylady, fürchte ich, ist jeder verdächtig. Jeder.«

»Sie miteingeschlossen?«, erwiderte Eleanor.

»Ich falle unter den Sammelbegriff ›jeder‹, insofern also ja.«

»Nun, wenn Ihre Theorie Hand und Fuß hat, dann bin auch ich eine Verdächtige. Vielleicht habe ich den Mann ja umgebracht und mir dann diese Geschichte zurechtgelegt? Wie teuflisch von mir! Wir sollten uns beide den Behörden stellen.«

Clifford schien diesen Vorschlag einen Moment lang zu erwägen. »Zumindest würde das dem überlasteten Polizeiapparat einiges an Zeit und Schwierigkeiten ersparen.«

Eleanor lächelte. »Ich glaube, uns können wir von der Liste der Verdächtigen streichen.« Doch dann beschlichen sie wieder leise Zweifel. *Nur dass ich mir bei Ihnen, Clifford, da nicht vollkommen sicher bin.*

ZWANZIG

Während der Rolls-Royce durch die Sträßchen rollte, drehte sich Eleanor zu Clifford.

»Wirklich eine Schande, dass wir uns Lancelots Motorrad nicht aus der Nähe ansehen konnten.«

»Allerdings. Obschon ...«

»STOPP!« Sie riss am Türgriff der Beifahrertür. »Bleiben Sie stehen!«

Noch bevor der Wagen zum Stillstand gekommen war, sprang Eleanor heraus.

»He, Sie da!« Sie eilte über die Straße.

Ein Lieferwagen mit dem Werbespruch *Esswaren aus den Chilterns – Wir liefern nur das Beste* kam wenige Fuß vor ihr mit kreischenden Bremsen zum Stehen. Der Lieferwagen selbst sah aus, als hätte er seine besten Jahre schon lange hinter sich. Aus dem Fahrerfenster starrte sie ein beunruhigtes Gesicht an. »Was zum ... Ach du meine Güte, entschuldigen Sie, gnädige Frau.« Der Mann spähte zum Rolls-Royce hinüber und grinste. »Stecken Sie in Schwierigkeiten? Belästigt Sie dieser Gentleman etwa?« Er blinzelte zu Clifford hinüber, der noch immer im Wagen saß.

»Im Moment nicht, aber ich bin mir sicher, der Moment wird kommen. Entschuldigen Sie bitte diese doch recht dramatische Art und Weise, Sie zu behelligen.«

»Das war wohl ein bisschen knapp, gnädige Frau, Sie müssen mich entschuldigen. Nun, Gott sei Dank werden die Bremsen des Transporters nicht allzu häufig auf diese Weise auf die Probe gestellt.«

»Nein, die Entschuldigung ist ganz meinerseits. Ich habe Sie aufgeschreckt und möchte Sie nun zu allem Überfluss auch noch um einen Gefallen bitten.«

»Einen Gefallen? Sind ... sind wir uns bereits begegnet?«

»Durchaus nicht«, antwortete sie fröhlich. »Lady Swift, sehr erfreut.«

»Guten Tag ... Mylady. Ich bin Pete.« Er zögerte. »Und ... das mit Ihrem Onkel tut mir leid.«

Eleanor zuckte zusammen. »Sie kannten meinen Onkel?«

»Natürlich nicht persönlich. Aber er war hier vor Ort höchst angesehen, keine Frage.«

»Danke schön.« Sie sah sich einmal mehr überrascht von dem hohen Grad an Respekt, der ihrem seligen Onkel selbst unter den Gewerbetreibenden Chipstones entgegengebracht wurde.

Clifford schloss zu ihnen auf, nachdem er eine Stelle gefunden hatte, an der das Auto nicht Gefahr lief, in einer der Schlammfurchen stecken zu bleiben, die die vorbeifahrenden Traktoren hinterlassen hatten.

»Clifford, das ist Pete. Aber Moment, vermutlich kennen Sie beiden einander bereits?«

»Natürlich kennen wir uns. Guten Morgen, Mr Clifford.« Pete nickte ihm zu und tippte an seine Mütze.

»Guten Morgen, Mr Sturgess.«

Pete blickte zurück zu Eleanor. »Also, hat ihre Nobelkarosse eine Panne? Sind Sie auf eine Mitfahrgelegenheit aus?«

»Heute nicht, danke, Pete. Ich habe Sie angehalten, weil wir auf Ihr Expertenwissen angewiesen sind.«

»Na, dann wünsche ich Ihnen viel Glück, denn ich bin mir nicht sicher, dass ich Ihnen groß weiterhelfen kann, mein Hirn ist so löchrig wie ein Sieb. Ich kümmere mich eigentlich nur darum, den Lieferplan einzuhalten und die richtigen Kisten am richtigen Ort abzuladen.«

»Ach wo, Pete, ich habe überall auf der Welt die Erfahrung gemacht, dass Auslieferungsfahrer die Augen und Ohren der Straße sind.«

»Sind wir das, Mylady?«

»In der Tat, denn Sie kennen Ihre Routen in- und auswendig. Wenn irgendetwas nicht stimmt, springt Ihnen das sofort ins Auge.«

Pete nickte mit gerunzelter Stirn.

Clifford trat einen halben Schritt vor. »Ich glaube, Lady Swift möchte wissen, ob Ihnen in letzter Zeit während Ihrer Auslieferung rund um Little Buckford irgendetwas Ungewöhnliches aufgefallen ist.«

»Ach so, danke, Mr Clifford. Jetzt ist der Groschen gefallen.« Der Auslieferungsfahrer kratzte sich an der Brust. »Nun, jetzt wo Sie es sagen, einer der Gäste oben auf Langham Manor muss einen gesegneten Appetit auf Krabben in Dosen haben. Jedenfalls hab ich schon unzählige Kisten da rauf gekarrt.« Er hielt inne. »Abgesehen davon ist mir nichts Ungewöhnliches aufgefallen.«

»Was ist mit dem Abend und der Nacht des Unwetters? Haben Sie da so zwischen zehn und elf Uhr dreißig vielleicht einen Motorradfahrer in der Umgebung gesehen?«

Pete rieb sich das Kinn. »Das war eine echte Kuhnacht!«

»Stockfinstere Nacht, Mylady«, übersetzte Clifford für sie.

Pete nickte und grinste. »Wenn ich mir's recht überlege, dann war da was. Kein Motorradfahrer, aber –«

Eleanor beugte sich wissbegierig vor. »Was?«

Pete wich unwillkürlich einen Schritt zurück. »Es ist vermutlich nichts, aber an diesem Abend ist ein Auto auf dem Weg von Chipstone nach Radington von der Straße abgekommen und stecken geblieben. Die Seitenstreifen waren in der Nacht ziemlich aufgeweicht, wegen des Unwetters und des vielen Regens, den es doch gab. Das Auto musste am nächsten Morgen von Cartwrights Traktor rausgezogen werden.«

»Wo genau war das? Vor der Abzweigung zum alten Steinbruch oder danach?«, erkundigte sich Clifford?

Pete dachte für einen Moment nach. »Ulkig, dass Sie das fragen, es war nämlich genau auf der Kreuzung mit der Steinbruchstraße.«

Clifford hob eine Augenbraue. »Seltsam, dass es gerade dort stecken geblieben ist. Es sei denn, der Fahrer ist mit hohem Tempo von der Steinbruchstraße auf die Hauptstraße gefahren und hat die Kurve in der Dunkelheit falsch eingeschätzt.«

Pete zuckte mit den Achseln. »Schon möglich, aber warum sollte irgendjemand in einer solchen Nacht auf dieser Straße unterwegs sein? Die führt doch nur zum Steinbruch, und der ist ja schon seit Längerem nicht mehr in Betrieb.«

»Wissen Sie, wann das Auto in etwa stecken geblieben ist?«

Pete runzelte die Stirn. »Nicht wirklich. Ich hab am Morgen danach gesehen, wie Cartwright es zurück auf die Straße gezogen hat, und er hat mir erzählt, dass es in der Nacht zuvor stecken geblieben ist, aber ich hab ihn nicht gefragt, wann das passiert ist.«

Da schaltete sich Eleanor ein. »Haben Sie zufällig den Fahrer gesehen oder Cartwright nach dem Besitzer des Wagens gefragt?«

Pete schmunzelte. »Ich hab dort nur den alten Cartwright gesehen. Hab gar nicht dran gedacht, mich nach dem Fahrer zu erkundigen. Wenn ich gewusst hätte, dass das eine Lady interessiert, hätte ich gefragt.«

Eleanor ließ diese Information sacken. »Ganz gleich, Sie haben uns sehr weitergeholfen, Pete.«

»Wirklich? Mensch, na, gern geschehen, Mylady. Wenn Sie nichts dagegen haben, dann fahre ich jetzt besser weiter. Ich hab heute noch ein lange Liste von Auslieferungen vor mir.«

»Absolut! Entschuldigen Sie bitte, dass wir Sie so lange aufgehalten haben.«

»Keine Ursache.« Pete setzte seine Mütze wieder auf und schwang sich in den Lieferwagen.

»Ach, eine letzte Sache noch.« Eleanor konnte ihre von Natur aus direkte Art nicht verbergen. »Vielleicht fragen Sie mal bei Ihren Kollegen nach, ob die jemanden mit ... einer Leiche gesehen haben, die womöglich in einen Lieferwagen verfrachtet wurde?«

Pete runzelte die Stirn. »Keiner von uns könnte eine Leiche transportieren, Mylady, jedenfalls nicht im Lebensmittelgeschäft. Das ist gegen die Vorschriften. Die meisten Leute hier setzen für Beerdigungszwecke auf Pferd und Kutsche. Der alte Clackett hat mal seinen Lastwagen benutzt, als eines seiner Pferde zur Sterbesaison lahmte.«

»Der Bestatter, Mylady«, erläuterte Clifford.

Pete setzte seinen Lieferwagen knirschend in Bewegung und lehnte sich aus dem Fenster. »Hab mir sagen lassen, dass die feinen Leute in London für Bestattungen einen Rolls-Royce einsetzen, Mr Clifford. Stadtmenschen!« Er winkte und schlingerte davon.

Clifford und Eleanor gingen zurück zum Auto.

»Clifford, wir müssen unbedingt mehr zu diesem stecken gebliebenen Auto in Erfahrung bringen. Und herausfinden, wieso Cartwright es uns verschwiegen hat.« Sie blieb am Heck des Rolls-Royce stehen und starrte einen Moment lang ins Wageninnere. »Ich weiß allerdings nicht, ob ich mit Pete übereinstimme. Der Rolls-Royce macht sich doch wirklich hervorragend als Leichenwagen für eine Beerdigung.«

Clifford beugte sich auf der anderen Seite hinunter und sprach durch das Fenster zu ihr. »Gedenken Sie auf diese Weise zu Ihrer letzten Ruhestätte zu reisen, Mylady, aufgebahrt im Rolls-Royce?«

Eleanor lachte, als sie sich die Gesichter der Dorfbewohner beim Anblick dieses unorthodoxen Leichenzugs ausmalte. »Leider nicht. Ich möchte eingeäschert werden.«

»Eingeäschert, Mylady?«

»Selbstverständlich.« Eleanor tippte sich ans Kinn. »Ich fürchte allerdings, dass das hierzulande noch immer illegal sein könnte.«

»Au contraire, schon vor geraumer Zeit wurde der Cremation Act verabschiedet. Ihre Königliche Hoheit, die Duchess of Connaught und Strathean, Prinzessin Luise Margarete, wurde letztes Jahr eingeäschert und weniger als dreißig Meilen von hier auf dem Gelände von Windsor Castle beerdigt.«

»Äußerst interessant, Clifford, danke. Was für ein famoses wandelndes Lexikon Sie doch sind. Dann bitte eine einfache Kremation für mich. Aber was ist mit meinem Onkel, wurde er eingeäschert?«

»Um Himmels willen, nein, Mylady, Ihr Onkel war strikt gegen eine solche Bestattungsform.«

»Hat er verraten, warum er so sehr dagegen war?«

»Das hat er. Er hat immer darauf bestanden, dass die Einäscherung seinen Plan in beträchtlicher Weise behindern würde.«

»Der da war ...?«

»Von den Toten aufzuerstehen, Mylady.«

EINUNDZWANZIG

Sie wurden vom Läuten der Türglocke, dem vornehmen Raunen von Stimmen und dem Klimpern des feinen Knochenporzellans empfangen. Eleanor blickte sich um. Gedämpfte Wandleuchten ergänzten die gediegenen Lüster und unterstützten diese bei der Ausleuchtung des Silberdistelreliefs der vanillefarbenen Damasttapete. Unter jeder Leuchte hing eine gerahmte bäuerliche Szene: gleißende Kühe, die smaragdgrünes Gras fraßen, und makellose Bauernmägde, die Körbe voller gesundem Gemüse trugen.

Nach ihrer Begegnung mit Pete hatte Clifford vorgeschlagen, eine Pause zur Stärkung einzulegen, da, wie er es ganz unverblümt ausgedrückt hatte, »der Lunch *abermals* verpasst worden ist.«

Da Eleanor niemals ein Essen ausschlug, hatte sie unverzüglich eingewilligt, nicht zuletzt, da es laut Clifford keine fünf Minuten von ihrem Standort entfernt einen vorzüglichen Teeladen gebe, der für seinen Fruitcake bereits mehrere Auszeichnungen gewonnen habe.

Noch bevor Eleanor sich einen Sitzplatz aussuchen konnte,

kam eine Kellnerin auf sie zu und knickste. »Willkommen, die Dame, der Herr, ein Tisch für zwei?«

Die Türglocke läutete aufs Neue.

»Guten Tag, Lady Swift, Mr Clifford.« DCI Seldon nahm seine Melone ab und balancierte sie gegen ein großes Notizbuch, das er vor seiner Brust hielt. Er schüttelte erst ihr, dann Clifford die Hand.

Eleanor lächelte. »Was für eine Überraschung, Ihnen hier zu begegnen. Machen Sie gerade Pause oder wurden diese entzückenden Räumlichkeiten etwa von Mord und Totschlag heimgesucht?«

Die Kellnerin warf ihr einen kurzen, entsetzten Blick zu. DCI Seldon schüttelte den Kopf. »Seien Sie versichert, nichts Verboteneres als dieser sagenhafte Fruitcake führt mich hierher.«

»Ein Mann ganz nach meinem Gusto«, sagte Eleanor. »Inspector, möchten Sie sich vielleicht zu uns setzen? Aber glauben Sie bitte nicht, höflich sein zu müssen, falls Sie eine ungestörte Arbeitspause verbringen möchten.« Sie wies auf das Notizbuch. »Wenn Sie ablehnten, nähme ich Ihnen das bestimmt nicht übel.«

DCI Seldons braune Augen funkelten auf eine Art und Weise, die seine schroffe Erscheinung Lügen straften. »Das ist ein liebenswürdiges Angebot, vielen Dank.«

»Dann wäre das ja geklärt.«

Clifford wandte sich zur Kellnerin. »Ein Tisch für drei. Auf der Galerie, bitte.«

Die Bedienung zückte einen winzigen Notizblock und einen perfekt gespitzten Bleistift aus ihrer Schürze. Sie lächelte nervös. »Was darf's denn heute sein?«

Eleanor fixierte den Inspector mit hochgezogener Augenbraue. »Wie viel Zeit haben wir denn? Wollen wir dem Ruf dieses feinen Etablissements Gerechtigkeit widerfahren lassen und drei Full Afternoon Teas bestellen?«

»Wenn Ihnen das recht ist, Lady Swift, mir käme das sehr zupass. Ich muss nämlich gestehen, dass der Lunch an mir vorbeigegangen ist, ein Risiko meines Berufs.«

»Drei Afternoon Teas mit vorgewärmten Tassen und zusätzlichen Konfitüren«, gab Clifford der Bedienung auf, die sich die Bestellung sorgfältig notierte und sie anschließend zu einer kleinen Empore am hinteren Ende des Gebäudes brachte. Ein hochglanzpolierter Handlauf geleitete sie fünf Schritte hinauf zu einem großzügigen rechteckigen Tisch, der von cremefarbenen Stühlen mit kapitonierten Rückenlehnen umstellt war. Der Platz versprach einen gewissen Grad an Intimsphäre, da jeder, der sich annähern wollte, sogleich sichtbar war.

Clifford nahm ihren Mantel und hängte ihn gemeinsam mit seinem Hut an den Kleiderständer oberhalb der kurzen Treppe. DCI Seldon schlüpfte aus seinem schweren blauen Wollmantel und hängte ihn an einer kleinen Kettenschlaufe an den Haken daneben. Nachdem auch er seinen Hut an den Ständer gehängt hatte, fuhr er sich durch sein gewelltes braunes Haar. Die beiden Gentlemen warteten, bis Eleanor sich gesetzt hatte, bevor sie schließlich selbst Platz nahmen.

DCI Seldon schien abwesend, denn er umklammerte noch immer sein Notizbuch. »Tatsächlich gibt es da eine Angelegenheit, Lady Swift, die ich gern mit Ihnen besprechen wollte. Ich hatte geplant, auf Henley Hall vorbeizuschauen. Vielleicht würden Sie vorziehen, dass ich das auch tue, anstatt so rüde zu sein und beim Tee Polizeiangelegenheiten anzusprechen?«

»Keinesfalls. Sie können selbstverständlich jederzeit auf The Hall vorbeikommen. Allerdings bin ich gerade selbst in eine eher dringliche Angelegenheit verwickelt, sodass Sie mich dort höchstwahrscheinlich nicht antreffen würden. Außerdem bin ich sicher nicht zimperlich, wir können also gern jetzt darüber sprechen, worum auch immer es gehen mag. Nur zu!«

Just in diesem Moment erschien die Kellnerin mit einer

sogar noch nervöseren Gehilfin im Schlepptau, beide schwer beladen mit einem imposanten Aufgebot an Tee und Speisen.

»Famos!« Eleanor strahlte, während Etageren mit fein säuberlich geschnittenen Sandwiches, Früchtescones und Kuchen, gefolgt von einer kolossalen Porzellanteekanne nebst drei perfekt vorgewärmten Tassen, aufgetischt wurden.

»Wäre das dann alles?«, fragte die Kellnerin.

»Für Erste, danke.« Eleanor starrte auf die Mengen an Nahrung. Allem Anschein nach verbargen sich hinter der Fassade aus feinen Allüren und Manieren der Klientel echte Landleute mit gesegnetem Appetit. »Meine Güte, ich habe ja gar nicht gemerkt, wie ausgehungert ich bin.«

»Darf ich den Tee ausschenken, Mylady?«, fragte Clifford.

»Aber sicher!« Eleanor lehnte sich in ihren Stuhl zurück und legte die Hände nebeneinander auf den Tisch. Sie lächelte zufrieden. »Also, Inspector, sind Sie inzwischen geneigt, meinem Bericht über den Mord am Steinbruch Glauben zu schenken?«

DCI Seldon ächzte. »Lady Swift, ob ich Ihren Ausführungen Glauben schenke oder nicht, stand nie zur Debatte. Die Faktenlage ist schlechterdings nicht ausreichend, um Ermittlungen einzuleiten.«

Eleanor nahm die dampfende Tasse entgegen, die Clifford ihr reichte. »Danke, Clifford.« Sie nippte an ihrem Tee. »Herrgott, ist das heiß!« Sie fächerte ihren Lippen Luft zu und ließ ihre Tasse samt Untertasse unsanft auf den Tisch rasseln.

»Geht es Ihnen gut, Lady Swift?« DCI Seldon sah aufrichtig besorgt aus, was sie angesichts seiner ruppigen Art überraschte.

»Alles bestens, danke«, flunkerte sie und nahm einen großen Schluck eisgekühlten Zitronenwassers.

»Nun gut.« Der Inspector sortierte die Tea Sandwiches auf seinem Teller und griff dann nach dem Lachssandwich, das er argwöhnisch beäugte, bevor er einen Bissen nahm. »Es tut mir leid, aber meine Ermittlungen lassen keinen anderen Schluss zu, als dass Mr Atkins Opfer eines bedauernswerten Unfalls geworden ist.«

Eleanor verharrte in einer höchst undamenhaften Pose, denn das Gurkensandwich, das sie sich soeben zugeführt hatte, steckte ihr bereits zur Hälfte im Mund. Während sie es zurück auf ihren Teller legte, starrte sie ihn an. »Ich kann nicht nachvollziehen, wie Sie ein derartiges Pauschalurteil fällen können, Inspector. Es muss Ihnen doch gewiss sonderbar vorkommen, dass nur einen Tag, nachdem ich den Mord am Steinbruch angezeigt habe, die Leiche von Mr Atkins auftaucht? Beide Männer erschossen?« Eleanors Hand verharrte zwischen den Delikatessen der zweiten und dritten Ebene der Etagere. »Soll ich mit diesen wunderhübschen Raffinessen einsteigen oder mich gleich auf den Fruitcake stürzen? Ein echtes Dilemma. Was meinen Sie, Inspector?«

DCI Seldon seufzte. »Lady Swift, ich kann Ihre Ansicht, dass es sich bei der verschwundenen Leiche am Steinbruch um jene von Mr Atkins handelte, ja nachvollziehen, allerdings gibt es keinerlei Fakten, die diese Theorie stützen. Und dem Eindruck nach, den ich mir von diesem Gentleman bislang gemacht habe, erscheint mir die Idee, dass Mr Atkins in der Finsternis durch einen schlammigen Steinbruch getaumelt sein soll, nicht eben naheliegend.«

»Und doch haben Sie noch nicht einmal mit der Wimper gezuckt, als ich Ihnen erzählte, dass ich genau das getan habe!«

DCI Seldon konnte sich ein Lächeln nicht verkneifen. »Erste Eindrücke können natürlich höchst unzuverlässig sein ... aber eben nicht immer.«

Am Tisch trat eine peinliche Stille ein.

»Noch etwas Tee, Mylady?«

»Gern, danke, Clifford.«

»Inspector?«

»Nein, besten Dank, ich fürchte, ich muss langsam wieder los.« DCI Seldon erhob sich.

Eleanor mokierte sich: »Inspector, Sie haben doch eben erst Platz genommen. Und noch kaum etwas gegessen.«

DCI Seldon zuckte mit der Achsel. »Eine Folge meiner Arbeit.« Er steckte Notizbuch und Stift ein. »Darf ich Sie heute Abend anrufen, Lady Swift?«

Diesmal war es zur Abwechslung Eleanor, die eine Augenbraue hob. »Mich anrufen, Inspector?«

Er hüstelte. »Falls es irgendwelche weiteren Entwicklungen geben sollte. Ich finde, so viel Höflichkeit bin ich Ihnen schuldig.«

»Nein, Inspector.«

»Nein?«

Eleanor lachte. »Nicht, bevor Sie Ihren Anteil des Fruitcakes verschlungen haben.« Sie hielt ihm ein Stück davon hin.

Seufzend setzte er sich wieder hin. »Ich danke Ihnen. In diesem Falle, Mr Clifford, werde ich wohl doch noch eine Tasse Tee benötigen.«

ZWEIUNDZWANZIG

Aus dem Fenster des Rolls-Royce verfolgte Eleanor, wie die Reihen aus Steinhäusern den Weißdornhecken und Weiden voller Schafe wichen. In dem wolkenlosen Himmel darüber stiegen Drachen gegen den Wind. Das ländliche England zeigte sich heute von seiner schönsten Seite.

Es war der Morgen nach ihrem Treffen mit DCI Seldon, der sie wie versprochen am Vorabend angerufen hatte. Allerdings war das Gespräch anders verlaufen, als Eleanor es sich erhofft hatte.

»Erstens gibt es unter Berücksichtigung sämtlicher Fakten keine ausreichenden Beweise, die weitere Ermittlungen im Falle des ›Steinbruchmörders‹ rechtfertigen würden«, hatte er gesagt. »In Hinblick auf den Mangel an Beweisen könnte ich die dafür anfallenden Mannstunden schlicht nicht vor meinen Vorgesetzten rechtfertigen. Und zweitens, Lady Swift, ist es meine Pflicht, Sie amtlich davor zu warnen, sich in die Ermittlungen zu Mr Atkins' Tod einzumischen. Ich muss darauf bestehen ...«

Doch da hatte sie bereits aufgehängt und ihn zu einem unfreiwilligen Monolog gezwungen.

Im Rolls-Royce stieß Eleanor einen Seufzer aus. »Gute Idee von Ihnen, Clifford, diese Ausfahrt nach dem Frühstück. Ich fühle mich schon besser.«

Clifford drosselte die Geschwindigkeit für eine anstehende scharfe Kurve. »Ich dachte, wir könnten den Fall besprechen, und wenn Sie gestatten, Mylady, zeige ich Ihnen gern die Orte, die kennenzulernen Sie bei Ihren vorherigen Besuchen nie Gelegenheit fanden.«

Sie lehnte sich in ihren Sitz zurück. »Das wäre reizend, Clifford.«

»Und ich habe einige Informationen von Mr Sandford erhalten, die das Alibi eines unserer Verdächtigen untermauern.«

Eleanor setzte sich auf. »Ach, tatsächlich, welcher Verdächtige wäre das denn?«, fragte sie betont beiläufig.

»Der junge Lord Fenwick-Langham, Mylady. Wie es scheint, wohnte er tatsächlich einem Maskenball im Goat Club bei.«

»Also hat ihn jemand erkannt? Trotz seiner Maskerade?«

»Ob er in seiner Maskierung erkannt worden worden ist, weiß ich nicht. Indes hat mich Mr Sandford darüber informiert, dass der Türsteher des Goat Club unseren jungen Lord erkannt habe, als jener zusammen mit seinen Kameraden von den ›Bright Young Things‹ sich seiner Maske ...« Clifford hüstelte. »... und vieler anderer Dinge mehr entledigte, um im Zierbrunnen, nun, ich glaube der richtige Ausdruck dafür lautet, ›Nacktbaden‹ zu gehen.«

Eleanor wandte sich abrupt mit großem Interesse der Szenerie zu, die an ihrem Fenster vorbeizog. Sie hatte in ihrem Leben schon viele nackte Männer gesehen, es war wohl unmöglich, die Welt zu bereisen, ohne sie zu sehen, doch der Gedanke an diesen speziellen Gentleman im Adamskostüm ...

Sie riss sich zusammen und wandte ihre Aufmerksamkeit wieder Clifford zu. »Nun, damit können wir ihn also von unserer Verdächtigenliste streichen. Aber wie hat Sandford von alldem erfahren?«

»Der Türsteher des Goat Club hat Mr Sandford angerufen, um Mr Jenkins – den Chauffeur von Langham Manor, Sie werden sich erinnern – zu bitten, den jungen Lord Fenwick-Langham abzuholen, da sich dieser nicht in einem fahrtüchtigen Zustand befand. Wie sich herausstellte, ging es seinen Mitstreitern ähnlich, sodass Jenkins sie alle zu Hause ablieferte, bevor er schließlich mit unserem jungen Lord nach Langham Manor zurückkehrte.«

»Und die Zeitangaben stimmen überein?«

»Tatsächlich, Mylady. Da unsere jungen Freunde dort bereits gegen neun Uhr abends in einem einigermaßen berauschten Zustand eintrafen, müssen sie zu dem Zeitpunkt, zu dem Sie Mr Atkins' Ermordung bezeugt haben, bereits im Brunnen umhergetollt sein. Jenkins hat seine Lordschaft und dessen Begleiter gegen zwei Uhr nachts abgeholt und erreichte das Landgut mit seiner jungen Lordschaft erst gegen drei Uhr dreißig und damit lange nach den Ereignissen am Steinbruch.«

Entgegen bester Bemühungen konnte sich Eleanor ein Lächeln nicht verkneifen. *Denk gar nicht erst daran, Ellie! Er mag nicht länger ein Verdächtiger sein, doch er ist und bleibt ein unverbesserlicher Clown!*

Während der Rolls-Royce in die Kurve einfuhr, ließ Eleanor den Blick von den Feldern mit weidenden Schafen draußen zu dem Hund schweifen, der sich auf dem Rücksitz ausgebreitet hatte.

»Hören Sie mal, Gladstone blickt irgendwie verdrießlich drein. Wird er etwa reisekrank, Clifford?«

»Nur, wenn er auf dem Rücksitz reist, Mylady.«

Eleanor wandte sich erneut zu der schmollenden Bulldogge

um. »Nun, er kann auch vorn bei mir sitzen, wenn er dann diese Armesündermiene ablegt.«

»Sehr wohl.« Clifford kam sanft auf einem Grünstreifen zum Stehen. Vor Begeisterung, direkt bei Eleanor mitfahren zu dürfen, hätte ihr die Bulldogge fast den Arm gebrochen.

»Bist du jetzt glücklich, du kleiner verzogener König Köter?«, neckte Eleanor ihren Begleiter, während Clifford anfuhr. Die Bulldogge stemmte sich gegen sie, stützte ihr Kinn auf den Rahmen des Beifahrerfensters und genoss den Fahrtwind, der ihre Hängebacken zum Flattern brachte.

»Wieso eigentlich *Gladstone*? Das wollte ich schon seit meiner Ankunft fragen. War mein Onkel ein Liberaler? Ein Verehrer unseres berühmten ehemaligen Premierministers?«

»Nicht direkt, Mylady. Master Gladstone verdankt seinen Namen einem anderen Grund. Am Tage seiner Ankunft auf The Hall ist er aus der Kiste gepurzelt, die der Kurier in der Eingangshalle abgestellt hatte. Der Kurier gab seine lieblose Auffassung zum Besten, dass der Welpe ein unansehnlicher, starrsinniger Zeitgenosse sei. Er beschrieb ihn als ungelenkiges Geschöpf, das so breit wie lang sei, und deutete an, dass es sich bei ihm um eine höchst unglückselige Anschaffung Ihres Onkels handele.«

»Und wie hat mein Onkel reagiert?«

»Er dankte dem Mann gnädig für seine Beobachtungen. Dann nahm er den Welpen auf den Arm und nannte ihn nach seinem Gladstone-Koffer, robust und widerstandsfähig.«

Eleanor gluckste. »Was für eine wunderbare Geschichte.« Sie wandte sich Clifford zu. »Und hatte mein Onkel Freude am Autofahren?«

»Ihr Onkel hat viele lange Ausfahrten unternommen, Mylady, sogar bis nach Gwel an Mor House am Westzipfel von Cornwall, um seinen guten Freund Mr Cunliffe zu besuchen. Gwel an Mor ist Kornisch für ›Meeresblick‹.«

»Eine doch beachtliche Strecke.«

»Ihr seliger Onkel befand die Seeluft für höchst erholsam.«

»Und den Brandy und die Kartenspiele für höchst heiter, da habe ich keinerlei Zweifel«, lachte Eleanor.

Clifford starrte auf die Straße voraus. »Das kann ich unmöglich kommentieren, Mylady.«

»Wer war dieser Mr Cunliffe? Ich weiß so wenig über das Leben meines Onkels.«

Clifford nahm gekonnt eine scharfe Linkskurve, indem er die Geschwindigkeit des Wagens drosselte. »Mr Cunliffe war ein bedeutender Bankier, Mylady. Im September 1912 schied er aus seiner beachtenswerten Position bei den Cunliffe Brothers aus und zog nach Cornwall, um dort seiner Leidenschaft für das Sammeln von Kunstwerken nachzugehen. Als loyaler Gesellschafter Ihres Onkels hat er gemeinsam mit ihm zahlreiche ... Unternehmungen durchgeführt.«

»Wie schade, dass ich nie Gelegenheit dazu hatte, ihn kennenzulernen. Er wäre bestimmt imstande gewesen, einige wunderbare Anekdoten von ihrer gemeinsamen Zeit zu erzählen.«

»Das ließe sich vermutlich einrichten, Mylady. Mr Cunliffe weilt noch unter uns und war immer höchst erpicht auf die Berichte Ihres Onkels über Ihre Abenteuer in der Fremde.«

O weh, da war er schon wieder, dieser Kloß in ihrem Hals. Sie wechselte das Thema. »Was ist das für ein Denkmal da drüben auf dem Berg, das mit dieser goldenen Christbaumkugel?«

»Das Mausoleum der Familie Wildmoor. Und das zur Linken ist Wildmoor House.«

Eleanor betrachtete das trostlose Mausoleum und wandte sich danach dem ausladenden Anwesen zu. »Sieht ziemlich neu aus.«

»Seines modernen Antlitzes zum Trotz wurde es gegen 1751 erbaut. Der Inhaber war seinerzeit Sir Cuthbert, dritter Baronet.« Clifford betätigte die Hupe, um einen Fasan davon abzuhalten, Harakiri unter den Rädern des Rolls-Royce zu begehen. »Um diese Zeit gab es drei aufeinanderfolgende Missernten oder ›Teufelsäcker‹, wie man in dieser Region häufig zu sagen pflegt. Diese führten vor Ort zu großer Not und Arbeitslosigkeit. Um diese zu lindern, unterwand sich Sir Cuthbert, den Dorfbewohnern Arbeitsstellen anzubieten. Der vier Meilen lange Straßenabschnitt, den wir soeben befahren haben, war in einem derart baufälligen Zustand, dass regelmäßig Kutschen darauf umstürzten. Also ließ er die Straße vom Zentrum Radingtons bis zur Auffahrt zu Wildmoor House reparieren.«

»Was für ein feiner Bursche!«, bemerkte Eleanor.

»Ganz recht. Leider gab es da aber noch eine andere Sache, die seine guten Taten in den Augen mancher ein wenig trübte.«

Eleanor wurde hellhörig. »Sprechen Sie weiter.«

»Sir Cuthbert war eine schillernde Persönlichkeit. Nebst anderen Extravaganzen ließ er sich eine Galeone in voller Größe auf das Gelände seines Anwesens liefern und im See verankern.«

»Wozu denn das?«

»Auf Partys teilte Sir Cuthbert die Schar seiner Gäste in zwei Lager. Eine der Mannschaften versuchte, die Galeone zu stürmen, während Sir Cuthbert das Schiff mit der anderen verteidigte.«

»Was für ein Vergnügen! Bewarfen sich die feindlichen Truppen denn mit faulem Obst und Gemüse?«

»Nein, Mylady. Sir Cuthbert war ganz der ›Exzentriker‹. Er bestand auf den Einsatz echter Waffen, die mit hölzernen Kugeln geladen waren. Selbst die Kanonen der Galeonen verfeuerten hölzerne Kanonenkugeln. Einmal steckte eine verirrte richtige Kanonenkugel den gesamten Westflügel in Brand.«

»Sicherlich gab es auch verwundete Gäste zu beklagen?«

»Mannigfach, Mylady, doch Sir Cuthbert war so etwas wie ein Atavismus aus früheren, primitiveren Zeiten. So rief er auch den berüchtigten Orden der Brüder von Wildmoor ins Leben, der später auch als Wildmoor Club bekannt wurde. Dort, in den Höhlen von West Radington, hielten sie ihre Geheimsitzungen ab.« Während sie in das kleine Dörfchen West Radington einfuhren, deutete er auf den Berg zu ihrer Rechten.

Eleanor blickte nachdenklich drein. »Und heute haben viele uralte Familien wie die Wildmoors schon Schwierigkeiten, allein die Steuern für diesen abscheulichen Krieg zu entrichten!«

»In der Tat, Mylady, hat sich in Hinblick auf Geld und Macht eine Menge verändert. Die Rolle des mächtigsten Mannes der Region, die einst Lord Wildmoor zugekommen wäre, können heute wohl der Polizeidirektor oder der Bürgermeister für sich geltend machen.«

Eleanor nickte bedächtig. »Ich wette, Lancelot wünschte, der Orden der Brüder von Wildmoor hätte noch immer Bestand, das klingt ganz nach seinem Geschmack.«

»Allerdings. Einmal hat sich eines der Mitglieder des Klubs auf einer royalen Gala als König von Schweden ausgegeben.«

Eleanor kicherte. »Ich kann mir nur allzu gut vorstellen, wie Lancelot das tut! Was geschah?«

»Als der echte König erschien, machte ihn der Hochstapler vor dem gesamten königlichen Hof lächerlich und ließ ihn verhaften, bevor er selbst aus dem Palast flüchtete. Ungeachtet des natürlichen ... Überschwangs des jungen Lord Fenwick-Langham fürchte ich, selbst ihm wäre es schwer gefallen, mit derlei Scherzen mitzuhalten.«

Eleanor war sich da weniger sicher. Sie war überzeugt davon, dass Lancelot über verborgene Talente verfügte, auf deren Offenlegung sie sich freute. Zumindest jetzt, da sie wusste, dass diese nicht mörderischer Natur waren.

DREIUNDZWANZIG

»Erheben Sie sich.«

Eleanor stand im Korridor und sah sich im Postamt um. »Was zum Teufel?«

Aus einem unsichtbaren Grammofon heulte eine schwermütige Interpretation von »God Save the Queen«.

Sie trat wieder hinaus auf die Straße und blickte zu dem Schild hinauf, auf dem *West Radington Post Office* stand. »Hallo?«, rief sie, nachdem sie erneut eingetreten war.

»Long live our noble Queen ...« Die schwankende Stimme verharrte auf einer einzigen, unerträglich hohen Note. »Happy and glorious. Long to reign over us. God save the Queen.«

»Mutter!« Das Grammofon verstummte. »Mutter, das hatten wir doch bereits besprochen.« Aus dem Nachbarzimmer betrat eine ausgemergelte Frau Anfang fünfzig den Raum. »Unsere ›noble Queen‹ Victoria ist längst verstorben. Jetzt heißt es ›Long live the King‹. Unser König ist Georg der Fünfte, finde dich bitte damit ab.«

»Du wirst noch wegen Hochverrats gehängt, Mädchen. Leg das noch mal auf und zügle deine verräterische Zunge. Als Nächstes heißt es noch, dass wir wieder Eicheln zum Abendbrot essen. Ich habe dir doch gesagt, dass ich davon Bauschmerzen bekomme.«

Es gab ein kleines Handgemenge, dann war das Knirschen einer Nadel zu hören, die unsanft über eine Schellackplatte gezogen wurde.

Auf ihrem letzten Botengang für Mrs Butters hatte Eleanor die finalen Dinge auf der Einkaufsliste vergessen: zwei Umschläge mit den dazugehörigen Briefmarken. Daher hatte sie Clifford gebeten, die Besichtigungsrunde zu unterbrechen, um diesen Flüchtigkeitsfehler zu korrigieren. Nun aber beschlichen sie ernsthafte Zweifel daran, ob das eine so gute Idee gewesen war.

Aus dem Hinterzimmer waren weiterhin Stimmen zu vernehmen.

»Mutter, es wird Zeit für dein Nickerchen. Bitte geh jetzt nach oben.«

»Tss, ein Nickerchen! Ganz bestimmt nicht, ich muss üben. Lass mich in Frieden.«

Die »Mutter« trat ein, gefolgt von ihrer Tochter, und begann einen Marsch durch den Laden im Paradeschritt, den sie mit trompetenden Geräuschen zu untermalen wusste.

Als die Tochter Eleanor erblickte, flog ihre Hand zum Mund. Dann huschte ein verschmitzter Blick über ihr Gesicht. »Mutter, vom Schlafzimmerfenster oben aus kannst du die Parade viel besser verfolgen.«

Als die ältliche Frau entsandt war, wandte sich die Tochter an Eleanor. »Was müssen Sie nur von uns denken, gnädige Frau? Wie kann ich helfen?«

Eleanor ging auf den Tresen zu. »Guten Morgen, Mrs ...?«

»Meine Güte, wie unhöflich von mir. Miss Green, Unterpostmeisterin und Inhaberin dieses Gemischtwarenladens.«

Eleanor sah sich um und nahm erst jetzt den Zigarettenautomaten an der Wand sowie die erstaunlich große Anzahl wahlloser Artikel zur Kenntnis, die sich an den Regalwänden stapelten. »Guten Morgen, Miss Green. Vielleicht wären Sie ja so gut, mir die Artikel auf dieser Liste bereitzustellen.« Sie reichte ihr das zerknitterte Stück Papier.

Miss Green inspizierte die Liste und blickte dann zu Eleanor auf. »Übrigens hat Doctor Browning erst neulich hier vorbeigeschaut.« Sie hielt inne. »Aber vielleicht haben Sie Doctor Browning noch gar nicht kennengelernt?«

Eleanor schüttelte den Kopf.

»Ah, er hat die königliche Gesellschaft gepflegt, unser lieber Herr Doctor Browning. Nun ja, nahezu königlich.«

Eleanor versuchte, etwas zu dem Gespräch beizutragen. »Ich bin nicht von hier. Gut, mittlerweile wohl schon.« Sie bemerkte, dass ihre Sätze ähnlich zusammenhanglos klangen wie jene von Miss Green. »Ich komme aus Little Buckford. Ich bin Lady Swift von Henley Hall.«

Miss Greens Miene entgleiste. »Lady Swift? Dann müssen Sie Mr Stoker kennen.«

Eleanor hatte diesen Unsinn langsam satt. »Mr Stoker?«

»Jeder kennt Mr Stoker. Er ist doch ein solch weit gereister Mann. Er hat eine stolze Sammlung zusammen, die er bereits im Dachs ausgestellt hat.«

Eleanor kniff die Augen zusammen. »*In einem Dachs* ausgestellt?«

Die Unterpostmeisterin starrte Eleanor an, als ob sie sich merkwürdig verhielte. »Nicht in *einem* Dachs, sondern in *dem* Dachs. Dem Durstigen Dachs, um genau zu sein. Dem örtlichen Wirtshaus.«

Eleanor lächelte müde. »Ach, natürlich, *dieser* Dachs.« Sie kniff erneut die Augen zusammen. »Eine Sammlung welcher Art denn?« Sie bereute ihre Frage augenblicklich, doch es war bereits zu spät.

»Nun, Moose, Pilze und Algen zum Beispiel. Es gibt wirklich so gut wie nichts, was der alte Mr Stoker über solche Sachen nicht weiß.«

Eleanor sah die Postmeisterin mit einem schwachen Lächeln an. »Miss Green, vielleicht geben Sie mir einfach meine Briefmarken und ...« Eleanor hielt inne. Von hier aus war es gar nicht weit zum Steinbruch, und offensichtlich kannte diese Frau jede Menschenseele vor Ort. »Miss Green, könnten Sie mir wohl in einer höchst wichtigen Angelegenheit weiterhelfen?«

Miss Green schwoll vor Stolz. »Natürlich, Lady Swiff.«

Eleanor sah über den Versprecher hinweg. »Ich bin unweit von hier Zeugin eines höchst unglücklichen Unfalls geworden. Ein Unglücksrabe ist nahe des stillgelegten Steinbruchs von seinem Motorrad gestürzt.« *Es ist ja nur eine kleine Notlüge für einen guten Zweck, Ellie!* »Er hatte es so schrecklich eilig, dass er bereits davongeflitzt war, bevor ich nachsehen konnte, ob er Hilfe benötigte. Ich fühle mich wirklich schlecht wegen dieser Sache.«

Miss Green unterbrach sie. »Sämtliche Fahrzeuge in der Umgebung müssen jedes Jahr registriert werden, und die Behörden haben mein Postamt als Außenstelle für die Annahme von Zulassungspapieren auserkoren.«

Eleanor konnte ihr Glück kaum fassen.

Miss Green sprach weiter: »Hier in der Gegend gibt es nur vier Leute, die aus freien Stücken eine dieser zweirädrigen Todesfallen fahren.« Sie nahm ein großes Notizbuch voller Eselsohren zur Hand, durchblätterte die Seiten und las dann vier Namen vor. »Ein Mr Jonas Trundle, ein Mr Jack Cornell, ein Mr Bartholomew Blount und ein Mr Lancelot Germaine Benedict Fenwick-Langham.« Sie sah Eleanor vielsagend an. »Das ist der Sohn eines Lords, wissen Sie.«

Das wusste sie recht gut. Nachdem sie sich die Namen sorgfältig eingeprägt hatte, dankte sie Miss Green für ihr Fachwissen. »Eine letzte Frage noch«, rief Eleanor vom Türeingang. »Wurden hier in letzter Zeit vielleicht irgendwelche ungewöhnlichen Telegramme verschickt? Irgendetwas über einen Mord oder das Wegschaffen einer Leiche zum Beispiel?«

Nun, einen Versuch war es wert.

Der weitere Verlauf des Wegs führte steil bergauf. Der Rolls-Royce kämpfte sich mit laut dröhnendem Motor voran. Eleanor fiel ein behelfsmäßiges Hinweisschild aus einem alten Stück Blech mit der Aufschrift STEILE ABFAHRT ins Auge, das an einem Torpfosten befestigt war.

»Ziemlich offensichtlich oder nicht?«, rief Eleanor und zeigte auf das Schild.

»Fahrradfahrer«, sagte Clifford. »Die ortsansässigen Radfahrervereine errichten ihre eigenen Gefahrentafeln. Sie versuchen, das Parlament dazu zu bewegen, landesweit Schilder aufzustellen.«

»Das würde doch fürchterlich ungepflegt aussehen.« Vor ihrem geistigen Auge erschienen Straßen voller unterschiedlichster Warnschilder, die vor großen Steigungen, Schafen auf Abwegen und betrunkenen Dörflern warnten.

Der Rolls-Royce rollte über den Bergrücken und der Motorenlärm klang ab.

»Was für eine prächtige Aussicht.« Sie war entzückt, doch Clifford schien sich mehr für seine Pedale als für die Aussicht zu interessieren. Bereits wenige Fuß hinter der Anhöhe rauschten die Straßenrandmarkierungen in einem alarmierenden Tempo an ihr vorbei. Eleanor hielt sich mit einer Hand an der Türverkleidung und mit der anderen an Gladstone fest. Als der Wagen um die erste Kurve schlingerte, hatte er kaum noch Bodenhaftung.

»Clifford, fahren Sie langsamer!«, mahnte sie.

»Das ... geht nicht ... Mylady.« Clifford kämpfte mit dem Lenkrad und stemmte beide Füße fest gegen das Bodenblech. »Ich fürchte, die ... Bremsen ... sind defekt.«

Das Heck des Autos brach aus, während sich die Vorderreifen um Traktion mühten. Ein Sturz den Abhang hinab ins Tal schien unausweichlich. Clifford riss verzweifelt am Lenkrad. Die Hinterräder gewannen ihre Bodenhaftung zurück und das Wagenheck drehte sich im letzten Moment vom Abhang fort.

Bevor Eleanor Gelegenheit fand aufzuatmen, erkannte sie, dass sie kurz davor standen, mit einer einer riesigen Eiche zu kollidieren. *Das wird wehtun, Ellie!* Sie umklammerte Gladstone.

»Mylady«, erklang Cliffords Stimme laut, aber gefasst. »Festhalten!«

VIERUNDZWANZIG

Ein merkwürdiges Gefühl auf ihrer Haut ließ sie aufschrecken. Eleanor versuchte vergeblich, es wegzuwischen. Es war irgendwie weich und feucht ...

»Gladstone!«, wisperte Mrs Butters. »Hör auf, die Ladyschaft abzuschlecken.« Eleanor rührte sich und öffnete die Augen.

Die Haushälterin sah sie bekümmert an. »Mylady, Sie sind wach! Das mit Gladstone tut mir so leid. Ich habe versucht, ihn auszusperren, aber er muss die Tür irgendwie aufbekommen haben.«

»Ganz gleich. Wie lange war ich ... bewusstlos?«

»Seit dem Unfall, Mylady. Man hat Sie gegen Mittag hierhergebracht.«

Eleanor stöhnte. »Wirklich? Nun, dann muss ich jetzt ja ohnehin aufstehen.«

»O nein, der Doktor hat Ihnen eiserne Bettruhe verordnet. Sie haben einen ziemlich tüchtigen Schlag gegen Ihren Kopf bekommen. Und die Platzwunde ist auch nicht ohne.«

Eleanor betastete ihren Kopf mit den Händen. »Anscheinend bin ich ziemlich einbandagiert. Sicherlich höchst unelegant.« Eleanors Hand huschte zu ihrem Mund. »Clifford! Wie geht es ihm?«

Mrs Butters lächelte. »Mr Clifford ist wohlauf, Mylady. Sie wissen ja, wie er ist. Selbst wenn er sein rechtes Bein verloren hätte, würde er nicht jammern. Aber er ist gut zu Fuß, geht seinen Pflichten nach und bringt das Auto in Ordnung.«

Eleanor tätschelte die überschwängliche Bulldogge. »Und erstaunlicherweise scheint Gladstone ohne eine einzige Schramme davongekommen zu sein. Der Bursche hat wirklich eine erstaunliche Konstitution!«

»Wahrhaftig, das hat er wohl.« Die Haushälterin strich das Federbett glatt und schüttelte das Kissen auf.

»Gibt es irgendetwas Wichtiges, das ich wissen sollte?«

»Nichts Dringliches, Mylady. Der Reverend hat erneut seine Aufwartung gemacht, aber Mr Clifford hat ihn gebeten, in einigen Tagen zurückzukehren, wenn es Ihnen wieder besser geht. Sie erholen sich jetzt erstmal, Mylady. Ich werde später noch einmal nach Ihnen sehen.«

Eleanor zuckte zusammen. »Sie haben wohl recht, Mrs Butters. Hoffentlich vermag ein kurzes Nickerchen diese lästigen Kopfschmerzen zu vertreiben.« Sie kuschelte sich in ihr Bett ein.

Im Herausgehen zog die Haushälterin sanft die Tür hinter sich zu.

Vier Stunden und zahlreiche höchst absonderliche Träume später erwachte Eleanor, gebadet in undamenhaften Schweiß.

»Was zum ...! Ach, Gladstone. So geht das nicht, Junge. Komm schon.« Sie kletterte aus dem Bett, wusch sich und zog sich in Anbetracht ihrer pochenden Kopf- und Schulterschmerzen behutsam an. Nachdem sie gemächlich die Treppenstufen zur Eingangshalle hinabgestiegen war, stieß sie auf ihr Dienstmädchen.

Polly quietschte erschrocken, knickste und huschte zurück in die Küche. Mrs Butters und Mrs Trotman traten Eleanor entgegen, noch bevor sie den Morgensalon erreicht hatte.

»Mylady!«, riefen sie im Chor.

»Es geht mir gut, die Damen«, mühte sich Eleanor mit einem schmerzverzerrten Lächeln. »Danke für Ihre Anteilnahme. Ist Clifford zugegen?«

»Verzeihen Sie, Mylady. Er ist außer Haus. Er sollte innerhalb der nächsten Stunde zurück sein.« Mrs Butters nahm missbilligend Eleanors bleiche Gesichtsfarbe und ihre müden Augen zur Kenntnis.

»Gut. Dann bekommt er nichts davon mit, wenn ich Sie um vier Uhr nachmittags, und damit zu einer ganz und gar unziemlichen Uhrzeit, um ein kleines Mittagsmahl bitte.«

»Vielleicht wollen Sie Ihren Lunch ja in der Küche einnehmen, Mylady? Der Herd ist angezündet und es ist angenehm warm und gemütlich dort.«

»Unbedingt!« Eleanor wünschte sich aus ganzem Herzen, dass es diese freundliche Haushälterin doch nur schon während ihrer einsamen Besuche zu Kindheitstagen gegeben hätte.

Warum nur ist es gegen die Vorschriften, die eigenen Bediensteten zu umarmen?

»Da sind Sie ja! Nein, machen Sie bitte weiter.« Eleanor winkte Clifford zurück auf die Bank, von der er sich bei ihrem Eintreten im Begriff war, zu erheben. Nachdem sie ihren verspäteten Lunch beendet hatte, hatte sich Eleanor auf die Suche nach ihrem Invalidengenossen begeben. »Demnach ist das also die Stiefelkammer?«

»Wahrhaftig, Mylady.«

Clifford, der einen Schuh über seine Hand gestülpt hatte und in der anderen eine Bürste hielt, nahm wieder Platz. Er senkte den Kopf und beäugte sie über die Ränder seiner Brille hinweg. Dann räusperte er sich. »Kann ich Ihnen irgendetwas anbieten, Mylady? Vielleicht etwas Tee im Gesellschaftszimmer?«

»Danke, den habe ich schon zur Genüge getrunken. Und ich bin die Herumliegerei satt. Also wirklich, wie schaffen das die Frauen in diesen Liebesromanen nur immer? Die ganze Faulenzerei. Das ist doch entsetzlich!«

»Das vermag ich nicht zu beantworten, denn ich bin kein Verehrer dieses Genres.«

»Nein, das kann ich mir denken.« Eleanor musste an die zighundert Liebesromane denken, die sie intensiv und mit heimlicher Begeisterung verschlungen hatte.

»Mylady, verzeihen Sie die Anmaßung, aber sind Sie womöglich früher aufgestanden, als es der Doktor für weise beschieden hat?« Er legte Schuh und Bürste zur Seite und löste seine Schürze.

»I wo! Ich habe lediglich Kopfschmerzen.« Als sie zur Untermalung die Hand heben wollte, zuckte sie einmal mehr schmerzverzerrt zusammen. »Nun gut, und meine Schulter schmerzt etwas. Doch genug zu mir. Was ist mit Ihnen, Clifford? Sind wir gegen einen Baum gefahren? Nachdem wir uns gedreht haben, kann ich mich an nicht mehr viel erinnern.«

Clifford blickte einen Moment lang zu seinen Füßen. »Mylady, höchst bedauerlicherweise konnte ich das Aufeinandertreffen des Wagens mit einer stattlichen und erbarmungslosen Eiche nicht unterbinden. Glücklicherweise hat der Rolls-Royce den Aufprall an einem Stück überstanden. Tatsächlich ist es mir sogar gelungen, direkt zu Doctor Browning weiterzufahren, der sich um Sie gekümmert hat.«

Doctor Browning habe ich jetzt also kennengelernt.

»Anschließend bin ich mit Ihnen zu The Hall zurückgekehrt, Mylady, und habe den Rolls-Royce bei Johnson's, dem

Karosseriebauunternehmen, abgeliefert. Er sollte Ihnen bereits in wenigen Tagen wieder zu Diensten stehen.«

»Um Himmels willen, Clifford! Der Wagen ist mir gleichgültig, ich will nur wissen, ob es Ihnen gut geht?«

»Danke schön, Mylady. Ich habe noch alle Körperteile.«

»Ja, und selbst wenn Sie ein Bein verloren hätten, würden Sie nicht jammern, wie Mrs Butters schon richtigerweise bemerkt hat. Nun, Sie haben meine Erlaubnis, sich so viel Ruhe zu gönnen, wie Sie brauchen, um sich zu erholen.«

Er nickte. »Zu viel der Güte.«

Sie nahm auf der ihm gegenüberstehenden Bank Platz. »Aber verraten Sie mir doch, was um alles in der Welt geschehen ist?«

Clifford nahm seine Brille ab und legte sie auf den Tisch. »Es scheint, als hätte irgendjemand an den Bremsen herumgepfuscht.«

Sie ließ diese Information sacken. Nun, da ihre Kopfschmerzen etwas abgeklungen waren und sie wieder klarer denken konnte, kam ihr der Gedanke zum ersten Mal in den Sinn. »Meinen Sie, man hat versucht, uns umbringen?«

»Das ist durchaus denkbar.«

Sie war aufgebracht. Es war nicht das erste Mal, das ihr jemand nach dem Leben trachtete, aber damals war das im Ausland gewesen. Das hier war England. Und das ländliche England noch dazu!

»Womöglich war es auch nur als Warnung gedacht«, spekulierte Clifford.

Eleanor schnaubte. »Nun, dann müssen die sich aber deutlich mehr ins Zeug legen!«

Clifford wies mit dem Kinn auf Eleanors bandagierten Kopf und ihre Schulter. »Mir ist aufgefallen, dass Sie nicht so leicht umzubringen sind, Mylady, aber viel hat nicht gefehlt, nicht wahr?«

»Clifford, ich hätte Sie nicht für einen Hasenfuß gehalten.«

Clifford blickte fast verärgert drein. »Meine Sorge galt Ihrer Sicherheit, Mylady, nicht der meinen. Ihr Onkel ...« Er hielt inne.

»Sprechen Sie weiter.«

Er zögerte. »Ich glaube, Mylady, das besprechen wir besser ein andermal.«

Eleanors Kopf schmerzte wohl doch noch zu heftig, um Einspruch zu erheben.

»In Ordnung, Clifford.«

Er hob die Bürste auf. »Da wäre nämlich noch eine dringlichere Angelegenheit. Miss Abigail, die auf der Polizeistation von Chipstone arbeitet ...«

Eleanors Kopfschmerzen waren im Nu wieder wie weggeblasen. »Ja, ja, ich erinnere mich, mein Gedächtnis ist nicht beeinträchtigt. Also ...?«

»Anscheinend konnte sie zwei Polizisten belauschen, die sich über die Neuigkeit eines Leichenfundes unterhielten.«

Eleanor warf die Hände in die Luft. »Noch eine Leiche!«

»Fürwahr. Die Leiche wurde heute gegen Viertel nach zwölf vom Postboten vorgefunden, der die Polizei verständigte. Diese hat direkt neben der Leiche einen Abschiedsbrief gefunden, im dem ...« Clifford legte eine Pause ein. »In dem der Verstorbene eingesteht, Mr Atkins umgebracht zu haben.«

Eleanor rang nach Luft. »Also wurde Mr Atkins ermordet, genau wie wir dachten?«

»Allem Anschein nach ja, allerdings war Miss Abigail nicht in der Lage herauszufinden, ob der Abschiedsbrief ein Motiv für den Mord enthält.«

»Aber wenigstens wissen wir jetzt, wer der Mörder ist. Konnte sie einen Namen in Erfahrung bringen?«

Clifford schüttelte den Kopf. »Die Identität des Verstorbenen konnte Miss Abigail bislang noch nicht herausfinden, allerdings wird sie das noch früh genug wissen, andernfalls werden die Boulevardblätter es bald veröffentlichen.«

Eleanor lehnte sich zurück gegen die harte Lehne der Holzbank und versuchte, ihre Gedanken zu ordnen. »So schön es auch ist, unsere Theorie bestätigt zu wissen, gibt es da doch einige Ungereimtheiten. Insbesondere zwei Dinge.« Sie erhob einen Finger. »Es kommt schon irgendwie gelegen, dass diese Person unanständig genug war, einen Mord zu begehen, aber gleichzeitig anständig genug war, diesen zu gestehen. Ein eindeutig geklärter Fall also für die Polizei, meinen Sie nicht auch?«

Clifford nickte. »Äußerst scharfsinnig, Mylady. Und der zweite Punkt?«

Sie hob einen zweiten Finger. »Wenn dieser Bursche wirklich hinter der ganzen Sache steckte, wieso sollte er dann versucht haben, uns umzubringen oder Angst zu machen, kurz bevor er sich sein eigenes Leben nimmt?«

Clifford nickte. »D'accord. Außerdem ist da noch ein dritter Punkt, der Ihrem ersten ähnelt, der mir ebenfalls Kopfzerbrechen bereitet. Wenn der Verstorbene Mr Atkins tatsächlich ermordet hat, warum sollte er sich dann die Mühe machen, es wie einen Unfall aussehen zu lassen, nur um eine Woche später den Mord einzugestehen?«

Eleanor schlug mit der Faust auf die Bank, was sie umgehend bereute, als ihr Kopf anfing zu schwirren und ein stechender Schmerz durch ihre Schulter schoss. Sie wartete einen Moment, bis der Schmerz nachließ. »Clifford, allem Anschein nach haben wir diesen Fall völlig falsch gelesen.«

Clifford hob unmerklich eine Augenbraue. »Inwiefern, Mylady?«

»Wissen Sie noch, als Sie mir von Lord Wildmoor erzählten? Und wie wir darüber sprachen, wie die Macht des Adels in diesen ländlichen Regionen in andere Hände übergegangen ist? Nun, bislang haben wir Mr Atkins' Tod als Privatangelegenheit betrachtet. Als Fehde, die außer Kontrolle geraten ist – mit Cartwright oder vielleicht auch mit Wilby. Mit Lancelot jedenfalls nicht.« Sie errötete leicht und fügte schnell an: »Da wir ihn ja als Verdächtigen ausgeschlossen haben.«

Clifford nickte nachdenklich. »Gewiss, Mylady, ich verstehe, wohin Ihr Gedankengang führt. Diese Sache scheint viel mehr als eine persönliche Angelegenheit zu sein, wenn unsere gegenwärtigen Vermutungen richtig sind – und mehr als das sind sie im Moment nicht, Vermutungen. Wenn wir aber richtig liegen, dann wurde auch der kürzlich Verstorbene ermordet und der Mord erneut als etwas anderes verschleiert, in diesem Fall als Selbstmord. Hat aber der Mörder den Abschiedsbrief gefälscht, um die Polizei davon zu überzeugen, die Sache als eindeutigen Fall zu behandeln, oder –«

Eleanor unterbrach ihn: »Oder hat unser Sergeant Wilby alles günstig arrangiert?«

Clifford nickte. »Genau. Wer auch immer das Ganze eingefädelt hat, verfügt über ein bestimmtes Maß an Macht. Gerüchte über Korruption bei der Polizeitruppe oder im Gemeinderat machen schon lange die Runde, nur konnte bislang nichts nachgewiesen werden. Manch einer meint, es sei nur das Übliche, und zwar dass die Polizei und die Stadträte Schmiergelder annähmen, um ein Auge zuzudrücken.«

Eleanor schlug erneut auf die Bank und zuckte diesmal nicht mehr ganz so heftig zusammen. »Wir müssen in Mr Atkins' Haus einbrechen und ein paar *stichhaltige* Beweise sicherstellen. Beweise, die diese Schwachköpfe von der Polizei absichtlich übersehen haben oder verbergen.«

Clifford lächelte. »Einmal mehr, Mylady, vermag ich Ihren Onkel in Ihnen zu erkennen. Allerdings ist es bei allem Respekt vermutlich ein sichererer Plan, Miss Abigail einen weiteren Tag für die Enthüllung weiterer Details zuzugestehen?«

Eleanor seufzte. »Ich nehme es an.«

Da ging die Tür zum Korridor auf und Mrs Butters wuselte herein. Als sie Eleanor erblickte, blieb sie stehen. »Oh, Mylady, entschuldigen Sie. Ich wusste nicht, dass Sie sich hier aufhalten.«

Eleanor lächelte. »Keine Ursache, Mrs Butters.«

Die Haushälterin wandte sich errötet Clifford zu. »Mr Clifford, Doctor Browning wartet in der Eingangshalle.«

Clifford erhob sich, faltete seine Schürze auf dem Tisch zusammen und hielt Eleanor die Tür auf. »Mylady ...«

FÜNFUNDZWANZIG

Am darauffolgenden Morgen leistete Gladstone Eleanor am Frühstückstisch Gesellschaft. Um die Wahrheit zu sagen, lag der tatsächliche Grund für seine Geselligkeit darin begründet, dass er menschliches Essen seiner Hundeverköstigung vorzog. Eleanor hatte versucht, ihn mit einfachem Toast von seiner Wurstsucht zu entwöhnen, die mittlerweile bedenkliche Ausmaße angenommen hatte. Clifford, der wie üblich einen stillen Auftritt machte, schenkte ihr Tee nach. »Darf ich fragen, ob Sie sich heute morgen bereits etwas besser fühlen, Mylady?«

»Das dürfen Sie, und die Antwort lautet ja. Doctor Browning hat mich aufs Gründlichste untersucht. Er wollte wissen, wie sich mein Kopf anfühlt, erkundigte sich nach meinen Schulterschmerzen und bat mich schließlich, die Anzahl der Finger zu nennen, die er mir präsentierte.«

Clifford beendete seine Inspektion des Wursttabletts. »Und, haben Sie richtig geraten, Mylady?«

Bevor Eleanor antworten konnte, setzte Clifford ihr einen üppig gefüllten Teller vor. »Lecker! Sie sehen, mit meinem Appetit ist alles in bester Ordnung«, sagte sie, während sie ihren Eiern Salz und Pfeffer beifügte. »Gibt es Neuigkeiten von Miss Abigail?«

»Bislang nicht, allerdings macht bereits der nächste Informationsschnipsel die Runde.«

»Wie meinen Sie das?«

Clifford brachte von einem Beistelltisch an der Tür eine Zeitung herbei und reichte sie ihr. »Seite zwei, Mylady.«

Eleanor las die Schlagzeile.

Vermeintlicher Unfalltod: Whitehall-Minister wurde ermordet.

Sie überflog die ersten Absätze. »Der Mörder, Jack Cornell ... ist Ihnen dieser Name geläufig?«

»Tatsächlich ist er mir bekannt, Mylady. Er ist vorbestraft. Er war hier einst ... zu Gast. Ihr Onkel hat ihm zurück auf die rechte Bahn geholfen. Ich kann mir nicht vorstellen, dass er in alte Muster zurückverfallen sein soll, doch selbst wenn dem so wäre, so war er schlicht kein Mörder. Und wieso sollte er einen ehrbaren Bürger wie Mr Atkins umbringen wollen?«

Polly klopfte und steckte ihren Kopf durch die Tür. »Ihre Ladyschaft verzeihen die Störung. Mrs Butters meinte, dass Mr Clifford am Telefon verlangt wird.« Mit einem Lupfer ihrer Schürze verschwand sie wie eine hektische Elfe.

Clifford ließ Eleanor zurück, die mehr Ei und Toast vertilgte, und schreckte sie wenige Minuten später mit einer so geräuschlosen Wiederkehr auf, dass sie eines der Eier zerbrach.

»War es wegen des Wagens?« Eleanor war gerade dabei, sich von den Tabletts Nachschlag auf ihren Teller zu häufen. Es war höchste Zeit, Clifford ein Glöckchen umzuhängen.

»Nein, Mylady, das war Mr Sandford. Miss Abigail hat ihrem Onkel von weiteren Entwicklungen berichtet.«

Eleanor senkte widerwillig die Gabel.

»Anscheinend enthielt der Abschiedsbrief weitere Einzelheiten. Und er enthüllt mehr als die Zeitung. Jack Cornell hat darin tatsächlich ein Motiv für den Mord genannt.«

Eleanor bedeutete Clifford mit einem Nicken, fortzufahren.

»Wie es scheint, wurde er von Mr Atkins ... erpresst.«

Eleanor nahm ihre Gabel wieder auf. »Und das glauben Sie?«

»Auf gar keinen Fall. Ich glaube kaum, dass Mr Atkins zu derlei heimtückischen Taktiken imstande gewesen ist.«

»Das habe ich mir gedacht.« Sie ließ von dem Pilz ab, den sie gerade aufspießen wollte. »Es tut mir leid, Clifford, ich kann mir vorstellen, wie schwer das für Sie sein muss. Mr Atkins war ein Freund meines Onkels, und auch ich habe schöne Erinnerungen an ihn aus meiner Kindheit. Offensichtlich aber hatten auch Sie ihn sehr gern.«

»Danke schön, Mylady. Er war, wie ich bereits gesagt habe, ein ehrbarer Gentleman und über viele Jahre hinweg ein Vertrauter Ihres Onkels.«

»Offenkundig war er ein sehr feiner Bursche, sodass wir seine Ehre retten müssen, obzwar posthum. Und jene von Jack Cornell natürlich auch. Ich bin sicher, mein Onkel hätte Himmel und Hölle in Bewegung gesetzt, um diesen beiden Männern Gerechtigkeit widerfahren zu lassen, und das werden auch wir tun. Abgemacht?«

Clifford nickte. »Abgemacht, Mylady.«

Eleanor studierte das Foto in der Zeitung. »Wissen Sie, ich konnte den Mann auf dem Motorrad schlicht nicht gut genug sehen. Er könnte es gewesen sein, aber dann wiederum ...« Sie zuckte mit den Achseln, dann holte sie tief Luft. »Warten Sie einen Augenblick. Cornell war einer der Namen auf der Liste mit den Motorradfahrern, die mir die Unterpostmeisterin in West Radington vorgelesen hat. Meine Güte, Clifford! Ich habe damals ganz vergessen, Ihnen davon zu erzählen. Danach hatten wir unseren Unfall, und erst jetzt ist es mir wieder in den Sinn gekommen.«

»Können Sie sich noch an die Namen erinnern, Mylady?«

»Ich glaube schon, sofern sie mir bei dem Unfall nicht aus dem Kopf entfleucht sind. Einer davon war Lancelot, das weiß ich noch, aber das war uns ja ohnehin bereits bekannt, schließlich bin ich ja sogar schon bei ihm auf dem Motorrad mitgefahren. Ein anderer war eben dieser Jack Cornell. Und wer war da noch? Ach ja! Mr Jonas T-Tr-Trundle und Mr ... Mr? Der Name fing mit einem B an, glaube ich. Blount! Mr Soundso Blount, das war's. Kennen Sie einen der beiden?«

»Mr Trundle ist jedermann bekannt, Mylady. Er war fast dreißig Jahre lang Kapitän des Cricketteams von Chipstone und ist erst im erstaunlichen Alter von fünfundsiebzig Jahren in den Ruhestand getreten. Der ist sicherlich schon seit vielen Jahren nicht mehr auf sein Motorrad gestiegen.«

»Nun, dann ist er definitiv nicht der Motorradfahrer aus dem Steinbruch. Und Mr Blount, sind Sie mit ihm vielleicht vertraut?«

Clifford nickte langsam. »Ja, aber ich fürchte, das ist eine weitere Sackgasse, Mylady. Mr Bartholomew Blount ist ein jüngerer Gentleman, aber er wäre niemals in der Lage, in einer derart wilden Manier Motorrad zu fahren, ohne dabei zu verunfallen.«

»Warum denn bloß nicht? Leidet er gar unter bizarrem Übergewicht oder dergleichen?«

Clifford nahm Eleanors Frage mit einem leichten Stirnrunzeln zur Kenntnis. »Nein, Mylady, er weist sozusagen einen Mangel in den unteren Extremitäten auf, da er bei einem Unfall vor einigen Jahren ein Bein verloren hat.«

»Armer Bursche! Wie um Himmels willen vermag er dann noch sein Motorrad zu fahren?«

»Um einiges vorsichtiger als in der Nacht, in der er in die

alte Eiche an der Pfarrei fuhr und folglich seiner besagten Extremität abspenstig wurde.«

»Na gut, ihn können wir also auch ausschließen. Aber in Cartwrights Scheune habe ich definitiv ein Motorrad gesehen, seinen Namen hat Miss Green jedoch nicht erwähnt.«

»Womöglich ist es ein altes Motorrad, das derzeit nicht angemeldet ist. Es gibt natürlich auch noch eine Möglichkeit, die wir bislang völlig außer Acht gelassen haben: Es könnte sich bei dem Motorrad auch um eine gestohlene Maschine handeln.«

»In der Tat. Oder ... die Person, die ich bei Cartwright gesehen habe, war Jack Cornell, und die Maschine gehörte ihm.«

Er nickte langsam. »Möglicherweise. Doch da ist noch ein weiterer möglicherweise kniffliger Punkt. Alibis zu erlangen und zu überprüfen, könnte diesmal schwer werden.«

»Warum das?«

»Miss Abigail hat mir die Information übermittelt, dass die Polizei in Anbetracht des Zustands der Leiche davon ausgeht, dass Mr Cornell irgendwann zwischen elf Uhr dreißig abends, als ein Nachbar ihn bei der Heimkehr in seine Wohnung in der Old Kiln Lane gesehen hat, und acht Uhr am darauffolgenden Morgen gestorben sein muss, etwa vier Stunden, bevor seine Leiche um zwölf Uhr fünfzehn vom Postboten gefunden wurde. Da die Totenstarre bereits eingetreten war, muss er mindestens vier Stunden vor der Untersuchung durch die Polizei tot gewesen sein. Es gibt im Moment kaum Möglichkeiten, seinen Todeszeitpunkt weiter einzugrenzen. Im Falle von Mr Atkins haben Sie bezeugt, wie er erschossen wurde, sodass wir diesen Zeitpunkt genau feststellen konnten.«

Eleanor seufzte. »Es wird also wirklich nicht einfach werden, Alibis zu überprüfen. Ich vermute, sie werden alle behaupten, im Bett gewesen zu sein. Ein vermeintlich aussichtsloses Unterfangen.« Sie dachte über die neue Wendung in diesem Fall nach. »Wenn Mr Atkins Jack Cornell nicht erpresst hat und Jack Cornell ihn nicht umgebracht hat, dann haben wir es hier mit einem Monster zu tun!«

»In jedem Fall mit einem äußerst berechnenden Individuum.«

»Das die Moralvorstellungen eines Haifischs hat!«

»Auch wenn man sagen muss, dass Haifische als Spezies stark verleumdet worden sind. Sie sind eigentlich –«

»Nicht jetzt, Clifford. Monster oder nicht, wie es scheint, hat dieser Mann – oder diese Frau – zweifach gemordet und wird es vielleicht erneut tun. Was könnte das Motiv sein?« Eleanor trommelte mit ihren Fingern auf den Tisch. »Ich halte es für wahrscheinlicher, dass dieser letzte Akt dazu diente, der Polizei einen ganz eindeutigen Fall anzubieten. Oder aber die Polizei war eingeweiht.«

»In der Tat, Person A tötet Person B, die wiederum Person A erpresst hat, und bringt sich anschließend selbst um. Fall gelöst, ganz wie Sie sagen, Mylady.« Clifford nahm die leere Teekanne. »Wie ich bereits gesagt habe, bedarf es eines genialen Kopfes, um einen solchen Plan zu ersinnen und durchzuführen.«

»Und wie ich bereits gesagt habe, eines skrupellosen und kaltblütigen Wesens.«

»Jedoch ...« – Clifford wandte sich von der Teekanne, die er soeben aufgefüllt hatte, zu ihr um – »... hat der Mörder dabei nicht mit dem Eingreifen einer durch und durch modernen Frau gerechnet.«

Eleanor lachte. »Wissen Sie, Clifford, wenn Sie mir weiterhin solche Komplimente machen, dann glaube ich bald noch, dass sich unter Ihrem schroffen Äußeren ein Softie verbirgt.«

Clifford verbeugte sich lediglich. »Was immer Sie sagen, Mylady.«

SECHSUNDZWANZIG

Die Nachricht am nächsten Tag, dass der Rolls-Royce noch nicht aus der Automobilwerkstatt zurückgekehrt sei, linderte Eleanors Kopfschmerzen nicht gerade.

»Man hat mich informiert, dass er bis zum Lunch zurück sein solle«, versuchte Clifford Trost zu spenden. Eleanor biss die Zähne aufeinander. »Diese Warterei ist vertrackt. Und wenn ich noch einen weiteren Bissen esse, dann platze ich. Wir vertrödeln unsere Zeit, während da draußen ein Mörder frei herumläuft!«

»Sir Isaac Newton würde widersprechen, Mylady.«

Eleanor legte eine finstere Miene auf.

»Er sagte einst: ›Wenn ich jemals wertvolle Entdeckungen gemacht habe, dann war dies mehr auf geduldige Aufmerksamkeit denn auf jedes andere Talent zurückzuführen.‹«

»Warum möchte ich am liebsten schreien, wenn ich dieses ganze Gerede über Geduld höre?«

»Vielleicht ist dies ein geeigneter Moment, um einzuordnen, wo wir bei unserem Fall stehen, und was unsere nächsten Schritte sein könnten?«

Eleanor schnaufte. »In Ordnung, vermutlich haben Sie recht. Sie beginnen, Clifford.«

Clifford räusperte sich. »Nun, Mylady, Sie haben einen bislang unbekannten Mann dabei gesehen, wie er Mr Atkins am Samstag, in der Nacht des Gewitters, gegen zehn Uhr fünfzehn im stillgelegten Steinbruch erschossen hat. Am darauffolgenden Tag wurde Mr Atkins' Leiche von seiner Haushälterin eine halbe Meile entfernt in seinem Haus aufgefunden. Der Mord an Mr Atkins wurde so arrangiert, dass er wie ein Unfall aussah. Da die Polizei dem zustimmte, schien es, als ob der Mörder mit seinem Verbrechen davongekommen wäre.«

Eleanor nickte. »Und dann, am darauffolgenden Samstagmorgen, wurde Jack Cornell verwirrenderweise tot in seiner Wohnung in der Old Kiln Lane entdeckt. Neben seiner Leiche fand sich ein Abschiedsbrief, in dem er den Mord an Atkins gesteht und als Grund dafür angibt, dass Atkins ihn erpresst habe.«

Jetzt war Clifford an der Reihe zu nicken. »Genau, Mylady. Unsere übrig gebliebenen Verdächtigen für den Mord an Mr Atkins, da wir nicht glauben, dass Mr Cornell ihn tatsächlich umgebracht hat, sind Mr Cartwright und Sergeant Wilby. Der junge Lord Fenwick-Langham, dessen Alibi bestätigt worden ist, scheidet als Verdächtiger aus.«

»Dann müssen wir ja jetzt nur noch herausfinden, wer von ihnen kein nachweisbares Alibi für die Zeit von Jack Cornells Tod hat, ein paar unwiderlegbare Beweise dafür finden, dass diese Person beide Morde begangen hat und ihn verhaften lassen. Ein Kinderspiel!« Sie erhob sich. »Es sei denn natürlich, der Mörder von Atkins und Cornell ist keiner unserer beiden Verdächtigen.« Während sie das Gesellschaftszimmer verließ, sagte sie über ihre Schulter: »Bitte rufen Sie mich umgehend, sobald der Rolls-Royce wieder zur Verfügung steht. Ich bin im Garten.«

Zwei Stunden später vermeldete Clifford endlich, dass das Auto zurück sei und er sie an der Vortreppe erwarte.

Im selben Moment eilte Mrs Butters aus dem Haus und informierte Clifford, dass sie einige Dinge aus dem Dorf benötige. Da sie keine Gelegenheit ungenutzt lassen wollte, sprang Eleanor von der Steinbank auf, schnappte sich die Liste aus den überraschten Fingern der Haushälterin und machte sich auf den Weg zum Rolls-Royce.

Eleanor verharrte vor der Eingangstür von Brenchley Stores und bestaunte die Vielzahl von Artikeln, die fein säuberlich auf Regalen, Ablagen und Stangen ausgestellt waren. Beim Eintreten wurde sie von einer berauschenden Duftmischung aus Wachspolitur und Teerseife empfangen. Während sie die Ablagen voller unterschiedlichster Zutaten und Konserven inspizierte, rechnete sie damit, dass jeden Moment Aladin hervorspränge, um sie zu fragen, was um alles in der Welt sie in seiner Höhle zu suchen hätte.

Vor einem Regal mit Konserven standen zwei Damen mit Filzhüten dicht gedrängt beieinander und zwitscherten wie die Spatzen.

»Er war schon wieder da, weißt du. Ich habe gehört, wie er Fragen gestellt hat.«

»Wer, Liebes?«

»Dieser Herr Detektiv.«

»Dieser breitschultrige junge Mann in dem blauen Wollmantel? Der ist eine Schau, die selbst den regnerischsten Dezembertag verzaubert.«

Die Damen kicherten wie Schulmädchen, erstarrten aber, als sie Eleanor erblickten.

»Guten Tag, die Damen.« Sie nickte höflich.

»Guten Tag, Lady Swift«, skandierten die beiden im Einklang.

Eleanor taxierte den Mann in dem hellbraunen Arbeitskittel hinter dem Tresen. Sie nahm die grauen Strähnen des Haars an seinen Schläfen und die Falten auf seiner Stirn wahr und kam zu dem Schluss, dass dies ein Mann war, der seine Arbeit ernst nahm. Als er sie erblickte, reichte sein Lächeln dennoch bis zu seinen warmen braunen Augen hinauf.

»Lady Swift, willkommen in Little Buckford. Und mein aufrichtiges Beileid zum Verlust Ihres Onkels. Ich bin Arthur Brenchley, Inhaber von Brenchley Stores.«

»Danke, Mr Brenchley. Freut mich, Sie kennenzulernen. Was für einen famosen Laden Sie hier doch haben! Sie sind hier sicher der Dreh- und Angelpunkt des Dorfes.«

»Besten Dank, Mylady. Wie kann ich Ihnen behilflich sein?«

»Mrs Butters hat mich mit einer Liste von Besorgungen losgeschickt.« *Nun, das war mal wieder eine kleine Notlüge.*

Die zwei Damen umklammerten offensichtlich schockiert ihre Hüte.

»Losgeschickt, sagen Sie? Von Mrs Butters?« Brenchley rieb sich die Stirn. »Ich fürchte, ich werde älter, seit meiner Jugend hat die Welt sich doch um einiges verändert.«

Hinter ihm erschien ein junger Mann in Schürze.

»Ihr Sohn, Mr Brenchley?«, erlaubte sich Eleanor.

»Richtig geraten. Ja, das ist John, mein ältester und einziger Sohn. Erbe des Brenchley-Kaufhausvermögens.«

Alle Beteiligten lachten über diesen Scherz.

»Es ist mir ein Vergnügen, Sie kennenzulernen, Lady Swift«, sagte John und trat verlegen von einem Fuß auf den anderen.

»Ebenso, John. Verraten Sie mir doch, was Sie so treiben, wenn Sie nicht gerade damit beschäftigt sind, am Aufbau dieser üppigen Erbschaft zu arbeiten?«

John brachte keinen Ton heraus und blickte zu seinem Vater.

»John verwendet jede freie Minute auf sein Fahrrad«, erläuterte Brenchley senior.

Eleanor horchte auf. »Ein Radfahrkamerad, tatsächlich! Ich habe gerade erst ein Rad für mich selbst erstanden. Vielleicht darf ich in Zukunft ja auf Ihr Fachwissen zurückgreifen?«

Johns Miene erhellte sich. »Mensch, ich würde mich sehr freuen, wenn ich Ihnen, wie auch auch immer, helfen könnte, Mylady.«

»Ausgezeichnet! Als leidenschaftlicher Radfahrer kennen Sie vor Ort doch bestimmt die besten Routen. Ich bin auf eine herrliche Route gestoßen, die an Henley Hall vorbei zu etwas, das wie ein Steinbruch aussieht, führt, ich meine, unweit von Mr Cartwrights Farm?«

Brenchley schnalzte mit der Zunge. »Diese Straße ist John nur allzu gut vertraut. Hab ich recht, mein Sohn?«

»Dad!« John senkte den Kopf.

Brenchley beugte sich zu Eleanor vor. »Er kennt da ein Mädchen, oberhalb von Cartwright.«

»Dad!«, wiederholte John und errötete, als Eleanor sich einschaltete.

»John, wären Sie vielleicht so nett, Radführer für mich zu spielen? Das würde mich davor bewahren, mich auf unbekannten Nebenwegen zu verirren.«

»Ich … ich bin meistens mit dem Chipstone Club unterwegs, Mylady«, versuchte John sich herauszuwinden.

Eleanor lächelte. »Dann werde ich da beitreten.«

John weitete die Augen. »Ich … ich glaube nicht, dass Frauen da erlaubt sind, ich meine … Ladys.«

»Ach wo, ich bin mir sicher, Chipstone ist eine fortschrittlichere Stadt, als Sie glauben«, log sie.

»Mrs Butters' Liste, Mylady?«, erinnerte sie Brenchley

senior, während er sich über das offensichtliche Unbehagen seines Filius amüsierte.

Sie reichte sie ihm hinüber. »Sagen Sie, Mr Brenchley, ist Mr Cartwright in letzter Zeit hier gewesen?«, fragte sie ihn, während er die Artikel zusammentrug.

Brenchley sah sie schräg an. »Cartwright? Er war vor ein paar Tagen da, um neue Patronen zu kaufen. Wie die meisten Farmer hier in der Gegend hat er infolge der Jagd auf Tauben, Hasen und dergleichen einen beträchtlichen Durchsatz davon.«

»Und einen neuen Overall hat er gekauft, erinnerst du dich, Dad?«, ergänzte John. »Farmer wie ihn haben wir selten hier, die tragen ihre Klamotten meistens, bis sie auseinanderfallen.«

Eleanors Fantasie war beflügelt. *Ob er seine alte Arbeitskleidung vielleicht verbrannt hatte? Vielleicht war sie blutdurchtränkt gewesen!* Sie bemühte sich, ihrer Stimme nichts anmerken zu lassen. »Hat er in letzter Zeit noch andere ... ungewöhnliche Einkäufe getätigt?«

Brenchley blickte belustigt drein. »Nun, das kommt ganz darauf an, was Sie als ›ungewöhnlich‹ bezeichnen würden?«

Eleanor zuckte mit den Achseln. »Ach wissen Sie, eine Schaufel zum Beispiel? Oder einen Sack Zement vielleicht?«

»Clifford, wo genau sind wir hier?«

Eleanor war sich recht sicher, den Weg nach Chipstone mittlerweile zu kennen, und das hier war er definitiv nicht. »Ich hatte Sie doch ausdrücklich gebeten, Chipstone anzusteuern.«

»Verzeihen Sie, dass ich die Initiative ergriffen habe, Mylady, aber heute Nachmittag hat sich eine Gelegenheit geboten.«

Sie schnalzte gereizt mit der Zunge. »Wir wurden bereits durch die Besorgungen für Mrs Butters aufgehalten und ich wollte diesem Dilettanten Sergeant Wilby einen weiteren Stich verpassen.«

Clifford hob eine Augenbraue. »Mylady, ich fürchte, wir sind hier nicht bei einem Lanzenstechen.«

»Zu schade! Ich würde ihn nur zu gern am Ende einer angespitzten Lanze zappeln sehen!« Das Bild ihres ehemaligen Ehemanns, der auf derselben Lanze zappelte, das für einen kurzen Moment vor ihrem geistigen Auge aufflammte, verbannte sie sofort wieder. »Auf zur Polizeistation von Chipstone also! Und in Hinblick auf Brenchleys Informationen bezüglich Cartwrights letzter Einkäufe verspüre ich große Lust, auch ihm noch einmal einen Besuch abzustatten. Worin also besteht diese einmalige Gelegenheit, die wir als Erstes ansteuern?«

»Wir werden in Kürze da sein. Es ist nur ein kleiner Umweg.«

Eleanors dünner Geduldsfaden riss. »Um Himmels willen! Ich weiß Ihre Fürsorglichkeit wirklich zu schätzen, Clifford. Indes verspüre ich nicht die geringste Absicht, Doctor Brownings aufwendigen Verordnungen von Ruhe und Erholung nachzukommen. Folglich können mir jedwede Anregungen für Erholungsmaßnahmen, wie etwa den neugeborenen Lämmern beim Herumtollen auf der Weide zuzusehen oder mir sterbenslangweilige Coleridge-Gedichte am plätschernden Bach zu Gemüte zu führen, getrost gestohlen bleiben!«

»Vielleicht sollten Sie Alfred Lord Tennyson lesen, Mylady?«

»Was?«

»Da es weder in Little Buckford noch übrigens in Chipstone einen plätschernden Bach gibt, dachte ich, Sie bezögen sich auf das Gedicht ›The Brook‹ des bedeutenden Mr Tennyson, das von einem Bach handelt.«

Eleanor schlug wütend gegen das Armaturenbrett des

Rolls-Royce. »Clifford, sind Sie immun gegen Sarkasmus oder inspiriert er nur Ihre Scharfsinnigkeit?«

»Das vermag ich wirklich nicht zu sagen, Mylady.« Clifford blickte starr geradeaus. »Aber um Ihre Frage zu beantworten: Unser Abstecher wird tatsächlich höchst erholsam für Sie sein, wenn auch nicht auf eine Art und Weise, die Doctor Browning gutheißen würde.«

In diesem Moment passierten sie den Eingang zu Cartwrights Farm. Der Wagen polterte die Straße hinunter, über die Anhöhe und um eine ausladende Rechtskurve, bevor Clifford ihn in eine geschotterte Auffahrt lenkte. Mit einem gekonnten Schwung des Lenkrads manövrierte er das Auto unter einem Buchsbaumheckenbogen hindurch und brachte den Wagen hinter einem großen Nebengebäude aus Naturstein zum Stehen, vor dem ein Personenwagen der Marke Austin geparkt war. Er kam Eleanor seltsam vertraut vor.

»Wo zum Teufel ...?«, setzte Eleanor an, ehe sie verstummte und mit den Augen Cliffords behandschuhtem Finger folgte, der auf eine ferne Reihe aus ihr mittlerweile vertrauten verzierten Schornsteinstürmen wies. »Das auf dem Berg da ist ... Henley Hall. Dann ist dies ...«

»Das Haus von Mr Atkins, Mylady.«

»Erstklassige Initiative, Clifford!«

Eleanor stieg aus dem Wagen und betrachtete das bezaubernde dreistöckige Haus im georgianischen Stil. Wie kompakt und wohnlich es doch aussah im Vergleich zu Henley Hall mit all seinen weitläufigen Räumlichkeiten und endlosen Korridoren! Ihre Füße knirschten auf dem Schotter, während sie sich auf die Rückseite des Hauses schlichen, das einen kleinen Obstgarten überblickte.

Einen Augenblick später trat sie zögerlich durch die Eingangstür, die Clifford ihr aufhielt. Sie blickte in eine freundlich eingerichtete Küche, die mit einem langen Regal voller Pfannen für jeden kulinarischen Zweck bestens ausgestattet war. Einige Topfpflanzen füllten die Fensterbank. Auf dem nächstgelegenen Küchentresen wartete unter einem Tuch verdeckt ein bereits verzehrfertiger Abendessensteller mit Aufschnitt. Sie zog sich ihren Mantel enger um die Schultern. »Es fühlt sich kühl an hier. Und ziemlich verlassen. Wir sollten nicht länger hier herumlungern, nun da Sie hier eingebrochen sind ... Augenblick, das sind Sie gar nicht?«

Clifford zückte einen großen Stahlschlüssel aus einer seiner Taschen. »Verständlicherweise war Mrs Campbell nach dem Fund von Mr Atkins' Leiche nicht länger willens, hierzubleiben. Sie hat mich kontaktiert, um sich zu erkundigen, ob Silas möglicherweise abkömmlich sei, um ein Auge auf das Grundstück zu werfen. Die Tatsache, dass das Haus leer steht, wird bereits die Runde gemacht haben.«

»Ja, das ist das Mindeste, das wir tun können. Wo ist Silas?«

»Irgendwo in der Nähe.«

»Dann kommen Sie.« Eleanor erschauderte. »Es fühlt sich eigenartig an, im Hause eines Toten umherzuschleichen.«

Clifford nickte. »Das sehe ich auch so, Mylady, aber ›die Gerechtigkeit ist eine gewisse Aufrichtigkeit des Geistes, durch die ein Mann tut, was er angesichts der Umstände tun sollte, mit denen er konfrontiert ist‹.«

»Wieder Charlie Chaplin?«

»Thomas von Aquin, Mylady. Aber man könnte sagen, dass sie die Eigenschaft einte, das Leben nüchtern zu betrachten. Wollen wir dann?«

SIEBENUNDZWANZIG

Im Korridor dämpfte ein durchgehender Wilton-Teppichläufer das Geräusch ihrer Schritte. Auf halbem Weg bogen sie in ein Zimmer ein, das von ledernen Chesterfield-Sofas und riesigen eichenen Bücherregalen gefüllt war. Eleanor holte tief Atem, als sie eine der silbern umrahmten Fotografien erblickte, die als Buchstützen fungierten. Das Bild zeigte sie selbst mit Atkins beim Bowlsspiel auf dem Rasen von Henley Hall. Ihr Onkel saß klatschend und lächelnd in einem Gartenstuhl daneben. Clifford hüstelte sanft. »Ich erinnere mich noch gut an diesen Tag, Mylady. Es war ein amüsanter Nachmittag, der uns alle lehrte, dass Sie besser im Gewinnen denn im Verlieren sind.«

Sie lächelte schwach und nahm den Bilderrahmen vom Regal. »Wenn man das Foto eines Verstorbenen anblickt, hat man immer den Eindruck, er hätte sich erst in just diesem Augenblick aus dem Leben verabschiedet. Welch unerbetener Gefühlsausbruch. Armer Onkel, armer Mr Atkins.« Sie kämpfte gegen den Klumpen in ihrem Hals an. Die unheimliche Stille brachte sie zum Erschauern, sodass sie das tadellose gestärkte Taschentuch, das Clifford ihr reichte, bereitwillig entgegennahm.

Sie nahm sich zusammen, durchquerte den Raum und spähte in den leeren Waffenkoffer an der Wand. Der Boden des Schranks war von rechteckigen Ölflecken gesprenkelt, doch es war kein Fläschchen mit Waffenöl zu sehen, nur ein schafslederner Wischlappen und eine Kammerbürste. Das Ölfläschchen musste die Polizei mitgenommen haben, vermutete sie, genau wie die Flinte.

Als Nächstes fiel Eleanors Blick auf einen riesigen geschnitzten Holztisch. Sie schob den kapitonierten grünen Lederstuhl leicht mit dem Knie zurück. »Ich habe selten einen derart leeren Schreibtisch eines Gentleman gesehen. Weder Akten noch Notizbücher oder Ablagekästen. Nirgendwo Papiere. Meinen Sie, die Polizei hat das alles als Beweismittel beschlagnahmt?«

»Angesichts ihrer voreiligen Annahme, dass Mr Atkins durch seine eigene ›achtlose Hand‹ ums Leben gekommen sei, fürchte ich nicht. Tatsächlich hat niemand auch nur daran gedacht, das Abendessen zu entfernen, das Mrs Campbell früher am fraglichen Tag vorbereitet hatte. Sämtliche Papiere von seinem Schreibtisch hinwiederum hat irgendjemand beseitigt.«

Eleanor kratzte sich nachdenklich am Kinn. »Also ... war die Person, die Atkins umgebracht hat, vielleicht wahrhaftig der Auffassung, von Atkins erpresst worden zu sein?«

»Möglicherweise.« Nachdenklich tippte er die Enden seiner Finger aneinander. »Vielleicht diente der Dokumentendiebstahl aber auch dazu, sicherzustellen, dass die Polizei genau die Schlussfolgerung ziehen würde, dass Mr Atkins den Mörder erpresste.« Er faltete seine Hände. »Ich habe noch eine andere Theorie, die auf Ihrem ursprünglichen Gedanken fußt.«

»Sprechen Sie weiter.«

»Und zwar dass der Mörder tatsächlich glaubte, dass sich belastendes Material hier zwischen den Papieren von Mr Atkins befand, sodass er bestrebt war, alle möglichen Beweise zu beseitigen.«

»Und in seiner Eile hat er einfach alles mitgenommen, um schnell wieder verschwinden zu können. Sergeant Wilby hat vermutlich nicht einmal bemerkt, dass der Schreibtisch leer geräumt worden ist. Es sei denn, er selbst ist unser Mann und war derjenige, der ihn leer geräumt hat.« Sie hob eine Augenbraue. »Sind die Schubfächer denn ebenfalls leer?«

Clifford zog die oberste Schublade auf. »Leer, abgesehen von einem Federhalter ohne Verschluss und einem Taschentuch.«

In den anderen Schubladen sah es ähnlich aus. Es fanden sich nur einige nebensächliche Gegenstände, die in einem hölzernen Meer der Leere trieben: eine ihrer Papierladung beraubte Büroklammer, eine Lupe und eine Rolle des roten Schleifenbands der Regierung zum Versiegeln beglaubigter Dokumente.

Als sie sich auf der Suche nach Erleuchtung im Zimmer umsah, fiel ihr ein dunkler Fleck auf der Rückenlehne des ledernen Schreibtischstuhls ins Auge. »Wissen Sie, Clifford, unser Mörder muss doch ganz schön ausgelaugt gewesen sein, nachdem er die Leiche vom Steinbruch hergeschafft hat. Und Tote sind ja bekanntermaßen unkooperativ. Es muss bereits ein unheimlicher Kraftakt gewesen sein, die Leiche überhaupt vom Auto ins Haus zu schaffen.«

Clifford nickte bedächtig. »Ich frage mich …« Er sank neben dem Stuhl auf die Knie.

Da sie nicht wusste, was sie sonst hätte tun sollen, tat sie es ihm gleich. »Wie merkwürdig, er hat fünf Beine, aber … wozu sind die wohl da? Ah, na klar, für die Rollen, du schlaues Ding! Der Mörder hat den Stuhl zur Tür gerollt und den armen Mr Atkins darauf bis hierhin geschoben, nicht wahr?«

»Ich gehe stark davon aus, Mylady. Und ich vermute, dass

er, um weniger Aufsehen zu erregen, den Hintereingang genutzt hat, genau wie wir.«

Sie hockten sich zu je einer Seite des Schreibtischs und suchten den Fußboden ab.

»Clifford, Atkins' Lupe!«, rief Eleanor und schlug beide Hände über dem Mund zusammen, als sie hörte, wie ihr Echo draußen im Korridor widerhallte.

»Gute Idee, Mylady«, antwortete Clifford mit der Hälfte ihrer Lautstärke. Wenige Minuten später stieß er drüben an der Tür einen untypischen Pfiff aus. »Bingo!«

»Was haben Sie gefunden?« Sie ging erneut neben ihm in die Hocke und nahm die Lupe zur Hand. »Ich würde auch sagen: Bingo! Ganz recht. Rollspuren! Da ist eine eindeutige Delle zu erkennen. Dann wollen wir mal sehen, wohin die uns führen.«

Es dauerte nicht lange, um die Spur zu finden, die die Stuhlrollen hinterlassen hatten. Bis auf die Passagen mit hölzernen Fußbodenabschnitten ließ der Boden überall klare Spuren erkennen, sobald sie einmal wussten, wonach sie suchen mussten.

»Aber sehen Sie mal da, Clifford«, sagte Eleanor und kniete sich vorsichtig neben die Stelle, auf die sie mit dem Finger wies. »An manchen Stellen hat sich in den Spuren ein weißes Puder verfangen, allerdings nicht in allen. Und eine ganze Menge schlammiger Stiefelspuren sind uns über unsere Beweisspur getrampelt.«

»Ich fürchte, das war die Polizei, Mylady. Da drüben an der Haustür wird es noch mehr davon geben. Obschon wir uns zwar sicher sind, dass sie voreilige Schlüsse in Bezug auf die Umstände von Mr Atkins' Ableben gezogen haben, bin ich mir gleichermaßen sicher, dass sie dennoch in beträchtlicher Zahl angerückt sein müssen.«

»Ja, auf jeden Fall! Je mehr begriffsstutzige Knallchargen

man vor Ort hat, desto zuverlässiger kann man sämtliche Hinweise darauf, was geschehen ist, beseitigen.«

»Und desto mehr gesonderte Berichte kann man garantieren, die die ursprüngliche Schlussfolgerung auf Tod durch Unfall stützen können.«

»Clifford! Sie haben recht. Wenn es Wilby war, dann ist er wahrscheinlich durch das ganze Haus marschiert, um auf alle eindeutigen Spuren zu verweisen, die er selbst hinterlassen hat, um das Ganze wie einen Unfall aussehen zu lassen.«

Er stand auf. »Wer auch immer Mr Atkins auf dem Stuhl durch das Haus bewegt hat, war auch am Steinbruch. Darauf würde ich sogar tatsächlich meinen Ruf wetten.«

»Worauf sind Sie gestoßen?«

Er präsentierte ihr seinen behandschuhten Zeigefinger. »Kreide und Sand. Mehr davon an der Hintertür, die Menge abnehmend in Richtung der Radspuren, die zu dem Zimmer führen, in dem Mr Atkins' Leiche gefunden wurde.«

Eleanor schüttelte den Kopf. »Erschossen zu werden ist ja schon kein sonderlich eleganter Weg, um abzutreten, aber dann auch noch brutal in das eigene Haus verschleppt zu werden ... das ist ja nun wirklich nicht die feine englische Art.« Sie rümpfte die Nase. »Wir müssen also herausfinden, ob Wilby ein Alibi für die Zeit hat, in der ich Atkins' Erschießung am Steinbruch beigewohnt habe.«

Clifford nickte. »Wenn er über ein wasserdichtes Alibi verfügt, dann kann es nicht er gewesen sein, der den Abzug betätigt hat.«

»Wenn, das ist das entscheidende Wort. Aber wie um Himmels willen sollen wir das nur herausfinden? Das ist nicht die Art von Information, die er wahrscheinlich an mich oder an Sie weitergeben wird.«

»Stimmt, Mylady. Ich kann meine Nachforschungen anstellen, und dann ist da ja immer noch Abigail, aber ...« Er zuckte mit der Schulter.

»Nun.« Eleanor hielt die Tür auf. »Wer auch immer der Mörder ist, war entweder zu Tode erschrocken über das, was er getan hat, oder aber der kaltblütigste Mörder, den man sich nur vorstellen kann.«

»Wieso?«

Sie ging hinüber zu dem Abendessenstablett auf der Küchentheke. »Alles ist unangetastet, da Atkins, wie wir wissen, vom Steinbruch nicht lebendig zum Abendessen nach Hause zurückgekehrt ist. Abgesehen ...« Sie deutete auf die Brandykaraffe aus Kristallglas. Sie war geöffnet und der Stopfen der Karaffe lag direkt neben einem unbenutzten Brandyglas. »Abgesehen davon! Es sieht ganz so aus, als ob sich hier jemand einen kräftigen Schluck von Atkins' feinstem Brandy Napoléon genehmigt hat.«

»Und da kein Gentleman die Karaffe eines erlesenen Brandys offenstehen lassen würde und seit seinem Ableben abgesehen von der Polizei niemand mehr im Haus gewesen ist ...«

»... und selbst die Polizei von Chipstone einen Tatort nicht durch das Saufen aus dem Dekanter des Toten kontaminieren würde ...«

»... muss das der Mörder gewesen sein.« Clifford schüttelte langsam den Kopf. »Es hat den Anschein, dass unser Mörder seine Nerven beruhigen musste. Dennoch ist er ein wahres Ungeheuer, Mylady.«

Sie nickte übereinstimmend. »Ich weiß. Wie kann man sich bloß an den Spirituosen eines Toten bedienen, für dessen Ableben man selbst verantwortlich ist, und dabei auch noch neben diesem stehen? Ein unvorstellbarer Unmensch.«

Clifford gab ein sanftes Hüsteln von sich. »Nein, Mylady, ich bezog mich damit darauf, dass der Mörder direkt aus dem Dekanter getrunken hat.« Er schauderte. »Was für ein Mensch würde über so etwas auch nur nachdenken?«

Als Clifford die Hintertür abschloss, nahm Eleanor hinter den Apfelbäumen eine Bewegung wahr.

Sie formte ihre Hände vor dem Mund zu einem Trichter und rief: »Hausfriedensbruch, Mr Cartwright?«

Der Farmer trat aus dem Obstgarten hervor und kam mit einer Schrotflinte in der Armbeuge auf sie zugeschlendert. »Nicht, dass ich wüsste, Lady Swift.«

Sie verschränkte die Arme. »Ach ja? Nun, von meiner Warte aus betrachtet, sieht es ganz so aus, als ob Sie exakt das tun würden, was Sie Mr Clifford und mir vor wenigen Tagen am Steinbruch vorgeworfen haben. Wie war das noch? Ach ja! Dass wir ›an einem Ort Hausfriedensbruch begehen wollen‹, an dem wir ›nichts verloren haben‹.«

Cartwright zückte einen Zahnstocher aus seiner Tasche und steckte ihn sich so in den Mundwinkel, dass das Ende hervorstand. »Dann is' wohl irgendwas komisch mit der Stelle, an der Sie stehen, Lady Swift.«

»Ach, seien Sie doch nicht lächerlich! Sie haben nicht das Recht, sich hier auf Mr Atkins' Land aufzuhalten.«

»Lächerlich, bin ich das? Die Leute nennen mich ja viele Dinge, meistens Thomas, weil das ja zufällig mein Name ist, aber nicht lächerlich. Dann wiederum haben die meisten Leute ja auch Manieren.«

»Haben sie das, Mr Cartwright? In diesem Falle haben Sie ja sicherlich nichts dagegen, mir zu erläutern, was Sie hier tun. Als gute Nachbarn passen Mr Clifford und ich auf Mr Atkins' Haus auf, während sein Nachlass geordnet wird.« *Nun, das stimmte immerhin zum Teil.*

Cartwright zuckte mit der Schulter. »Vielleicht tu ich das ja auch.«

Eleanors Blick verfinsterte sich. »Nein, das tun Sie eben nicht. Vielleicht gehe ich besser ins Haus, rufe Sergeant Wilby an und bitte ihn, hierherzukommen und Sie zu befragen, wo Sie waren, als Mr Cornell gestorben ist?«

Cartwright zuckte bei Cornells Namen, gewann aber umgehend seine Fassung wieder. Er rollte den Zahnstocher in seinem Mund umher. »Machen Sie das nur, Lady Swift. Aber lassen Sie doch bitte die Tür einen Spaltbreit offen, sodass ich Sie hören kann. Von ›meiner Warte‹ aus wirkte der Sergeant nämlich nicht allzu beeindruckt von dem, was Sie zu sagen hatten, als Sie ihn raus zum Steinbruch gezerrt haben. Und ich glaube, sein Gebrüll über das, was er davon hält, dass Sie versuchen, mich wegen Hausfriedensbruchs oder vielleicht sogar wegen ... Mordes anzuzeigen, wäre bis hier zu mir nach draußen zu hören.«

Ein dezentes Hüsteln hinter ihr bewahrte sie vor einer Antwort. Sie schlug die Hände über dem Kopf zusammen. »Nun gut, Clifford, versuchen Sie's mal!«

Er trat einen Schritt vor und nickte dem Farmer zu. »Mr Cartwright.«

Dieser nickte zurück. »Mr Clifford.«

»Würden Sie uns vielleicht verraten, wo Sie zwischen elf Uhr am Freitagabend und acht Uhr am Samstagmorgen gewesen sind? Mir ist bewusst, dass wir keinerlei Befugnis haben, Sie das zu fragen, aber wir wären Ihnen sehr verbunden, wenn Sie uns diese Information zur Verfügung stellen würden.«

Der Farmer lächelte und blickte zu Eleanor. »Sehen Sie? Man muss nur höflich fragen. Wenn Sie es genau wissen wollen, hatte ich ein paar kranke lammende Auen, und der Tierarzt aus West Radington kam gegen Viertel vor elf bei mir rum. Er blieb für eine halbe Stunde, im Anschluss bin ich zurück zu meiner lieben Ehefrau ins Farmhaus.«

»Und sind Sie von diesem Zeitpunkt an im Haus geblieben, Mr Cartwright?«

»Musste gegen ein Uhr morgens noch mal nach den Auen

sehen. Und ehe Sie fragen, Jake Smiggins, mein Landarbeiter, kann all das genauso bestätigen wie Mr Beard, der Tierarzt aus West Radington.«

»Danke schön, Mr Cartwright, Sie haben mir sehr weitergeholfen. Eine letzte Frage noch: Sie sagten, gegen ein Uhr morgens hätten Sie noch einmal nach Ihren Auen gesehen?«

»Das stimmt. Ich war dort so für eine gute Stunde und bin dann für den Rest der Nacht wieder zurück ins Bett. Oder für das, was davon noch übrig war, ich musste ja gegen fünf Uhr wieder wach sein.« Er spähte von Clifford zu Eleanor und wieder zurück. »Schon reichlich seltsam, dass Sie mir all diese Fragen stellen, wo Jack sich doch das Leben genommen hat.«

Eleanor schritt umgehend ein. »Möglicherweise, Mr Cartwright, aber Fakt ist, dass Sie noch immer nicht erklärt haben, was Sie auf Mr Atkins' Land verloren haben.«

Der Farmer sah sie kühl an. »Mr Atkins' Haus und Grund grenzen direkt an mein Land. Ein Farmer muss sein Vermögen schützen, genau wie das all die Finanzleute im schnieken London so tun. Zwar kann ich meine Felder nicht vor Zigeunern und Landbesetzern versperren, aber ich kann sie zu Tode erschrecken, sodass sie wenigstens schnell wieder verschwinden«, sagte er und deutete zwinkernd auf die Schrotflinte in seiner Armbeuge. »Guten Tag, Lady Swift. Mr Clifford.« Er fasste sich an die Mütze und stapfte zurück in die Apfelplantage.

»So wahr mir Gott helfe, den werd ich ...« Eleanor hielt Ausschau nach etwas, das sie seiner sich entfernenden Gestalt hätte hinterherwerfen können. »Clifford, dieser Mann –«

»Findet ungemein viel Spaß daran, Sie zu reizen, Mylady. Es lohnt sich, an die Worte der weisen Mrs Elizabeth Kenny zu denken: ›Wer dich ärgert, hat dich in der Hand.‹«

»Er ärgert mich nicht, Clifford, er treibt mich zur Weißglut!«, rief sie über ihre Schulter, während sie davonstampfte.

ACHTUNDZWANZIG

Fünfzehn Minuten später stellte Clifford den Rolls-Royce auf einem Parkplatz vor dem Aufgang zur Polizeistation von Chipstone ab.

»Bingo! Das klingt nach einem perfekt ausgearbeiteten Plan«, frohlockte Eleanor.

»Wenn Sie das sagen, Mylady.«

»Sehen Sie, Clifford, vielleicht wäre dies ein geeigneter Moment, um Ihre Ausdrucksformen aufs Tapet zu bringen. Davon besitzen Sie genauso viele wie Gesichtsausdrücke, nämlich zwei: undurchschaubar und missbilligend. Es ist Ihnen gelungen, bei dieser Äußerung beide zu kombinieren.«

»Das tut mit leid, Mylady«, sagte Clifford mit ausdrucksloser Miene. »Ich werde an einer dritten feilen.«

»Danke schön. Also, jetzt haben wir es wenigstens geschafft, Cartwright ein Alibi für die Zeit von Cornells Tod abzuringen. Besser gesagt, Sie haben es geschafft.«

Clifford nickte. »Wahrhaftig, Mylady, obschon, selbst wenn Mr Beard, der Veterinär, und Jake, der junge Landarbeiter, sich für seine Aufrichtigkeit verbürgen können, hätte Mr Cartwright noch immer genug Zeit gehabt, um zu Mr Cornells Haus zu fahren, ihn umzubringen, den fingierten Abschiedsbrief zu deponieren und zwischen etwa zwei und vier Uhr am Samstagmorgen zurückzukehren.«

Eleanor zuckte mit der Achsel. »Schauen wir mal. In der Zwischenzeit haben wir noch einen weiteren Verdächtigen zu vernehmen und abzulenken, während Sie einen kleinen Trick anwenden. Und ich werde die Ruhe und Überzeugungskraft in Person sein, warten Sie nur ab.« Sie stieg aus dem Wagen und schlug die Tür zu. Sie war sich nicht sicher, aber hatte sie da soeben etwa ein gemurmeltes »Ach, du lieber Gott!« vom Fahrersitz her vernommen?

Der Polizeibeamte hinter dem glanzlosen Empfangsschalter empfing Eleanor mit einem bemerkenswerten Mangel an Enthusiasmus. Sie ging zum Auskunftsschalter und meldete sich an. »Ich bin Lady Swift, und ich wünsche, Sergeant Wilby in einer äußerst wichtigen Angelegenheit zu sprechen.«

»Nun, Lady Swift, wenn es äußerst wichtig ist, dann haben Sie sicher nichts dagegen, zu warten.«

»Warten?« Eleanor hatte grundsätzlich etwas dagegen zu warten. Ihre Ungeduld war ihr nicht etwa in die Wiege gelegt worden – vielmehr hatte sich jegliche Geduld, die sie als kleines Kind noch gehabt hatte, vollends verflüchtigt, als sie eine junge Erwachsene geworden war. »Ich wünsche, ihn augenblicklich zu sehen.«

»Dafür sind Sie hier aber am falschen Ort.« Als er Eleanors Gesichtsausdruck gewahr wurde, fügte er schnell an: »Was ich damit sagen wollte, Mylady, ist, dass Sergeant Wilby drüben im Rathaus ist.«

Eleanor gestikulierte in Richtung der drei Holzstühle, die an einer Wand standen. »Ist das hier Ihr Wartesaal?«

Der Polizist nickte und grüßte »Mr Clifford«, da selbiger sich in diesem Moment zu ihnen gesellte. »Setzen Sie sich, Clifford«, sagte Eleanor mit geschürzten Lippen.

Er setzte sich kerzengerade auf den Stuhl neben ihr.

»Wie kommt es, dass *jeder* Sie zu kennen scheint, Clifford? Wir könnten viertausend Meilen bis nach Timbuktu reisen, kaum hätten wir uns den Sand von den Stiefeln geklopft, würde ein turbantragender Gentleman auftauchen und Sie mit ›Mr Clifford‹ grüßen, während er mit seinem Esel an uns vorbeischlurft. Sind Sie es nicht manchmal leid, bekannt wie ein bunter Hund zu sein?«

»Mein Erkanntwerden ist lediglich ein Abglanz der Reputation Ihres seligen Onkels, Mylady. Und was Timbuktu anbelangt, so war mir der warme und herzliche Empfang dort stets ein Vergnügen, gerade angesichts der Schwierigkeiten vor Ort. Sie verzeihen mir die Korrektur, doch in den Breitengraden dort wird nicht etwa Turban, sondern Tagelmust getragen, eine wirklich gänzlich andere Kopfbekleidung.«

»Touché!«, murmelte Eleanor.

Die Wartezeit schien sich ellenlang hinzuziehen, wie eine von Cliffords weitschweifigen Erläuterungen. Als der Sergeant dann endlich zurückkehrte, wäre Eleanor fast über ihre eigenen Füße gestolpert, als sie aufsprang, um ihn zu begrüßen.

»Sie haben eine Besucherin, Sarge«, erklärte der Beamte am Empfang überflüssigerweise.

»Das sehe ich. Lady Swift. Mr Clifford.«

Clifford würdigte Wilby mit einem leichten Neigen des Kopfes.

Als er sich Eleanor zuwandte, verschränkte Wilby die Arme vor seinem korpulenten Rumpf. »Lady Swift, ich bin ein viel beschäftigter Mann. Ich hoffe, Ihr Besuch ist wichtig genug, um wertvolle Polizeizeit dafür zu opfern.«

»Zweifelsohne.«

»Im besten Fall kein weiterer Unsinn über Mayor Kingsley.«

»Auf keinen Fall, mein Besuch hat mit Bürgermeister Kingsley nicht das Geringste zu tun.«

Wilby lehnte sich grollend vor. »Umso besser, denn ich

habe nachgefragt, und er hat Sie nie hierhergeschickt, um Fragen zu stellen.«

»Ach du liebes bisschen, Sergeant, ich habe nie behauptet, dass er mich geschickt hat, um Sie zu befragen. Vermutlich haben Sie aus unserem Diskurs heraus etwas in diese Richtung geschlussfolgert.«

»Also wirklich!« Wilby stand bereits kurz vor dem Explodieren. »Lady Swift. Darf ich Sie darauf hinweisen, dass die Verschwendung von Polizeizeit eine strafbare Handlung darstellt?«

»Vertrauen Sie mir, Sergeant«, sagte sie, »was wir Ihnen zu sagen haben, werden Sie ganz bestimmt interessant finden.«

Wilby beäugte sie misstrauisch. »Dafür habe ich bislang noch keinerlei Anhaltspunkte.«

»Genau darum geht es! Wie Sie sehen, Clifford, lagen wir von Anfang an richtig, was den Sergeant angeht.«

Wilby schaute abwechselnd zwischen den beiden hin und her. »Was genau wollen Sie?«

Clifford zeigte sich der Situation gewachsen. »Wollen, Sergeant? Wir wollen gar nichts. Wir sind gekommen, um Ihnen zu helfen.«

»Um Ihnen zu einer Beförderung zu dem Dienstrang zu verhelfen, zu dem Sie geboren sind, Sergeant Wilby«, flüsterte Eleanor ihm ins Ohr.

Wilby neigte den Kopf, sein Interesse war zumindest leicht geweckt. »Erzählen Sie mir mehr.«

»Nun ...« Eleanor wich zurück und sah sich um. »Hier können wir Ihnen unmöglich mehr erzählen. Selbst auf einer Polizeistation haben die Wände oder ... Empfangsschalter Ohren.«

Alle drei sahen zu dem einsamen Constable am Empfangsschalter hinüber.

Der Constable spürte, dass alle Blicke auf ihn gerichtet waren und schnellte schlagartig hoch. »Sarge?«

Wilby gab ihm mit einer raschen Handbewegung zu verstehen, dass er schweigen solle. »Tee, Brice.« Er funkelte den Hilfspolizisten an. »In sauberen Tassen, wohlgemerkt.«

»Schon dabei, Sarge.« Brice entschwand durch die Tür hinter sich.

»Drei Stück Zucker, danke schön«, rief Eleanor ihm noch nach.

»Also, worum geht es hier?«

Eleanor sah sich erneut um. »Sergeant, vielleicht sollten wir uns besser an einen etwas ... ungestörteren Ort zurückziehen. Nicht auszudenken, wenn das, was wir Ihnen zu erzählen haben, in die Hände eines ...« – sie täuschte Entsetzen vor – »eines unbedeutenden Mannes geriete.«

»Womit natürlich nicht Sie gemeint sind, Sergeant Wilby«, stellte Clifford klar.

Eleanor schüttelte energisch den Kopf. »Lieber Himmel, nein! Ein weniger bedeutender Mann könnte diese Information ausnutzen, um Ihnen diese Beförderung vor der Nase wegzuschnappen.«

Wilby schnitt eine Grimasse. »Das wäre nicht zu verantworten. Es gibt tatsächlich ein paar kleingeistige Personen hier, die eifersüchtig auf meine Begabungen sind und den Ruhm gern für sich selbst beanspruchen würden. Folgen Sie mir.« Er schritt am Hauptgang und einigen Türen vorbei.

Eleanor folgte ihm, Clifford hingegen blieb unvermittelt stehen und rief ihnen nach: »Mylady, ich fürchte, Sie haben Ihre Handtasche im Wagen vergessen. Ich werde sie wohl besser holen gehen.«

»Dass ich Sie richtig verstehe: Wenn ich ein abscheuliches Verbrechen aufkläre, werde ich befördert?« Wilby machte im beengten Vernehmungszimmer keinen Hehl aus seinem karrieristischen Ehrgeiz.

Eleanor klatschte in die Hände. »Unbedingt, Sergeant Wilby, Ihre Beförderung ist quasi unter Dach und Fach! Und sie kommt gewiss nicht verfrüht. Landesweiter Ruhm, stellen Sie sich das nur vor!«

Clifford kam durch die Tür, nickte Eleanor zu und trat zur Seite, als Constable Brice mit einem Tablett hereinwackelte.

»Welches Verbrechen denn?« Wilby hatte Mühe, zu folgen.

Eleanor klatschte erneut in die Hände. »Also wirklich, den Mord an Jack Cornell natürlich.«

»Was?«, schoss es aus Wilby heraus. »Das war kein Mord! Er hat Suizid begangen. Und einen Brief hinterlassen, in dem das steht.«

»Gewiss, Sergeant. Waren Sie derjenige, der die Leiche zuerst untersucht hat?«

»Das war tatsächlich ich, deshalb weiß ich auch, dass es kein Mord gewesen ist.«

»Dann können Sie mir doch sicherlich verraten, wo Sie zwischen elf Uhr am Freitagabend und etwa acht Uhr am Samstagmorgen gewesen sind?«

Wilby schaffte es, sich zusammenzunehmen. »Zufällig hatte ich um zehn Uhr Dienstschluss, wie Ihnen der junge Lowe bestätigen kann, anschließend bin ich nach Hause in mein Bett gegangen – allein!«

»Also gibt es keine Zeugen?«

Wilby explodierte nun vollends. »Nein, und ich brauche auch keine Zeugen für ein Verbrechen, das gar nicht begangen worden ist!«

Eleanor rückte ihren Hut zurecht. »Na, wenn dies der Dank dafür sein soll, dass wir Ihre Karriere voranbringen wollen, dann ist es kaum verwunderlich, dass Sie noch immer bloß Sergeant sind. Ich werde Mayor Kingsley nahelegen, dass Ihre Truppe Frauen einstellen sollte, so wie es fortschrittlichere und erfolgreichere Polizeitruppen bereits zu tun pflegen. Ein weiblicher Sergeant ist exakt das, was diese Station nötig hat.« Sie erhob sich. »Clifford.« Sie wies mit einem Wink zur Tür.

»Mylady.« Im Gehen rückte Clifford Constable Brices Teetablett mit einer behandschuhten Hand zurecht, um den Schwall des über dessen Rand hinabrinnenden Tees einzudämmen. »Gentlemen.« Clifford lüftete seinen Hut mit einem Finger und holte Eleanor an der Eingangstür ein, die er für sie aufhielt.

Während der Rolls-Royce anfuhr, ergriff Clifford das Wort: »Wenn ich Ihnen eine schmeichelhafte Bemerkung anbieten dürfte, Mylady, das war eine höchst überzeugende Vorstellung.«

»Danke, Clifford. Es scheint, als ob Wilby kein Alibi für die Zeit von Cornells Tod vorweisen kann, folglich müssen wir herausfinden, wie wir weiter vorgehen wollen. Verraten Sie mir, war der Plan aus Ihrer Sicht so erfolgreich, wie wir gehofft hatten?«

»Erfolgreicher, Mylady.«

Eleanor rang nach Luft. »Dann ist also mindestens eine weitere unserer Theorien zutreffend?«

»Ich glaube, statt von einer ›Theorie‹ können wir mittlerweile von einem ›Faktum‹ sprechen.«

»Dann hat Sergeant Wilby also versucht, die Vorgänge im Steinbruch zu vertuschen! Bitte erzählen Sie es mir in allen Einzelheiten, ich brenne darauf, es zu erfahren. Wurde meine Schilderung des Mordes fälschlich erfasst?«

»Ganz gewiss nicht, Mylady.«

Eleanor war sprachlos. »Was? Sie haben doch das Register der erfassten Straftaten am Frontschalter überprüft, während ich mit diesem Kretin Wilby zusammensaß und der andere Polizist Tee gekocht hat? Clifford, Sie sehen mich verwirrt.«

Clifford räusperte sich. »Es war mir nicht möglich, die

Richtigkeit der Anzeige zu bewerten, mir der Ihre Aussage bezüglich der mörderischen Umtriebe am Steinbruch erfasst wurde, da …« Er legte ein Kunstpause ein. »… Da es gar keine Akte gibt!«

Eleanor rang um Fassung. »Keine Akte!« Sie stieß einen leisen Pfiff aus. »Das ist ja noch schlimmer, als ich dachte. Dann war dieser Ausflug zum Steinbruch mit Sergeant Wilby am nächsten Morgen komplett unnötig, reine Vortäuschung. Wahrscheinlich in der Hoffnung, dass ich mich damit zufrieden geben und es dabei bewenden lassen würde!«

»Meines Erachtens nach ist Ihre Theorie, dass Sergeant Wilby korrupt ist, mittlerweile unumstößlich. Im Register sind die Seiten für Samstag, den dritten April, also die Nacht, in der Ihre Mordanzeige hätte erfasst worden sein müssen, und für Sonntag, den vierten April, also den Tag, an dem Sie die Polizei zum Steinbruch führten, vorsätzlich beseitigt worden.« Er fasste in seinen linken Lederhandschuh und zog einen Fetzen zerrissenen Papiers hervor. »Ich habe lediglich das hier gefunden.«

»Clifford, hier handelt es sich definitiv um Vertuschung. Allerdings wurde diese nicht gewieft genug ausgeführt, als dass sie Ihren scharfen Augen entgehen könnte. Gut gemacht!«

»Danke, Mylady.«

»Nun auf zum Steinbruch, Clifford!«

NEUNUNDZWANZIG

Es war mitten am Tag, und sonnig war es noch dazu. Und mit lästigen Störungen durch diesen Kretin Wilby war ebenfalls nicht zu rechnen. Oder durch ...

»Oh, Clifford, wir haben gar nicht an Cartwright gedacht!«, stöhnte Eleanor. »Er wird uns wieder nachstellen und androhen, uns wegen Hausfriedensbruchs anzuzeigen. Wir müssen ihm irgendwie aus dem Weg gehen.«

»Mr Cartwright ist glücklicherweise ein Gewohnheitstier, Mylady. Wie Sie gesehen haben, ist in Chipstone heute Markt. Mr Cartwright bleibt immer bis zum Ende dort, und ab fünf oder sechs Uhr lässt er den Abend dann in der Eagle Bar ausklingen.«

»Fraglos mit Pint and Pie?«

»Tatsächlich, aber mit Market Pie wohlgemerkt. Dabei handelt es sich um eine Spezialität der Eagle Bar, die nur montags serviert wird. Ein selbst gebackenes Heißwasserkrustengebäck, wahlweise mit Schinken oder Steak und Niere.«

»Heißwasserkrustengebäck? Igitt!«

»Möchte man meinen, tatsächlich aber schmeckt es erschütternderweise vorzüglich.«

»Nun, dann schlage ich vor, dass Sie mich dorthin ausführen, sobald Cartwright seine Gummistiefel für immer an den Nagel gehängt hat, damit ich diese lokale Delikatesse einmal kosten kann. Bis es so weit ist, fürchte ich aber, dass uns sein mürrisches Gesicht noch das schmackhafteste Gericht vergällen würde.«

»Sehr wohl, Mylady.«

Wenige Minuten später geriet der Steinbruch in Sichtweite. Clifford fuhr einige Hundert Yards an dem Tor vorbei, bis er eine Lücke in der verwilderten Weißdornhecke gefunden hatte. Als er hindurchfuhr, zog sich der Rolls-Royce nur geringfügige Kratzer auf seiner glänzenden Lackierung hinzu.

Clifford hielt Eleanor die Tür auf, und Gladstone purzelte als Erster hinaus und begann damit, seine Umgebung zu beschnüffeln.

Im Auto war Eleanor ein Gedanke in den Sinn gekommen. Sie stand kurz davor, in ebenjenen Steinbruch einzubrechen, in dem sie einen Mord bezeugt hatte, und zwar mit einem Mann, den sie vage als Verdächtigen eingeordnet hatte. Dann wiederum war er noch immer die einzige Person, die ihre Geschichte vom Steinbruchmord zu glauben schien. Bloß ... wenn er der Mörder war, dann musste er das ja tun, oder?

Sie schüttelte den Kopf. Was blieb ihr denn für eine Wahl? Überdies hatte sie noch immer keine weiteren Hinweise auf seine Beteiligung oder ein denkbares Motiv für den Mord an Atkins ermitteln können. Und auch nicht für jenen an Cornell, wenngleich sie in dieser Sache eine mögliche Beteiligung seinerseits erst gar nicht in Erwägung gezogen hatte. Eleanor seufzte. Da sie bis dato ein abenteuerliches Leben geführt hatte, war sie die Ungewissheit gewohnt, jetzt aber wünschte sie, alles wäre ein wenig klarer. Sie nahm sich vor, auf der Hut zu bleiben, und stieg aus dem Wagen.

Clifford schritt voran, und seine Augen verengten sich, während er begann, den Boden abzusuchen. Zwischen den natürlich vorkommenden Feuersteinen und kiesgefüllten Schlaglöchern war die Erde nach dem wolkenbruchartigen Gewitter noch immer weich, was es Clifford ermöglichte, die vagen Abdrücke von Reifenspuren nachzuvollziehen.

»Meiner laienhaften Einschätzung nach würde ich darauf schließen, dass hier zwei Fahrzeuge unterwegs waren, eines etwas größer als das andere.«

»Hmm.« Eleanor war die dreißig Schritte zum Eingang gelaufen und spähte jetzt auf die Straße hinaus. »Und wissen Sie, das ist schon ein beträchtlicher Marsch von der anderen Seite des Tores bis hierher, knapp dreihundert Yards entlang der Straße, würde ich schätzen. Insbesondere mit einer Leiche im Gepäck.«

»Zudem erscheint es höchst unwahrscheinlich, dass der Mörder riskiert hätte, die Leiche offen abzutransportieren.«

»Aber vergessen Sie nicht, dass das Tor nicht abgeschlossen war!«, rief Eleanor. »Gladstone und ich konnten da einfach hindurchspazieren, stimmt's, alter Knabe?« Sie wandte sich zu Clifford. »Wie schade, dass uns Gladstones Gedächtnis nicht zugänglich ist. Vielleicht verbirgt sich da drin irgendwo ein versteckter Hinweis.«

Gladstone hörte auf zu graben und blickte sie mit einer perfekten Pyramide aus nassem Sand auf der Schnauze an.

»Ich kann mir kaum vorstellen, dass sich hinter dieser schmutzigen Stirn irgendetwas Hilfreiches verbirgt«, trug Clifford an.

Eleanor lachte, während sie der Bulldogge den Schmutz von der Nase wischte. »Das soll eine professionelle Untersuchung sein, du Gauner. Kommen Sie, lassen Sie uns in den Steinbruch gehen, solange es still ist. Die Spuren können wir später noch detaillierter untersuchen.«

»Ein vortrefflicher Vorschlag.« Aus dem Kofferraum holte Clifford etwas, das mit seinen lediglich zwei Sprossen aussah wie die kleinste Leiter der Welt.

»Wozu um Gottes willen soll die denn gut sein, Clifford?«

»Das Tor ist doch verschlossen, Mylady, und das hier wird uns beim Hinübersteigen helfen. Es ist eine Leiter«, erklärte er, als spräche er zu einem begriffsstutzigen Kind. »Dies scheint mir die beste Stelle zu sein.« Er wies zu seiner Rechten, wo der Zaun von widerspenstigen Heckengehölzen umschlungen war.

»Ich weiß, dass das eine Leiter ist, Clifford, aber die wird uns kaum dabei helfen, einen ... oh!« Eleanor staunte, als Clifford die Leiter an beiden Seiten auszog und so einige versteckte Sprossen zum Vorschein kamen, die ordentlich ineinander gesteckt hatten. Auf diese Weise fuhr er fort und klappte sie im Anschluss mit einer geschickten Drehung seiner Handgelenke in zwei Hälften, sodass eine gigantische Stehleiter entstand, die viel höher war, als sie für nötig befand. »Sie gehörte Ihrem Onkel, Mylady. Er war ein origineller Erfinder.«

Eleanor war gleichermaßen beeindruckt wie verwirrt. »Bravo! Aber warum hat mein Onkel so etwas entworfen und mit sich herumgeschleppt?«

»Um sich selbst das Überwinden von Zäunen zu erleichtern«, sagte Clifford zu ihr, erneut wie zu einem kleinen Kind. Nachdem es ihm gelungen war, die eine Hälfte der Leiter auf die andere Seite des Zauns zu hieven, platzierte er die andere Hälfte auf ihrer Seite, wobei der Scheitelpunkt den Zaun selbst gerade so überragte. Er gestikulierte in Richtung der Sprossen.

»Aber was ist mit Gladstone? Erzählen Sie mir nicht, dass mein Onkel ihm beigebracht hat, seinen schwerfälligen Körper Sprossen wie diese hinauf- und hinabzubewegen?«

»Ich bin mir sicher, dass Master Gladstone sich seinen Weg bahnen wird, er ist ein exzellenter Gräber.«

»Los geht's!« Eleanor beugte sich vor und hielt sich an den Seiten fest. Sie war schon deutlich höhere und wackligere Hindernisse hinaufgeklettert. Kaum war sie oben und auf der anderen Seite angekommen, rief sie Gladstone: »Komm schon, du cleverer Kerl, such dir ein Loch!«

Die Bulldogge schnüffelte am Zaun entlang und war kurz später in das Gestrüpp am unteren Ende der Hecke entschwunden. Clifford verharrte mit seinen Händen auf der Leiter, bis Gladstone auf Eleanors Seite des Zauns aufgetaucht war.

»Gut gemacht!« Eleanor bückte sich und tätschelte Gladstone, während Clifford sich mit der Leichtigkeit eines Mannes, der halb so alt war wie er, mühelos hinauf- und hinüberbewegte.

»Wollen wir?«, fragte Clifford und nickte über das Gestrüpp und die wahllos aufgeschütteten Schotterberge hinweg in Richtung der heruntergekommenen hölzernen Bauhütte jenseits des Lastwagenwendeplatzes. Eleanor fühlte einen allvertrauten Schauder der Erregung. Sie hatte ihre Abenteuerlust also noch nicht vollkommen verloren und begann, sich durch das Unkraut zu kämpfen, wobei sie einen Bogen um die schlammigeren Passagen machte.

Vor der Hütte angekommen, überblickte Clifford den Steinbruch. »Nun berichten Sie mir noch einmal, Mylady, was genau Sie gesehen und gehört haben.«

»Nun, ich kann Ihnen berichten, dass der Wind es mir schwer gemacht hat, sämtliche Details zu erfassen, allerdings konnte ich vereinzelte Schreie aus dem Inneren der Hütte vernehmen. Und ich habe einen Mann gesehen, es war Atkins, da bin ich mir sicher. Er hielt seine Hände in die Luft, als wollte er sich ergeben.«

»Und dann?«

»Dann vermutete ich erst, einen Gewitterblitz zu sehen, doch als der Mann nach hinten umfiel, wurde mir schnell klar, dass es sich dabei um den Schuss aus einer Waffe gehandelt haben musste.«

»Wie groß war der Blitz, Mylady?«

»Das ist schwer zu sagen. Es war eben ein Blitz.«

»Haben Sie nach dem Lichtblitz vielleicht helle Flecken

oder ein bestimmtes Muster gesehen? In etwa so, wie wenn man rasch in die Sonne blickt und dann wieder wegschaut?«

»Ja und nein. Ich habe kein blendendes Muster gesehen, wie Sie das beschreiben, nachdem die Waffe abgefeuert wurde. Ich glaube übrigens, unter Kennern wird das ›Nachbild‹ genannt«, bemerkte sie süffisant.

»Das wird es tatsächlich, Mylady. Natürlich kommt es dabei ganz auf die Dichtigkeit Ihrer lichtempfindlichen Rezeptorzellen und Ihre Neuronendichte an. Der deutsche Physiologe Professor Hering hat sehr eloquent zu diesem Thema geschrieben.«

Sie versuchten, die Tür zu öffnen.

»Abgesperrt! Zum Kuckuck! Das wird ja immer seltsamer, Clifford. Das Steinbruchtor, das laut Cartwright immer versperrt ist, war in der Nacht des Mordes geöffnet, genau wie die Hütte, aber an dem Morgen, als die Polizei gemeinsam mit mir eintraf, war das Tor verschlossen, die Hütte wiederum noch immer geöffnet. Und nun sind beide abgeschlossen.«

Clifford nickte. »Tatsächlich, Mylady, das deutet gewiss darauf hin, dass seit dem Morgen, an dem die Polizei sich hier mit Ihnen umgesehen hat, jemand hier gewesen ist.«

»Der Mörder?«

»Das ist eine eindeutige Möglichkeit, Mylady, aber warum sollte er zurückkehren? Als Sie mit der Polizei vor Ort waren, meinten Sie, dass sämtliche Hinweise auf den Mord bereits beseitigt worden waren.«

»Vielleicht liegt die Antwort in der Hütte?« Sie umrundete das Gebäude auf der Suche nach einem anderen Weg dort hinein. Als sie durch die staubigen Fenster ins Innere blickte, konnte sie dort jedoch kaum etwas sehen, außer ... Clifford.

Als sie zurück an der Eingangstür der Hütte war, stellte sie fest, dass die Tür offen stand. »Wie? Was machen Sie da?«

»Ich glaube, die Definition eines Einbruchs besteht darin, sich gewaltsam Zugang zu einem Gebäude oder einem Grundstück zu verschaffen, um Einbruchdiebstahl zu begehen. Wie Sie sehen, bin ich nicht gewaltsam eingedrungen und habe keinerlei Absicht, irgendein Verbrechen wie Diebstahl oder dergleichen zu begehen.«

»Ich weiß, was ein Einbruch ist, Clifford.« Sie errötete, als sie sich daran erinnerte, wie gut Clifford und ihr Onkel über ihre Vergangenheit Bescheid zu wissen schienen. »Was ich sagen wollte: Wie sind Sie dort hereingekommen? Mit einer Hutnadel, wie sie in all den Groschenromanen immer verwendet werden?«

Clifford hielt einen schmalen Schlüsselbund in die Höhe. »Dietriche, angefertigt von Ihrem Onkel.«

»Also wirklich! Bis Sie mir nicht die ganze Geschichte Ihrer gemeinsamen Heldentaten ausbreiten, entsteht vor meinem geistigen Auge ein äußerst empörendes Bild von Ihnen und meinem Onkel.«

»Höchst bedauerlich, Mylady.«

Eleanor untersuchte die Stelle, an der Atkins ihrer Überzeugung nach gelegen haben musste. »Ich bin mir sicher, es war genau hier.« Sie schauten beide angestrengt hin und bewegten sich ganz vorsichtig, um keine möglichen Hinweise zu vernichten. »Der Fleck war genau hier.« Eleanor starrte auf die hartnäckig fleckenfreie sandige Oberfläche.

Clifford untersuchte das Areal eingehend. Es fand sich kein erkennbarer Fleck. »Es wäre ein Leichtes gewesen, das Blut aus dem Sand zu entfernen.«

Er dehnte seinen Hals von einer Seite zur anderen. Eleanor starrte ihn an. Er schien tief in Gedanken versunken.

All diese Nachdenkerei und Logiziererei. *Gab es dieses Wort überhaupt?* Ihr schmerzte der Kopf. Sie wollte dieses Verbrechen unbedingt lösen, ein handfestes Beweisstück beschaffen, in die Polizeistation von Chipstone und in Wilbys Büro hereinmarschieren und ihm mit der Antwort vor der Nase herumfuchteln. Wenn Wilby hingegen selbst der Mörder war, war das möglicherweise keine besonders gute Idee. Sie blickte einmal mehr zu Clifford, der nun seitlich um den Bereich herumschritt, den sie als den exakten Tatort lokalisiert hatten.

Clifford rieb sich das Kinn. »Wozu das Opfer hierherlocken? Das ist unsere große Frage.«

»Das sind wir bereits durchgegangen. Der Steinbruch ist abgelegen und so gut wie stillgelegt, ein perfekter Ort für einen Mord also.« Fast wollte sie ostentativ gähnen, überlegte es sich dann aber noch einmal anders.

»Was aber besaß oder wusste der Mörder, das einen Mann von Mr Atkins' Pedanterie dazu verlocken würde, sich während eines Unwetters in einem schmutzigen Steinbruch herumzutreiben? Und was besaß oder wusste Mr Atkins, das dazu geführt hat, dass er an diesem abgeschiedenen Ort ermordet wurde?«

»Ich verstehe, was Sie meinen.« Sie sah sich um. »Wo steckt eigentlich Gladstone?«

Da sie nicht nach ihm rufen wollte, was möglicherweise Aufmerksamkeit auf ihre Gegenwart gelenkt hätte, hielt Eleanor eine Hand über ihre Augen und suchte das Unterholz ab. Einen Moment später schoss ein Fasan mit einem angstvollen Krächzen himmelwärts. »Ah, da ist er ja.« Eleanor deutete mit dem Finger auf den Hund.

Clifford zog eine silberne Pfeife aus seiner Westentasche und blies einmal hinein. Es war kein hörbares Geräusch zu vernehmen, aber Gladstone erschien augenblicklich bei ihnen in der Hütte.

»Was für ein fein ausgebildeter Jagdhund«, staunte Eleanor und griff nach den Lieblingsleckerli der Bulldogge, die sie angefangen hatte, in ihren Taschen zu horten. »Guter Junge!«, murmelte sie und entfernte einen dornigen Zweig aus seinem Ohr. »So, Gladstone, jetzt benutze mal deine Hundespürnase und verrate uns etwas über diesen heimtückischen Mörder.«

Clifford schaute leicht erheitert zu. Der Hund rollte sich auf den Rücken und zappelte gemächlich mit den Beinen.

»Hoffnungslos!«, tadelte ihn Eleanor. »Das werden wir wohl selbst erledigen müssen. Genau, wir versetzen uns in die Denkweise eines Mörders.«

Sie stand auf und versuchte, sich zu konzentrieren. Plötzlich rollte sich Gladstone mühsam auf den Bauch und richtete sich schnaufend auf. Er sprang hinter Clifford und begann, unter etwas umherzuscharren, das aussah wie eine alte Steinbruchlokomotive auf Holzrädern.

»Da findest du keine Eichhörnchen, du Spatzenhirn«, scherzte Eleanor.

Die Bulldogge fuhr ihrer Worte ungeachtet damit fort, an den Steinen zu kratzen, und schnippte dabei winzige Mengen Sand zur Seite.

»Vermutlich die schimmligen Überreste des Sandwiches eines Steinbrucharbeiters«, spekulierte Eleanor. »Gladstone, du besitzt einfach kein Urteilsvermögen!«

»Ich fürchte, er könnte sich seine Pfote an einem dieser Steine verletzen, Mylady. Die können extrem scharf sein«, gab Clifford zu bedenken.

Sie gingen auf den Hund zu, der mittlerweile teilweise auf dem Boden lag und mit beiden Vorderpfoten an den Steinen kratzte.

»Was machst du da, du Dummerchen?« Eleanor bückte sich und sprang umgehend wieder auf, um den Sand aus ihrem Mund zu spucken, den Gladstone ihr mit seiner nächsten Pfotenladung entgegengeschleudert hatte. »Igitt!«

Clifford reichte ihr ein blütenweißes Taschentuch und ging in die Hocke, um einen besseren Blick auf das zu erhaschen, was auch immer der Bulldogge so interessant erschien.

»Guter Junge. Aus, Gladstone«, befahl er. »AUS«, kommandierte er noch einmal.

Gladstone setzte sich auf und fing an zu winseln, während sandige Speichelfäden aus seinen Hängebacken troffen.

»Abermals igitt, Gladstone!« Eleanor rümpfte die Nase und machte sich anschließend die Tatsache bewusst, dass Clifford auf seinen Knien im Dreck hockte! *Oh, jetzt bräuchte ich eine Kodak-Brownie-Boxkamera, um diese herrlich unelegante Pose einzufangen!* Eleanors Kichern wurde durch Cliffords strengen Blick im Keim erstickt.

»Was ist es?«, fragte sie.

Clifford, dem es gelungen war, zwei riesige Feuersteine aus der verdichteten Erde zu ziehen, griff in den aufgelockerten Boden. Er reichte ihr einen alten Stiefel.

Eleanor musste lauthals lachen. »Ach, Gladstone, du und deine Schuhe!

Clifford erhob sich und klopfte sich den Dreck von seinem Mantel. »Sieht ganz so aus, als würde ich Mrs Butters mit unnötiger Wäsche belasten müssen. Ich hatte gehofft, Master Gladstone könnte auf etwas Interessantes gestoßen sein.«

Nun ging Eleanor in die Hocke, um ihrerseits die Stelle zu begutachten, an der Clifford den Schuh geborgen hatte. Irgendetwas funkelte sie an.

»Ihr Fernblick mag ja hervorragend sein, Clifford, aber ich fürchte, bezüglich Ihrer Nahsicht sollten Sie demnächst einen Brillenoptiker aufsuchen.«

Sie beugte sich vor und hob einen kleinen geschliffenen Stein auf. Aufrecht stehend wischte sie den Staub davon ab. »Sieht aus wie ein Granat. Hier werden doch keine Granate abgebaut, oder doch?«

»Ach, so was! Nein, Mylady, ich –«

»Warten Sie!«

Eleanor sank auf die Knie und legte sich dann der Länge nach auf den Boden, ungeachtet Cliffords gemurmelter Kommentare über »Mrs Butters« und »noch mehr unnötige Wäsche«. Sie streckte beide Hände zwischen die hölzernen

Räder und hielt nach einigem Stöhnen und Zerren ihre Beute in den Händen.

Als sie aufstand, schreckte Clifford ob des Zustandes ihrer Strümpfe und ihres Mantels zusammen. Sie beachtete ihn nicht und deutete stattdessen mit dem Kin auf die Metalldose in ihren Händen. »Das hier würde ich als etwas Interessantes bezeichnen, Sie nicht?«

Sie platzierte die Dose auf dem Tisch und befreite sie vom Schmutz. Sie versuchte, den Deckel zu öffnen.

»Abgeschlossen!«

Wortlos trat Clifford einen Schritt vor und zog ein rechteckiges Metallobjekt aus seiner Tasche. Er klappte ein schmales, klingenförmiges Werkzeug aus dem Gehäuse, das er in das Schloss schob. Wenige Augenblicke später trat er einen Schritt zurück. Sie blickte ihn fragend an.

»Das ist ein besonderes Taschenmesser, Mylady.«

»Eines dieser beliebten Offiziersmesser aus der Schweiz etwa?«

»Exakt, Mylady, Karl Elsener, der Gründer von Victorinox, einem der Hersteller dieses genialen kleinen Werkzeugs, und Ihr Onkel waren gegenseitige Bewunderer. Ihr Onkel bat Herrn Elsener, ihm ein einmaliges Schweizer Taschenmesser für seine spezifischen ... Bedürfnisse anzufertigen.«

»Also, worin genau diese ›spezifischen Bedürfnisse‹ bestanden, das besprechen wir zu einem späteren Zeitpunkt. Konzentrieren wir uns für den Moment auf das, was wir hier haben.« Sie öffnete den Deckel. »Na, sieh mal einer an.«

Im Inneren lagen mehrere Bündel Bargeld, die von Gummibändern zusammengehalten wurden, zwei kleine rote Notizbücher ... und eine Browning-Pistole.

DREISSIG

»Ach du liebe Güte, Mylady, haben Sie schlecht geschlafen?«
Mrs Butters las die heruntergefallenen Kissen auf und legte sie
auf den Stuhl. Während ihre Herrin sich stirnrunzelnd im
Spiegel betrachtete, wuselte sie um Eleanor herum und befreite
die Daunendecke aus dem Wirrwarr am Fußende des Betts.

»Kann man behaupten, schlecht geschlafen zu haben, wenn
man gar nicht erst geschlafen hat«?, grummelte Eleanor. Ihr
Versuch zu lächeln verkam zu einer Grimasse. »Beachten Sie
meine Gereiztheit nicht weiter, Mrs Butters. Ich habe die ganze
Nacht lang wachgelegen und über diese vermaledeiten
Hinweise nachgegrübelt. Ich fürchte, ich werde wahnsinnig,
wenn wir nicht bald einen Durchbruch erzielen.«

»Mr Clifford ist ein Mann geduldigen Nachdenkens. Ich
kann verstehen, dass das eine Dame wie Sie frustrieren muss.«
Mrs Butters zwinkerte Eleanor zu.

Eleanor musste laut auflachen und ihre schlechte Laune
war wie verflogen. »Sehr scharfsinnig, Mrs Butters. Clifford
verfügt über ein sagenhaftes analytisches Denkvermögen, das
mich selbst allerdings zu völliger Zerstreutheit verleitet! Aber

wissen Sie was? Sie zaubern mir jeden Morgen ein Lächeln aufs Gesicht.«

Die Haushälterin strahlte und machte einen Knicks. »Es ist mir ein Vergnügen, Mylady. Niemand wünscht, morgens noch vor dem Frühstück von einem Miesepeter begrüßt zu werden. Der Tag hat schließlich noch genug Stunden, um sich von anderen Leuten die Laune verderben zu lassen.«

Eleanor kicherte und ahmte, sehr zur Erheiterung von Mrs Butters, Cliffords Halbverbeugung nach.

Frohen Mutes stieg Eleanor die Treppen hinab, wo ihr Clifford entgegentrat. »Kaffee im Morgensalon, Mylady? Gehe ich recht in der Annahme, dass Sie möglicherweise an unsere Unterhaltung von gestern anknüpfen möchten, bevor ich aufbreche?«

»Unbedingt, aber wo wollen Sie denn hin? Wir haben hier doch schließlich alle Hände voll zu tun, nicht wahr?«

»Ganz recht, Mylady. Ihr Kaffee ist fertig.« Er neigte seinen Kopf zur Tür, was sie als Hinweis darauf verstand, die anderen Mitarbeiter besser im Unklaren über die Hintergründe seines Ausflugs zu lassen.

Als die Tür geschlossen war, sprach Clifford gleich befreiter. »Mylady, mich beschleicht das ungute Gefühl, dass irgendjemand von unserer Entdeckung am Steinbruch weiß.«

Eleanor setzte sich kerzengerade auf. »Aber wir haben unseren Fund doch an Ort und Stelle gelassen. Wie ist das möglich?«

»Gestern Abend hatte ich das Gefühl, dass wir beobachtet wurden. Ich habe es nicht erwähnt, weil ich mir nicht sicher war.«

Eleanor ließ diese Information sacken. »Warum erwähnen Sie es dann jetzt?«

»Silas hat berichtet, dass er heute morgen einen Eindringling auf dem Grundstück bemerkt hat. Allerdings gelang es dem Mann zu flüchten, bevor Silas ihn aufgreifen oder einen Blick auf sein Gesicht erhaschen konnte.«

»Silas ist der Wildhüter, richtig?«

»Ja, Mylady.«

»Dann hat er vermutlich einen Wilderer gestört.«

»Möglicherweise, allerdings ist altbekannt, dass es im Sommer kein Federwild gibt.«

»Natürlich, das erwähnten Sie schon mal. Dann dient Silas also gar nicht wirklich als Wildhüter, nicht wahr? Eher als eine Art Wachmann?«

»Ja, Mylady. Silas ist gewissermaßen unsere erste Verteidigungslinie hier auf The Hall.«

Eleanor kam ein Gedanke. »Clifford, wo ist er dann gewesen, als ein Eindringling in die Garage eingebrochen sein muss, um am Rolls-Royce herumzufuschen?«

»Bedauerlicherweise ist er an besagtem Tag anderen Geschäften nachgegangen.«

»Womöglich war unser Mörder über seine Abwesenheit im Bilde.«

»Genau mein Gedanke, weshalb« – Clifford räusperte sich – »ich Sie bitten würde, The Hall bis zu meiner Rückkehr nicht zu verlassen. Silas wird auf dem Gelände patrouillieren.«

Eleanor schäumte innerlich. *Welch Unverfrorenheit! Männer!* Sie ließ Clifford einen eiskalten Blick zukommen. »Reizend. Wirklich reizend. Während Sie sich mit meinem Onkel allerdings als Cowboy verkleidet, Zäune überklettert und Schlösser mit ihrem Lausbubenspielzeug geknackt haben, habe ich mir meinen Weg um die ganze Welt geschlagen. Und siehe da, hier stehe ich nun: eine erwachsene, fähige und eigenständige Frau.«

Clifford trat einen Schritt zurück. »Auch Mr Atkins wird sich vermutlich als fähig betrachtet haben. Das Gleiche gilt für Mr Cornell, bestimmt hat er sich ebenfalls als erwachsen und eigenständig angesehen? Doch der Mörder hat bewiesen, dass beide in ihrem Selbstvertrauen fehlgingen.«

Eleanor lief ein kalter Schauer über den Rücken. Sie entschied sich für eine Kursänderung. »Verraten Sie mir, was Sie heute morgen aus dem Haus treibt?«

»Mit Verlaub plane ich mit einigen Kontakten zu sprechen, die, so hoffe ich, etwas Licht in unsere jüngsten Entdeckungen bringen können.«

Eleanor erhob sich. »Ich komme mit Ihnen. Höchste Zeit, dass ich einmal einen Ihrer mysteriösen Bekannten kennenlerne.«

Clifford schüttelte den Kopf. »Es tut mir leid, aber dieser gewisse Gentleman ist von der ängstlichen Sorte. Erschiene ich dort in Begleitung, so würde er aller Voraussicht nach das Weite suchen.«

Sie war nicht besonders glücklich über seine Antwort, doch was blieb ihr für eine Wahl?

»In Ordnung, meine Erlaubnis haben Sie. Wann gedenken Sie zurückzukehren?«

»Rechtzeitig, um den Lunch zu servieren.« Auf dem Weg zur Tür hielt er inne. »Ihr Onkel würde sich im Grab herumdrehen, wenn ich zuließe, dass der Nichte, die er so hoch schätzte, etwas zustieße.«

Und damit entschwand er.

Zum Teufel! Wieso musste Clifford ihr immer wieder unter die Nase reiben, wie wichtig sie ihrem Onkel angeblich gewesen war? Wo war er dann gewesen, als sie ihn gebraucht hätte? Und wieso hatte er keinen Platz in ihrem Leben eingenommen?

»Eindeutig, weil er zu beschäftigt damit war, mit Clifford Cowboy und Indianer zu spielen«, dachte sie laut. »Ich werde diesen Fall allein lösen, und zwar ohne The Hall zu verlassen.«

Zehn Minuten später saß sie mit Gladstone auf dem Schoß und einem alten Notizbuch, das sie in ihrem Zimmer gefunden hatte, auf dem Sofa im Gesellschaftszimmer und schickte sich genau dazu an. Eleanor runzelte die Stirn, kaute auf ihrem Bleistift herum und fragte sich, wo sie nur anfangen sollte. Letztendlich entschloss sie sich dazu, Clifford zu beweisen, dass auch sie zu systematischem Vorgehen imstande war. So begann sie damit, eine Liste ihrer Bewegungen sowie der Bewegungen ihrer Hauptverdächtigen rund um den Zeitpunkt des ersten Mordes anzufertigen. Einem der Detectives aus einem Kriminalgroschenroman, den sie einst auf dem Internat unter der Bettdecke gelesen hatte, war die Aufklärung eines Mordes mit einer ähnlichen Vorgehensweise im Handumdrehen gelungen. Sie machte sich an die Arbeit und notierte sämtliche Details in zwei Spalten:

- *Sa, 3.4., 19:30 Uhr*: Atkins' Haushälterin verlässt das Haus
- *21:00 Uhr*: Lancelot kommt laut eigener Angabe im Goat Club an
- *21:30 Uhr*: Ich flüchte aus The Hall, weil ich eine Atempause brauche (schlechte Idee!)
- *ca. 10 Min. später*: Clifford begibt sich auf die Suche nach mir (laut Mrs Trotman)
- *22:00 Uhr*: Hornochse Wilby verlässt die Polizeistation (laut Abigail)
- *22:00 Uhr* (Frau einzige Zeugin, Hmm!): Cartwright verlässt das Farmhaus, um das Scheunendach notdürftig zu reparieren (behauptet er selbst)
- *22:10 Uhr*: Ich sehe auf Onkels Uhr
- *gegen 22:15 Uhr*: Gladstone und ich bezeugen die Ermordung eines Mannes (Atkins) (Kann ein Hund ein Zeuge sein?)
- *22:35 Uhr*: Der ganze Club sieht Lancelot beim Nacktbaden!!! (bestätigt durch den Türsteher)

- 23:10 *Uhr* (laut ihm selbst!): Wilby ist zurück auf der Polizeistation
- 23:40 *Uhr* (geschätzt): Clifford kehrt von seiner Suche nach mir zurück
- 23:50 *Uhr* (einzige Zeugin wieder seine Ehefrau!): Cartwright kehrt zum Farmhaus zurück (behauptet er selbst)
- 23:55 *Uhr* (*etwa*): Gladstone und ich kehren endlich nach The Hall zurück
- *So, 4.4.*, 00:30 *Uhr*: Ich versuche, den Mord telefonisch bei dem Idioten Wilby auf der Polizeistation anzuzeigen
- 02:00 *Uhr*: Lancelot wird vom Chauffeur (betrunken!) aufgelesen
- 07:00 *Uhr*: Atkins' Leiche wird in seinem Haus von der Haushälterin entdeckt (die arme Frau)

Sie trommelte entnervt auf ihren Schreibblock. Das war fürchterlich langwierig und mühselig. Sie zwang sich, weiterzumachen, und wandte ihre Aufmerksamkeit Jack Cornell zu.

- 22:00 *Uhr*: Kretin Wilby hat Dienstschluss
- 22:45 *Uhr*: Cartwright hat Besuch vom Tierarzt
- 23:30 *Uhr*: Letzte Sichtung von Jack Cornell durch dessen Nachbar
- 23:20 *Uhr*: Cartwright kehrt zum Farmhaus zurück (behauptet er selbst)
- *Fr, 9.4.*, 23:30 *Uhr – Sa, 10.4.*, 08:00 *Uhr*: Jack Cornell nimmt sich laut Polizei das Leben
- 01:00 *Uhr*: Cartwright geht zurück zum Auengehege (Landarbeiter bislang nicht befragt)
- 01:50 *Uhr*: Cartwright geht zurück zum Farmhaus (sagt er selbst)

- *05:00 Uhr:* Cartwright steht offenbar zum Frühstück auf
- *12:15 Uhr:* Jack Cornells Leiche wird vom Briefträger gefunden

Auch ihr heftiges Saugen am stumpfen Ende ihres Bleistifts half nicht, vielmehr wurde ihr leicht übel davon. Ganz gleich, wie lange sie die beiden Listen auch anstarrte, weder eine zündende Idee noch ein logischer Denkvorgang stellten sich ein, die den Mörder offenbaren. Sie begann sich zu fragen, wie nah diese Groschenromane tatsächlich an der Realität waren.

Sie kraulte Gladstones Ohren und starrte auf Atkins' und Cornells Namen auf dem Papier. »Hat Cornell den Mord am Steinbruch vielleicht gesehen und dafür mit seinem Leben bezahlt, Gladstone? Vielleicht war er ein möglicher Zeuge!« Sie erschauderte, als ihr aufging, dass sie dieser Logik nach das nächste Opfer sein könnte. Womöglich hatte es Clifford mit seiner Bangemacherei heute Morgen nicht übertrieben. Sie schrieb »tot« neben die Namen von Atkins und Jack Cornell und versah in Gedanken bereits ihren eigenen Namen mit diesem Wort.

Eleanor schüttelte den Kopf. »Das ist hoffnungslos ermüdend, Gladstone. Ich gebe es nur ungern zu, aber ohne den Gedankenaustausch mit Clifford komme ich nicht wirklich voran. Ich drehe mich nur im Kreis und sauge mir willkürliche Theorien aus den Fingern beziehungsweise dem Bleistift. Ich muss Szenarien laut durchspielen mit ...« Sie nahm Gladstones Gesicht in beide Hände. »... mit jemandem, der mehr an der Lösung dieses Falls interessiert ist als an Leberleckerli.«

Beim L-Wort sprang Gladstone vom Chesterfield-Sofa auf.

»Ab in die Küche mit dir, du Gierschlund«, lachte Eleanor. »Ich weiß, wer perfekt dafür geeignet ist, diesen Fall mit mir zu besprechen. Clifford liegt falsch, dies ist nicht die Zeit, um Vorsicht walten zu lassen.«

An der Küchentür angelangt, hielt sie Gladstone am Halsband zurück. »Guten Morgen, Mrs Trotman. Vielen Dank für das Frühstück.«

»Guten Morgen, Mylady. Es ist mir stets ein Vergnügen.« Die Köchin lächelte.

»Hat Gladstone sich in letzter Zeit mal wieder mit einem Wurstdiebstahl blamiert?«

»Nein, Mylady.« Mrs Trotman lachte. »Es ist ihm nicht gelungen, in den letzten Tagen Wurstgeruch zu wittern, deshalb ist er im Moment nicht aus der Küche verbannt.«

»Dann habe ich die Erlaubnis, die Bestie freizulassen?«

»Selbstverständlich.«

Eleanor überließ die gefräßige Bulldogge der Köchin und lief die Treppe hinauf, um sich umzuziehen.

EINUNDDREISSIG

Die frostige Morgenluft hatte schon bald die diffuse Verschwommenheit aus Eleanors Gedanken vertrieben, während sie über die Landstraßen strampelte. Auch die Steife in ihrer Schulter, die sie seit dem Unfall geplagt hatte, war so gut wie verflogen. Sie fuhr die Hügel hinauf und kam dabei nur geringfügig ins Schwitzen. Obwohl sie einige schwierige Passagen zu überwinden hatte, gelang es ihr, die Distanz in etwas weniger als einer Stunde zurückzulegen. Sie hatte das Gefühl, schon fast wieder die Alte zu sein.

»Na also, geht doch!«, rief sie in die Welt hinaus, während sie ihr Fahrrad an das Metallgeländer lehnte und den Blick hinauf zum Rathaus von Chipstone richtete. »Jetzt wird es Zeit für ein paar Antworten.«

»Lady Swift, welch außerordentliches Vergnügen.« Mayor Kingsley legte die Akte zur Seite, mit der er soeben noch im Gesicht des Sekretärs herumgefuchtelt hatte, und nahm ihre Hand. Eleanor lächelte. »Entschuldigen Sie mein unangekündigtes Erscheinen, aber ich benötige Ihre Hilfe.«

»Eine Jungfrau in Nöten«, proklamierte er. »Dann sind Sie hier genau am richtigen Ort. Perkins, Tee, sofort! Hier lang, meine Werteste.« Er schloss die Tür zu seinem Büro hinter ihnen und wandte sich zu ihr. »Die Luft in unserem beschaulichen Landidyll scheint Ihnen gut zu bekommen, Sie strahlen ja geradezu, wenn Sie mir die Bemerkung gestatten.«

»Es ist eine solch schöne Grafschaft, Mayor Kingsley, und der Frühling eine solch liebliche Jahreszeit.«

»O ja, meine Werteste.« Er wies auf einen Stuhl und nahm neben ihr Platz. »Für meine loyale Wählerschaft bin ich immer da, wie also kann ich Ihnen weiterhelfen?«

Ihr Adrenalinschub war abgeklungen, und ihr wurde klar, dass sie sich, wie immer, keinen echten Plan zurechtgelegt hatte. Sie wusste jedoch, dass es keine Option für sie darstelle, herumzusitzen und darauf zu warten, dass Cliffords zweifelhafte »Kontakte« die Antworten lieferten, nach denen sie suchten. Sie hatte schon immer auf sich selbst aufgepasst, außerdem betrachtete sie es nicht gerade als kameradschaftlich, dass Clifford auf eigene Faust loszog und gleichzeitig von ihr forderte, sich still und leise auf The Hall zu verstecken. Es war an der Zeit, Antworten zu bekommen, und der Bürgermeister war neben Clifford die einzige Person, die sie ernst zu nehmen schien.

Ein Klopfen an der Tür hielt Eleanor von einer Antwort ab. Anstelle des Mäuschens von einer Frau, das sie beim letzten Mal bedient hatte, rollte nun der Sekretär Perkins den Teewagen hinein. Er stand unbeholfen da und wartete.

»Schenken Sie den Tee ein, los«, knurrte Kingsley.

Nachdem Perkins die Tür hinter sich geschlossen hatte, beschloss Eleanor, ihre übliche unverblümte Vorgehensweise an den Tag zu legen.

»Mayor Kingsley, ich glaube, dass ein gewisses Maß an Korruption die Polizeitruppe und den öffentlichen Dienst hier in Chipstone untergräbt.«

»Korruption!« Der Bürgermeister schnellte in einer für einen Mann seiner Statur beachtlichen Geschwindigkeit aus seinem Stuhl. »O du liebe Zeit, meine Werteste, was meinen Sie denn enthüllt zu haben?«

Eleanor grinste in sich hinein. *Das gefiel ihr schon besser!* Unaufdringlichkeit mochte ja schön und gut sein, manchmal aber bedurfte es einer unumwundenen Schocktaktik, um die Leute wachzurütteln. Irgendetwas war faul im Staate Chipstone, und sie wollte herausfinden, was es war.

»Nun, zunächst einmal ist da irgendwo jemand, der sich dem Lauf der Gerechtigkeit in den Weg stellt. Entgegen Ihrer Versicherungen, den Fortschritt der polizeilichen Ermittlungen in dem Mordfall, den ich bezeugt habe, zu überwachen, wird die ganze Angelegenheit totgeschwiegen.«

Kingsley starrte sie an. »Beziehen Sie sich auf den Mord am Steinbruch? Denn, meine Werteste, ich habe die Polizei dafür ermahnt, Ihre Anzeige nicht ernst genommen zu haben und auf neuerlichen Ermittlungen bestanden. Ich gestehe allerdings, ihnen keinen Druck gemacht zu haben, da ich mit anderen Angelegenheiten beschäftigt gewesen bin. Ich bitte um Verzeihung, doch das ist der Last der Überarbeitung geschuldet, einem unvermeidlichen Übel in meiner Stellung, fürchte ich. Aber eine Vertuschung, sagen Sie? Was führt Sie denn zu dieser Schlussfolgerung?«

»Die Tatsache, dass sämtliche Spuren meiner ursprünglichen Anzeige und des Ausflugs zum Steinbruch mit diesem Kretin Wilby aus dem Polizeibericht entfernt worden sind.«

Er hob die Augenbrauen. »Ach du lieber Himmel, Lady Swift, das ist eine schwerwiegende Anschuldigung. Ich werde das umgehend untersuchen lassen. Und dieses Mal werde ich mich dieser dringlichen Sache persönlich annehmen, seien Sie versichert.«

»Da wäre noch etwas. Ich glaube, bei dem Mann, der am

Steinbruch ermordet wurde, handelt es sich um niemand Geringeren als Mr Atkins.«

Mayor Kingsley schreckte zusammen. »Atkins?« Er runzelte die Stirn und lächelte dann. »Werteste, Sie verhaspeln sich. Er wurde doch in seinem Haus ermordet, meine ich. Schreckliche Sache. Ich war nicht gut mit dem Mann bekannt, wusste lediglich von seiner Arbeit, in der er einen feinen Ethos und ein starkes Pflichtbewusstsein an den Tag legte. Es wird schwer sein, ihn zu ersetzen.«

Eleanor änderte ihre Taktik. »Kennen Sie diesen Cornell, der sich Zeitungsberichten zufolge das Leben genommen hat, angeblich, nachdem er Mr Atkins umgebracht hat?«

Kingsley legte die Stirn in Falten. »Dieser Name ist mir nicht sehr vertraut. Ich meine, er stand auf der Gehaltsliste der Gemeinde, aber ehrlich gesagt, meine werteste Dame« – er zuckte mit der Schulter und streckte ihr seine Hände entgegen – »gibt es so viele Gemeindemitarbeiter, dass ich keinen Überblick mehr habe.«

Erneut änderte sie ihre Taktik. »Wurden Sie darüber in Kenntnis gesetzt, dass Cornell Mr Atkins in seinem Abschiedsbrief als Erpresser bezeichnete?«

Kingsley rieb sich das Kinn. »Ich meine, mich erinnern zu können, dass im Polizeibericht oder in den Zeitungen die Rede davon war.«

»Glauben Sie, dass Mr Atkins zu einer Erpressung imstande gewesen wäre?«

Kingsley durchschritt den Raum. »Ausgehend von meinem Umgang mit ihm würde ich das für wenig wahrscheinlich halten, aber man weiß ja nie, stimmt's?«

Er wandte sich Eleanor zu. »Vergeben Sie mir, meine Werteste, aber warum fragen Sie?«

»Weil ich mir sicher bin, dass Mr Atkins Mr Cornell nicht erpresst hat.«

Kingsley lehnte sich in seinen Stuhl zurück und nahm

einen Schluck Tee. »Tatsächlich? Das ist höchst beunruhigend. Wie können Sie da so sicher sein?«

Eleanor zögerte. In Wahrheit hatte sie noch keinerlei belastbare Hinweise darauf, dass es sich bei dem Abschiedsbrief um eine Fälschung handelte. Das Waffenöl in Atkins rechter und nicht etwa in seiner linken Hand deutete darauf hin, dass er ermordet worden war. Dass Jack Cornell praktischerweise ein Geständnis ablegte, in dem er sich als Schuldiger bekannte, kam ihr allzu glatt, zu arrangiert vor. Und dann war da ja noch die Frage, wieso Cornell Atkins' Tod wie einen Unfall aussehen lassen sollte, nur um später in seinem Abschiedsbrief zu gestehen, ihn umgebracht zu haben. Tatsächliche eindeutige und gerichtsfeste Beweise aber fehlten. Wie sollte sie dieses verworrene Netz aus unsicheren Fakten und teils wilden Theorien bloß dem Bürgermeister erklären?

Sie verfluchte ihr ungestümes Handeln. Vielleicht hatte Clifford recht gehabt und sie hätte besser auf The Hall warten sollen, bis er mit einigen echten Beweisen zurückkehrte. Sie schluckte mühsam. »Nun, mein seliger Onkel kannte Mr Atkins gut und ... nun, laut Mr Clifford sprach mein Onkel nur in den höchsten Tönen von Mr Atkins. Für Mr Clifford steht völlig außer Frage, dass sich Mr Atkins zu einer Erpressung herablassen würde. Und dann sind da auch noch einige ... Dinge, die, nun ja ... nicht so recht zusammenpassen wollen«, vollendete sie ihre Ausführungen dürftig.

Der Bürgermeister indessen hörte ihr überhaupt nicht zu. »Entschuldigen Sie, meine Werteste, aber Mr Clifford? Ihr ... *Butler?*« Kingsley lächelte dünn. »Ich bin mir nicht sicher, ob das Wort eines einfachen Butlers genügt, um für den Charakter eines Gentleman zu bürgen.« Er zögerte und fügte dann hinzu: »Lady Swift, kann ich offen mit Ihnen sprechen?«

Eleanor seufzte. Sie konnte es ihm nicht verübeln, dass er sie nicht ernst nahm. »Gewiss.«

Kingsley lehnte sich an seinen Schreibtisch. »Meine werte

Dame, ich lobe Ihr Engagement für das Streben nach Gerechtigkeit, aber ich fürchte, Sie befinden sich in ernster Gefahr.«

Eleanor seufzte. »Vielen Dank für Ihre Sorge, aber ich bin bereits vorgewarnt worden. Mr Clifford hatte heute Morgen jede Menge Ratschläge für mich.«

»Genau das meine ich.« Kingsley nickte langsam.

Auf Eleanors verwirrtes Stirnrunzeln hin stützte er sein Gesicht in seine Hände, atmete tief ein und sah ihr dann in die Augen. »Es tut mir leid, ein derart unerfreuliches Thema wie den traurigen Tod Ihres Onkels anzusprechen, aber, meine werte Dame, es gibt keine feinfühlige Art, es zu sagen.« Er hüstelte. »Es besteht die Möglichkeit, dass er nicht eines natürlichen Todes gestorben ist.«

»Was?« Eleanor fiel aus allen Wolken.

Kingsley seufzte und stützte seine Hände auf den Tisch. »Es ist nie nachgewiesen worden, aber Mr Clifford stand für beträchtliche Zeit unter Verdacht. Lediglich der bedauernswerte Mangel an Beweisen hat dazu geführt, dass die Ermittlungen eingestellt werden mussten.«

»Clifford? Aber … aber er war doch viele Jahre lang der treue Begleiter meines Onkels. Er war schon auf The Hall, als ich noch ein Kind war. Er kann doch nicht unter Verdacht gestanden haben, wenn mein Onkel …« Ihre Stimme versagte und ihre Augen füllten sich mit Tränen.

»Es tut mir so leid, der Überbringer schlechter Nachrichten sein zu müssen.«

Eleanor schüttelte den Kopf. »Und mir tut es leid, dass ich das schlicht nicht glauben kann. Mein Onkel war zu clever, um auf etwas hereinzufallen. Und außerdem hat sich Clifford seit meiner Ankunft hier als treuer Diener erwiesen.«

»Tatsächlich?«

»Voll und ganz. Als irgendjemand an den Bremsen des Rolls-Royce herumgepfuscht hatte, hat er mir praktisch das Leben gerettet.«

»Vielleicht ... oder aber er hat es nur so aussehen lassen. Mr Clifford ist dafür bekannt, eine verworrene Vergangenheit und zahlreiche Kontakte zu haben, die Sie und ich wohl als ›fragwürdig‹ beschreiben würden, die man aber auch als ganz und gar kriminell bezeichnen könnte. Ich habe mich dem Drang widersetzt, Ihnen all dies bereits während Ihres letzten Besuchs zu unterbreiten, wo Sie doch gerade erst angekommen waren, nun aber bin ich um Ihre Sicherheit besorgt.«

»Warum um Himmels willen sollte er mir etwas Böses wünschen?«

»Vielleicht decken Sie gerade seine sorgfältig verschleierten Spuren auf. Hat er Sie bislang während Ihrer Ermittlungen begleitet?«

Eleanor nickte und nippte an ihrem Tee, um ihre Verwirrung zu kaschieren.

»Verstehen Sie es denn nicht? Meine Werteste, er hat Sie auf Schritt und Tritt begleitet und weiß, was Sie herausgefunden haben. Was mag er wohl unternehmen, um Sie davon abzuhalten, noch mehr herauszufinden?«

Eleanors Gesicht wurde kreidebleich. *Ja, du hast mit dem Gedanken gespielt, dass er ein Verdächtiger sein könnte, Ellie, aber du hast doch nie wirklich daran geglaubt. Oder?* »Clifford ist kein Mörder!«

Kingsley schüttelte langsam den Kopf. »Ich wünschte, ich könnte Ihre Zuversicht teilen. An dem Abend, an dem Sie am Steinbruch waren, wo ist Ihr loyaler Butler da gewesen?«

»Er war mit dem Auto unterwegs, um nach mir zu suchen.«

»Und hat er Sie gefunden?«

Eleanor stöhnte. »Nein.«

»Dann ist sein Aufenthaltsort zum Zeitpunkt des Mordes unbekannt.« Kingsley nickte. »Und wer kannte Atkins' persönliche Angewohnheiten so gut wie Mr Clifford? Keiner von uns, die mit ihm zusammengearbeitet haben, wusste etwas über sein Privatleben. Er lebte sehr zurückgezogen und war äußerst verschlossen. Ich wette jedoch, dass Mr Clifford eine ganze Menge wusste.«

Eleanor sagte nichts, aber ihr Gesicht verriet ihre Gedanken.

»Lady Swift«, sagte Kingsley sanft. »Wie sind Sie denn darauf aufmerksam geworden, dass der Polizeibericht vermeintlich gefälscht worden ist? Eine ›Entdeckung‹ von Mr Clifford etwa?«

Eleanors Gedanken überschlugen sich. *Konnte sie denn wirklich so blind gewesen sein?* Sie dachte an ihre von Groschenromanen inspirierten Listen zurück und konnte nun klar sehen, was sie bis dahin außerstande gewesen war oder sich geweigert hatte, zu sehen – den Namen des Mörders.

Und dieser Name lautete Clifford.

Kingsley stand auf und faltete seine Hände. »Lady Swift, gestatten Sie mir, Sie an einem sicheren Ort unterzubringen, an dem Sie bleiben können, bis ich Ihre Sicherheit gewährleisten kann?«

»Was? An einem sicheren Ort?« Eleanor starrte den Bürgermeister wütend an. »Grundgütiger, nein!«

Kingsley nahm sie beim Arm, als sie sich erhob. »Wartet Mr Clifford draußen auf Sie?«

»Nein, er ist unterwegs, um einen seiner ... Bekannten zu treffen.«

Kingsley holte tief Luft. »Ich verstehe. Dann bestehe ich darauf, dass Perkins Sie für den Rückweg nach Henley Hall in meinem Wagen chauffiert. Allerdings bitte ich Sie dringend, mich Ihre Sicherheit gewährleisten zu lassen. Ich werde mich darum kümmern, dass ein Polizeibeamter regelmäßig nach Ihnen sieht.«

Sie schüttelte den Kopf, zog ihren Arm aus seinem Griff, streifte sich ihre Handschuhe über und richtete sich den Hut. »Nun da ich weiß, womit ich es zu tun habe, wird mir nichts passieren, Mayor Kingsley. In meinem vorigen Leben bin ich

ganz ausgezeichnet zurechtgekommen. Nur habe ich törichter-
weise vorübergehend meine Wachsamkeit vernachlässigt, das
ist alles. Danke für Ihre Zeit.«

»Perkins!«, bellte Kingsley aus der geöffneten Tür. »Auto,
sofort!«

Zurück auf The Hall ließ sich Eleanor von Mrs Butters
entschuldigen und bat darum, den Nachmittagstee auf ihrem
Zimmer serviert zu bekommen. Sobald das Tablett serviert und
die Tür geschlossen war, setzte sie sich auf den Fußboden und
lehnte sich gegen das Bett. Selbst Gladstone hatte sie mit der
Haushälterin fortschicken lassen. Sie musste allein sein.

Sie vergrub den Kopf in den Händen, hin- und hergerissen
zwischen Klarheit und Zweifel, bis ihr ganz schwindelig davon
geworden war. Es musste falsch sein. Sie konnte sich nicht so
vollumfänglich in Clifford getäuscht haben. Was aber, wenn er
ihren Onkel all die Jahre lang getäuscht hatte? Sie dachte an
den Tag ihrer Ankunft zurück. Clifford war regelrecht verärgert darüber gewesen, sie zu sehen. Vielleicht weil sie seinen
Plan durchkreuzt hatte, in jener Nacht einen Mord zu
begehen?

Und die beschädigten Bremsen am Rolls-Royce? Hatte er
das selbst so arrangiert, wie der Bürgermeister vermutet hatte?
War es nur eine ausgefeilte List gewesen, die sie davon abhalten
sollte, ihn zu verdächtigen? Ein kaltherziger Plan, der ihr eine
Gehirnerschütterung und eine lädierte Schulter beschert hatte?

Und was war mit diesen mysteriösen Bekannten? Sie hatte
nicht hinterfragt, wer sie waren, er aber war mit dieser Information ebenfalls nicht freiwillig herausgerückt. Selbst die Dose,
die Gladstone im Steinbruch entdeckt hatte, konnte gut und
gern Clifford gehören. Schließlich hatte er die Bulldogge vom
Graben abhalten wollen und vorgegeben, die Dose nicht zu
sehen, während sie sie unmittelbar entdeckt hatte. Wenn die

Dose also ihm gehörte, dann gehörten ihm auch die Notizbücher, das Geld ... und die Waffe!

Und was hatte es zu guter Letzt mit seinem jüngsten Beharren darauf, dass sie The Hall nicht verließ, auf sich? Diente das wirklich ihrer eigenen Sicherheit ... oder wollte er so sicherstellen, dass er sie immer finden konnte? Sie erschauderte. Und er war noch immer nicht zurückgekehrt. Das war alles zu viel. Woher sollte sie nur wissen, wem sie glauben konnte? Seit dem Verschwinden ihrer Eltern hatte sie gelernt, niemandem mehr zu trauen. Nur einmal war sie unachtsam gewesen, und zwar bei dem Mann, den sie geheiratet hatte, und das hatte sich als ganz erheblicher Fehler herausgestellt. Hatte sie diesen Fehler wieder begangen?

Sie ließ ihren Kopf auf das Bett hinter sich sinken. *Es gibt nur einen Weg, das herauszufinden, Ellie ...*

Mit ausgestrecktem Arm tastete sie den Bereich unter ihrem Bett nach ihren weichbesohlten Ballerinas ab. An der Tür angekommen, öffnete sie diese einen Spaltbreit und lauschte aufmerksam. Im Obergeschoss war es still und sie konnte auch keine Bewegung in der Eingangshalle unten ausmachen. *So, Ellie, jetzt wird es ernst ...*

ZWEIUNDDREISSIG

Unten angekommen, horchte sie erneut. Stille. Als sie die Küchentür mit angehaltenem Atem aufstieß, empfingen sie Gladstones sanfte Schnarchgeräusche von drüben am Herd. Sie ging zum Fenster und sah Mrs Trotman, die mit dem Milchmann sprach, während Polly mit den Bettlaken kämpfte, die sie versuchte, auf der Wäscheleine aufzuhängen. Eleanor fasste den spontanen Entschluss, das Risiko eingehen zu müssen, dass Mrs Butters möglicherweise irgendwo zugegen war.

Sie ging zum anderen Ende der Küche und pochte sanft an die Tür zur Butlerkammer. Diese Kammer war ein geheimnisvoller Raum zwischen Küche und Esszimmer, aus dem Clifford jeden Augenblick wie von Zauberhand mit einem Tablett in der Hand zu erscheinen vermochte. Da sie keine Antwort erhielt, drehte sie den Türknauf und trat ein.

Sie lehnte sich von innen gegen die Tür und schob sie mit einem äußerst sanften Klicken ins Schloss. Das Sonnenlicht schien durch die Bogenfenster an der gegenüberliegenden Wand auf die hölzernen Küchenarbeitsplatten, die sich über die gesamte Länge des Raums erstreckten. Unterhalb des Tafelsilbers, das hochglanzpoliert und perfekt arrangiert auf seinen

Einsatz wartete, befand sich eine lange Reihe von Schranktüren.

Eleanor ging auf die erste dieser Türen zu und öffnete sie. Unmengen von Glasgeschirr verbarg sich dahinter. Auch die nächsten drei Schränke waren mit unterschiedlichen Sorten von Geschirr gefüllt. Ach herrje, ihr Onkel hätte ein Fest für das ganze Dorf geben müssen, um auch nur die Hälfte dieses ganzen Krams zum Einsatz zu bringen. Die letzte Tür offenbarte perfekt gebügelte Leinentischdecken, die für den Falle geringfügigster Kleckereien im Speisezimmer als Ersatz bereitlagen. Schlagartig fiel ihr ein, dass all dies nun ihr gehörte ...

Tief einatmend besann sie sich wieder auf die anstehende Aufgabe. Sie drehte sich im Kreis und stellte fest, dass zwei der hochglanzpolierten Tische in der Raummitte über Schubladen verfügten. Allerdings fand sie lediglich Korkenzieher in der einen und Zigarrenschneider in der anderen vor. *Denk doch mal nach, Ellie, er würde doch nichts Belastendes im Tafelservice verstecken!*

Neben dem Barschrank mit Glasfront, der, wie sie feststellte, abgeschlossen war, stand eine hohe Kommode aus Eiche. Diese ließ sich mit einem nervenzermürbenden Knarren öffnen, offenbarte jedoch lediglich eine Reihe hübsch etikettierter Einmachgläser und ein Königreich aus Käse unter Glasglocken. Damit blieben nur zwei Türen übrig. Durch die größere musste man direkt ins Speisezimmer gelangen. Entsprechend musste die andere in Cliffords Privatgemächer führen. *Ja, dort würde sie suchen müssen!* Sie nahm sich ein Paar weißer Handschuhe von dem säuberlichen Stapel auf der Arbeitsplatte, streifte sie über und umfasste den Türgriff.

Erst nachdem sie die Tür geöffnet und einen schnellen Blick die kurze Treppe hinauf geworfen hatte, kam es ihr seltsam vor, dass er diese Tür nicht verschlossen hielt. Ihr kam es jedoch gelegen. Dennoch musste Eleanor ihre Beine regelrecht zwingen, die Treppe zu der eleganten Junggesellenwohn-

stube   zu   erklimmen.   Dem   eigenen   Personal
hinterherzuschnüffeln, war eigentlich nicht ihr Stil.

Ein großer Schreibtisch füllte die Nische vor dem Fenster,
das leicht angelehnt war, und vor dem steinernen Kamin luden
zwei lederne Lehnstühle zum Verweilen ein. Als einzige Raum-
dekoration fungierten zwei silbergerahmte Fotografien von Clifford mit ihrem Onkel und ein breiter Spiegel, der darüber hing.

Am anderen Ende des Zimmers stand halbverdeckt durch
einen Wandvorsprung ein kreisrunder Esstisch, der von einem
blauen Tischtuch bedeckt und mit zwei Stühlen versehen war.
Sie bemerkte, dass auf einem der beiden ein pralles Kissen an
der Rückenlehne lehnte. Eleanor hielt inne. Ob ihr Onkel wohl
hier mit seinem Butler gesessen hatte, von Clifford in dessen
private Welt eingeladen? Zwei alte Freunde, die einen Brandy
genossen, gemeinsame Abenteuer Revue passieren ließen und
ein Nachtmahl miteinander teilten?

Sie schüttelte den Kopf. Es schien unmöglich, dass Clifford
ihren Onkel in all diesen Jahren hinters Licht geführt hatte. Sie
seufzte. Sie wusste so wenig über ihren Onkel, wie könnte sie
das beurteilen?

Sie begann mit den Schreibtischschubladen und überflog
sämtliche Papiere, jedoch schien nichts auch nur geringfügig
Ungewöhnliches darunter zu sein. Es waren lediglich Haus-
haltsbücher, archivierte Briefwechsel mit Handwerkern sowie
eine Ausgabe von *Debrett's Peerage and Baronetage*. Der Raum
war derart minimalistisch möbliert, dass sie sich einen Moment
lang verdutzt umsah. Wo konnte man hier überhaupt irgendetwas verstecken?

Ihr Blick fiel auf das schmale Bücherregal unweit des
Tisches. In der Hoffnung, auf ein Geheimversteck zu stoßen,
zog sie jedes einzelne Buch hervor, doch es war vergebens. In
ihrer Verzweiflung lupfte sie sogar den Deckel des Kupferkes-
sels über dem Kamin. Sie kaute auf ihrer Unterlippe. Da musste
doch irgendetwas sein. Sein Schlafzimmer! Doch wo um alles

in der Welt befand es sich? Sie wirbelte herum und bemerkte, dass die Vorhänge eines Fensters an ihrem Ende des Raums zugezogen waren. Vorsichtig lugte sie hindurch.

Sieh mal einer an! Es handelte sich gar nicht um ein Fenster, sondern um eine Stiege, die zu Cliffords heiligen Hallen führte. Sie eilte die Stufen hinauf. Was er wohl sagen würde, wenn er sie dabei anträfe, wie sie unter seiner Matratze herumschnüffelte? Der Kleiderschrank aus Zedernholz enthielt ausschließlich makellose Anzüge: Cutaways und graue sowie schwarze Anzüge. Eine rasche Durchsuchung der Taschen der Sakkos und Hosen verlief ergebnislos.

Die fünf Paar hochglanzpolierter Schuhe auf dem Regal darunter wiesen weder Spuren von Sand oder Kalk an den Sohlen noch Geheimverstecke in den Absätzen auf. Das Abklopfen der Schrankwand nach einem versteckten Paneel führte lediglich dazu, dass ihre Nerven durch das laute Echo, das durch den holzgedielten Raum hallte, noch stärker in Mitleidenschaft gezogen wurden.

Als Nächstes richtete sie ihre Aufmerksamkeit auf das Einzelbett. Auf den Nachttischen mit Nussbaumintarsien, die das Bett flankierten, standen zur einen Seite eine Wasserkaraffe, zur anderen eine kunstvolle Öllampe.

In den Schubladen zur einen Seite fand sie einen Stapel frischer Taschentücher und zur anderen mehrere Brillen und einen Satz schmaler Metallstäbe, die sie für die Dietriche hielt, die er in der Hütte im Steinbruch benutzt hatte.

Das Bett war mit einer derart militärischen Akkuratesse gemacht, dass sie einen Moment lang zögerte, ehe sie ihre Hand unter die Kissen gleiten ließ und die Matratze anhob. Nichts.

Einige Minuten später hob sie den kreisrunden Teppich in der Mitte des Zimmers an, um dort nichts anderes als die hochglanzpolierten und staubfreien Eichendielen vorzufinden. Linker Hand befand sich ein kleiner Waschraum, der grünweiß gekachelt war und über eine Toilette, eine Sitzbadewanne auf Füßen und ein Keramikwaschbecken verfügte. In dem kleinen Eckschrank fand sie lediglich Rasierutensilien, einen Handspiegel, Seife und ein übersichtliches Sortiment aus Nagelknipsern und Kämmen vor.

Zum Teufel! Seine Räumlichkeiten waren genauso unergründlich wie seine emotionslose Butlerfassade.

Während sie leise den Badezimmerschrank schloss, seufzte sie. Sie hatte alles versucht, was nicht gerade bedeutete, die Holzdielen herauszureißen oder die komplette Wand abzusuchen, und rein gar nichts gefunden. Geld! Ein neuer Gedanke schoss ihr durch den Kopf. Irgendwo musste er sein Geld aufbewahren, denn er lagerte es wohl kaum im Familiensafe im Arbeitszimmer ihres Onkels. Sie ging auf das einzige Bild zu, das an der gegenüberliegenden Seite des Betts hing. Das eher schlichte Werk zeigte zwei Cowboys, die auf sandfarbenen Rössern in den Sonnenuntergang ritten. Das Bild war nicht nur schlicht, es stellte auch schlicht kein Versteck für einen Safe dar, wie sich herausstellte.

Während sie das Bild zurückhängte, kam ihr ein Gedanke. Sie schoss zurück ins Badezimmer und schnappte sich den Rasierspiegel. Dann legte sie sich mit dem Rücken auf den Fußboden, um die Unterseite der Möbel und des Betts auf Dinge zu untersuchen, die möglicherweise außer Sichtweite angebracht worden waren.

Nichts!

Eleanor raffte sich auf und fand sich damit ab, sich in ihm getäuscht zu haben. Er war wirklich so geradlinig und stocksteif, wie er schien. Als sie zurück zum Badezimmerschrank gehen wollte, um den Spiegel zurückzulegen, stolperte sie über die Türschwelle. »Nein!«, platzte es aus hier heraus, als der Spiegel ihrer Hand entglitt. Irgendwie gelang es ihr, ihn zu fangen. Atemlos lag sie eine Sekunde lang regungslos auf dem Rücken, bevor sie sich zur Seite rollte. »Hallo! Was haben wir denn da?«, flüsterte sie.

Im Spiegel konnte sie sehen, dass eine der Wandfliesen hinter einem Fuß der Sitzbadewanne leicht hervorzustehen schien. Man musste schon zufällig mit einem Spiegel in der Hand auf dem Badezimmerfußboden liegen, um es zu bemerken.

Sie legte sich zurück auf den Boden und tastete sich an der besagten Stelle die geflieste Wand entlang, bis sich eine der Fliesen löste. Sie nickte angesichts der kleinen Lücke, die dort zum Vorschein kam. Und angesichts des schmalen Tresorfachs, das genau in die Aussparung passte.

Fast hätte sie das Fach fallen lassen, als urplötzlich der Klang einer Stimme durch das Fenster drang. »Polly, mein Kind, häng die Bettlaken doch bitte ordentlich auf. Mrs Butters will doch nicht den den Rest ihres Lebens damit verbringen, Falten auszubügeln!«

Eleanor starrte auf das Fach. Sie versuchte, den Deckel anzuheben, der jedoch selbstverständlich abgeschlossen war. Cliffords Dietriche! Nach einigen Minuten, die ihr vorkamen wie zwanzig, vernahm sie es: das Schnappen eines Schlosses, das in seine geöffnete Position sprang.

Mit verhaltenem Atem hob sie den Deckel an und rang nach Luft. Im Inneren befanden sich sieben Edelsteine von sonderbarer Form.

»Granate!«

Sie nahm einen davon heraus. Es war gewisslich ein Granat, genau wie jener, den sie im Steinbruch gefunden hatten, aber ... in der Form eines Projektils?

Einen flüchtigen Moment lang überlegte sie, ihn in ihre Tasche gleiten zu lassen, doch ironischerweise kamen ihr Cliffords Worte wieder in den Sinn: »Es wäre ja schließlich eine Schande, den möglichen Mörder auf die Tatsache aufmerksam zu machen, dass er sich auf unserer Verdächtigenliste befindet.« Sie stülpte den Deckel zurück auf das Fach, schob es in sein Loch zurück und hängte die Fliese darüber.

Mit ihrem behandschuhten Zeigefinger fuhr sie über den Fußboden, um die verräterische Linie aus feinem weißem Putz zu beseitigen, die dorthin gerieselt war. Nachdem sie die Dietriche hastig in die Nachttischschublade zurückgelegt hatte, huschte sie die zwei kurzen Stiegen hinab zurück ins Haupthaus.

Zurück auf ihrem Zimmer lehnte sie sich gegen ihre Tür, um durchzuatmen. Als sich ihr Puls etwas beruhigt hatte, begann sie den Raum zu durchschreiten. Warum war Clifford im Besitz dieser Granate? Hatte er versehentlich einen davon im Steinbruch verloren oder hatte er ihn absichtlich dort deponiert? Dann wiederum war der Granat, den sie im Steinbruch gefunden hatte, so geschliffen gewesen, dass er in eine Schmuckfassung passte. Diejenigen jedoch, die sie soeben in Cliffords Bad entdeckt hatte, waren wie Projektile geschliffen.

Sie schüttelte den Kopf. *Was ist von alldem nur zu halten, Ellie?* Sie blieb stehen, denn einem eiskalten Dolch gleich kamen ihr die Worte des Bürgermeisters in den Sinn. »Meine Werteste, er hat Sie auf Schritt und Tritt begleitet und weiß, was Sie herausgefunden haben. Was mag er wohl unternehmen, um Sie davon abzuhalten, noch mehr herauszufinden?«

Sie stutzte und hielt für einen Moment lang den Atem an, denn diesmal rief sie sich Cliffords Worte in Erinnerung: »Mir ist aufgefallen, dass Sie nicht so leicht umzubringen sind, Mylady.«

DREIUNDDREISSIG

Eleanor schreckte auf, als Mrs Butters »Mylady?« durch die Tür rief.

Beruhig dich, Ellie!

»Herein!«

»Ach du liebe Zeit, Mylady. Haben Sie etwa ein Gespenst gesehen?« Die Haushälterin blickte in Eleanors bleiches Gesicht.

»Nein, wieso auch?«, schnauzte Eleanor. »Ich bat darum, nicht gestört zu werden, Mrs Butters.«

Die Haushälterin sah sie besorgt an. »Ich bitte um Verzeihung, Mylady, aber da Mr Clifford nicht hier ist, wollte ich den Gentleman bei alldem, was hier los ist, nicht wieder fortschicken.«

»Gentleman?«

Sie reichte Eleanor eine Visitenkarte auf einem kleinen Silbertablett: Detective Chief Inspector Seldon, Criminal Investigation Division, Oxford.

Sie zögerte. *Vielleicht brachte er ja gute Nachrichten.* Sie nahm die Karte entgegen und hastete an Mrs Butters vorbei die

Treppe hinunter in die Eingangshalle, wo ihr Besucher sie erwartete.

»Inspector, bleiben Sie lange genug für den Nachmittagstee?«

»Bedauerlicherweise nein, Lady Swift. Können wir unter vier Augen sprechen?«

Eleanor wies mit einer Geste auf den Morgensalon und schüttelte ihren Kopf in Richtung von Mrs Butters, die am Fuße der Treppe auf weitere Anweisungen wartete.

Nachdem sie die Tür geschlossen hatte, nahm Eleanor Platz und wies den Inspector an, es ihr gleichzutun. Er blieb jedoch stehen.

»Also kein Privatbesuch, ja? Kommen Sie mit der düsteren Kunde weiterer Tode und Morde?«

DCI Seldon verzog das Gesicht. »Glücklicherweise nicht, Lady Swift, keine weiteren Morde ... allerdings hatte ich ja versprochen, Sie auf dem Laufenden zu halten bezüglich ... weiterer Entwicklungen.«

»Bitte kommen Sie zur Sache, Inspector.«

»Fakt ist, dass der Fall Atkins abgeschlossen ist.«

Eleanor sprang auf. »Abgeschlossen! Also haben Sie den Mörder gefunden?«

Er seufzte. »Mr Cornell wurde des Mordes an Mr Atkins für schuldig befunden. Der Abschiedsbrief –«

»Das ist doch genau das, was er Sie glauben machen wollte«, schrie Eleanor. »Sie sind darauf reingefallen. Da läuft ein Mehrfachmörder frei herum und kein Mensch sucht nach ihm!« Sie hätte platzen können vor Wut, und ihre Wangen liefen scharlachrot an.

»Lady Swift, geht es Ihnen gut? Verzeihen Sie, aber Sie sehen etwas errötet aus.«

»Mehr als gut, danke der Nachfrage. Tatsächlich erfreue ich mich bester Gesundheit und bin ausgezeichnet in der Lage, mich um mich selbst zu kümmern.«

DCI Seldon blickte auf Eleanors Hände. Für einen kurzen Moment dachte sie, dass er sie vielleicht in die seinen schließen würde. Stattdessen fuhr er in seinem gewöhnlichen ruppigen Tonfall fort: »Lady Swift, es ist meine behördliche Pflicht, Sie erneut davor zu warnen, in dieser Angelegenheit weiter zu ermitteln. Der Fall ist, wie gesagt, offiziell abgeschlossen. Jegliche Versuche, ihn auf eigene Faust wiederzueröffnen, werden als versuchte Justizbehinderung angesehen.«

»Justizbehinderung!« Sie lächelte kühl. »Inspector, darf ich Ihnen nahelegen, das nächste Mal, wenn Sie gedenken, meine Zeit zu verschwenden, das Telefon zu bemühen, um sich selbst die Anfahrt zu ersparen?« Sie erhob sich und wies zur Tür. »Guten Tag, Lady Swift.« Er verbeugte sich steif und ging.

Kaum hatte sie die Haustür hinter dem Inspector zugeschlagen, kam Mrs Butters zu ihr hereingeeilt. »Verzeihen Sie die Störung, Mylady, aber sind Sie wohlauf? Ich habe Schreie gehört.«

»Schreie? Mir ist nach Kreischen zumute!«

»Ich ... ich bin in der Küche, falls Sie irgendetwas benötigen sollten.« Die Haushälterin wuselte aus dem Raum.

Zurück auf ihrem Zimmer bebte Eleanor noch immer vor Wut. »Wie kann die Polizei nur so schrecklich, schrecklich dumm sein? Oder hat die Korruption ein derartiges Ausmaß angenommen, dass sie bis nach ganz oben an die Spitze reicht? Vielleicht sogar bis zum Inspector selbst? Womöglich ist selbst Clifford darin verstrickt ... und ...« Ihre Augen weiteten sich. »Vielleicht mein Onkel.«

War das womöglich der Grund dafür gewesen, dass er sie all die Jahre über fern von sich gehalten hatte? Eleanor vergegenwärtigte sich erneut, wie wenig sie doch über ihren Onkel wusste. *Was für ein Dummkopf du gewesen bist, Ellie. The Hall kann niemals dein Zuhause werden!*

Sie sah zu den Büchern, der Marionette und dem Puppenhaus. Ihr Zimmer erschien ihr genauso erdrückend wie am Tag ihrer Ankunft auf The Hall. Sie sprang auf und rannte die Treppe hinunter in die zunehmende Dämmerung.

Anfangs lief Eleanor blindlings drauflos und ließ sich von ihren Beinen dorthin tragen, wohin sie sie führten. Sie versuchte, ihre Gedanken zu verdrängen, zumindest bis sie die Kontrolle über ihre Atmung wiedererlangt hatte. Ruhig ein ... ruhig aus. Doch ihr Atem schien zu rasseln ... wie der einer ältlichen Bulldogge?

»Gladstone!«

Als der keuchende Hund sie eingeholt hatte, warf er sich zu ihren Füßen und bedachte sie mit einem hingebungsvollen Blick.

»Ich verstehe, wieso Hunde bessere Gefährten sind als Menschen!«, murmelte sie. »Nach Henley Hall zu kommen, war der größte Fehler meines Lebens ... und meine Vita hat einige gewaltige Fehlgriffe zu verzeichnen. Ich meine, was habe ich mir davon erhofft? Ein Zuhause? Eine neue Familie? Liebe? Pah!« Sie schüttelte den Kopf. »Was für ein elender Schlamassel.«

Der einzige flüchtige Silberstreif am Horizont war Lancelot gewesen, der trotz der anfänglichen Aufmerksamkeit, die er ihr geschenkt hatte, jedoch keine Anstalten mehr gemacht hatte, den nächsten Schritt zu gehen. Sie war zu dem Schluss gekommen, dass er mit ihr gespielt hatte, so wie jeder andere auch. »Gladstone, ich bin wohl die größte Idiotin, die je einen Fuß auf diese Erde gesetzt hat.«

Sie blieb stehen und schrie: »Warum, o warum nur habe ich mich wieder jemandem anvertraut? Warum, o warum, Ellie? Du lernst wohl niemals dazu!«

Als sie sich umsah, stellte sie fest, dass sie bereits auf halbem Weg zu dem Steinbruch war, an dem alles angefangen hatte. Sie erschauderte. »Keine Ausflüge mitten ins Nirgendwo mehr. Wenn wir uns in irgendwelche weiteren Mordfälle verstricken, Gladstone, dann setzen wir uns beide auf den nächsten Dampfer und kehren niemals wieder.«

Sie drehte sich um und machte sich mit einem Kloß im Hals auf den Weg ins Dorf. Weitere Mordfälle oder nicht, vielleicht war dies das beste Vorgehen. War ihr Traum davon, einen Ort zu finden, an dem sie sich zu Hause fühlte, nicht mehr als das: ein bloßer Traum?

Der steile Abstieg führte sie zügig ins Dorfzentrum, vorbei an dem Schild, das sie in Little Buckford willkommen hieß. Gladstone nahm geräuschvoll einige Schlücke aus dem Dorfteich, eine Störung der abendlichen Waschungen der Entenschar, die mit wütendem Gequake quittiert wurde.

Auch als sie die kleine Hauptstraße erreicht hatte, war Eleanors Wut über die Nachricht des Inspectors noch nicht verflogen. Dann wurde ihr plötzlich klar, dass sie absolut nicht in der Stimmung war, irgendjemanden zu treffen. Eine Straße, die nach rechts abbog, führte ins schwindende Abendlicht. »Ausgezeichnet, die sieht verlassen aus. Komm schon, Gladstone. Ich muss noch weiter laufen, um ein Ventil für meine Wut zu finden, bevor ich platze.«

Sie bogen in die Straße ein, Eleanor ging voraus, Gladstone folgte dicht dahinter. Bereits wenige Minuten später aber endete die Straße. Eine Steinmauer blockierte den Weg. »Oh, um Himmels willen, wäre es so schwer gewesen, bereits an der Hauptstraße darauf aufmerksam zu machen, dass es sich um eine Sackgasse handelt?«

Zu ihrer Rechten schlängelte sich eine schmale Gasse an einigen Wirtschaftsgebäuden vorbei. Sie sah aus, als würde sie zurück zu den Geschäften führen. »Hier lang, Gladstone!«

Die Gasse war allerdings steiler, als es zunächst den Anschein gemacht hatte. »Pflastersteine! So idyllisch und doch so unpraktisch!«

Etwa zwanzig Yards weiter wurde sie vom Licht der untergehenden Sonne geblendet. Sie schirmte ihre Augen ab und versuchte, sich auf dem unebenen Terrain nicht den Knöchel zu verstauchen.

Und da hörte sie es.

»Gladstone, pssst!« Die Bulldogge hielt an und stellte die Ohren auf. »Schritte?«, flüsterte sie.

Sie blickte sich um, konnte aber nur die blendenden Strahlen der Abendsonne und die dunklen Abschnitte dazwischen ausmachen. Sie schickte sich an, weiterzugehen. »Ich könnte schwören ...« Plötzlich fingen die Schatten an, sich zu bewegen. Eine dunkle Gestalt mit einer Waffe in der Hand baute sich vor ihr auf.

»Clifford!«

Sie sank auf die Knie, nicht aus Angst, sondern aus Verzweiflung angesichts des Verrats.

So darf es nicht enden!

Sie schützte ihren Kopf mit den Händen, doch der erwartete Schmerz blieb aus. Stattdessen vernahm sie einen dumpfen Schlag, gefolgt von einem heftigen Aufstöhnen. Sie rollte sich zur Seite und sprang auf, bereit zur Selbstverteidigung.

»Clifford! Weg von mir, Sie Monster!« Ihr Blick fiel auf seine Füße. »Oh!«

Clifford machte einen Diener. »Guten Abend, Mylady.« Er wies auf die gekrümmte Gestalt. »Der wird Ihnen von nun an keine Schwierigkeiten mehr bereiten.«

»Was zum −?«

Clifford lächelte. »Ich gebe zu, es bestand das Risiko, dass Sie sich nicht ausreichend ducken würden, bevor dieser Gentleman seine Absicht verwirklichen konnte, Ihnen mit diesem Ding hier einen Schlag zu verpassen.« Er bückte sich und hob den Totschläger auf, der aus der Hand des bewusstlosen Mannes gerollt war.

Eleanor rang nach Luft. »Oh, Clifford, was bin ich nur für eine Närrin gewesen. Ich glaubte, Sie –«

»Kein Grund zur Entschuldigung, Mylady, ein nachvollziehbarer Irrtum. Dürfte ich allerdings vorschlagen, dass wir uns und diesen Gentleman baldmöglichst von hier entfernen? Seine Komplizen könnten ganz in der Nähe weilen.«

»Ihn entfernen? Sie können diesen Verbrecher doch nicht mit nach Hause nehmen, sind Sie wahnsinnig?«

»Ich glaube, dass er lediglich ein Werkzeug des tatsächlichen Schurken ist, der hinter alldem steckt. Aber mit ein klein wenig Überredungskunst gelingt es uns ja vielleicht, die Zunge unseres Gefangenen zu lösen. Der Rolls-Royce steht ganz in der Nähe, es muss uns nur gelingen, ihn dorthin zu schaffen.«

»Aber wir sollten die Polizei verständigen. Dieser Mann hat versucht, mich umzubringen!«

»Tatsächlich glaube ich, dass sein Auftrag darin bestand, Sie außer Gefecht zu setzen, um Sie dann zu entführen. Was die Polizei anbetrifft, wer schwebt Ihnen da vor? Der äußerst vertrauenswürdige Sergeant Wilby?«

Eleanor nickte. »Sie haben recht, aber es ist zu gefährlich, ihn nach The Hall zu bringen. Was ist mit dem Personal?«

»Ich denke, Sie werden bald feststellen, dass das Personal unerwarteten Besuch gewohnter ist, als Sie vielleicht meinen. Mrs Trotman wird sich seiner annehmen.«

Eleanor öffnete den Mund, um zu widersprechen, aber Clifford hielt eine Hand hoch.

»Wirklich, wir sollten aufbrechen. Jetzt, Mylady.« Seine Stimme hatte einen gebieterischen Unterton.

Eleanors natürlicher Überlebensinstinkt übernahm die Kontrolle. Seinen wenig butlerartigen Ton konnten sie später noch diskutieren.

»Da!« Sie rannte zu einem ramponierten zweirädrigen Handkarren hinüber, der neben einem Wirtschaftsgebäude abgestellt war.

Clifford warf den Totschläger ins Gesträuch und schloss zu ihr auf.

Nach kurzer Inspektion urteilte sie: »Die hält vielleicht bis zum Ende der Gasse.«

»Eventualiter.«

»Wir müssen es auf einen Versuch ankommen lassen. So schwer kann es ja nicht sein, einen bewusstlosen Möchtegernentführer auf einem ramponierten Handkarren durch die Straßen zu schieben, ohne dabei irgendjemanden auf unsere Anwesenheit aufmerksam zu machen. Immerhin kann der heutige Abend unmöglich noch absurder werden.«

»Das ist die richtige Einstellung, Mylady«, ächzte Clifford, während er den Mann unter dessen schlaffen Armen packte. Eleanor hielt mit der einen Hand den Karren fest und griff mit der anderen nach einem baumelnden Bein. Nachdem der Mann aufgeladen war, zog Clifford seinen Mantel aus und wickelte ihn um die ausgestreckte Gestalt.

»Passabel.« Eleanor grinste. »Allerdings werden wir damit auf dem Kopfsteinpflaster einen Heidenlärm veranstalten.«

»Glücklicherweise wechselt der Straßenbelag kurz vor den Häusern. Und es gibt einen Pfad, der uns direkt zum Auto führt.«

»Gladstone!« Eleanor fiel ein, dass die Bulldogge an ihrer Seite gewesen war. »Junge, wo steckst du?«, flüsterte sie.

Sie spürte eine schnüffelnde Hundenase hinter sich.

»Gladstone, alles gut, mein Freund. Das ist doch nur Clifford, komm schon. Musst allerdings leise sein.« Sie löste das Halsband des Hundes und knotete seine Leine fest um Cliffords Mantel, um ihren Gefangenen festzubinden.

»Los geht's!«

Während Clifford den Wagen zog und Eleanor ihren komatösen Gefangenen festhielt, kämpften sie sich den steilen Abhang hinunter. Die einzigen Unfälle, die es zu beklagen galt, waren einige überfahrene Zehen sowie ein großer Riss in Eleanors Mantel, der in die Karrenräder geriet.

»Hier sind wir, Mylady. Das ist der Schleichweg, der uns zum Rolls-Royce führt. Es ist allerdings ein Feldweg.«

»Dann ist er zumindest nicht so laut wie das Kopfsteinpflaster«, flüsterte Eleanor. »Guter Junge, Gladstone, weiter so.« Sie tätschelte ihm den Kopf.

Die wackligen Karrenräder hatten auf dem unebenen Boden jedoch noch mehr zu kämpfen und drohten zu bersten, noch bevor sie das Ende des Pfads erreicht hatten.

Als Eleanor schließlich die silbrig schimmernde Kühlerfigur des Rolls-Royce erblickte, seufzte sie erleichtert auf.

»Wie bekommen wir ihn da rein, ohne gesehen zu werden?«, zischte sie.

»Wenn Sie den Karren festhalten, dann fahre ich den Rolls-Royce rückwärts in den Weg hinein, so als würde ich wenden wollen. Dann springe ich hinaus und wir befördern ihn gemeinsam in den Kofferraum.«

Eleanor tat wie ihr geheißen, während Clifford den Wagen anließ. Im Nu hatte er den Rolls-Royce gewendet, sodass dieser nun mit dem Heck in dem Weg stand. Mit vereinten Kräften wuchteten sie den Mann in den Kofferraum. Gerade als Clifford den Kofferraumdeckel leise, aber zügig geschlossen hatte, fuhr er herum.

»Guten Abend, Mr Clifford«, rief eine Stimme im Vorbeigehen.

»Wunderschönen guten Abend, Mrs Jones«, erwiderte Clifford mit eindrucksvoll gemäßigter Stimme.

Sobald die Luft rein war, lenkte Clifford den Wagen aus der Seitenstraße auf die Hauptstraße. Bald schon hatten sie den Dorfteich passiert und machten sich auf den mittlerweile dunklen Weg zurück nach Henley Hall.

Clifford reckte triumphierend die Faust in die Luft. »Geschafft!«

Eleanor lachte. »So haben Sie sich mit meinem Onkel also die Abende vertrieben? Sie haben ahnungslose Mitglieder der kriminellen Unterwelt angegriffen und entführt?« Sie schüttelte den Kopf. »Und ich hatte mich bereits auf das ruhige Leben einer angesehenen Dame vom Lande gefreut.«

Sie lehnte sich in ihren Sitz zurück und wandte sich an die Bulldogge, die neben ihr saß. »Gladstone, worauf in aller Welt habe ich mich nur eingelassen?«

VIERUNDDREISSIG

»Nun, ich muss zugeben, Sie sehen mich beeindruckt.« Eleanor lächelte Clifford zu, während sie den warmen Umschlag auf ihrer Schulter zurechtrückte.

»Durchaus, Mylady. Mrs Butters' Umschläge aus Kartoffeln, Zwiebeln und Kräutern wirken in Hinblick auf ihre Heileigenschaften wahre Wunder. Mir hingegen tut es leid, Ihre jüngste Verletzung nicht berücksichtigt zu haben. Einen schweren Handkarren über unebenes Terrain zu schieben, musste den Schmerz und die Steifheit ja zwangsläufig verschlimmern.«

»Der Umschlag wirkt in der Tat wahre Wunder, Clifford, aber das meinte ich gar nicht. Die Damen haben im Angesicht unseres Treibens heute Abend nicht einmal mit der Wimper gezuckt. Mrs Trotman schien geradezu beseelt von ihrer neuen Aufgabe zu sein, unseren Gast zu tränken und zu füttern.«

Clifford lächelte. »Genau wie Sie, Mylady, ist das Personal, das Ihr Onkel eingestellt hat, aus hartem Holz geschnitzt.«

Am nächsten Morgen herrschte geschäftiges, aber abgeklärtes Treiben im Herzstück des Hauses. Mrs Butters schürte das knisternde Feuer im Ofen, Mrs Trotman knetete ihren Teig, bis er sich ihr ergab, und Polly versuchte vergebens, eine Garnitur Tafelsilber zu funkelnder Perfektion zu polieren. Einzig Gladstone, der mit der Nase in einen Lederpantoffel gepresst in seinem Steppbett schnarchte, ließ das emsige Personal im Stich.

Clifford hielt die Küchentür auf und winkte Eleanor hinein.

»Die Damen.« Er nickte. »Wie schlägt sich unser Gast im Keller?«

Eleanor fuhr zusammen. »Das meinten Sie also, als Sie sagten, Jack Cornell sei ein ehemaliger ›Gast‹ meines Onkels gewesen?«

Clifford nickte.

Polly kicherte und errötete beschämt, als Mrs Butters sie daraufhin mit einem vielsagenden Blick strafte. Mrs Trotman wischte sich ihre mehligen Hände an der Küchenschürze ab. »Nun, Sir, bislang gab es keinerlei Beschwerden.« Die Damen lachten allesamt.

Eleanor war verwirrt. »Keinerlei Beschwerden?«

Mrs Trotman antwortete: »Die Sache ist die, Mylady, unser gegenwärtiger Gast war so nett, uns zu sagen, dass er noch nie so gut gegessen habe und bedient worden sei.«

»Der Mann soll doch unser Gefangener sein!«, protestierte Eleanor.

»Ganz recht, meine Liebe, ganz recht.« Mrs Butters lächelte. »Und der Wille eines Mannes lässt sich am besten über seinen Magen brechen. Vermutlich könnten wir ihn auch ungefesselt hier oben bei uns sitzen lassen, er würde uns trotzdem nicht weglaufen.« Erneutes Gelächter hallte durch die Küche.

Sie konnte sich des Eindrucks nicht erwehren, dass sie alle eher sorglos mit der Tatsache umgingen, dass da ein gefährlicher Krimineller im Keller eingesperrt saß. »Hat er gestanden, wer ihn damit beauftragt hat, mich zu entführen?«

»Die Damen würden sich nicht anmaßen, das zu fragen«, sagte Clifford. »Noch nicht. Sie wissen, dass diese Dinge Zeit erfordern. Der erste Gedanke eines Speichelleckers gilt der Loyalität zu seinem Zahlmeister, insbesondere zur Gewährleistung des Wohlergehens seiner Kniescheiben und Angehörigen. Dieses Mal allerdings fürchte ich, dass wir uns den Luxus, ihn mit Samthandschuhen anzufassen und mit Mrs Trotmans erlesenen Speisen zu verwöhnen, um seine Zunge zu lösen, nicht erlauben können.«

Er schritt aus der Küche in die Spülküche. Hinter ihm wies Eleanor mit dem Kinn auf die Tür, die zur Speisekammer führte. »Früher habe ich mich da oft heimlich reingeschlichen.« Sie grinste. »Wenn Sie mal nicht aufgepasst haben, versteht sich.«

Mit der Hand auf dem Türknauf hielt er inne. »Es erforderte unzählige zusätzliche Abstecher ins Dorf, Mylady, um Ihre Neigung zum Süßigkeitendiebstahl zu kompensieren.«

Mit weit aufgerissenen Augen bestaunte sie, wie er die Tür des Vorratsschrank öffnete, ein Kuchenblech zur Seite schob, einen Schlüssel aus seiner Tasche zog, mit diesem ein verstecktes Schloss öffnete und die gesamte Rückwand nach vorn drehte, sodass eine steinerne Treppe zum Vorschein kam.

Sie starrte ihn für einen Moment lang sprachlos an. »Sobald diese Mordsache aus der Welt geschafft ist, bestehe ich auf einer vollständigen Führung durch das gesamte Haus.«

»Sehr wohl, Mylady.«

Am Ende der kurzen Treppe konnte sie eine zusätzliche Stahltür ausmachen, die über einer alten Eichentür angebracht worden war. Die Stahltür lehnte jedoch an der Wand, war nicht geschlossen und ganz gewiss nicht abgeschlossen. Sie hob fragend eine Augenbraue.

Clifford sprach mit gedämpfter Stimme: »Ein psychologisches Phänomen, das Ihrem seligen Onkel aufgefallen ist, Mylady. Der Internierte reagiert positiv auf den subtil reduzierten Freiheitsentzug. Nach wenigen Tagen seiner Einkerkerung wird ihm auffallen, dass ihn lediglich noch eine profane Haustür von seiner Freiheit trennt. Er meint, dass man ihm vertraue, und beginnt im Umkehrschluss, Vertrauen zu seinem Geiselnehmer aufzubauen. Da uns unglücklicherweise nur wenig Zeit bleibt, habe ich diesen Prozess beschleunigt, indem ich die Stahltür von Anfang an aufgesperrt gelassen habe.«

Sie runzelte die Stirn. »Was aber, wenn er nicht darauf anspringt und stattdessen versucht, sich aus dem Staub zu machen?«

Clifford winkte vage ab. »Das Risiko besteht, für eine derartige Eventualität stehen allerdings gewisse versteckte Maßnahmen bereit. Bislang ist noch keiner unserer ›Gäste‹ entkommen.«

Ellie senkte die Stimme. »Das klingt ja alles ziemlich ausgeklügelt. Ich dachte, wir würden ihn einfach so lange mit Drohungen traktieren, bis er uns den Namen desjenigen ausspuckt, der ihn mit meiner Entführung beauftragt hat.«

Clifford tastete die Jackentaschen seines Cutaways ab. »Dankenswerterweise scheine ich meinen Totschläger und meinen Schlagring oben vergessen zu haben, Mylady. Wollen wir?«

Mit Erstaunen nahm sie zur Kenntnis, dass er an der Tür klopfte, bevor er den Schlüssel im Schloss herumdrehte. »Guten Morgen«, rief er.

»Tach?«, antwortete ein tiefe Stimme von drinnen.

Sie betrat den Raum, der zwar einfach, ihrer Meinung nach für eine Zelle aber trotzdem allzu komfortabel eingerichtet war. In einem neu bezogenen Ohrensessel am Kamin saß ein Riese von einem Mann. Als er sie erblickte, rappelte er sich hoch und lüftete eine imaginäre Mütze.

In der Dunkelheit und dem wilden Durcheinander des

vorigen Abends hatte sie keine Chance gehabt, einen wirklichen Blick auf ihren Angreifer zu erhaschen. Nun da er vor ihr stand, konnte sie sich des Eindrucks nicht erwehren, dass derjenige, der die Gesichtszüge dieses Mannes geformt hatte, den Großteil davon mit einem Boxhandschuh erledigt hatte. Und die Kanten musste er mit einer schweren Holzbohle bearbeitet haben. Die platte Nase stand seitlich ab, und seine Augenbrauen beherrschten die gesamte obere Hälfte seines komplett quadratischen Gesichts. Seine tief liegenden braunen Augen waren unter schweren Lidern begraben, und sein Unterbiss wurde von schlaffen Hängebacken kaschiert.

»Miss.« Er nickte ihr zu und blickte dann zu Clifford. »Was passiert jetzt mit mir, Meister?« Der Mann hatte eine tiefe Stimme und einen Akzent, der seine Londoner Herkunft nicht zu verhehlen vermochte.

»Nun, es gibt eigentlich nur zwei Möglichkeiten.« Clifford wandte sich Eleanor zu und wies auf zwei Sessel, die so ausgerichtet waren, dass sie dem Sitzplatz des Gefangenen gegenüberstanden. »Entweder Sie sind höflich genug, unsere Fragen zu beantworten, oder –«

»Oder Sie verpfeifen mich an die Schmeißfliegen.« Der Gefangene wartete, bis Eleanor sich setzte. Dann sackte er in seinem Sessel zusammen und ließ seine Gorillaarme schlaff über die Armlehnen baumeln.

Clifford wandte sich erneut Eleanor zu. »Die Polizei. Dort, wo dieser Gentleman herkommt, werden Polizisten gern als ›Schmeißfliegen‹ bezeichnet.«

Ihr Gast grummelte. »Fleißige Fatzkes in Uniform, die immer um einen rumschwirren und nix als Ärger machen.«

Sie setzte sich auf. »Ich ging der Annahme, ›Ärger machen‹ sei eher Ihre Domäne, Mr ...?«

Er musterte sie von der Seite. »Na gut, so wie's aussieht, bleibt mir keine Wahl.« Er schlug sich mit einem dumpfen

Schlag gegen die Brust, der durch den gesamten Raum hallte. »Cooper, Ambrose Cooper.«

»Es freut mich, Sie kennenzulernen, Mr Cooper. Na, das war doch gar nicht so schwer, oder? Wie wäre es, wenn Sie nun mit dem Rest der Informationen herausrücken würden. Wieso haben Sie versucht, mich zu entführen?«

Clifford nickte. »Und achten Sie auf Ihre Ausdrucksweise, Sie haben hier eine Lady vor sich.«

Ambrose rutschte unbeholfen auf seinem Sessel herum und starrte auf seine gewaltigen Hände. »So weit hätt's gar nich kommen sollen, echt! Entführungen sind normalerweise nich so mein Ding.«

Sie schnaubte. »Und das sollen wir einem hartgesottenen Verbrecher wie Ihnen glauben?«

Der Mann runzelte die Stirn. »Ich war mal 'n Charlie. Aber das is lang her.«

Clifford lehnte sich zu ihr hinüber. »Das nennt sich Cockney Rhyming Slang und findet im Herzen Londons Verbreitung: Charles Boner – Gauner.«

»Sicherlich.« Sie winkte lässig mit der Hand ab, ganz so, als wäre ihr das schon immer bekannt.

Clifford lehnte sich zurück und verschränkte die Arme. »Mr Cooper, wären Sie vielleicht so freundlich zu erklären, wieso Sie versucht haben, Ihre Ladyschaft zu entführen und auf wessen Geheiß?«

»Das is vertrackt.« Ambrose fuhr sich mit der Hand über seinen Stiernacken. »Mir wurde gesagt, dass ich 'nen Auftrag erledigen muss, sonst ...« Er stockte. Clifford hob eine Augenbraue. Ambrose seufzte erneut. »Sonst würden Leute, die ich kenn, gute Leute, leiden.«

»Sie wurden bedroht? Ist es das, was Sie sagen wollen?«, fragte Eleanor.

»Ja. Mir wurde gedroht, dass ich diesen Auftrag ausführen muss, sonst müssten andere für lange Zeit hinter Gitter.« Ein

Anflug von Wut überzog sein Gesicht. »Und die hatten ihre Zeit schon abgesessen und waren auf freiem Fuß. Wir alle waren das.« Er blickte abwechselnd von Clifford zu Eleanor. »Ich beherrsch kein Feine-Leute-Sprech, sonst würd ich es anders ausdrücken, is klar, oder?«

»Wir können Sie bestens verstehen«, sagte Clifford. »Sie vermuten, dass Ihre Freunde eines oder mehrerer Verbrechen beschuldigt werden würden, die sie gar nicht begangen haben. Richtig, Mr Cooper?«

»Jepp. Denn wer würd ihnen denn glauben? Die hätten keine Chance, die haben alle drei Vorstrafenlisten, eine davon is länger als Ihr Arm.«

»Also willigten Sie ein, Lady Swift zu entführen, um Ihre Freunde zu beschützen«, resümierte Clifford.

Eleanor neigte ihren Kopf. »Wer war das, Mr Cooper? Wer hat Sie und Ihre Freunde bedroht?«

Er hielt ihrem Blick stand. »Das kann ich nich sagen.«

Clifford rutschte auf seine Sesselkante vor und verlieh seiner Stimme einen scharfen Klang. »Wie schade. Dann sieht es ganz so aus, als ob Sie Ihre volle Schuldigkeit dafür tun werden müssen, einer hilflose Frau aufgelauert zu sein. Ihre volle Schuldigkeit ... oder vielleicht auch mehr?«

Ambrose fuhr von seinem Sessel auf. »Jetzt warten Sie mal.«

»Nein!« Clifford beugte sich zum Gesicht des Gefangenen vor. »Warten Sie mal, Mr Cooper. So seltsam Ihnen das auch vorkommen mag, ich kann Ihren Standpunkt vollkommen verstehen. Ich habe sogar Verständnis dafür, dass Ihre Bemühungen, der schiefen Bahn zu entkommen, von jemandem vereitelt wurden, der auf der Suche nach einem Lakaien war, der für ihn die Drecksarbeit übernimmt. Es bleibt jedoch dabei, dass Sie versucht haben, eine Frau anzugreifen, und das ist unverzeihlich. Ich biete Ihnen die Chance, sich reinzuwaschen.

Ich empfehle Ihnen, sie wahrzunehmen, bevor ich es mir anders überlege.«

Ambrose sank geschlagen in seinen Sessel zurück. »Aber ich kann nich!«

Eleanor winkte mit der Hand ab. »Ach, lassen Sie ihn doch, es ist seine Entscheidung, Clifford. Er wird einige Jahre einsitzen, bevor er wieder aus dem Gefängnis kommt. Wenn er Glück hat, wird sein Zahlmeister bis dahin vergessen haben, Mr Coopers Kniescheiben als Andenken dafür zu nehmen, dass er den Richter gebeten hat, sein Strafmaß zu reduzieren. Dann werde ich mal hochgehen und den Detective Inspector anrufen. Der kommt noch vor dem Mittag hier vorbei, da bin ich mir sicher.«

»Halt!«, flehte Ambrose händeringend. »Bitte, Miss, ich wollte keine Lady anschreien, genauso wenig wie ich eine ... also Sie ... entführen wollte. Ich wusste nich, was ich machen sollte, echt.«

»Nun gut.« Clifford lehnte sich in seinem Sessel zurück. »Sie wissen aber, was Sie jetzt machen sollten, oder, Mr Cooper?«

»Wenn ich könnt, würd ich Ihnen ja verraten, wer mich beauftragt hat, Meister, echt. Ich hab ihn nie getroffen. Hab nur Nachrichten gekriegt.«

»Wie das?«

»Zettel, Papierzettel, nix Besonderes.«

»Tragen Sie einige davon bei sich?«, wollte Eleanor wissen.

»Nee, hab die jedes Mal verbrannt. Man soll keine Hinweise hinterlassen, sonst kriegen die dich am Ende dran.«

Clifford nahm den Faden auf. »Was stand in der Nachricht mit der Anweisung, Lady Swift zu entführen?«

Ambrose seufzte. »Da stand, dass ich mir die Lady unbedingt schnappen soll, ihr aber nich allzu sehr wehtun soll, und sie an die Kreuzung da draußen hinterm Dorfende abliefern soll.« Er breitete seine Hände aus. »Echt, Meister, ich hab gemacht, was ging, aber Typen wie ich schaffen's nie, ihrem schwierigen Umfeld zu entkommen. Wir waren dumm genug zu glauben, dass das mal anders sein könnt. Bei Tröti hat's nich geklappt.«

Clifford hob eine Augenbraue. »Tröti? Sie kannten Jack Cornell?«

FÜNFUNDDREISSIG

»Ja. Arme Sau, oh, entschuldigen Sie, Miss.« Ambrose lächelte Eleanor an, doch diese starrte Clifford nur mit weit aufgerissenem Mund an.

»Clifford?«

»Verzeihung, Mylady, das sollte ich wohl besser erklären. Cockney basiert auf simplen Reimen und stumpfsinnigen Assoziationen. ›Corn‹ reimt sich auf ›Horn‹ und ›Hell‹ auf ›Fell‹. Um das Ganze weiter zu verschleiern, wird der Klang eines Horns für das Wort selbst substituiert. Hörner tröten, darum ›Tröti‹. Aus ›Cornell‹ wird entsprechend ›Tröti Fell.‹« Ganz einfach.«

Ambrose sah die beiden an. »Das is eigentlich gar nich so kompliziert, wie Sie das jetzt sagen. Das kommt halt ganz wie von allein. So konnt man sich früher unterhalten, ohne dass die Schmeißfliegen verstehen, was man sagt. Irgendwann haben die dann aber angefangen, es zu schnallen, sodass wir das Ganze etwas ...« – er grinste Eleanor an – »... halt raffinierter machen mussten.«

Eleanor nickte. »Verstehe, Mr Cooper. Aber erzählen Sie uns doch einmal, woher Sie Jack Cornell kannten.«

Er sah einen Augenblick unschlüssig aus, schien sich dann aber mit seinem Mangel an Alternativen abzufinden. »Den guten alten Tröti hab ich kennengelernt, als ich in Wormwood Scrubs einsaß.«

Eleanor blickte in Erwartung einer Übersetzung zu Clifford.

»Hierbei handelt es sich nicht um Rhyming Slang, Mylady. Wormwood Scrubs ist tatsächlich der Name eines Gefängnisses nahe Hammersmith in London.«

Ambrose pochte gegen die Armlehne seines Sessels. »Schrecklicher Ort is das. Wir ham uns geschworen, nie dahin zurückzumüssen und uns gegenseitig zu helfen, aufm rechten Weg zu bleiben. Das is nich leicht, wissen Sie.«

»Das glaube ich gern.« Clifford sprach langsam. »Mr Cooper, wir glauben nicht, dass Jack Cornell Selbstmord begangen hat. Er wurde ermordet.«

Ambrose fiel die Kinnlade herunter. »Abgemurkst, sagen Sie?«

»Ja«, bestätigte Eleanor. »Und wir vermuten, dass es sich bei seinem Mörder um dieselbe Person handelt, die Sie gezwungen hat, mich zu entführen.«

»Verdammt noch mal! Oh, entschuldigen Sie, Miss.« Er rieb sich die Stirn. »Der alte Tröti is abgemurkst worden? Warum denn das?«

Clifford schüttelte den Kopf. »Genau das versuchen wir herauszufinden. Helfen Sie uns, Mr Cooper, und wenn Sie es nur für Jack tun.«

Ambrose nickte langsam, als stünde er unter Schock. »Ich dachte echt, dass sein Plan aufgehen würd. Er war doch in diesem Programm, wo einem dabei geholfen wird, dass man 'nen Job und 'nen Platz zum Wohnen findet. Halt dabei, die ganze üble Vergangenheit zu vergessen. Eigentlich ging's bei ihm grad bergauf.«

Clifford nickte zustimmend. »Aber irgendwer hat ihn

irgendwie und irgendwo hereingelegt und manipuliert. Genau wie Sie.«

»Haben Sie Jack in letzter Zeit gesehen?«, fragte Eleanor.

»Vor zwei, drei Monaten. Er sah nich besonders gut aus, als würd ihm was schlimm zu schaffen machen.«

»Wir vermuten, dass Jack erpresst worden ist. Er muss ähnliche Anweisungen erhalten haben wie Sie.«

Ambrose schüttelte den Kopf. »Davon hat er nie was gesagt.«

»Sie scheinen sehr sicher zu sein, Mr Cooper«, sagte Clifford. »In dem Abschiedsbrief, der bei ihm gefunden wurde, war die Rede davon, dass er erpresst worden sei.«

»Abschiedsbrief? Der alte Tröti hätte nie 'nen Abschiedsbrief geschrieben! Konnte zwar bisschen was lesen, Zahlen und so, aber hat nie gelernt zu schreiben.« Clifford und Eleanor tauschten einen Blick aus. Sie waren beide davon ausgegangen, dass es sich bei Cornells Abschiedsbrief um eine Fälschung handelte, doch nun hatten sie auch einen handfesten Beweis dafür. Ambrose sprach noch immer. »Konnte grad so seine Unterschrift aufs Papier kritzeln. Die sah aus, als wär sie von 'ner Spinne mit kaputten Beinen fabriziert worden.« Ambrose wuchtete sich aus seinem Sessel und stand auf wackligen Beinen vor ihnen. »Ich geh mal davon aus, dass Sie jetzt die Polizei rufen.«

»Nicht im Geringsten, Mr Cooper.« Eleanor grinste. »Ich werde jetzt in die Küche zurückkehren und die Köchin bitten, schnell etwas Gebäck und eine Kanne Kaffee vorbeizubringen.«

Ambrose schüttelte den Kopf. »Versteh zwar nich wirklich, warum Sie mich noch nich der Polizei ausgeliefert ham, aber das is mächtig nett von Ihnen, Miss.«

»Nun, Mr Cooper, wir hoffen darauf, dass Sie uns vielleicht weiterhelfen können. Wir werden Sie womöglich später noch einmal dazu befragen, wie wir den Mann finden können, der für die ganze Misere verantwortlich ist.«

»Ganz, wie Sie wollen. Wenn ich helfen kann, diesen B–, Tschuldigung, Miss, diesen Abschaum von 'nem Mann zu schnappen, der Tröti ermordet hat, dann wär mir das 'ne Ehre.«

Zurück in der Küche zog sich Clifford seine Handschuhe über. »Ich besuche jetzt noch einen weiteren Kontakt, einen Kleinkriminellen, dem Ihr Onkel ebenfalls zurück auf die rechte Bahn verholfen hat. Es besteht die Möglichkeit, dass er uns einen Hinweis darauf liefern kann, wer der wahre Kopf hinter dieser ganzen Sache ist, nun da uns Mr Cooper erzählt hat, was er weiß. Ich werde baldmöglichst zurück sein.«

Als sie allein mit ihren Mitarbeitern war, begriff Eleanor, dass diese ihre Anweisungen erwarteten. Nach den Abenteuern der vergangenen Tage hatte sie das Gefühl, sich einen Abend ohne Detektivarbeit verdient zu haben. Diese ging nämlich ganz schön an die Substanz! »Nun, das war ja mal ein unterhaltsamer Tag, die Damen. Also, da ich in Sachen Landhausetikette noch nicht so bewandert bin ...« Die drei Frauen bogen sich vor Lachen. »... finde ich, dass wir feiern sollten! Wie feiert man denn mit der eigenen Belegschaft?«

Mrs Butters antwortete: »Nun, Mylady, in einem großen Haus wie diesem gibt es immer etwas zu tun. Wenn die Dame des Hauses sich also unter ihre Belegschaft zu mischen gedenkt, dann wird sie sich eine Schürze überstreifen und mit anpacken müssen.«

Eleanor grinste. »Dann möge das Mischen beginnen!«

Die Haushälterin lachte. »Polly, besorg Ihrer Ladyschaft eine frische Schürze aus dem Wäscheschrank, räum das Tafelsilber weg und leg mit dem Gemüse los. Weißt du noch, was es laut Mrs Trotman morgen geben soll?«

»Ja, Mrs Butters.« Polly nickte. »Kartoffeln, Erbsen und Mais.«

Die Köchin tadelte sie. »Sellerie, Zwiebeln und Tomaten.

Wir machen langsam geschmorte Rinderbrust, mein Kind. Und wir machen den Fisch fertig. Wo ist dein Gedächtnis?«

Polly warf Eleanor einen entschuldigenden Blick zu, die diesen mit einem beschwichtigenden Schulterzucken beantwortete.

Mrs Butters brachte zwei Flaschen Wein aus der Speisekammer und stellte sie neben die Köchin. Mrs Trotman gab einen großzügigen Schluck aus einer der Flaschen in die Pfanne, in der sie gerade auf dem Ofen rührte. Während sie die frisch gestärkte Schürze verknotete, die Polly ihr gereicht hatte, kribbelte Eleanors Nase angesichts der köstlichen Mischung aus Aromen, die die Küche erfüllten.

»Einen Augenblick, Polly.« Eleanor nahm vier Gläser vom Regal. Mrs Butters schenkte allen Wein aus, füllte Pollys Glas zur Hälfte mit Wasser auf und machte Eleanors Glas besonders voll.

Mrs Trotman beorderte Polly mit dem in Papier eingeschlagenen Fisch in die Kühlkammer. »Leg den hier vorsichtig ins unterste Regalfach, mein Kind.« Die Köchin grinste Eleanor an. »Es erscheint irgendwie nicht richtig, den Fisch wie üblich im Keller aufzubewahren, wo wir dort unten doch Besuch von einem Gentleman haben.«

»Nun, zumindest hätte er dann etwas Gesellschaft«, kicherte Eleanor.

Die nächste Stunde verging bei unterhaltsamen Anekdoten der Köchin und der Haushälterin von Partydesastern und exzentrischen Besuchern auf The Hall wie im Fluge. Die zweite Flasche Wein war geöffnet worden und die Gesichter der Damen leuchteten zartrosa. Aus dem Kichern wurde schallendes Gelächter, als sie auf positive Art und Weise über die schillernderen Charaktere des Dorfes zu tratschen begannen. Eleanors Magen knurrte. Sie hatte ihr Zeitgefühl völlig verloren.

»Das Abendessen ist so gut wie fertig, fünfzehn Minuten

noch«, rief Mrs Trotman und nippte an ihrem Weinglas, während sie Polly scheuchte, die Vielzahl an Töpfen und Pfannen im Spülbecken zu säubern. »Ich hatte an Aufschnitt, einen Kartoffelsalat mit Minze und einen Korb mit frisch gebackenem Zwiebel-Estragon-Brot gedacht. Wäre Ihnen das recht?«

Eleanors Augen leuchteten. »Das klingt himmlisch. Und in dieser Gesellschaft noch umso mehr.«

Die drei Frauen tauschten ein verzücktes Lächeln aus, das Eleanor vorgab, nicht zu bemerken. Es war offensichtlich, dass sie ihre Gesellschaft genauso schätzten wie umgekehrt.

Während Mrs Trotman den Tisch abwischte, platzierte Mrs Butters vier Gedecke darauf und sammelte die Gläser der Damen ein.

Die Haushälterin schnipste mit den Fingern. »Wissen Sie was, Mrs Trotman? Dieser Zaubertrank aus Löwenzahn, den Sie letztes Jahr kreiert haben, würde doch hervorragend zu diesem Mahl passen, meinen Sie nicht?«

»Ich hatte eher an den Pastinakenwein als eines meiner erfolgreicheren Experimente gedacht.«

»Versuchen wir es doch einfach mit ein wenig von beidem«, schlug die Haushälterin vor.

Die Köchin stand auf und gab Polly einen Wink, ihr in die Speisekammer zu folgen. Sie kehrten jeweils mit einer großen Flasche hausgemachtem Wein nebst weiteren Gläsern zurück.

Im Anschluss richtete Mrs Trotman mit großzügigem, aber sorgfältigem Auge zwei zusätzliche Teller an. Sie nahm sich einen der Teller und eine Flasche Bier von der Anrichte und verschwand für einige Minuten. Als sie zurückkehrte, lehnte sie sich mit funkelnden Augen in ihren Stuhl zurück.

Ein Krug mit Wasser wurde zu den Tellern und dem Besteck gestellt. Alle Augen richteten sich auf Eleanor.

»Oh, ich verstehe. Ähm ... Greifen Sie zu!«

Das emsige Klirren der Messer und Gabeln und das

Gluckern des Weins, der in Gläser ausgeschenkt wurde, erfüllte die Küche. Der Pastinakenwein gewann den Geschmackstest, da Mrs Butters von Eleanor und Mrs Trotman überstimmt wurde, während sich Polly aus Angst, die Köchin oder die Haushälterin zu verletzten, der Abstimmung lieber enthalten hatte.

Im weiteren Verlauf des Essens baten die Damen Eleanor, sie mit Geschichten von ihren Abenteuern zu ergötzen, eine Bitte, der sie mit Vergnügen nachkam. Sie fühlte sich ausgelassener denn je und strahlte in die Runde der Damen, die jede ihrer Erzählungen mit zahlreichen Ohs und Ahs quittierten.

»Meine Güte, was für unglaubliche Geschichten!«, sagte Mrs Butters.

In diesem Moment öffnete sich die Hintertür und Joseph, der Gärtner, kam rückwärts herein und begann, seine Stiefel an der Stufenkante abzustreifen. Als er der vier rotwangigen Frauen und der zahlreichen Flaschen und Gläser gewahr wurde, ließ er schlagartig davon ab.

»Ähm, guten Abend, Mylady.« Er knickste vor Eleanor. »Die Damen.«

»Jetzt stehen Sie doch nicht so rum wie das Kaninchen vor der Schlange, Joseph. Ich habe Ihnen einen deftigen Teller vorbereitet, für den Fall, dass Sie sich nicht danach fühlen, sich uns Mädels anzuschließen«, sagte Mrs Trotman.

»Danke, Mrs Trotman. Wenn es Ihnen nichts ausmacht, Mylady, dann setze ich mich nicht dazu, ja? Ich möchte nicht unhöflich erscheinen.«

Eleanor legte eine Essenspause ein, die gerade lang genug für eine Antwort war. »Gar kein Problem. Ich würde mich auch nicht an einen Tisch voller angeheiterter Damen setzen. Aber ich könnte mich auch zu *Ihnen* setzen, wenn Sie möchten?«

Josephs Gesicht sah derart verängstigt aus, dass Polly Mrs Butters auf den Rücken klopfen musste, um sie vor dem Ersticken zu bewahren. Die Haushälterin tätschelte dankbar den Arm des Dienstmädchens und winkte Joseph hinfort. »Genießen Sie Ihr Abendessen, Sie alter Schlammstiefel.« Sie lächelte zärtlich. »Lassen Sie uns unseren Geschmackstest fortsetzen.«

»O nein, das ist doch nicht etwa Pastinake?« Joseph erschauerte und blickte Eleanor an. »Tut mir leid, Mylady, war nicht meine Schuld. Ich habe die für den Teller angebaut, nicht für das Glas.« Nachdem er sich sein Abendessen und sein Bier genommen hatte, schoss er auf Socken in die Dunkelheit davon und schloss die Tür hinter sich.

Mrs Butters hustete und drehte sich zu Eleanor. »Aber jetzt zurück zu diesem Radscha. Erzählen Sie uns mehr von seinem Palast.«

Polly hielt ihr Messer und ihre Gabel mit weit geöffnetem Mund in der Luft. »Oh, ja bitte, Ladyschaft, das klingt alles so hinreißend.«

SECHSUNDDREISSIG

Eleanors Magen grummelte. Gladstone legte seinen Kopf schräg und blickte sie an.

»Ach, Junge, ich bin schon zu alt oder zu sehr aus der Übung für derart feuchtfröhliche Abende. O weh, mein Kopf!« Sie legte die Hand auf ihr Gesicht, um ihre Augen vor dem Tageslicht zu schützen. In Wahrheit trank sie selten exzessiv, jedoch hatten die Ereignisse der letzten Tage ihren Tribut gefordert und sie hatte das Bedürfnis verspürt, sich einfach mal ein wenig gehen zu lassen.

»Guten Morgen«, dröhnte Cliffords Stimme in ihrem Kopf, als dieser den Raum mit einem Silbertablett in der Hand betrat.

»Guten ... Morgen, Clifford. Haben Sie Schwierigkeiten damit, die Lautstärke Ihrer Stimme zu regulieren?«

Clifford lächelte unschuldig. »Nein, Mylady. Haben Sie heute Morgen vielleicht ein Problem mit Ihrem Hörvermögen?«

Eleanor funkelte ihn durch ihre Finger hindurch an und stöhnte. »Hätte ich denn ahnen können, dass Mrs Trotmans Pastinakenwein so tödlich ist?«

»Das ist er allerdings. Den Löwenzahnwein nicht zu vergessen. Sie verzeihen, aber der eigentliche Fehler war meiner Ansicht nach der Maronenlikör zum Abschluss.«

»Was für ein Maronenlikör?« Eleanors Magen krampfte sich zusammen. »Hilfe, ich kann mich gar nicht mehr daran erinnern, dazu übergegangen zu sein.«

»Er schmeckt vorzüglich«, bemerkte Clifford. »Herb-süß, nicht zu eichig, jedoch ist er stärker, als man meinen würde. Ideal als kleiner Spritzer an einer feinen Mehlschwitze, aber eher ungeeignet, um ihn in einem Zug hinunterzustürzen.«

»Es war bestimmt nur ein kleines Glas«, log Eleanor, während ihr Kopf und ihr Magen auf das Heftigste widersprachen. »Wie geht es den Damen?«, fragte sie vorsichtig.

»Abgesehen von einer leichten Trübheit der Augen sind sie gut in Form.« Clifford reichte ihr das Glas vom Tablett an. »Ich versichere Ihnen, Mylady, das hier bringt Sie wieder in Ordnung.«

Eleanor nahm das Glas mit spitzen Fingern entgegen. »Was ist das?« Sie beschnupperte die trübe Flüssigkeit und schaute zu ihm auf. »Ist das irgendein scheußliches Gebräu meines Onkels oder versuchen Sie dieses Mal ernsthaft, mich umzubringen?«

»Sowohl als auch, Mylady.« Clifford grinste verhalten, während er lautstark mit den Servierglocken der Frühstücksteller klirrte.

Eleanor trank das Glas in einem Zug leer. »Ach herrje, war das widerlich!«

»Das ist die Buße, die man für übermäßige Genusssucht leisten muss. Und gleichzeitig ist es auch das Wundermittel, das Sie im Handumdrehen wieder auf den Dampfer bringen wird.«

»Na, wunderbar«, ächzte sie. »Aber was ist da drin? Und sagen Sie mir nicht, dass es etwas so Scheußliches wie Schafsaugen oder Heringsinnereien sind?«

»Nein, Mylady, obzwar Ihr Onkel durchaus ein Liebhaber der mongolischen sowie der baltischen Küche gewesen ist. Tatsächlich sind Limone, Knoblauch, Angostura, Tomate, eine

Geheimzutat Ihres Onkels und natürlich ein kräftiger Schuss des Übeltäters selbst zum Kontern enthalten.«

»Zum Kontern?«, fragte Eleanor stöhnend mit Blick auf das Glas.

»So bezeichnet man es auf dem Lande, wenn man ein wenig des flüssigen Urhebers des Elends zu sich nimmt, um selbiges zu beenden. Dies wiederum gab mir ein schwieriges Rätsel auf, Mylady. Sollte ich nun einen Schuss Pastinake, Löwenzahn oder Marone beigeben?«

»Schon gut, schon gut.« Eleanor winkte ab und schlang ihren Morgenmantel fester um sich.

»Mrs Trotman hat ein weiteres Gegenmittel für Sie vorbereitet. Zwei Specksandwiches, um Ihren Elektrolythaushalt wieder in Ordnung zu bringen.« Clifford fuhr damit fort, irgendetwas unerträglich Lautes auf der anderen Seite des Zimmers zu tun.

In diesem Moment erschien Mrs Butters mit einem großen Tablett, auf dem sich die versprochenen Specksandwiches, ein großer Krug mit Wasser und zwei weiße Tabletten befanden.

Die Frauen tauschten einen mitleidsvollen Blick aus, dann verließ Mrs Butters das Zimmer.

Während sie die Tabletten schluckte, bat Eleanor Clifford, sich zu setzen. »Ich muss gestehen, Clifford, ich fühle mich bereits ein klein wenig besser. Vielleicht ist es ja wirklich ein Wundermittel. Sei's drum, ich kann es kaum erwarten, Ihre Neuigkeiten zu hören. Ich schließe aus Ihrer ungewöhnlichen, zur Schau getragenen Überschwänglichkeit, dass sich Ihr Kontakt als wertvoll erwiesen hat?«

Clifford nickte. »Tatsächlich. Er hat mich auf zwei signifikante Sachverhalte aufmerksam gemacht.«

Den Mund voller salzigen, knusprigen Specks und weichen Weißbrots murmelte Eleanor Clifford eine unverständliche Ermutigung zu, weiterzusprechen.

»Ist Ihnen das Second Chance Programme ein Begriff?«

Clifford schenkte ihr schwach aufgebrühten Schwarztee aus, den sie, noch immer schmatzend, dankbar entgegennahm.

»Kommt mir irgendwie bekannt vor, was ist das?«

»Nun, Mr Cornell war ein Second Chancer. Second Chancers sind, wie man dem Namen bereits entnehmen kann, Personen mit einer kriminellen Vergangenheit, die eine zweite Chance erhalten, sich nach der Entlassung aus dem Gefängnis wieder in die Gesellschaft zu integrieren. Ex-Knackis«, fügte er der Deutlichkeit halber hinzu. »Vorgeblich versucht das Programm, Menschen mit geringfügigem kriminellem Hintergrund zu helfen. Interessanterweise hat unser Mr Cornell jedoch fünf Jahre wegen bewaffneten Raubüberfalls eingesessen.«

Eleanor runzelte die Stirn. »Nicht gerade ein Bagatelldelikt, nicht wahr, Clifford?«

»In der Tat. Allem Anschein nach wurde er nichtsdestotrotz ohne Weiteres in das Programm aufgenommen. Es kann sein, dass irgendjemand wirklich daran glaubte, dass Mr Cornell ernsthaft wieder auf die rechte Bahn kommen wollte, und deshalb die Regeln etwas gebeugt hat. Oder aber ...«

»Oder?«

»Oder man wollte Mr Cornell an einem Ort haben, wo man ihn ausnutzen konnte.«

Der fettige Schinkenspeck, den sie soeben verschlungen hatte, dämpfte ihren leisen Pfiff. Sie wischte sich den Mund ab. »Was ist mit dem Ding, das wir am Steinbruch gefunden haben?«

»Ja. Es schien vernünftig zu sein, den Gegenstand für den Moment an Ort und Stelle zu hinterlassen. Allerdings habe ich einen Kontaktmann damit beauftragt, den kleineren Gegenstand, den Sie daneben gefunden haben, überprüfen zu lassen.«

»Den Stein? Ist es ein Granat, so wie ich vermutet habe?«

»Ganz recht, Mylady.« Clifford zückte den polierten Halbedelstein aus seiner Westentasche und legte ihn auf den Tisch.

Eleanor nahm ihn auf und betrachtete ihn, während sie ihn in ihren Fingern gegen das Licht drehte.

»Fast so schön wie ein Rubin.«

»Für das ungeschulte Auge, gewiss. Aber Sie werden überrascht davon sein, wofür er besonders häufig genutzt wird.«

»Es ist zwar noch ein wenig früh am Tag für mich für ein Ratespiel, aber ich werde es versuchen. Er ist zu groß für einen Verlobungsring, das sähe wahrlich unelegant aus. Für Ohrringe, Broschen oder Armreifen vielleicht?«

»Kalt!«, lächelte Clifford.

»Gürtelschnallen oder Indianerkopfschmuck?«

»Noch kälter!«, seufzte er.

»Halsketten.«

»Warm.«

Sie rieb sich die Stirn. »Dann womöglich für eine Art von Orden? Medaillen?«

»Heiß, mit einem Auge zugedrückt.«

»Hmm, für Amtsketten etwa?«

»Bingo!«

Eleanor schlug sich mit der Hand gegen die Stirn und bereute es augenblicklich. Sie wartete, bis das Pochen abgeklungen war. »Mayor Kingsley!« Sie erschauderte. »Wie ein Mörder kam er mir aber nicht vor. Er war so ... hilfsbereit.«

»Eine Folge Ihrer selbsterklärten Unzulänglichkeiten bei der Persönlichkeitsbeurteilung von Männern vielleicht?«

Eleanor sah über diese Bemerkung hinweg. »Allerdings könnte der Granat auch mühelos von Cartwright oder Sergeant Wilby dort platziert worden sein, um den Verdacht auf Mayor Kingsley zu lenken.«

Clifford nickte. »Ganz richtig.«

»Und außerdem: Selbst er wäre nicht dermaßen eitel, eine Amtskette zu tragen, während er diese Dose samt Inhalt im Steinbruch versteckt, nicht wahr?«

»Nein, Mylady, allerdings könnte der Stein sich an anderer

Stelle gelöst haben, in eine Tasche oder Falte von Mayor Kingsleys Kleidung gerutscht sein und dann, als er das besagte Kästchen herausholte, abermals hinabgefallen sein.«

»Stimmt, und er hat Sie des Mordes bezichtigt. Das ist sicherlich Beweis genug?«

»Nicht unbedingt, Mylady. Ihr Onkel und Mayor Kingsley waren niemals einer Meinung.« Auf ihren Blick hin fuhr er fort: »Das ist eine lange Geschichte, auf die wir vielleicht besser ein andermal zu sprechen kommen.«

Ihr kamen die Granate in den Sinn, die sie auf seinem Zimmer versteckt gefunden hatte. Ob auch sie Teil dieser Geschichte waren? Nun da sie überzeugt davon war, dass Clifford auf der Seite von Recht und Wahrheit stand, musste es eine harmlose Erklärung dafür geben. Indes hatte sie nicht vor, ihm ihre Durchsuchung seiner Räumlichkeiten einzugestehen. Das würde warten müssen, bis der Mörder gefasst und ein Weg gefunden war, dieses Thema anzusprechen. Stattdessen zuckte sie mit der Schulter. »Wenn Sie meinen, Clifford. Dann hat es Kingsley meinem Onkel also möglicherweise einfach nur heimzahlen wollen?«

Clifford nickte. »Vielleicht hat er sogar geglaubt, was er sagte. Vielleicht haben Mr Cartwright oder Sergeant Wilby auch Gerüchte gestreut, die mir unbekannt sind. Der Tod Ihres Onkels ist von einer gewissen ... Rätselhaftigkeit begleitet. Ich fürchte allerdings, auch das wird warten müssen, bis wir die gegenwärtige Angelegenheit abgeschlossen haben.«

Sie holte tief Luft. »Es gibt eine Menge Dinge, die ich mit Ihnen besprechen muss, aber jetzt müssen wir uns aufs Wesentliche konzentrieren.«

Clifford nickte. »Gut gesagt, Mylady. Und vielleicht ist Mayor Kingsley nicht die einzig mögliche Person, die Mr Cornell ausgenutzt hat. Ferner besteht die Möglichkeit, dass Sergeant Wilby derjenige war, der Druck auf ihn ausübte. Sergeant Wilby wäre es kraft seiner Stellung ein Leichtes gewesen, Mr Cornell zurück ins Gefängnis zu schicken. Wie wir bereits festgestellt haben, ist der Chef der Polizei in kleinen ländlichen Gemeinden wie dieser heute einer der mächtigsten Akteure überhaupt.«

»Absolut, Clifford. Nicht zu vergessen natürlich, dass unser Mann Cartwright noch immer zusammen mit Kingsley und Wilby auf unserer Verdächtigenliste steht. Er ist die einzige Person, die wir direkt mit Jack Cornell in Verbindung bringen können. Ich habe sie am Folgetag des Mordes mit meinen eigenen Augen sehr wahrscheinlich zusammen gesehen.« Sie senkte den Blick auf ihren inzwischen klumpigen Schinkenspeck. Aber da man ja nichts verkommen lassen sollte, schob sie ihn sich dennoch in den Mund. »Wer also ist unser Mörder – unter der Annahme natürlich, dass er sich unter unseren Verdächtigen befindet?«

Clifford räumte ihren Teller ab. »Dies, Mylady, werden wir als Nächstes herausfinden müssen.«

Eleanor trabte atemlos vor Aufregung die Stufen hinauf. Gladstone sprang, angesteckt von ihrer Stimmung, neben ihr her. Sie verfing sich mit dem Fuß im Saum ihres Kleides, stürzte die letzten paar Stufen hinauf, stieß mit dem Kopf gegen das Geländer und landete mit ausgestreckten Gliedern auf dem Treppenabsatz. Gladstone brachte seine Besorgnis um sie zum Ausdruck, indem er ihr mehrmals mit der Zunge quer über die Nase schleckte.

In der Hoffnung, ihr unbeholfener Überschwang möge unbemerkt geblieben sein, blickte sie auf, wo allerdings bereits Pollys Giraffenbeine aufgeregt umherwackelten.

»Geht es Ihnen gut, Ihre Ladyschaft?«, wisperte das Dienstmädchen und errötete, während es sich bückte, um seiner Herrin aufzuhelfen.

Eleanor drückte einen Finger auf ihre Lippen, was Polly

zum Kichern brachte. »Hast bricht Beine«, wisperte Eleanor zurück. Mit vereinten Kräften verhalfen sie ihr zurück auf die Beine und vor den Spiegel auf ihrem Zimmer zur Begutachtung des Schadens. »Fabelhaft!« Eleanor blickte verzweifelt auf die wachsende Beule an ihrer Stirn. »Nicht gerade ansprechend!«

Zurück im Erdgeschoss erwartete Clifford sie bereits im Morgensalon. Mit einem Nicken auf ihre Stirn reichte er ihr eine kleine Tube mit Wundbalsam.

»Ihnen entgeht aber auch wirklich rein gar nichts«, murrte sie, war aber weiterhin gut gelaunt. »Man kann Ihnen kein U für ein X vormachen.«

»Kein X für ein U, Mylady. Wobei es eigentlich ›kein X für ein V‹ heißen müsste, beruht die von Ihnen zitierte Redewendung doch auf der Ähnlichkeit zwischen den entsprechenden lateinischen Zahlzeichen.«

Sie inspizierte die winzige Beschriftung auf dem Etikett.

»Das ist Arnikasalbe, Mylady. So bald wie möglich nach der Verletzung aufzutragen. Ich vermutete, Sie würden wohl die Schwellung gern mindern.«

Nachdem sie einen Klecks der kühlenden Salbe aufgetragen hatte, schlug sie in die Hände.

»Danke schön, Clifford. Um unseren Mörder zu fassen, müssen wir nur noch herausfinden, welcher unserer Verdächtigen anbeißt. Und dann, sobald wir den Kerl erwischt haben –«

»Müssen wir ein paar echte Beweise finden, die vor Gericht Bestand haben, Mylady? Gesetzt den Fall, dass wir es dorthin überhaupt schaffen, wo doch die örtliche Polizeibehörde entweder vom Mörder bezahlt wird oder selbiger einer von ihnen ist.«

Eleanor warf frustriert die Hände in die Höhe. »Ein Klacks, Clifford. Wir müssen einen Gang zulegen, bevor noch ein Mord geschieht!«

»Oder zwei, Mylady, falls wir unvorsichtig sind.«

»Herrje! Ich habe ja Verständnis für Ihre angeborene

Umsicht. Dennoch würde ich Ihren Kopf gerade liebend gern auf diese Nussbaumkommode schlagen!«

»Eiche, Mylady. Und wenn wir einen Widersacher besiegen wollen, der sich als derart skrupellos erwiesen hat, dann müssen wir, fürchte ich, als Einheit agieren.«

Cliffords Worte ließen Eleanor allen Frust vergessen. Noch nie zuvor war sie Teil einer Einheit gewesen. Nicht wirklich. Selbst in ihrem Beruf hatte sie immer entweder unabhängig gearbeitet oder selbst die Führungsrolle innegehabt. Sie gab nach. »Clifford, Sie haben recht. Entschuldigen Sie, dass ich Ihren Kopf gegen etwas sehr Hartes und Unerbittliches dreschen wollte.«

»Entschuldigung angenommen.« Clifford nickte. »Ich verstehe und bewundere Ihren Tatendrang, habe Ihrem Onkel aber auch versprochen, Sie zu beschützen.«

»In Ordnung, Clifford, als frisch einberufenes Mitglied dieser Einheit bin ich bereit, mich überzeugen zu lassen.«

»Danke schön. Nun, was wir brauchen, ist ein Plan, der unsere Vorzüge vereint. Ihr Talent für das ... Unerwartete.« Clifford runzelte angesichts Eleanors nicht abgestimmter Garderobenwahl die Stirn. Sie hatte einen türkisfarbenen Kaschmirpullover zu blauen Twillhosen, braunen Satinpumps und einem silbernen bestickten Schal kombiniert.

»Was?«, schnaubte sie und sah an sich selbst hinab.

»Und«, fuhr Clifford fort, ohne sie zu beachten, »meine Kombinationsgabe.«

»Das könnte funktionieren, Clifford. Der Mörder scheint so arrogant, dass er uns sicherlich unterschätzen würde, ich meine, eine einfache Frau und ...« Eleanor entsann sich der Worte des Bürgermeisters.

»Ein einfacher Butler, Mylady?«

»Genau, Clifford. Eine Frau und ein Diener. Zwei seit Generationen unterschätzte und verkannte Klassen, die zusammen eine formidable Einheit abgeben.«

Clifford neigte den Kopf. »Ich erkenne erste Anzeichen eines Plans, Mylady.«

Eleanor lächelte. »Ja, Clifford, und er wird Ihnen so gut gefallen, wie der Mörder ihn hassen wird. Es ist an der Zeit, den Spieß umzudrehen!«

SIEBENUNDDREISSIG

»Ein gutes Dutzend Meat Pies, sagen Sie? Wollen wir mal sehen ...« Mrs Trotman dachte einen Moment lang nach. »Fünfzehn Minuten Vorbereitung, vierzig im Backofen und zehn zum Abkühlen. Was macht das?« Sie blickte auf ihre Uhr. »Wie wäre es mit einer starken Stunde, Mylady?«

»Ausgezeichnet, danke schön. Entschuldigen Sie die Kurzfristigkeit.« Eleanor strahlte. »Ach, und Mrs Trotman, wären Sie vielleicht noch so liebenswürdig, sie einzupacken, ich möchte sie in meinem Fahrradkorb transportieren.«

Auf ihrem Weg zurück durch den Korridor begegnete Eleanor einem ernst dreinblickenden Clifford.

»Was ist los?« Sie runzelte die Stirn.

»Mylady, ich habe Zweifel. Nach genauerem Nachdenken fürchte ich, dass dieser Plan zu gefährlich ist.«

»Unsinn, Clifford, das hatten wir doch bereits besprochen. Als verdienter Veteran hätte mein Onkel sicherlich ebenfalls zum Angriff als bester Form der Verteidigung geraten.«

»Er war auch für seine Beobachtung ›Vorsicht ist besser als Nachsicht‹ bekannt, Mylady.«

Eleanor setzte ihren Weg nach oben fort. »Shakespeare?«, rief sie ans Balkongeländer gelehnt.

»Ovid«, antwortete er ihr, während sie verschwand.

Dank des Rückenwindes flog Eleanor die Straße von The Hall bis nach Little Buckford regelrecht hinunter – und bedauerlicherweise direkt in Mr Penry hinein. Sie zog an ihren untauglichen Bremsen, schlitterte in einen geparkten Lieferwagen, stieß ihr Fahrrad zur Seite und rannte zu ihm hinüber. »Mr Penry, das tut mir so leid!«

Der Metzger raffte sich auf und richtete seine Mütze. »Menschenskind! Soll ja ein gesundes Transportmittel sein, das Rad. Ich bin mir da allerdings nicht so sicher, Mylady. Für Fußgänger kann es offenbar ganz schön gefährlich sein.«

»O du liebe Zeit, wie kann ich das nur wiedergutmachen?«, fragte sie, während sie ihn besorgt in Augenschein nahm.

»Ach, keine Ursache. Abgesehen von meiner Würde sind keinerlei Verluste zu beklagen.«

Eleanor lachte. »Also, wenn Sie sich da ganz sicher sind, dann fahre ich weiter, und zwar mit mehr Rücksicht auf diejenigen, die auf zwei Beinen und nicht auf zwei Rädern unterwegs sind.«

Der Metzger zwinkerte ihr zu, winkte vergnügt und setzte seinen Weg über die Straße zu seinem Laden fort, während er ihr nachrief: »Der Gottlose flieht, auch wenn niemand ihn jagt, Mylady.«

»Hoffen wir's!«, murmelte Eleanor, während sie in der Hoffnung, die verlorene Zeit wieder aufzuholen, zurück auf ihr Fahrrad stieg. Clifford war mit dem Rolls-Royce unterwegs, sodass ihr nur das Rad geblieben war, um den ersten Teil ihres Plans in die Tat umzusetzen. Am Rande des Dorfes angekommen, sah sie auf ihre Uhr.

Komm schon, Ellie! Sie stieg in die Pedale, um die steiler werdende Steigung zu bewältigen. *Wenn du Lancelot verpasst, dann ist der ganze Plan dahin.*

Atemlos und mit brennenden Beinen fuhr sie auf Joe's Taxi Yard ein. Sie hatte in Erfahrung gebracht, dass Lancelot dort neuerdings eine Scheune für Daphne, sein heiß geliebtes Flugzeug, angemietet hatte.

Doch weder von Daphne noch von ihm fand sie eine Spur.

»Irgendjemand da?«, rief sie beim Absteigen.

»Hier drüben, Miss.«

Sie fuhr herum und erblickte einen üppigen Rumpf, der sich über einen Motor beugte. Sie eilte hinüber und kam unverblümt auf den Punkt: »Haben Sie Lord Fenwick-Langham gesehen? Ist er noch hier?«

Der Rumpf richtete sich auf und offenbarte ein knorriges Gesicht, dessen Mund mehr Zahnlücken als Zähne aufwies, aber ein warmes Lächeln zustande brachte. »Lady Swift. Entschuldigen Sie, ich wusst ja nich, dass Sie's sind. Hab bis zum Hals in diesem Lump von einem Motor gesteckt. Das Ding treibt mich noch in den Wahnsinn.«

»Wie ... ungezogen von ihm. Verzeihen Sie den Themenwechsel, aber ich muss unbedingt Lance... Lord Fenwick-Langham sprechen. Ist er hier?«

»Nee, leider nich. Tatsächlich is er aber erst vor gut zehn Minuten aufgebrochen.«

Eleanor stöhnte. »Hat er verraten, ob er wiederkommt?«

»Meinte, er will nur kurz in die Stadt und sich im Anschluss noch mal dem hakeligen Gestänge seines Flugzeugs widmen.«

»Hätten Sie etwas dagegen, wenn ich hier auf ihn wartete?«

»Bitte, nur zu.« Joe deutete lächelnd auf einen ausgebauten Autositz, der an der Wand der nächstgelegenen Scheune gelehnt stand. »Tee?«

Ehe sie Gelegenheit hatte, auf sein Angebot einzugehen,

drang das unverwechselbare Getöse eines Motorrads von der Straße zu ihnen hinüber.

»Lancelot!«, rief Eleanor und zog die Taschenuhr ihres Onkels aus der Manteltasche. »Der Gute hat mal wieder alle Zeit der Welt«, murmelte sie.

Lancelot bog in den Hof ein. Als er sie erblickte, begann er, sie zu umkreisen.

»Aufhören!«, brüllte sie über den Lärm hinweg. »Dringende Angelegenheit.«

Lancelot kam neben ihr zum Stillstand.

»Hört, hört, Sherlock.« Er nahm grinsend seine Haube ab.

Eleanor zeigte sich leicht pikiert von seiner Nonchalance. »Überrascht, mich zu sehen, Brilli?«

»Nicht im Geringsten, altes Haus.«

»Also wirklich!«

Lancelot tippte sich an die Nase. »Sandford ließ ausrichten, dass Sie den Nachmittag nicht überstehen würden, ohne mich zu sehen.«

»Aufschneider! Jetzt aber Schluss mit den Ablenkungsmanövern.«

Er fuhr sich durch sein zerzaustes blondes Haar. »Ich bin eine wandelnde Ablenkung, ich weiß.«

»Das hier ist ernst, Brilli. Ich brauche Ihre Hilfe. Und einen ruhigen Ort, an dem wir beide uns unterhalten können«, flüsterte sie.

Lancelot salutierte ironisch und schwang ein Bein über das Motorrad, wobei er sie anrempelte und dabei beinahe umstieß.

»Willkommen in meinem Schlupfwinkel, meine Liebe.«

Sie errötete, denn es gefiel ihr, wie er dicht an sie gepresst dastand. Nachdem er seine Haube auf den Motorradtank und einen Arm um ihre Schulter gelegt hatte, drehte er sie herum und hielt inne. »Ach ja, der Unfall mit dem Rolls-Royce. Ist Ihre Schulter eigentlich wieder in Ordnung?«

»Durchaus«, log sie und genoss seine Berührung. *Konzentrier dich auf deine Aufgabe, Ellie.*

Er blieb an der Tür einer Scheune gegenüber des Eingangs zum Hof stehen und zerrte am Türgriff. »Etwas tückisch, aber funktioniert.« Er winkte sie hinein.

Sie spähte in die Dunkelheit. »Ich kann nichts sehen.«

»Warten Sie einen Moment.«

Eleanor konnte nur noch mit Mühe Lancelots Silhouette ausmachen, die auf die rückwärtige Wand zusteuerte. Auf ein rostiges Quietschen folgte ein knarzendes Geräusch, das den Fall einer gigantischen Eiche erwarten ließ.

»Was zum ...« Eleanor schrak zusammen, doch als Lancelot zwei riesige Flügeltüren öffnete und an der Außenwand verankerte, wurde die Scheune von Licht erhellt.

Eleanor rang nach Luft. »Nein! Lancelot, was hast nur aus deinem Flugzeug gemacht?«

»Kein Grund zu Sorge, altes Haus.« Er legte seine Jacke ab. »Das ist nur das Lenkgestänge.«

»Aber sie ist ja völlig zerlegt.« Eleanor stöhnte und starrte bestürzt auf das Sortiment aus Einzelteilen, das auf einer adretten Picknickdecke unterhalb des Motorraums ausgebreitet war.

»Die kommt schon wieder in Ordnung, Daphne hat schon Schlimmeres überlebt. Wozu die ganze Theatralik, Sherlock? Das sieht Ihnen gar nicht ähnlich.«

Eleanor wippte aufgewühlt auf ihren Fersen auf und ab. »Aber ich muss ...« Doch als sie Lancelots weißes Hemd erblickte, das vom Öl derart verschmiert war, dass es an manchen Stellen fast durchsichtig war, vergaß sie, was sie eigentlich hatte sagen wollen. Die Ärmel waren hochgekrempelt und enthüllten seine sonnengebräunten Arme.

»Sie müssen ...?«, fragte er sanft und trat nah an sie heran.

»Ich muss ... mich auf meine Arbeit konzentrieren«, hörte

sie sich selbst sagen, obwohl sie sich nach dem genauen Gegenteil sehnte.

»Was für eine Schande, Sherlock«, flüsterte Lancelot, während er ihr einige verirrte Locken hinter das Ohr streifte. Er sah ihr tief in die Augen. »So ein romantischer Ort und so.«

»Romantisch?« Sie holte tief Luft. »Lancelot, das ist eine heruntergekommene alte Scheune.«

»Stimmt, aber ich habe Sie noch nie an seinem so ungestörten Ort angetroffen. Sie gehen mir nicht mehr aus dem Kopf, seit Sie mich auf dem Acker des alten Cartwright behelligt haben.«

»Er wird lieber Thomas genannt ... Tatsächlich, Sie haben an mich gedacht?«, hauchte Eleanor.

»Sherlock.« Er nahm sanft ihre Arme. »Was muss ein Mann nur tun, um einer Frau wie Ihnen seine Zuneigung zu beweisen? Sie sind wirklich unmöglich! Pralinenschachteln und Blumen ziehen bei Ihnen mit Sicherheit nicht, hab ich recht?«

»Ach ja, glauben Sie?« Eleanor hatte eine Vorliebe für Pralinen. Bei Blumen kam es ganz darauf an, wer sie ihr schenkte, aber das war ein anderes ...

»Ich habe noch nie eine Frau wie Sie kennengelernt. Sie sind ... nun, Sie sind ... besonders.« Er lachte. »Auf unwiderstehliche Art und Weise. Jedes Mal, wenn ich Ihnen begegne, sind Sie entweder schlammbespritzt, haben Ihr Haar in Ihrem Gesicht kleben ... oder Sie befinden sich auf der Jagd nach Mördern.«

Sie blickte auf seine Arme hinab, die die ihren festhielten. »Schon interessant. Ich bin hergekommen, um all diese Verrücktheiten hinter mir zu lassen ... und, auch wenn ich weiß, wie furchtbar hochtrabend sich das anhört, um mich selbst zu finden. Mein Leben. Meine Wurzeln. Ich habe die ganze Welt bereist, um herauszufinden, worum es in diesem eigenartigen Leben eigentlich geht.« Sie blickte Lancelot in die Augen. »Ich dachte immer, es wäre Liebe, aber um ehrlich zu sein, lief das mit der Liebe für mich nicht so gut.«

Lancelot grinste. »Da kann ich ein Lied von singen, altes Haus. Und als Sie uns unlängst beim Mittagessen von Ihrer kurzlebigen Ehe berichteten, habe ich mir bereits gedacht, dass mehr dahinter steckt.«

Sie nickte. »Was soll ich sagen? Ich war jung und töricht.« Sie blickte in seine stahlgrauen Augen. »Vielleicht bin ich das noch immer. Töricht zumindest.«

In der Ferne verkündete der Glockenschlag die volle Stunde. *Zum Kuckuck!* Die Zeit drängte. Sie zwang sich zurück in die Gegenwart. »Hören Sie, Lancelot, ich weiß, wer der Mörder ist. Gut, noch weiß ich es nicht, aber bis heute Abend werde ich es wissen!«

Lancelot trat einen Schritt zurück. »Hört, hört! Meisterliche Detektivarbeit würde ich sagen! Wie geht es jetzt weiter?«

»Wir müssen ihn aufhalten. Er hat bereits zwei Morde begangen, vielleicht auch mehr, und versucht, mich entführen zu lassen.«

Lancelot legte seine Hände auf ihre Wangen. Seine Augen glühten vor Wut. »Donner und Doria, wirklich? Dann ist es wohl an der Zeit, dass er das bekommt, was er verdient.«

Eleanor sah über die Emotionalität in seiner Stimme und das, was sie in ihr auslöste, hinweg und blickte zum Flugzeug. »Auf Daphnes Verfügbarkeit hätte ich nicht zählen dürfen.«

Lancelots Augen funkelten. »Keine Sorge, Sherlock, auf einen Flug mehr oder weniger mit willkürlicher Steuerung kommt es auch nicht an.«

»Lancelot, nein! Das klingt entsetzlich gefährlich!«

»Vielleicht, aber was ist denn Ihre Alternative? Sie sind doch nicht zufällig im Besitz eines Ersatzflugzeugs, oder?« Er tat, als wollte er sie durchsuchen, und ließ seine Hände über ihre Taille und bis zu ihren Hüften hinabgleiten.

Eleanor fühlte sich wie benommen. Es fiel ihr zunehmend

schwer, sich zu konzentrieren. »Wenn Sie sich da ganz sicher sind, aber versprechen Sie mir zwei Dinge?«

Er hielt inne und legte den Kopf schräg.

»Fliegen Sie nicht, wenn es wirklich gefährlich ist ... und ... ach zum Teufel, Brilli, können wir diese Unterhaltung nicht weiterführen, wenn die ganze Sache erledigt ist?«

Er drückte ihre Hand. »Offen gestanden, Sherlock, kann ich es kaum erwarten.«

ACHTUNDDREISSIG

Da Eleanors Gedanken voll und ganz auf Lancelot fixiert waren, flog die Landschaft auf dem Weg nach Chipstone als verschwommener Schleier an ihr vorbei.

Als sie den Stadtrand erreicht hatte, hielt sie am ersten Lebensmittelgeschäft an. Nachdem sie die adrette grün-weiß gestreifte Markise skeptisch inspiziert hatte, entschloss sie, bis zur Hauptstraße weiterzufahren. Das nächste Lebensmittelgeschäft, auf das sie stieß, war eher ein Krämerladen. Auf dem Gehsteig gesellten sich Kartoffelsäcke zu Flaschen mit Paraffinöl. Besen und Teppichbürsten hingen neben langen Speckstreifen und Bündeln mit Schweinsfüßen. Das sah schon besser aus. Eleanor lehnte ihr Fahrrad gegen das offene Ziegelgemäuer und trat ein.

»Guten Tag«, grüßte sie das Paar hinter dem Ladentisch. Die Ehefrau stupste ihren Ehemann in die Rippen. Er starrte Eleanor an, schien aber unfähig, zu sprechen.

»Oh, du Hornochse!«, mokierte sich die Frau. Sie schenkte Eleanor ein warmes Lächeln und zupfte an den widerspenstigen Strähnen ihres grauen Haars. »Guten Tag, gnädige Frau, wie können wir Ihnen heute behilflich sein?«

Eleanor erspähte die Früchtescones in der Auslage. »Ein Dutzend von denen, bitte. Die sehen vorzüglich aus.«

»Zehn, elf, zwölf, und einen für Apostel Johannes.« Die Frau verschloss die Ecken der Tüte mit einem gekonnten Handgriff.

»Apostel Johannes?«, erkundigte sich Eleanor.

»Der letzte Scone ist ein Geschenk der Freundschaft.« Die Frau lächelte. »Apostel Johannes ist der Schutzheilige der Freundschaft, wissen Sie. Mögen Sie niemals allein essen, meine Liebe.«

»Wie liebenswürdig, vielen herzlichen Dank.«

»Zwölf Scones, das macht einen halben Shilling, gnädige Frau.«

Eleanor lugte in die Tüte. »Haben Sie die gebacken?«

»Nein.« Die Frau lachte und wies auf ihren Ehemann. »Für ein paar Sachen ist er zu gebrauchen. Glücklicherweise ist Backen eine davon.«

Eleanor lachte. »Vielleicht sind Sie so nett, mir noch in einer anderen Angelegenheit zu helfen. Ich muss jemanden ausfindig machen. Vielleicht wissen Sie ja, wo ich ihn finden kann?«

»Also, wir stehen jetzt seit siebenundzwanzig Jahren hinter diesem Tresen, stimmt's, Frank? Es gibt wirklich nicht viele Leute, die wir nicht kennen. Wen suchen Sie denn?«

»Einen Jungen von vielleicht zehn Jahren.« Eleanor stolperte über ihre eigenen Worte und bemerkte, wie vage sie klangen. »Er heißt Alfie, wenn ich mich nicht täusche.«

»Alfie Sullivan?« Die Frau blickte besorgt zu ihrem Mann.

»Idas Bub? Der ist doch eigentlich ein guter Junge.«

»Ach du Schreck. Der hat noch nie Ärger gemacht. Muss sich auf die falschen Leuten eingelassen haben. Das wird Ida das Herz brechen.«

Eleanor fragte sich, wie um Himmels willen sie ihnen den Eindruck hatte vermitteln können, dass der Junge in Schwierigkeiten steckte. Dann dämmerte es ihr. Warum würde sich eine »Lady« nach dem Verbleib eines einfachen Jungen aus der Arbeiterschicht erkundigen? Was für ein Anliegen könnte sie umtreiben, wenn nicht, ihm den Diebstahl von Schmuck oder einer Brieftasche anzulasten?«

Sie strahlte. »Der kleine Alfie ist ein entzückendes Kind. Und in Schwierigkeiten befindet er sich keineswegs.«

Die Frau seufzte erleichtert. »Nun, da sind wir aber erleichtert, nicht wahr, Frank? Unser Alfie ist seiner Mutter ein echtes kleines Juwel, sagt sie immer. Insbesondere seit dem Tod seines Vaters.«

Frank schüttelte den Kopf. »Hätten an dem Jungen nicht zweifeln dürfen.« Er sah zur Ladenuhr hinauf. »Nun, in Anbetracht der Uhrzeit kann er eigentlich nur an zwei Orten sein. Entweder bei der Farbenfabrik Barnes oder oben bei der Schmiede, um das Feuer zu schüren und die alten Hufeisen fürs Einschmelzen aufzuschichten.«

»... Wenn er nicht gerade Blechdosen aufstellt, um sie mit Kieseln abzuwerfen«, unterbrach ihn seine Frau und lächelte. »Das habe ich mit Frank auch immer gemacht, als wir in seinem Alter waren. Einen Turm aus leeren Tabakdosen, die wir uns vom Hinterhof des Pubs gemopst hatten, haben wir aufgebaut und abgeworfen. Weißt du noch, Liebling?«

Sie sahen einander zärtlich an.

Eleanor räusperte sich. »Barnes und die Schmiede sind beide am anderen Ende der Stadt?« Sie nickten einstimmig. »Und falls er Dosenwerfen spielt?«

Frank lächelte. »Dann ist er drüben beim Versteck der Kinder, nehme ich an. Die haben sich ein richtiges kleines Lager im Wald gebaut. An Barnes' Schlot vorbei und dann geradewegs den Hang hinauf. Da steht ein Festung aus Ästen mit einem richtigen Burggraben, den sie angefangen haben auszuheben, und so.« Er schmunzelte bei dem Gedanken daran.

»Danke für Ihre Hilfe und die Scones. Und für den Segen von Apostel Johannes.« Eleanor eilte hinaus zu ihrem Fahrrad.

Als sie sich auf den Sattel schwang, fiel ihr auf, dass ihr Plan das reizende, aber langsame Tempo des Landlebens außer Acht gelassen hatte. Sie war bereits ernsthaft im Verzug. Barnes, die Schmiede oder der Wald? Sie entschied sich für den Wald.

Sie kurvte bis zum anderen Ende der Hauptstraße, überwand das Kopfsteinpflaster vor der Brauerei und fuhr weiter bergan. Und dann radelte sie noch etwas weiter. Und noch ein Stück.

»Das ist hoffnungslos«, ächzte sie, während sie ihr Vorderrad einmal mehr von herabgefallenen Zweigen befreite.

»Brauchen Sie Hilfe, Lady?«, erklang die Stimme eines Jungen.

»Alfie!« Mit einem erleichterten Lächeln wirbelte sie herum. »Oh, du bist ja gar nicht ...« Sie musterte den kleinen rothaarigen Jungen mit den Sommersprossen im Gesicht, der sie anblickte.

»Der ist nicht hier, Miss. Aber was auch passiert ist, er war es nicht.«

»Ein feiner Freund bist du, so für ihn einzustehen. Aber es ist gar nichts passiert. Es ist nur ... ich habe einen Auftrag für ihn.«

»Einen Auftrag! Geben Sie mir fünf Minuten, Miss.« Er rannte den Hügel hinab und deutete nach rechts. »Wir treffen uns am Fort.«

Mit der unglaublichen Geschwindigkeit der Jugend war er entschwunden. Eleanor spähte zu dem Punkt hinauf, auf den er gewiesen hatte. Eine zerfledderte rote Flagge flatterte in der sanften Brise zwischen den Bäumen.

Nachdem sie ihr Rad gegen eine alte Buche gelehnt hatte, nahm sie den Korb ab und stellte überrascht fest, dass dessen

Inhalt die Reise wunderbarerweise unbeschadet überstanden hatte.

Auf dem Weg hinauf zum Fort wurde sie von unsteter Handschrift begrüßt: »Fort Chippers. Ersd Anglopfen!« Diese Anweisung war auf einen Lappen gekritzelt worden, der an einem selbst gebastelten Tor aus geschnitzten Schösslingen befestigt war.

Jenseits des Schildes umringte eine Reihe Haselnuss-strauchhöhlen die mehr oder minder kreisförmigen Verteidigungsanlagen entlang der Umgrenzungen des Lagers. In der Mitte befand sich ein Kreis aus Holzstämmen, wobei an vier Stellen ein größerer hervorragte.

»Ah ja, das muss also die Ratsstube sein«, sinnierte sie und nahm auf einem der niedrigen Stämme Platz. Zur Rechten befand sich ein Stapel aus Blechdosen, ein Haufen von Kieselsteinen sowie einige selbst gebastelte Bögen mit Pfeilen. Sie setzte den Korb ab und wartete.

Lange musste sie sich nicht gedulden.

»Ich kann nicht glauben, dass du das getan hast! Damen stapfen doch nicht durch den Wald. Wie konntest du sie nur zum Fort schicken, du Idiot!«

»Na ja, sie war ja schon fast da. Sie hätte es so oder so gefunden.«

Das Geräusch kraxelnder Kinderfüße war zu vernehmen, und kurz später lugten zwei neugierige Gesichter zwischen den Stämmen hervor, die den Eingang zum Lager verbargen. Eleanor war erleichtert, eines der beiden erkennen zu können.

»Hallo, Alfie!«, rief Eleanor und winkte. »Ich habe geklopft, aber es hat sich keiner gemeldet.«

Alfie patschte seinem Freund auf den Arm, und während er das Tor aufschwang, flüsterte er: »Ich hab dir doch gesagt, dass sie es sein muss.« Er nahm seine Mütze ab und nickte Eleanor zu. »Guten Tag, Miss. Haben Sie sich wieder verlaufen?«

»Nein, Alfie, aber ich hoffe, du kannst mir helfen.«

»Machen wir natürlich. Aber wenn ich dann doch mal fragen dürfte, der Wachtmeister meinte, Sie hätten einen Auftrag.« Alfie kaute auf seiner Unterlippe.

Eleanor blickte verwirrt drein. »Der Wachtmeister? Ich glaube nicht, dass ich den ...«

»Verzeihen Sie, Miss.« Alfie deutete auf den anderen Jungen. »Das ist Billy. Ich bin der Hauptmann und er ist der Wachtmeister.«

»Verstehe. Danke, Billy ... ähm, Wachtmeister, dass Sie den Hauptmann geholt haben, sehr aufmerksam.«

Billy nickte und blieb wie angewurzelt auf der Stelle stehen. »Kein Problem, ich wusste ja, dass er bei Barnes war.«

Eleanor erhob sich. »Ich habe tatsächlich einen Auftrag für euch. Und für eure Dienste möchte ich euch gern bezahlen.«

»Einen Penny!«, riefen die Jungs im Chor.

»Und etwas, das euch bei Laune hält, während ihr mir helft.« Sie zog das karierte Leinentuch von ihrem Korb, sodass die beiden hineinsehen konnten.

Ihre Augen weiteten sich. »Sind das Meat Pies, Miss?«

»Für eure Familien, und Früchtescones als zusätzliches Dankeschön.« Sie vermutete, dass die meisten der Familien dieser Jungs sich nur selten einen solchen Luxus leisten konnten.

»Egal worum es geht, wir sind die Richtigen dafür!«, skandierte Alfie, woraufhin die Jungs stramm standen und salutierten.

Eleanor salutierte zurück. »Danke, Hauptmann und Wachtmeister. Damit ist unser Bündnis nun offizielle Sache. Ich vermute, ihr verfügt über zusätzliche und verlässliche Truppen? Ein gutes Dutzend Mann sollte genügen.«

Alfie schien in seinem Kopf eine komplizierte Rechenaufgabe zu lösen. »Kein Problem, Miss.«

Eleanor nahm zwölf Pennys aus ihrem Portemonnaie und legte sie in Alfies Hand. Dann legte sie einen weiteren hinein und murmelte zu sich selbst: »Und einen für die Freundschaft.«

Sie reichte Billy den Korb und beugte sich vor. »Nun, Alfie, da du gerade von Barnes kommst, könnte das hier genau dein Ding sein. Zunächst aber etwas ganz Wichtiges: Falls irgendjemand dich oder einen deiner Gefährten erwischen sollte, dann sagt, dass Lady Swift euch dazu gezwungen hätte, das zu tun. Ich hätte gedroht, der Polizei zu erzählen, dass ihr meine Reisetasche gestohlen hättet, in Ordnung?«

Die Beiden nickten energisch.

»Gut, unter normalen Umständen würde ich so etwas niemals unterstützen, aber hier handelt es sich um außergewöhnliche Umstände. Nun, meine Herren, ich möchte, dass ihr Folgendes für mich tut ...«

Als Mrs Butters die Treppenstufen vor The Hall hinuntertrabte, begegnete ihr Eleanor, die gerade ihr Fahrrad den letzten Abschnitt der Einfahrt hinaufschob.

»Ich würde sagen, das war ein arbeitsreicher Tag für Sie, Mylady, so viel steht fest«, konstatierte die Haushälterin lächelnd und umfasste den Lenker.

»Ach, Mrs Butters, ich werde zu alt dafür, Berge hinaufzukraxeln und Krieg zu spielen. Und dafür, mir einmal mehr das Herz brechen zu lassen.« Sie seufzte.

Mrs Butters tätschelte Eleanors Arm. »Was Sie jetzt brauchen, ist eine schöne Tasse Tee und eine Portion von Mrs Trotmans Gebäck. Ofenfrisch.«

»Aprikose?«

»Oh, sie war fleißig. Es gibt ein ganzes Blech voll. Rhabarber und Ingwer, Lemon Curd und Kirschschokolade.«

»Klingt himmlisch.«

»Wünschen Sie, den Tee am Herd einzunehmen, meine Liebe?«

»Was? O ja, wenn ich Ihnen nicht im Weg bin. Meine Güte, die sehen ja fantastisch aus.« Die beiden waren in die Küche gegangen und Eleanor begutachtete das abkühlende Gebäck, lehnte sich in ihren Stuhl zurück und legte Hut und Handschuhe auf dem Tisch ab.

»Ihren Mantel, Mylady?« Cliffords Stimme ließ sie jäh zusammenschrecken.

»Clifford! Zum wievielten Mal? Nehmen Sie doch bitte Posaunenunterricht, um Ihre Ankunft vorzeitig anzukündigen. Ich schwöre, Ihr Talent, plötzlich aus dem Nichts aufzutauchen, wird mich eines Tages noch ins Grab bringen.«

»Das wollen wir nicht hoffen, Mylady. Wären eine Barockposaune oder eine Fanfarentrompete jedoch nicht zweckmäßiger?« Er lächelte und nahm ihren Mantel entgegen, den sie sich, während sie aufstand, von den Schultern gleiten ließ.

»Mr Clifford, ich habe Ihnen ein Teegedeck angerichtet, sodass Sie Ihrer Ladyschaft hier am Tisch beiwohnen können. Mrs Trotman wird in einer Stunde zurück sein und Polly und ich müssen uns um die Wäsche kümmern. Ist das in Ordnung?«

»Wunderbar, Sie haben bereits mehr als genug getan. Vielen Dank, Mrs Butters.«

Nachdem er Eleanors Mantel aufgehängt hatte, schenkte Clifford ihnen beiden wohltuenden Tee aus der Porzellankanne aus.

»Ich muss diese Anrufe tätigen«, sagte Eleanor durch den Dampf ihrer Teetasse. »Läuft an Ihrer Font alles nach Plan?«

»Voll und ganz, Mylady. Die Rekruten, die Sie organisiert haben, waren bei meiner Ankunft emsig bei der Arbeit. Mir oblag lediglich, ihren natürlichen Überschwang zu dämpfen und ihre Konzentration der vorliegenden Aufgabe zuzuführen.«

Clifford präsentierte ihr den Gebäckteller.

»Ausgezeichnet. Mir ist die Ehrenmitgliedschaft im Fort Chippers zuteilgeworden, müssen Sie wissen.« Sie versuchte

sich an Alfies Akzent: »Das ham Hauptmann und Wachtmeister so gesagt.«

Sie setzte ihre Tasse ab und entschied sich für ein besonders schokoladiges Gebäckstück.

Clifford sah sie fragend an.

»Und ja, ich habe Lancelot erwischt.«

»Das sehe ich.« Clifford ging zum Waschbecken, um ein
frisches Taschentuch zu befeuchten. Dieses reichte er Eleanor,
nachdem er zum Tisch zurückgekehrt war.

»Was?«

»Ihre Wange, Mylady.«

Sie rieb sich mit dem Tuch über die Wange und stöhnte
beim Anblick der Ölflecken. »Ach herrje, Clifford! Ich bin in
diesem Zustand quer durch die ganze Grafschaft geradelt, habe
mich nach dem Weg erkundigt ... O nein, das Paar im Laden.
Die beiden wähnten mich sicherlich auf einer Spezialmission –
eine ölverschmierte Frau auf der Suche nach kleinen Jungs.«

»Gut möglich, wenngleich sie damit ja auch richtig gelegen
hätten.«

Eleanor starrte auf das Tuch. »Wissen Sie, Clifford ... ich ...
ich glaube, ich bin dabei, mich in Lancelot zu verlieben.«

Clifford nahm das ölverschmierte Tuch entgegen. »Vielleicht könnte darin unser nächster Plan bestehen.«

»Was? Lancelot mit der Schlinge einzufangen? Clifford, Sie
sind wirklich zu komisch, das ist eine Idee, die einem die beste
Freundin in der Schule unterbreiten könnte!«

»Danke schön, Mylady. Wenn wir unsere gegenwärtige
Unternehmung allerdings erfolgreich gestalten wollen ...«

»Natürlich, genug davon. Ich setze mich jetzt wohl besser
an den Telefonapparat.«

Belebt von der magischen Wirkung der süßen Teilchen und des
Tees fühlte sich Eleanor gerüstet und gestärkt. Clifford infor-

mierte das Personal, dass die Ladyschaft nicht gestört werden wolle, gesellte sich zu ihr in das Wohnzimmerchen und schloss die Tür hinter sich.

Als Eleanor auf den Telefonhörer blickte, war sie sich ihrer Sache plötzlich weniger sicher.

»Clifford, meinen Sie, das wird funktionieren? Immerhin ...«

Clifford drehte sich zu ihr. »Es ist ein Risiko. Es gibt jede Menge Faktoren, die wir nicht beeinflussen können. Wird der Mörder glauben, dass der Mann, den er losgeschickt hat, um Sie zu entführen, nach seinem Versagen aus Angst vor seinem Zorn nicht zu ihm zurückkehrte, um ihm zu berichten? Hat er Sie dabei beobachtet, wie Sie heute mit dem jungen Lord Fenwick-Langham sprachen?«

»Oder dem kleinen Alfie?«

»Nun ...« Eleanor griff nach dem Telefonhörer. »Ich schätze, wenn ich den Hörer nicht abhebe, werden wir es nie erfahren. Los geht's, jetzt heißt es, Daumen drücken!«

Fünfzehn Minuten später hatte sie den Hörer zum dritten Mal auf die Gabel gelegt.

Clifford spendete begeistert Applaus. »Bravo, Mylady! Ausgezeichnete Vorstellung.«

»Danke, Clifford. Dann wollen wir mal hoffen, dass sie überzeugend genug gewesen ist.«

»Sie musste nur überzeugend genug sein, um die drei Männer, die Sie angerufen haben, glauben zu machen, dass Sie unwiderlegbare Beweise vorlegen können, die den Mörder entlarven werden.«

»Allerdings bin ich mir nicht ganz sicher, ob Cartwright mir mein Märchen geglaubt hat. Ich kann ihn nicht ausstehen, will ihn aber nicht unterschätzen. Ebenso wenig wie Wilby. Kein Mensch ist derart inkompetent, das muss einfach geschauspielert sein. Und Mayor Kingsley schien zum Ende hin unsicher zu werden.«

»Gut möglich, Mylady, aber welche Wahl bleibt ihnen denn in Hinblick auf das Rätsel, vor das wir sie gestellt haben, wenn einer von ihnen der Mörder sein sollte?«

»Absolut. Was auch geschehen sollte, wir sind vorbereitet.«

»Wenn Sie mir die Kühnheit gestatten, ich finde, Ihre Anstrengungen haben einen Brandy verdient.«

»Oder vielleicht auch zwei, Clifford?«

Während er im Gesellschaftszimmer die Drinks zubereitete, versuchte sie die bohrenden Zweifel in ihrem Kopf zu unterbinden. War sie wirklich überzeugend genug gewesen? Hatten sie alle Eventualitäten bedacht?

Sie hoffte es um ihrer und um Cliffords willen, aber auch für die beiden bereits ermordeten Männer. Während sie das ihr dargebotene Glas entgegennahm, atmete sie tief ein.

Von jetzt an gab es kein Zurück mehr.

NEUNUNDDREISSIG

Die Dunkelheit hätte sie vielleicht weniger beunruhigt, wäre sie so tintenschwarz gewesen wie in den Liebesromanen, die sie verschlang. Darin durchforstete ein Romanheld stets beherzt die undurchdringliche Finsternis, um seine Geliebte zu finden und zu retten. Im echten Leben jedoch versuchte sie nun, umgeben von grauen Schatten, die sich ständig wandelten und versuchten, nach ihr zu greifen, einen Mörder in die Falle zu locken. Sie erschauderte und zog sich den Mantel fester um die Schultern. *Reiß dich zusammen, Ellie!*

In der Ferne durchbrach das Geräusch eines Automotors die Stille. Sie spähte, so weit sie sich traute, hinaus. Gerade so erkannte sie die Umrisse eines Fahrzeugs. Es sah weder so aus noch klang es wie Cartwrights Traktor, dann wiederum war es auch unwahrscheinlich, dass er mit einem derart auffälligen Gefährt auftauchen würde. Genauso wenig war mit Kingsley im bürgermeisterlichen Rolls-Royce oder mit Wilby in einem Polizeiauto zu rechnen.

Sie versteifte sich, als die Lichtkegel der Frontscheinwerfer über ihr Versteck schweiften. Reifen kamen knirschend zum Halt. Ein Motor verstummte.

Eleanor versuchte angestrengt, irgendetwas in der Dunkelheit auszumachen. Der Puls schlug ihr bis zu den Ohren. Das Geräusch der sich öffnenden Fahrertür ließ sie erneut erstarren. Sie vernahm das Geräusch leiser Schritte, die ... von ihr weggingen.

Langsam stieß sie die Luft aus, die ihr in der Lunge brannte. Dann hörte sie es ... ein Kratzen und ein Schaben, gefolgt vom metallischen Klacken eines Spatens.

»Ah ja!«, flüsterte eine vertraute Stimme.

Was auch immer jetzt geschehen würde: Sie hatten ihren Mörder gefunden.

Mit zitternden Beinen trat sie einen Schritt vor. Sie war kein Feigling, aber sie war auch kein Dummkopf. Weder sie noch Clifford waren so hochmütig, den Feind zu unterschätzen oder sich den Erfolgsaussichten ihres Plans allzu sicher zu sein, der schließlich auch tödlich enden konnte.

»Suchen Sie etwas?« Stillschweigend verfluchte sie das Zittern in ihrer Stimme.

Der Mann schreckte ruckartig auf. »Was zum Teufel machen Sie hier?« Im Handumdrehen hatte er seine Fassung wiedererlangt. »Sie sollten doch an der Brauerei sein, meine Werteste, dort sollte ich Sie doch treffen.«

»Wirklich?« Sie warf den Kopf zurück und nickte mit dem Kinn in Richtung des feuchten Sands, der an den Knien seiner Hosen klebte. »Und doch sind Sie hier und graben im Dreck wie ein Schmuddelkind, genau wie ich es erwartet hatte.«

Das war eine kleine Lüge. Sie hatte jedem der drei Männer, die sie angerufen hatte, erzählt, dass sie und Clifford in Erfahrung gebracht hatten, dass ein kleiner Gegenstand in der Arbeiterhütte am Steinbruch versteckt sei, der beweisen könne, dass Atkins und Cornell von ein und demselben Mann ermordet worden seien. Und, noch wichtiger, wer dieser Mann sei. Alle drei Männer hatte sie gebeten, sie an der alten Brauerei in der Stadt zu treffen. Ob sie kamen oder nicht, spielte keine Rolle.

Worauf sie und Clifford bauten, war, dass einzig der Mörder wissen konnte, dass dieser Beweis tatsächlich existierte. Und selbst wenn der Mörder einen Bluff vermuten sollte, blieb ihm keine andere Wahl, als geradewegs zum Steinbruch zu fahren, um den Beweis zu vernichten, bevor sie und Clifford diesen zutage bringen würden.

Nur hatte sie nicht gewusst, wer von ihnen es sein würde. Nun aber wusste sie es.

Mayor Kingsley runzelte die Stirn. »Hat Ihnen noch nie jemand gesagt, dass sich Täuschung nicht gerade ziemt für eine Lady?«

»Bereits des Öfteren. Wie auch immer, haben Sie gefunden, wonach Sie gesucht haben?«

Ein bösartiges Grinsen huschte über Kingsleys Gesicht. »Oh, absolut.« Er stellte die Metalldose auf den Tisch.

»Sie können Gladstone dafür danken, sie gefunden zu haben, Sie hatten ja offensichtlich vergessen, wo Sie sie abgelegt hatten. Sie ist noch immer verschlossen«, fügte Eleanor unschuldig hinzu.

Er zog einen kleinen Schlüssel aus seiner Westentasche hervor. Mit vorgeblichem Desinteresse beobachtete sie, wie er die zwei kleinen roten Notizbücher, gefolgt von den Geldbündeln daraus hervorzog. Er steckte sie in seine Taschen und griff erneut in die Dose hinein.

Sie sah den letzten Gegenstand, der sich in der Dose befunden hatte: eine Browning-Pistole, die nun auf sie gerichtet war.

Sie seufzte. »Wie durchschaubar und ...« Sie nahm eine Handvoll Patronen aus ihrer Tasche und warf sie aus der geöffneten Tür hinaus in die Dunkelheit. »... unnütz ohne die hier.«

Er fluchte und schleuderte die Waffe in Richtung ihres Kopfes. Da sie sich rechtzeitig duckte, traf die Pistole einzig die Hüttenwand hinter ihr.

Als sie aufschaute, blickte sie jedoch in den Lauf einer weiteren Waffe.

Als er ihren Gesichtsausdruck sah, schmunzelte Kingsley. »Ja, ganz recht, meine Werteste, ich habe Ersatz dabei. Man sollte immer vorbereitet sein. Wie es sich für einen guten Pfadfinder gehört, nicht wahr?«

Sie zuckte mit der Achsel und beäugte ihn argwöhnisch.

»Also, wo steckt er?«

»Er?«

»Tun Sie doch nicht so, Ihr Butler natürlich. Hoffen wir mal, er ist nicht so blöd zu glauben, dass er mich überlisten könnte.« Er zielte die Pistole auf ihr Herz. »Ich frage Sie nur noch ein Mal: Wo ist er?«

Sie seufzte. »Er ist an der Brauerei, um sich bei einigen Gentlemen dafür zu entschuldigen, sie grundlos mitten in der Nacht aus dem Haus gelockt zu haben. Denn, sehen Sie, im Gegensatz zu Ihnen, Mayor Kingsley, ist keiner von ihnen ein Mörder.«

Kingsley funkelte sie an. »Ich soll Ihnen also ernsthaft glauben, dass er Sie allein hier rauskommen lassen hat? Werteste, strapazieren Sie nicht meine Geduld.«

Sie hob ihre Hände zum Schein, als wollte sie sich ergeben. »Gut, er ist abgehauen, können Sie es fassen? Heutzutage ist es wirklich so schwierig, gutes Personal zu bekommen.«

»Mr Clifford«, schrie Kingsley in die Dunkelheit. »Auch Sie sollten meine Geduld nicht über Gebühr strapazieren. Zeigen Sie sich augenblicklich oder Sie werden sich zeitnah eine neue Arbeitgeberin suchen müssen.«

Nach einer kurzen Pause schritt Clifford mit einer Schrotflinte in der Armbeuge aus der Dunkelheit. »Ich bitte aufrichtig um Entschuldigung, Mylady.«

Eleanor zuckte mit der Schulter.

Kingsley bedeutete Clifford mit vorgehaltener Pistole, sich

neben Eleanor zu stellen. »Ohne die Schrotflinte, Mr Clifford, wenn ich bitten darf.«

Clifford legte die Waffe auf den Tisch und gesellte sich zu ihr.

Kingsley wandte seine Aufmerksamkeit wieder Eleanor zu. »Nun, meine Werteste, dann erzählen Sie mir mal, was Sie wissen. Oder meinen zu wissen. Aber eines sage ich Ihnen: Keine Sperenzchen, sonst ruiniere ich Ihnen ihr hübsches Kleidchen.«

»Wie besorgniserregend, ich mag dieses Kleid eigentlich sehr, und Blutflecken sind so schwer zu beseitigen. Außerdem haben Sie es ja bereits zweimal versucht und sind beide Male gescheitert. Einmal, als Sie die Bremsen des Rolls-Royce durchtrennen ließen, und das andere Mal, als Sie versucht haben, mich entführen zu lassen.« Sie klang gefasst, doch ihr Herz und ihre Gedanken rasten.

Kingsley lächelte dünn. »Na ja, aller guten Dinge sind drei, oder? Also, antworten Sie auf meine Frage.«

Eleanor zuckte mit der Schulter. »Wo soll ich anfangen? Eben überlegen«, begann sie. »Da wären der Steinbruchmord beziehungsweise Atkins' ›versehentlicher‹ Tod und Cornells ›vermeintlicher‹ Selbstmord.« Sie zögerte und sah zu ihm auf. »Sie wissen schon, dass Sie ein Monster sind, oder?«

»Vielen Dank für die Blumen, Werteste.« Kingsley schmierte sich das Haar zurück. »Aber was führt Sie zu der Annahme, dass ich irgendetwas damit zu tun habe?«

»Nun, zunächst einmal haben wir ermittelt, dass der Granat, den wir gefunden haben, zu Ihrer Amtskette gehört. Wir haben das überprüft, und rein zufällig scheint es, dass die Amtskette erst kürzlich repariert werden musste, sodass wir uns ziemlich sicher sein konnten, dass Sie den Granat fallen gelassen haben müssen. Dann war da die Sache mit Cornells problemloser Aufnahme in das Second Chance Programme, die uns in Hinblick darauf, dass er durch seine Vorstrafenliste erst gar nicht dafür in Betracht hätte gezogen werden dürfen, verdächtig erschien. Ach ja, und Cornells gefälschter Abschiedsbrief.«

Kingsley legte die Stirn in Falten. »Warum sollte der gefälscht gewesen sein? Ein derart jämmerliches Exemplar der menschlichen Rasse war dazu verdammt, den Ausweg der Verlierer zu wählen.«

Eleanor sträubte sich, zwang sich aber, mit ruhiger Stimme weiterzusprechen: »Es handelte sich offensichtlich um eine Fälschung, da Cornell nicht von Atkins erpresst worden ist, da bin ich mir sicher. Und ich weiß aus guter Quelle, dass Cornell außer seiner eigenen Unterschrift kein Wort zu Papier bringen konnte, wie also hätte er diesen Abschiedsbrief verfassen sollen? Und Atkins hat er auch nicht umgebracht, wieso also hätte er Selbstmord begehen sollen?«

»Nun, an dieser Stelle täuschen Sie.« Kingsley lachte angesichts Eleanors augenscheinlicher Überraschung. »Sie enttäuschen mich, meine Werteste, ich hätte Sie für cleverer gehalten. Ob Mr Clifford wohl in der Lage ist, den korrekten Hergang der Dinge zu erraten?«

Sie blickte zu Clifford. Seine Augen zuckten für einen Moment, dann nickte er. »Natürlich. In Anbetracht von Mr Atkins' hoher Stellung in der Regierung und seiner Verbindung – egal wie lose jene auch gewesen sein mag – zu Mayor Kingsley, gehe ich davon aus, dass Mayor Kingsley erfasste, dass es zu riskant gewesen wäre, Mr Atkins persönlich umzubringen. Also ließ er Mr Cornell den Mord ausführen, wobei ich mir sicher bin, dass dieser nicht aus freien Stücken gehandelt hat.« Seine Augen weiteten sich ein wenig. »Natürlich, *Sie* haben ihn erpresst.«

Kingsley lächelte süffisant. »Der Schlüssel liegt darin, zu verstehen, was einen Mann antreibt. Wenn einem das gelingt, dann kann man dieses Wissen nutzen, um die rechtschaffensten Männer die niederträchtigsten Taten ausführen zu lassen. Zu

Anfang hatte Cornell keine Ahnung, wer ihn erpresste, aber wie Sie erraten haben, bin ich das gewesen. Ich hatte ihn schon seit geraumer Zeit erpresst. Tatsächlich hat sich die Erpresserei für mich mittlerweile zu einem netten Nebenerwerb entwickelt.«

Eleanor deutete mit dem Kinn auf Kingsleys Taschen. »Das erklärt auch die Geldbündel und die Einträge in diesen kleinen roten Notizbüchern aus der Dose, die Sie hier vergraben hatten.«

»Haargenau. Ich muss mir die kleinen schmutzigen Geheimnisse meiner Opfer genau notieren. Das bringt mir nicht nur ein hübsches Zusatzeinkommen, es stellt auch einen nützlichen Hebel dar, wenn ich irgendetwas erledigt haben will. In Cornells Fall hatte ich den Beweis für einen bewaffneten Raubüberfall, den er begangen hatte, für den er aber nie belangt worden war. Der Erpresser – der selbstredend ich war – meinte, er würde dafür sorgen, dass Cornell wieder in den Knast wandere, dieses Mal für immer, wenn er ihm nicht eine stattliche Summe Geld bezahle.«

Eleanor rang nach Luft. Das Puzzle begann sich langsam zusammenzufügen. »Sie haben Cornell mit einer List dazu gebracht, zu glauben, dass er von Atkins erpresst wurde, richtig? Atkins stand kurz davor, Ihre zwielichtigen Machenschaften aufzudecken – deshalb wollten Sie ihn aus dem Weg räumen, stimmt's?«

Kingsley wedelte mit seiner Waffe. »Genug jetzt, Lady Swift. Atkins wurde aus Whitehall geschickt, um Korruptionsgerüchten nachzugehen. Er war befugt, Straffreiheit im Gegenzug für Informationen zu gewähren. Glücklicherweise war keiner meiner Schuldner bereit dazu, auszupacken, aber es war nur eine Frage der Zeit, bis er auf einige meiner alternativen geschäftlichen Einkünfte stoßen würde –«

Eleanor schnaubte. »Einige Ihrer Erpressereien meinen Sie wohl!«

Kingsley zuckte mit der Schulter. »Also musste ich … ihn loswerden.«

Sie legte die Stirn in Falten. »Aber wie konnten Sie sicher sein, dass Cornell ihn umbringen würde?«

»Tss, tss, tss«, mokierte sich Kingsley. »Nichts leichter als das. Ich ließ Cornell ausbluten, indem ich den Betrag, den ich von ihm in meinen Erpressungsforderungen verlangte, fortlaufend erhöhte. Dann verfasste ich einen letzten Brief an ihn, im Namen des Erpressers natürlich, in dem ich schrieb, dass ihm vierundzwanzig Stunden blieben, um eine stattliche Summe zu begleichen, andernfalls würden die Beweise der Polizei übergeben. Ich wusste natürlich, dass er diesen Betrag nicht würde aufbringen können. Cornell, der in meinem Second Chance Programme war und mir vertraute, fragte mich, was er tun solle. Ich sagte ihm, dass ich versuchen wolle, herauszufinden, wer der Erpresser sei. Später dann rief ich Cornell an, um ihm zu sagen, dass ich die Identität des Erpressers herausgefunden und mit diesem für dieselbe Nacht noch ein Treffen arrangiert hätte.«

»Am Steinbruch«, sagten Eleanor und Clifford wie aus einem Munde.

»Exakt. Ich erzählte Cornell, dass er an meiner Stelle gehen könne, um mit dem Erpresser zu verhandeln. Ich stellte sicher, dass Atkins dort auftauchte, indem ich ihm einen anonymen Brief schickte, in dem ich vorgab, Beweise für den Korruptionsverdacht gefunden zu haben, den er untersuchte. Ich schrieb, dass ich zu viel Angst davor hätte, mich irgendwo in der Öffentlichkeit zu treffen.« Kingsleys Lippe kräuselte sich. »Atkins war ein derart hingebungsvoller und tugendhafter Beamter, dass ich wusste, er würde trotz aller Bedenken hingehen. Und obwohl Cornell einige abstruse Vorstellungen hegte, seine vergangenen Verbrechen sühnen und sich bessern zu können, hatte er keine andere Wahl, als Atkins zu töten oder für immer zurück ins Gefängnis zu gehen, nachdem der Erpresser mehr von ihm gefordert hatte, als er zu zahlen fähig war. Das Einzige, was ich nicht vorausgesehen habe, war, dass Cornell versuchen würde, den Mord zu vertuschen, indem er Atkins' Leiche zurück zu dessen Haus verfrachtete, um das Ganze wie einen Unfall aussehen zu lassen.«

Eleanor schüttelte den Kopf. *Das war also die Erklärung!* »Ich konnte mir einfach keinen Reim darauf machen, wieso Cornell sich die Mühe machen sollte, einen Mann umzubringen und das Ganze wie einen Unfall aussehen zu lassen, nur um den Mord wenige Tage später zu gestehen. Jetzt verstehe ich es. Cornell verschleierte den Mord an Atkins so gut, dass die Polizei zu der Annahme verleitet wurde, dass es sich um einen Unfall handelte, was Cornell sich ja offensichtlich erhofft hatte. Das hat allerdings Ihre Pläne durchkreuzt, nicht wahr? Sie wollten, dass Atkins' Tod als Mord erfasst wird. Darum haben Sie Cornell umgebracht und einen fingierten Abschiedsbrief hinterlassen, in dem Cornell den Mord an Atkins eingesteht. So sah alles wieder aus wie ein eindeutiger Fall. Und das hat bei diesem inkompetenten Sergeant Wilby gezogen, der jedoch, wie mir inzwischen klar ist, zumindest nicht korrupt ist.«

Kingsley zuckte mit der Schulter. »Wie Sie wissen, ist es ziemlich einfach, die örtliche Polizei hinters Licht zu führen. Ich habe zwar erwogen, meinen Plan zu ändern, jedoch erschien es mir das Beste, die ursprüngliche Idee beizubehalten. Ich verließ mich dabei, wie Sie bemerkten, auf die Unfähigkeit der Polizei. Und in dieser Hinsicht lag ich richtig.«

Eleanor runzelte die Stirn und versuchte, das große Ganze nachzuvollziehen. »Da Sie also wussten, dass es lediglich eine Frage der Zeit sein würde, bis Atkins Ihr erpresserisches Treiben aufdecken würde, haben Sie ihn überlistet, sich in jener Nacht unwissentlich mit Cornell am Steinbruch zu treffen. Nachdem Cornell Atkins umgebracht hatte, stahlen Sie Atkins' Akten zu den Korruptionsermittlungen aus seinem

Haus und vernichteten diese – weshalb Atkins' Schreibtisch auch aussah wie leerfegt, als wir sein Haus durchsuchten. Anschließend ermordeten Sie sicherheitshalber Cornell, die einzige Person, die Sie hätte belasten können, und fingierten seinen Abschiedsbrief.« Eleanor sah Kingsley mit einer Mischung aus Angst und Ehrfurcht an.

»Endlich, meine Werteste, Sie holen auf!« Kingsley trat einen Schritt zurück. »Bloß, zu Ihrem und zum Leidwesen von Mr Clifford, zu spät.« Er hob die Waffe. »Sie müssen verstehen, als viel beschäftigter Mann lasse ich derlei Angelegenheiten normalerweise von Handlangern erledigen – von Leuten wie Cornell. Allerdings hat es mir wirklich Spaß gemacht, ihn zu töten. Sie müssen wissen, dass ich berufsbedingt viel an den Schreibtisch gefesselt bin, da ist es gut, wenn ich von Zeit zu Zeit mal selbst Hand anlegen kann. Auch für Sie und Ihren ergebenen Butler nehme ich mir gern persönlich die Zeit, den Abzug zu betätigen. Und es wird mir sogar noch mehr Spaß bereiten als bei Cornell.« Sein Finger legte sich auf den Abzug.

VIERZIG

Die Hüttentür sprang auf. Ein halbes Dutzend bewaffneter Schutzmänner stürzte herein und umstellte sie. DCI Seldon trat vor. »Lassen Sie die Waffe fallen, Kingsley! Sie sind verhaftet.«

Zu Eleanors widerwilliger Bewunderung – und zu ihrem Entsetzen – sah sich der Bürgermeister noch nicht einmal um. Stattdessen hielt er seinen Blick, genau wie seine Pistole, weiterhin beharrlich auf sie gerichtet.

»Eine kleine Überraschung für mich, meine Werteste?« Er schüttelte verächtlich den Kopf. »Nicht mit mir.« Er erhob die Stimme. »Inspector, falls Sie glauben, dass Sie mich in der Hand haben, so fürchte ich doch, es ist genau andersherum. Ich habe keinerlei Skrupel, dieser Schnüfflerin eine Kugel durch den Kopf zu jagen. Also schlage ich vor, dass Sie Ihre Männer abziehen, andernfalls erschieße ich sie, ohne mit der Wimper zu zucken.« Er zuckte mit der Schulter. »Sie haben die Wahl.«

DCI Seldon schluckte. Während er Kingsley im Auge behielt, gab er seinen Männern ein Zeichen. »Waffen senken.«

»Gute Entscheidung.« Kingsley packte Eleanor am Hals. Der harte Lauf seiner Pistole bohrte sich in ihre Schläfe. »Ihr alle stellt euch da drüben auf. Hände über den Kopf. Sie auch, Mr Clifford.«

DCI Seldon wies seine Männer an, dem Befehl Kingsleys Folge zu leisten.

»Wenn Sie jetzt ein braves Mädchen sind, dann überstehen Sie das hier vielleicht sogar«, flüsterte Kingsley ihr ins Ohr.

Sie geriet ins Straucheln, als er sie hinaus zu seinem Auto zerrte. Die Dinge liefen nicht ganz so wie geplant, dachte sie reumütig. *Nur einen kühlen Kopf bewahren, Ellie!* Kingsley öffnete die Fahrertür und schubste sie unsanft ins Innere.

»Fahren! Und vergessen Sie nicht, was ich gesagt habe – ich werde Sie ohne zu zögern umbringen.«

Sie erwog, ihn zu entwaffnen, bezweifelte aber, dass sie die Pistole rechtzeitig zu fassen bekommen würde. Außerdem dachte sie kurz darüber nach, zu gestehen, dass sie gar nicht fahren konnte. Ein Blick in sein Gesicht verriet ihr jedoch, dass er das nur als Hinhaltemanöver deuten würde. Stattdessen schaltete sie knirschend durch die Gänge, drückte den Fuß aufs Gaspedal und ließ das Auto auf die Straße schlittern.

Dann aber setzte ihr Herz für einen Moment aus ... *War das? Ja!* Neben dem Brüllen des Automotors hörte sie auch das unverkennbare Dröhnen eines Flugzeugs. Daphne! Lancelot war gekommen, genau wie geplant. Sie starrte starr geradeaus und betete inständig, dass Kingsley nichts bemerkte.

Ihr Hochgefühl währte nicht lange, denn ihr dämmerte, dass der Plan eine Geiselnahme nicht einkalkuliert hatte. DCI Seldon hatte den Auftrag gehabt, zu warten, bis derjenige, der auftauchen würde, gestanden hatte, um dann mit seinen Männern auszuschwärmen und ihn festzunehmen. Für den Fall, dass der Mörder entkommen würde, sollte Lancelot in der Luft patrouillieren, um ihn gegebenenfalls abzufangen.

Das Flugzeug beschrieb eine scharfe Kurve und schickte sich an, das Auto im Sturzflug zu bombardieren. Kingsley sah auf, verwirrt durch den Krach. Ein dumpfer Knall ertönte auf der Straße voraus. Er spähte aus dem Fenster auf den blauen Fleck auf der Straßenoberfläche. »Was zum –?«

BUMS! Eine zweite Farbbombe traf die Motorhaube und bespritzte die Windschutzscheibe mit Farbe. Kingsley fluchte, während Eleanor versuchte, die Scheibe mit den Scheibenwischern zu säubern.

Das Flugzeug brachte sich in Position für die nächste Bombardierung. Dieses Mal erhaschte sie einen flüchtigen Blick auf Lancelot, der sich mit einer Handvoll der Farbbomben, die Alfie und seine Truppen unter Cliffords Anleitung an jenem Nachmittag am Fort angefertigt hatten, aus dem Flieger lehnte.

BUMS! Diesmal ein direkter Treffer. Ihr Sichtfeld färbte sich rot ein, als die Bombe an der Windschutzscheibe explodierte.

BUMS! BUMS! BUMS! Rot mischte sich mit Grün, dann mit Blau, während ein wahrer Bombenhagel auf sie niederprasselte. Die Scheibenwischer kapitulierten und verklemmten sich auf der Scheibe.

»Ich ... kann nichts mehr sehen!«, rief sie Kingsley zu.

»Fahren Sie weiter!«, befahl Kingsley und spähte in den Himmel. »Ich habe genug von diesem Clown!« Er nahm die Waffe von ihrer Schläfe und zielte auf Lancelot, der mit einer weiteren Ladung Farbbomben in der Hand aus Daphne hervorlugte.

Auf keinen Fall! Sie riss das Lenkrad vom Flugzeug weg. Kingsley fiel zurück, und der Schusshall klingelte ihr in den Ohren.

Dann verlangsamte sich alles. Sie sah, wie Lancelots Flugzeug in den Sturzflug Richtung Boden überging und die Farbbomben, die er gerade noch in seiner Hand gehalten hatte, rund um das Auto aufplatzten. Der letzte saubere Fleck auf der Windschutzscheibe verschwand unter einem Kaleidoskop aus Farben.

Dann trafen sie auf etwas sehr Hartes.

Kingsley sprang als Erster aus dem Auto. Er stolperte zur Fahrertür. »Aussteigen!«

»Einen Moment ... meine Rippen.« Die Wucht des Aufpralls hatte sie gegen den Schaltknüppel geschleudert. Sie fragte sich, ob ihre Rippen gebrochen oder lediglich geprellt waren.

Mit hochrotem Gesicht trat er einen Schritt vor. »Aussteigen, oder ich erschieße Sie hier an Ort und Stelle!«

Sie ließ ihre Schulter los. »In Ordnung, ich steige ...« Die Fahrertür schlug gegen Kingsleys Handgelenk und schleuderte ihm die Pistole aus der Hand. »Jetzt aus!«

Er krümmte sich und umklammerte mit kreidebleichem Gesicht sein Handgelenk. »Sie ... Sie haben mir das Handgelenk gebrochen, Sie dummes Weibsstück!«

»Dumm?« Eleanor zielte die Pistole, die sie rasch aufgehoben hatte, auf ihn. »Wer von uns beiden hält denn die Waffe in der Hand, und wer hält sich das Handgelenk? Eben.«

Er stürzte sich auf sie. Sie wich ihm aus und schlug ihm die Pistole gegen den Hinterkopf. Sein Körper sackte zusammen. Sie trat einen Schritt zurück und hielt die Waffe auf ihn gerichtet, doch er schien bewusstlos zu sein.

Hinter ihr hielt ein Polizeiauto mit quietschenden Reifen an, aus dem DCI Seldon und seine Männer hinaussprangen. Als er den bewusstlosen Körper zu ihren Füßen sah, blieb er stehen und betrachtete sie voller Respekt.

»Lady Swift, einmal mehr scheint mir, dass ich gar nicht gebraucht werde.«

Eleanor schmunzelte. »Ach, ich weiß nicht. Sie könnten diese Waffe nehmen, meine Rippen schmerzen etwas.«

»Mit Vergnügen.«

Von der Bewachung entbunden, stellte sie beim Umdrehen fest, dass Clifford direkt an ihrer Seite stand.

»Clifford, ich habe Ihnen doch gesagt, dass Sie sich nicht so anschleichen sollen. Insbesondere, wenn ich mit den Nerven ein wenig ... am Ende bin.«

»Verzeihen Sie, Mylady, aber ich muss Ihnen danken.«

Eleanor blickte ihn verdutzt an. »Mir danken, Clifford? Dafür dass ich einen Mörder gefasst habe? Ehrlich gesagt war der größte Teil des Plans doch Ihre Idee.«

Er hüstelte. »Nein, Mylady, wenngleich ich Ihnen dazu gratulieren muss, dass Sie einen kühlen Kopf bewahrt haben, als unser Plan ein wenig ... schiefging. Ich wollte Ihnen dafür danken, dass Sie mir die Unannehmlichkeit erspart haben, mir einen neuen Arbeitgeber suchen zu müssen.«

Sie lachte. »Nun, Sie waren doch derjenige, der mir erzählt hat, dass ich nicht so leicht umzubringen sei.« Sie schreckte zusammen. *Lancelot! Wo war Lancelot?*

In diesem Moment ertönte eine vertraute Stimme: »Wow, Kameraden, was war das denn für eine verrückte Chose?« Die Stimme kam von einem angrenzenden Feld. »Hat Daphne nicht famose Arbeit geleistet?«

»Brilli!«

»Sherlock! Wissen Sie, hier drüben könnte jemand Hilfe gebrauchen.«

EINUNDVIERZIG

»Kommen Sie nur herein, Mrs Butters, ich bin wach.«

Nachdem sie in Eleanors Zimmer getreten war, rang die Haushälterin nach Luft. »Mylady, Sie sollen doch das Bett hüten! Doctor Browning bestand auf angemessene Bettruhe. Besonders das Wort ›angemessen‹ betonte er. Was würde Mr Clifford wohl sagen, wenn er Sie hier auf allen vieren anträfe?«

»Das Schöne daran, ein bestimmtes Alter zu erreichen, meine liebe Mrs Butters, ist, dass man irgendwann zu alt dafür ist, gescholten zu werden.« Eleanor kicherte und griff sich augenblicklich in die Rippen. »In Ordnung, schlechte Idee, aua!«

»Verzeihen Sie, Mylady, aber ich glaube nicht, dass ein junges Ding wie Sie diese magische Altersschwelle bereits überschritten hat. Also, los jetzt, ab zurück ins Bett mit Ihnen«, befahl Mrs Butters und zog an der obersten Bettdecke. »Und ich bin mir nicht sicher, ob der werte Herr Doktor die große, trottelige Bulldogge an Ihrer Seite gutheißen würde. Was, wenn er sich herumwälzt und auf Ihren Rippen landet?«

Bevor Eleanor etwas erwidern konnte, schlug sich die Haushälterin gegen die Stirn. »Oh, der Besuch! Ich bin aber auch zerstreut heute Morgen.«

»Besuch?«, stöhnte Eleanor und blickte auf. »Ist es Lancelot ... äh, Lord Fenwick-Langham?«

»Nein.« Mrs Butters reagierte mit einem schiefen Lächeln auf Eleanors niedergeschlagenes Gesicht. »Es ist der Detective Chief Inspector.«

»Seldon? Natürlich, er benötigt meine Aussage.« Eleanor sah erst auf ihren grauen Seidenpyjama und dann zur Haushälterin.

Mrs Butters öffnete den Kleiderschrank. »Wie wäre es mit diesem hübschen Umschlagtuch Ihrer Mutter, befestigt mit einer Brosche? Wenn ich Ihnen noch das Haar kämme, dann gehen Sie als Dame durch, die sich ihrer Genesung widmen soll.«

Zehn Minuten später war Eleanor fertig und hatte es mit der Unterstützung von Mrs Butters die Stufen hinabgeschafft. Im Gesellschaftszimmer legte sie sich einen Finger auf die Lippen, bevor ihr Gast den Mund öffnen konnte.

»Inspector, wie schön, Sie zu sehen. Verzeihen Sie meine Erscheinung und den gedämpften Tonfall, aber ich verstecke mich vor Clifford.«

»Sie verstecken sich vor Ihrem Butler? Versucht er jetzt etwa, Sie umzubringen?« DCI Seldon lachte und beugte sich zu Eleanor vor, die sich ihre Seite hielt. »Ach du liebe Zeit, soll ich jemanden rufen?«

»Nein, ich darf bloß nicht lachen. Wirklich, es ist nichts Schlimmes, nur eine Schramme.«

»Ich habe mich mit Doctor Browning unterhalten, dem ich vorhin in der Stadt begegnet bin, und er beschrieb Ihre Verletzung als etwas mehr als eine Schramme. Er sagte außerdem ...«

DCI Seldon sah auf seinen Hut hinab. »Dass ein unabhängiger Geist seiner professionellen Meinung nach doppelt so schnell gesunde.«

»Ich vermute, dass er eher etwas in Richtung ›sturköpfiger Geist‹ gesagt hat, aber ich weiß Ihre Feinfühligkeit bei der Rezitation seiner Worte zu schätzen. Sie sind wegen meiner Aussage hier, nehme ich an?«

»Eigentlich nicht, das kann auch noch ein, zwei Tage warten. Ich bin hier, um Ihren ... äh, ›Gast‹ abzuholen.«

»Gast? Ach, Ambrose. Ich hatte völlig vergessen, dass er noch im Keller eingesperrt ist! Wie haben die Damen die Nachricht aufgenommen – nicht gut, vermute ich?«

»Es gab ein ziemliches Händeringen. Die Chancen stehen jedoch gut, dass er glimpflich davonkommt. Wir haben Kingsleys Wirken nachgespürt, und das ganze heimtückische Konstrukt basiert tatsächlich auf Erpressung, Ihr ›Gast‹ wurde also wahrscheinlich wirklich bedroht, damit er Sie entführt, so wie er behauptet hat.«

»Haben Sie genug in der Hand, um Mayor Kingsley für lange Zeit hinter Gitter zu bringen?«

»Wir haben gerade erst damit begonnen, seine kriminellen Aktivitäten aufzudecken, aber wir haben mit seinem Geständnis sowie dem Geld und den Notizbüchern, die Sie gefunden haben, bereits genug Beweismaterial gesammelt, um ihn wegen Mordes und Erpressung zu verurteilen.«

Ihr kam ein Gedanke. »Wissen Sie, vor all der Aufregung rund um Kingsleys Festnahme habe ich Cartwrights Treffen mit Jack Cornell ganz vergessen. Und die Tatsache, dass er geleugnet hat, dieses Auto am Folgetag des Mordes aus dem Schlamm gezogen zu haben. Cartwright ist vielleicht nicht der Mörder, allerdings tappe ich immer noch im Dunkeln, was seine fragwürdigen Aktivitäten anbelangt.«

DCI Seldon grummelte. »Nun, einen Aspekt kann ich klarstellen. Wie es scheint, hatte Cornell von Anfang an vor, das Ganze wie einen Unfall aussehen zu lassen. Bei der erneuten Überprüfung von Mr Atkins' Anwesen haben wir Hinweise darauf gefunden, dass er in der Nacht des Unwetters sein Motorrad nahe Atkins' Haus versteckt hatte, da er wusste, dass er nach dem Mord schnell handeln musste. Dann ging er zum Steinbruch und legte sich dort in Lauerstellung, bis Atkins einfuhr und die Hütte betrat. Dort hat er ihn erschossen, was Sie ja gesehen haben. Was Sie nicht gesehen haben, ist, dass Cornell die Leiche anschließend in Atkins' Auto verfrachtete und zum Haus des Toten fuhr.«

Eleanor nickte. »Deshalb war da keine Leiche. Dann war es also Atkins' Auto, das an mir vorbeifuhr? Ich habe mir damals nichts dabei gedacht, es war für mich einfach nur ein Auto auf einer dunklen Straße. Bei dem Motorrad war das anders, denn der Fahrer hat mich gesehen, hielt aber nicht an, während mich der Fahrer des Autos gar nicht erst sehen konnte.« Sie runzelte die Stirn. »Außerdem fuhr das Auto so unmittelbar nach dem Schuss an mir vorbei, dass ich gar nicht erst auf die Idee gekommen bin, dass es sich um den Mörder mit der Leiche handeln könnte.«

Jetzt war Seldon an der Reihe zu nicken. »Cornell hat schnell gehandelt, das muss ich ihm lassen, aber er hat das Ganze auch gut geplant. Nachdem er die Leiche im Haus abgelegt hatte, schnappte er sich einfach sein Motorrad und raste damit zurück zum Steinbruch, wo er alle Mordbeweise beseitigte. Sein einziges Pech war, dass er Sie in seiner Eile fast überfahren hätte.«

»Und das Auto, das im Schlamm stecken geblieben ist, Inspector? Das Mr Cartwright rausgezogen hat?«

Seldon grummelte. »Nur ein Bursche aus dem Ort, der in Eile war. Er hat gemerkt, dass er ein Päckchen vergessen hatte, das er ausliefern sollte, und die Steinbruchstraße als Möglichkeit genutzt, umzukehren, ohne dabei vom Gas zu gehen. Er hat die Kontrolle über das Auto verloren und ist stecken geblieben. Mr Cartwright hat wohl einiges an Geld von ihm dafür verlangt, ihn rauszuziehen.«

Eleanor lachte. »Ich verstehe, das erklärt das stecken gebliebene Auto. Aber mich beschäftigt noch etwas anderes. Augenscheinlich kannte Jack Cornell Cartwright recht gut?«

Ein Hüsteln hinter ihrer Schulter ließ sie aufschrecken. »Clifford?«

»Ich entschuldige mich für die Unterbrechung, aber vielleicht kann ich Licht in das Rätsel um die Beziehung von Mr Cornell zu Mr Cartwright bringen. Und jenes um Mr Cartwrights ›ruchlose Geschäfte‹?«

Eleanor nickte. »Nur allzu gern!«

»Mrs Trotman war vor wenigen Tagen bei Brenchley. Sie wurde unbeabsichtigterweise von einer riesigen Reklame für Persil verdeckt, ›das erste selbsttätige Waschmittel‹, wie es, so glaube ich zumindest, tituliert wird.«

Cliffords Unfähigkeit, eine Geschichte zu erzählen, ohne dabei ihrer Meinung nach überflüssige Informationen einzustreuen, brachte Eleanor zum Lächeln.

»Sie konnte aufschnappen, wie Mrs Mount Mrs Jefferson zuflüsterte, dass sie in dieser Woche den ganzen Weg zu Pike's Farm gefahren sei, nur um von Mr Cartwright zu erfahren, dass er ihre übliche Wildbestellung nicht ausliefern könne, da die Polizei im Steinbruch und auf seinem Land herumtrampele, seit Sie, Mylady, bewiesen hätten, dass dort tatsächlich ein Mord stattgefunden habe.«

Über DCI Seldons Gesicht breitete sich ein Grinsen aus. »Sprich, Cartwright verkaufte illegales Wild von Wilderern.«

»Tatsächlich, Inspector Seldon, und der Mann, der das Wild beschaffte, war –«

Eleanor hob die Hand. »Lassen Sie mich raten. Jack Cornell?«

»Exakt, Mylady.«

DCI Seldon lachte. »Und Sie hielten Cartwright für den Mörder!«

Eleanor schnaubte. »Dann wäre zumindest das ja geklärt. Und das erklärt auch, wieso Cartwright kein Freund unseres aufrechten Metzgers ist.«

Clifford nickte. »Das muss Mr Penry nicht nur in moralischer Hinsicht beleidigt haben, da er ein äußerst religiöser Gentleman ist, sondern auch aus geschäftlichen Gründen. Ich könnte mir vorstellen, dass Mr Cartwrights Umtriebe ihn einige Kunden gekostet haben.«

»Nun, solange die Polizei ihre Ermittlungen nicht einstellt, werden sie keine andere Wahl haben, als zu Penry zu gehen.«

»So scheint es, Mylady. Allerdings beschleunigt das Diskutieren solcher Angelegenheiten Ihren Genesungsprozess nicht gerade. Ich meine, Doctor Browning hätte Ihnen Ruhe verordnet. Es wäre eine Schande, den Rat des werten Arztes zu ignorieren.« Er wandte sich DCI Seldon zu. »Wir sind natürlich ungemein dankbar für die erstklassige ärztliche Behandlung, die Lady Swift genossen hat. Ich fürchte jedoch, wenn sie weitere Verletzungen erleiden sollte, wird das Haushaltskonto furchtbar leiden, sobald der Arzt seine Rechnungen übermittelt. Vielleicht müssen wir Einsparungen treffen.«

Eleanor schnaubte. »Unsinn, mir geht es gut!«

»In der Tat, Mylady. Wie sonst ist es zu erklären, dass Sie die Essenspläne durcheinanderbringen, die Besorgungen der Haushälterin erledigen, sich mit dem Personal in der Küche vergnügen und ... Besuch in Ihrem Schlafanzug empfangen?«

Beide blickten zum Inspector, der in lautstarkes Gelächter ausgebrochen war.

Eleanor schmunzelte. »Ich freue mich, dass Sie hier sind, um Zeuge der skandalösen Anmaßungen zu werden, denen ich hier ausgesetzt bin. Vielleicht können Sie meine künftigen Beschwerden zu Papier bringen, falls ich jemals beabsichtigen sollte, Anzeige zu erstatten.«

»Selbstverständlich, Lady Swift.« DCI Seldon blickte ihr in die Augen. »Ich habe gelernt, zuzuhören, wenn Sie etwas zu sagen haben.« Er spähte auf die Kaminuhr. »Verzeihen Sie, aber ich muss jetzt wirklich gehen.«

Fünf Minuten später steckte Mrs Butters ihren Kopf durch die Tür und wandte sich mit trauriger Stimme an sie. »Entschuldigen Sie, Mylady, Mr Clifford, sie bringen ihn jetzt weg.«

Eleanor und Clifford schlossen sich der feierlichen Versammlung in der Eingangshalle an. Polly hatte eine Hand auf Mrs Butters Schulter gelegt und trocknete sich die Augen mit einem Tuch, während sich Mrs Trotman im Hintergrund hielt. Ambrose Cooper stand in Handschellen zwischen DCI Seldon und einem uniformierten Beamten.

»Kann ich was sagen?«, fragte der Häftling.

»Wie ich Ihnen bereits bei der Verlesung Ihrer Rechte gesagt habe, wird alles, was Sie sagen, zu Papier gebracht und kann später als Beweismittel vor Gericht herangezogen werden«, antwortete DCI Seldon.

»Damit hat's rein gar nix zu tun. Ich wollt nur diesen Damen danken ... für ihre Gastfreundlichkeit. Ich wurd noch nirgendwo so gut behandelt. Und hab auch noch nie so gut gegessen.«

Er lächelte Mrs Trotman zu, die nach vorn schnellte und ihm ein kleines Päckchen in seine gefesselten Hände legte.

»Nun, dort, wo er jetzt hingeht, wird er kein so gutes Essen bekommen, Detective Inspector, das hier sollte ihm über das Gröbste hinweghelfen.«

DCI Seldon stöhnte. »Gott sei Dank kann das hier keiner sehen.« Er wandte sich an die Polizisten. »Wenn einer von Ihnen auch nur ein Wörtchen darüber verliert, dann kassiere ich Ihre Dienstmarken ein.«

DCI Seldon geleitete Ambrose zur Tür hinaus. Als der

Inspector an Eleanor vorbeikam, blieb er stehen. »Ich wünsche Ihnen eine baldige Rückkehr zu voller Gesundheit, Lady Swift. Und ... vielleicht treffen wir uns ja beim nächsten Mal aus einem etwas weniger ... förmlichen Anlass?«

ZWEIUNDVIERZIG

Nachdem der Inspector und ihr Gast gegangen waren, machte sich ein Gefühl von Verlust auf Henley Hall breit. Die Damen waren in die Küche zurückgekehrt, sodass nur noch Eleanor und Clifford im Gesellschaftszimmer weilten. Als er sich zum Gehen wandte, stellte sich ihm Eleanor in den Weg. »Clifford, ich wollte warten, bis wir allein sind, um Ihnen zu danken für ... na ja, für alles.«

»Es war mir eine Freude, Mylady.«

»Und ... um Ihnen eine Entschuldigung auszusprechen.«

»Eine Entschuldigung, Mylady?«

»Ja. Als ich dachte, dass Sie, Sie wissen schon ...?«

»Dass ich Sie umbringen wollte?«

»Ja, genau. Nun, da bin ich sozusagen in Ihr ...« Sie errötete bei der Erinnerung an ihre Tat.

Clifford hüstelte. »Falls Sie gestehen wollen, dass Sie meine Räumlichkeiten betreten und durchsucht haben, dessen bin ich mir bereits bewusst.«

Sie starrte ihn an. »Wie? Ich meine, ich habe mich doch klammheimlich wie eine Katze hineingeschlichen. Clifford? Sie ... Sie lachen ja!«

Als er seine gewohnte butlerartige Contenance wiedererlangt hatte, zog er ein makelloses gestärktes Taschentuch aus seiner Brusttasche und wischte sich die Augen trocken. »Ich bin an der Reihe, mich zu entschuldigen. Sie verfügen über viele Talente, Mylady, aber ›heimlich‹ ist kein Wort, das ich mit irgendeinem davon assoziieren würde. Wenn es Polly nach diesem letzten Vorfall« – er erschauderte – »nicht strengstens untersagt wäre, meine Räumlichkeiten zu betreten, dann hätte ich geglaubt, sie wäre darin Amok gelaufen. Da sie es aber offensichtlich nicht gewesen ist, verblieb nur eine mögliche Übeltäterin.«

»Meine Güte, ich wollte mich doch nur entschuldigen!«

Er machte eine Halbverbeugung. »Entschuldigung angenommen.«

Sie verschränkte die Arme. »Es ist ja schön und gut, dass Sie im Nachhinein so verständnisvoll sind, aber ich … nun, ich habe diese Granate auf Ihrem Zimmer gefunden, die dem ähnelten, den wir im Steinbruch gefunden haben. Ich meine, was hätte ich denn da denken sollen?«

Er nickte. »Ich stimme zu, Mylady, vermutlich wäre ich zu dem gleichen Schluss gekommen. Allerdings handelt es sich lediglich um einen Zufall, und noch nicht einmal um einen seltsamen. Tatsächlich haben Granate viele Verwendungszwecke, von denen die meisten Menschen noch nicht einmal wissen. Diejenigen, die Sie gefunden haben, gehörten Ihrem Onkel. Sie waren das Geschenk des Anführers der Hunzukuc im Karakorum. Das Volk glaubt, dass Projektile aus Granate wirksamer gegen den Feind seien als jene aus Blei.« Er zögerte, dann schien er eine Entscheidung getroffen zu haben. »Ihr Onkel ist vorzeitig aus einer erfolgreichen Armeekarriere ausgeschieden, weil er sich zunehmend für die Selbstverwaltung des indischen Subkontinents einsetzte. Auch nachdem er aus der Armee ausgeschieden war, unterstützte er weiterhin all jene, die nach Unabhängigkeit strebten, wie auch das Volk im Karakorum, das ihm diese Projektile zum Schutz vor seinen Feinden schenkte. Christen und Moslems gleichermaßen nutzen Granate seit den Kreuzzügen als Talismane.«

»Ist das der Grund, aus dem ...?« Eleanors Worte verebbten.

Cliffords Stimme war sanft, seine Worte aufrichtig. »Das ist der Grund, aus dem diese Granate, zusammen mit vielen anderen Dingen, verborgen sind. Mylady, Ihr Onkel hat Sie sehr geliebt, aber sein Leben war zu gefährlich, um eine junge Nichte bei sich aufzunehmen. Er war um Ihre Sicherheit besorgt.«

Tränen rannen Eleanors Wangen hinab. Sie wischte sie nicht weg. »Ach, Clifford, und ich dachte immer, dass er sich nicht für mich interessierte.«

»Er interessierte sich mehr für Sie, als er zu sagen wusste, Mylady.« Clifford reichte ihr sein Taschentuch und schreckte zusammen, als sie lautstark ihre Nase darin schnäuzte.

»Danke schön.« Sie schniefte. »Ich meine dafür, dass Sie mir das erzählt haben. Es tut mir so leid ... dass ich kurzzeitig an Ihnen gezweifelt habe. Jetzt fühle ich mich schrecklich.«

Clifford seufzte. »Ihr Onkel und ich waren Meister und Diener, so viel steht fest, aber abseits der Augen der Welt waren wir auch Freunde. Er teilte seine Sorgen und seine Verwirrung darüber mit mir, wie man ein Kind erzieht. Er fürchtete, dass Sie ohne eine lenkende weibliche Hand in der Obhut zweier alter Junggesellen, die ein Leben lebten, das für ein junges Mädchen völlig ungeeignet war, untergehen könnten.«

Er schloss die Augen und schluckte. »Ich war es, der eine Internatsschule für Sie vorschlug, Mylady.« Clifford sah sie an. »Wir wollten Ihnen eine angemessene Ausbildung gemeinsam mit anderen Mädchen gleichen Alters ermöglichen. In erster Linie aber wollten wir Sie in Sicherheit wissen.« Nun war er an der Reihe, zu schniefen. »Es tut mir so leid, dass wir unterschätzt haben, wie sehr Sie vor allem ... Liebe gebraucht hätten.«

Eleanor bot ihm sein Taschentuch an. Lächelnd zückte er ein weiteres aus seiner Brusttasche und putzte sich damit die Nase.

Es war Jahre her, dass Eleanor das letzte Mal richtig geweint hatte, doch es war, als ob Clifford eine Tür zu ihrem Herzen geöffnet hätte, denn ihre Tränen flossen nun in Strömen. Sie blickte durch den Tränenschleier hindurch auf den Mann vor sich. Er hatte eindeutig mit seinen eigenen Gefühlen zu kämpfen, und mit all den Jahren der Reue.

Sie räusperte sich und sprach mit bebender Stimme: »Danke für alles, was Sie für meinen Onkel ... und für mich getan haben. Nach dem Verschwinden meiner Eltern habe ich mich darüber geärgert, aufs Internat geschickt worden zu sein, aber nur, weil ich die Wahrheit nicht kannte.« Sie schaffte es, ihre Tränen kurz mit einem Lachen zu durchbrechen. »Trotz allem, Clifford, glaube ich, dass Sie mit meinem Onkel die richtige Entscheidung getroffen haben. Stellen Sie sich nur mal vor, was wohl aus mir geworden wäre, wenn ich meine Jugend mit Ihnen beiden auf Ihren Abenteuern verbracht hätte. Dann wäre ich bestimmt eine burschikose Rabaukin mit einer Vorliebe für Cowboykostümierung geworden.«

Clifford lächelte. »Wenn ich Sie berichtigen dürfte, Mylady, ich meine, dass Sie sich in Dodge City tatsächlich als Cowboy – oder Cowgirl, was meines Wissens die korrekte Bezeichnung dafür ist – verkleideten.«

Eleanor rang nach Luft. »Clifford! Mein Onkel hatte seine Augen und Ohren wirklich überall!«

Clifford blickte in die Ferne. »Wir haben viele, viele Abende damit verbracht, uns mit Vergnügen Ihrer neuesten Großtaten zu erinnern.« Er sah zu Boden. »Ihr Onkel hat immer gesagt, dass Sie ein Wunder seien und es zu etwas Großem bringen würden.«

Eleanor trocknete ihre Augen und sah nun ebenfalls betreten in zu Boden. »Nun, vielleicht war das dann der einzige

Fehler meines Onkels.« Sie zögerte und seufzte. »Unter uns gesagt, Clifford, glaube ich, dass ich mein Leben bislang ganz schön verpfuscht habe. Ich habe mich an vielen Dingen versucht, bin jahrelang gereist, um mich von der Tatsache abzulenken, dass ich nichts mit mir anzufangen wusste, und ...« Sie biss sich auf die Unterlippe. »Was Männer angeht, bin ich eine absolute Vollkatastrophe.«

Clifford erschreckte sie mit schallendem Gelächter, das den gesamten Raum füllte.

»Verzeihen Sie, Mylady, aber Ihr Onkel hat genau das Gleiche gesagt. Mehr als einmal bemerkte er, dass er die Kunst der Kuppelei erlernen müsse, um Sie vor den schrecklichen Herzensangelegenheiten zu bewahren, in die Sie sich immer wieder stürzten.«

Eleanor lachte und hielt inne, als ihr ein Gedanke kam. »Gut, Clifford, jetzt verstehe ich, wieso mein Onkel mich auf eine Internatsschule geschickt hat. Warum aber hat er mich nicht holen lassen, als ich achtzehn Jahre alt wurde? Er und ich hätten genau diese Unterhaltung doch schon vor vielen Jahren führen können.«

Clifford nahm einen tiefen Atemzug. »In den letzten Momenten vor seinem Tod gestand mir Ihr Onkel, dass er es zutiefst bereute, Ihnen keinen größeren Platz in seinem Leben eingeräumt zu haben, als Sie eine junge Erwachsene geworden waren. Er fürchtete ...« Seine Stimme brach. Eleanor beugte sich vor und schaute ihm in die Augen, bis er seine Fassung wiedererlangt hatte. »Er fürchtete, Sie könnten ihn vielleicht abweisen.«

»Ihn abweisen! Ich habe mir meine ganze Kindheit lang gewünscht, dass er eine größere Rolle in meinem Leben gespielt hätte.«

»Ich weiß, genau wie er. Doch hinter seiner leidenschaftlichen Liebe verbarg sich die Angst, dass er nicht das Richtige für Sie getan hatte. Er meinte, er habe sich jahrelang mit dem

Gedanken getragen, Sie zu kontaktieren, aber er habe befürchtet, dass Sie mit Gleichgültigkeit oder etwas Schlimmerem reagieren könnten.«

»Ach, Clifford, was für ein Schlamassel. Und heute kann ich ihm nicht mehr sagen, dass ich ihn niemals abgewiesen hätte.«

»Mylady. Wenn ich um Erlaubnis bitten dürfte?«

Sie erhob die Hand. »Nein, Clifford, Sie dürfen nicht um Erlaubnis bitten. Ich bin an der Reihe damit, um Erlaubnis zu bitten ... um die Erlaubnis, Sie so fest zu drücken, wie ich nur kann.«

Zum ersten Mal seit ihrer Ankunft auf The Hall entglitt ihm sein steifes Butlergehabe komplett.

»Erlaubnis ... erteilt, Mylady.«

Eleanor traf die Damen wie immer fleißig bei der Küchenarbeit an. »Die Damen. Ich glaube, wir müssen uns unterhalten.« Ängstliche Blicke richteten sich auf sie. »Und zwar darüber, wie wir am besten einen feierlichen Lunch veranstalten können!«

Sie kicherten erleichtert und tätschelten sich gegenseitig die Arme. Sie erhob die Hand. »Mittlerweile weiß ich aber« – sie versuchte sich an ihrer besten Imitation von Ambrose – »dass die, wo da unten sin', nie aufhören mit dem Arbeiten, und wenn die piekfeine Lady des Hauses auch dabei sein will, soll sie sich besser eine Schürze überstreifen ...«

»... um mit anzupacken!«, riefen die Köchin und die Haushälterin im Chor.

Mehrere Stunden später traf sie oben in ihrem Zimmer einen ungebetenen Gast an. »Gladstone, alter Kumpel, wie bist du denn hier reingekommen? Ich dachte, wir hätten dich ausgesperrt, als ich runtergegangen bin.« Sie setzte sich aufs Bett, streichelte ihn und lachte, als er sich auf den Rücken rollte. »Also wirklich, dieser Bauch. Du stammst doch sicherlich zum Teil vom Schwein ab.«

Ihr Fuß stieg gegen etwas, das auf dem Boden stand. Ihre Wanderstiefel! Was zum ...? Sie war sicher, sie im Kleiderschrank gelassen zu haben. Als sie sich bückte, sah sie eine kleine Karte, die in einem ihrer Schuhe steckte.

»Sei du selbst, alle anderen gibt es schon.« Oscar Wilde.

»Ach, Clifford!«

Eine halbe Stunde später trat sie aus ihrem Zimmer und war mit der Wahl ihrer Kleidung zufrieden – eine wadenlange grüne Seidentunika und ein dazu passender perlenbesetzter Schal. Sie hielt eine Clutch aus Satin, die sie im Vorbeigehen allerdings kurzerhand auf dem Lampentisch ablegte. *Du brauchst keine Accessoires, Ellie, du bist gut so, wie du bist.*

Clifford erwartete sie am Fuße der Treppe.

»Danke für Ihre Nachricht«, sagte sie. »Ich habe mich dann doch für die Ballerinas entschieden, obwohl die Wanderstiefel sehr verlockend erschienen.«

»Beide wären eine hervorragende Wahl gewesen, Mylady.«

»Wissen Sie, Sie sind ein echter Gentleman, Clifford, ein echter, altmodischer Gentleman.«

»Und Sie eine echte Lady, eine echte, moderne Lady. Verraten Sie mir, wird es künftig mehr von Ihrer Sorte geben?«

»Ganz bestimmt, Clifford.«

»Dann freue ich mich schon jetzt darauf.«

Das Gerumpel von Reifen ertönte auf der Kiesauffahrt.

»Ich glaube, der Wagen ist soeben eingetroffen, Mylady.«

Er nahm sich ein Silbertablett vom Saaltisch und streckte es ihr entgegen.

»Ein Päckchen? Für mich, Clifford?«

Clifford nickte auf die längliche, mit grüner Seide umsponnene Schachtel, die mit einer zarten Schleife verschnürt war und auf der das unverwechselbare Harrods-Logo prangte. Eleanor hob den Deckel an und warf Clifford dabei einen ratlosen Blick zu. Sie entfaltete das Seidenpapier und rang um Fassung.

»Verzeihen Sie die Dreistigkeit, Mylady, ich habe sie in elfenbeinweiß bestellt.«

Eleanor nahm ein Paar langer Satinhandschuhe aus der Schachtel. Sie fuhr mit dem Finger über das feine Monogramm: »ES«. Ihre Schultern bebten vor Rührung, als sie sie überstreifte. »Danke schön, Clifford«, hauchte sie.

Sie warteten an der Vortreppe, bis sich Lancelot mit seinem dick bandagierten Arm aus der Fahrertür gequält hatte.

»Sherlock, Sie sehen ... umwerfend aus.« Er hielt ihr mit seinem gesunden Arm eine puderblaue Stola hin. Sie war vom weichsten Kaschmirstoff, den sie jemals berührt hatte.

»Meine Güte, Brilli, das ist aber aufmerksam von Ihnen. Vielen Dank.«

Er schmunzelte. »Mit der Farbe war ich mir nicht so sicher, altes Haus, aber ich bin mir ziemlich sicher, dass dieser Holmes einen blauen Schal trug. Oder war es ein blauer Mantel? Wie dem auch sei, ich musste Ihnen einfach etwas bringen, um Sie für ... diese Unterhaltung in Stimmung zu bringen, die wir niemals zu Ende geführt haben.«

»Sie ist perfekt.« Eleanor rutschte auf den Beifahrersitz und grinste. »Grün und Blau schmücken nun keine Sau, sondern eine Lady. Wollen wir?«

MEHR VON BOOKOUTURE DEUTSCHLAND

Für mehr Infos rund um Bookouture Deutschland und unsere Bücher melde dich für unseren Newsletter an:

deutschland.bookouture.com/subscribe/

Oder folge uns auf Social Media:

 facebook.com/bookouturedeutschland

 twitter.com/bookouturede

 instagram.com/bookouturedeutschland

EIN BRIEF VON VERITY

Vielen Dank dafür, dass ihr euch entschieden habt, *Ein allzu englischer Mord* zu lesen. Ich hoffe, dass ihr beim Lesen so viel Spaß hattet wie ich beim Schreiben. Wenn ihr Ellie und Clifford auch bei ihren künftigen Abenteuern begleiten wollt, dann registriert euch einfach unter folgendem Link, und ihr erfahrt als Erste, sobald der nächste Band der Lady-Swift-Reihe verfügbar ist. Eure E-Mail-Adressen werden niemals an Dritte weitergegeben und ihr könnt euch jederzeit abmelden.

deutschland.bookouture.com/subscribe/

Außerdem wäre ich euch sehr dankbar, wenn ihr eine Rezension verfassen würdet. Rezensionen helfen anderen, in den Genuss von Lady Swifts rätselhaften Fällen zu kommen, und bieten mir wertvolles Feedback, auf dessen Basis ich das nächste Buch sogar noch besser machen kann.

Danke schön,

Verity Bright

veritybright.com

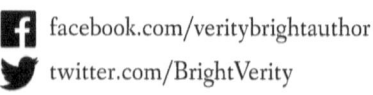

facebook.com/veritybrightauthor
twitter.com/BrightVerity

DANKSAGUNG

Vielen Dank an meine Lektorin Maisie Lawrence für ihre verblüffende Geduld, ihre Einsichten und für ihren unerschütterlichen Glauben an Ellie, Clifford und die Damen von Henley Hall. Und ein riesiges Dankeschön an das ganze Team von Bookouture, das *Ein allzu englischer Mord* ermöglicht hat.